叢書・ウニベルシタス　909

# 葛藤の時代について

スペイン及びスペイン文学における体面のドラマ

アメリコ・カストロ
本田誠二 訳

法政大学出版局

Américo Castro
De la Edad conflictiva

本書の出版にあたって，スペイン教育文化スポーツ省の「グラシアン基金」より 2008 年度の助成を受けた．

La publicatión de este libro ha sido realizada gracias a la subvención del Programa “Baltasar Gracián” del Ministerio de Educación, Cultura y Deporte de España en 2008.

# 凡　例

一、翻訳は第二版（一九六三年）の大幅増補改訂版を底本とし、第三版（一九七二年）で添加された部分を［　］で示した。
二、本文中のイタリック体は〈　〉ないしは傍点で示した。
三、〔　〕は訳者の補注である。
四、（　）は原著者による補注である。
五、原注（漢数字で表記）は本来脚注であるが、訳書では各章ごとに通し番号とし、章末にまとめ、さらに訳注（アラビア数字）を加えた。

✲目　次

# 第二版についての注記

本書の第二版を準備するに際して、筆者が念頭においたのは、私が〔初版で〕たんに事実を精査したり、批判的分析のなされた現象を提示したりしただけではないと評価してくれた、読者諸氏の示してくれた好意的反応である。というのも実際問題、筆者は本書の副題を〔現行の「スペイン及びスペイン文学における体面のドラマ」ではなく、より情緒的ニュアンスの強い〕、「帝国絶頂期における偉大なる一民族の苦悩と情感についての考察」としていたかもしれないからである。この副題で言わんとしているのは、一見してすぐに見てとれる意味に加えて、本書で俎上に上げている内容が、バランスのとれた論理的思考よりも、気まぐれな情動に動かされて判断する傾向のつよい人々には、とうてい近寄りがたいものだということである。真実の歴史記述に接近させようという目的で、過去の生活の〈改竄された古文書〉を削り取ろうとした筆者の意図というのは、真実の旧約聖書はヘブライ語の原典にこそあって、立派な翻訳者であったただけのヒエロニムスによるラテン語訳にはない、と主張した十六世紀の人々の努力と一脈通じるものがある。[1] 今日もまた当時と同様に、多くの人々が論理的思考には眼を向けないが、それにはさまざまな理由がある。にもかかわらず筆者はフアン・デ・マリアーナ神父がフライ・ルイス・デ・レオンの異端審問訴訟に際して、次のように記したことをそのまま受け入れてはいない。つまり「空しい努力を払うこと、そして憎悪しかもたらさないことに切磋琢磨することは、ほとんど狂気の沙汰である」[2]。そうすることはけっして狂気ではない。なぜならば本書は多くの人々の反感を買ったが、こうして再版せねばならぬほど多く読まれることとなったからである。だからといって、このケースでマリアーナ神父の次のような付言が間違っているというわけではない。「俗衆のものの見方に一枚噛もうとした者たちは、自ら進んでそのような行動をとり続けた。そして己が意に沿う見方を一層推し進めたのである。そうした見方によって、身を危うくさせることは少なくなったが、だからといって真実に対する関心をより深く抱くこともなかった」。

こうしたケースで真実に至るためには、スペイン人はスペイン人だったし、それだけの話だ、などと決めつけないで、かつてのスペイン人を身近で観察し、彼らが何者で、どういう性格の人間だったのか、しっかり見きわめる必要がある。以下に縷々論述することを通して、全体としてのスペイン人がきわめて特異な存在で、他のヨーロッパ諸国とは大いに異なり、その周縁にあった民族であったことがよく見てとれるだろう。もしそうでなければ、帝国を築いたり、『ドン・キホーテ』が生まれることなどなかったはずである。当時（十六、十七世紀）最大の問題というのは、真のスペイン人として存在しうる権利を有していた人々〔コンベルソ＝ユダヤ教からの改宗者たち〕が抱えていた問題である。それはスペインが一つだったのか二つだったのか、という問題とはおのずと異なるものであった[3]。

非人間的な抽象論に満足できない人々が増えてきている。彼らは諸々の出来事や経済、制度、〈思想〉だけでなく、とりわけ、そうしたもの一切が生命活動のプロセスの中で、どのように存在し、どのように構造化していったのかといった点に早急に眼を向けていくべきだと考えている。われわれは歴史というものを、その担い手たちの生[4]の視線から見ていくようにと努めている。そうした、いわば〈内観された〉歴史は、当世はやりの書物の中で述べられているものとは異なった内容をもっている。すでにそのことに気づいている若者たちもあるし、（より良く生きるべく、迅速に窮地を脱することができるかどうかを問題にする）未来は、「汝が欲しようと欲すまいと」（velis, nolis）われわれが背負っていくべき過去を、どのような才覚と方法で繰っていくかにかかっている。つまりわれわれの意識の下に隠れているものが、常態化し、中和化し、変化するような手腕や知性にかかっているのである。かくも強烈なかたちで存在してきたもの（三百年におよぶ異端審問とスペイン帝国）に眼をつむることは、足を交差してジグザグに歩こうとするのと一緒で、きわめて無思慮と言うしかない。

われわれがいかなる存在で、どういうプロセスでそうなったのかということを知れば、自分自身との関わりでひとつの立場をとることとなる。まさしくそうしたことがあるからこそ、多くのスペイン人が自らの過去の実像と直面することを回避し（第二章参照）、今日の姿を昨日の見方と結びつけることをせず、幻の過去をでっち上げようとするのである。拙著（とりわけ本書と『スペインの歴史的現実』一九六二）を読んで理解した者だけが、筆者のものの捉え方に異議を唱え、自らの見解を自らの立場で論ずる資格があるといえよう。

伝説や詭弁を乗り越えて、今やっと、十六、十七世紀のスペイン人に関する、より一貫性のある実像が見えてきた。そうした実像は山のように資料を積み上げても、社会学的抽象論をこねまわしても、とうてい描かれることはなかった。もしスペイン人の現実を明るみに出すという仕事が、資料的な知識や社会学的一般論をもってしか成し遂げられないとしたら、そうした現実はとうの昔に書物の上で明らかにされていたはずである。しかし資料というものは、そこで語られている内容が、一つの構造、つまりその中にあって生命的実態を付与したような、そうした構造の中で塡め込まれ、定位させられてはじめて役立つものである。一八四二年以来、カルロス五世の王立諮問院に関する、ガリンデス・デ・カルババール（Galíndez de Carvajal）博士の報告書が、ごくごく手近な『スペイン史のための未刊資料集』（*Colección de documentos inéditos para la historia de España*）の第一巻に収められている。しかし博士が王立諮問院のメンバーは、生粋の農民の出であったかなかったか、といった点を強調していた理由に気づいた者は絶えてなかった。ここで社会的・制度的なものを判断基準（人格の条件）にしたり、またそうした事実そのものを、血統を根掘り葉掘り詮索するスペイン的偏執だと解釈する試みは、どちらも完全に破綻している。名誉ある後光に包まれた農民のイメージには、内面・外面双方の人格上の状況と、密接な関係を有した、ある種の価値体系が投影されている。言い換えると、王立諮問院のメンバーに関する報告書にリアリティを吹き込むためには、スペイン人の生がどのような状況で、どういった構造になっていたか、またその生が人々の行動様式と、（農業、経済から宗教、文学表現に至る）彼らの生きていた世界の状況にどういった影響を与えたのか、しっかり問い直してみることから始めねばならない。各々の〈資料的ポイント〉は意味をもってくる、しかるべき場所に定位させねばならない。もしそうしなければ、資料そのものはバラバラな点にすぎず、取り止めのない無定形な素材に留まったままとなる。

　われわれが過去を位置づけるべき構造的な形象というのは、独特でそれ以外の何ものにも還元できないような、言ってみれば、一個人のそれと同様の独自性をもったもののように見えるはずであるし、またそのように受けとられるべきである（二）。この点が歴史家を哲学者や社会学者と根本的に分け隔てる部分である。スペイン人の生粋主義的構造というのは、血統というものがかつて存在し、今もなお存在しているような他の民族のそれとは大いに異なっている。というのも十六、十七世紀のスペインにおいては、他者の見方というものが、ヨーロッパのいかなる国にも見られないようなかたちで、個人生活に影響を及ぼしたからである。歴史家たちはその事実を隠蔽したが、実際に〈血統〉（casta）という言葉は、本書の題名に示されているような意味〔葛藤・対立〕でもって使用されてきた。

本書で名誉（体面）に関して述べる部分はすべて、その感情がいろいろな制度（血の純潔令）の中で、他に類をみない方法で表出されてきたという事実と関連している。その一つである宗教生活の一例として、ファン・ディアスという人物は、弟がプロテスタントに改宗し、スペインの名誉に泥を塗ったという理由から、彼を殺している。(5) また経済生活の側面では、富を獲得しようとして働くことは、それが本来ユダヤ人の営みであったところから、不名誉の名折れとなった。また知的活動の領域では、教養を身につけるための活動は、それがいかなるものであれ、ユダヤ的という不名誉な評価がついて回った。また文学の分野においては、たとえば不貞の妻は、実際そうしたものであれ、たんにそう見られただけであっても殺さねばならない、といった多数派的規範に合致した文学が一方にあるとすると、他方にはそうした妻を殺すべきではないという意見に賛同する者たち（セルバンテスをはじめ、筆者が一九一六年に名誉に関する研究や、一九二五年の『セルバンテスの思想』で引き合いに出した者たち）(6) も存在した。こうした名誉（体面）に対する概念をつかもうとすれば、抽象的・社会学的な脱線・逸脱などではなく、どのようにそれが体験されたかを見極めてはじめて可能となる。世論とか体面といったものは、人間的な時間と空間を抜きにした観念的現実などではない。そうではなく、スペイン的生の構造と機能の具体的表現である。旧キリスト教徒〔自らの血統にモーロ人、ユダヤ人、異教徒の血筋をもたない昔からの純血なキリスト教徒のこと〕は体面を評価しようとする際に、大衆的なものの見方を決定的な要素として受け入れた。それに対して、新キリスト教徒〔かつてユダヤ人、モーロ人、異教徒であった者が、洗礼を受けて新たにキリスト教徒となった者たち〕は体面というものを、万人が口にし、感じているもののうちに据えようという、満場一致的な傾向に異をはさんだり、揶揄したりした。したがって体面意識が万人のものの見方

の中にあるのか、それとも個人の徳性のうちにあるのかという論点[7]は、多くの意味で

〈葛藤的〉であったあの時代の、数多くの対立原因のひとつであった。

したがって、こうした葛藤の時代の実像を描き、スペイン特有の人間的現実の生きた全体像としてその時代を明らかにするためには、特別な手段や道具が必要となる。こうしたケースでは抽象的アプローチとか、『グスマン・デ・アルファラーチェ』のマテオ・アレマンや、虚無的なバルタサール・グラシアンなどが示した、懐疑的・厭世的態度は何の役にも立たない。彼らにとって生の〈表現〉など関心を呼ぶこともなければ、刺激ともならなかったからである。アベリャネーダ[8]が『ドン・キホーテ』を前にしてとった〈無愛想な〉態度とか、それに類した者たちの態度というのは、生きている者たちの苦悩や希望など考慮に入れなくとも、生のプロセスを十分説明できるとする、何でも〈これはあれのようなもの〉と決めてかかるような、抽象的分析をこととする人間の態度と一脈通ずるものがある。

歴史学が事実を表面的なかたちだけで調べたりすることに留まらず、年代記のレベルを超えるためには、事実の表わしている生活体験がどのように表現されてきたか、しっかり見据えてかからねばならない。というのも、そうした表現そのものに、生たらんとする形式がおのずとそなわったとき、表現それ自体に価値がでてくるからである。そうなれば、表現それ自体にもまして〈現実的〉なものに還元されることなどなくなる。たとえばそれは、飢えとかセックス、嫉妬、土地の豊かさなどといったものである。歴史というものは形式とか方法の上で立ち働くものであり、人はそうしたものを通して、所定の場所と時間において、いろいろなものと向かい合ってきた。歴史学的広がりの中における人間学を、哲学とも生物学とも経済学とも社会学とも混同してはならない。

今一度強調しておきたいのは、知のための知は、われわれのもの、つまりわれわれの幸せや悲しみと

化した〈われわれの〉ものを知るやり方ではない、ということである。抽象的思考をする者たちが繰っている現実とか、物質的・観念的な物事というのは、歴史記述的にみると、それ自体は中立的で不毛なものであって、じっくり考えてみようという気にさせもしなければ、逆に、刺激を与えて神経を逆なですることもないのである。種別的・抽象的なものというのは、絨毯の裏面のごときものであり、間違いなく存在はしているものの、表面の美しい絵柄がなければ無価値である。したがって筆者はこれから先、スペイン人の生の全体像、つまりどのようにしてスペイン人であることの認識を得、いかにして価値ある存在となることを願い、いかにして価値観や選り好みによって描いた道筋をたどるべく、抜きん出たり苦しんだりしたかという、スペイン人の生活経験の表現との関わりで、体面意識についての問題を扱うつもりである。そうした方法のおかげで、一般化したヨーロッパ的呼び名（たとえば対抗宗教改革とか、バロックなど）で同定してきたものを、〈葛藤の時代〉と呼ぶことが可能となろう。またその時代はいまや、血統間の苦渋にみちた対立を、高度で劇的なかたちで映し出すこととなるはずである。それがあまりに大きな苦痛であるために、多くの者たちは目を逸らして見ようともせず、ただ黙したまま、ますます無価値なものとなっていく無邪気な見方を野放しにしているのである。

エル・カスタニャレーホ（ラ・アドラーダ、アビラ）一九六三年七月

原注

（一）そうした視点からある興味深い文書を見てみたい。フェリペ四世の外交官であり異端審問所の役人でもあったドン・フランシスコ・アントニオ・ディエス・デ・カブレーラは、十七世紀中葉、ローマの宮廷で交渉

に当たっていた。その交渉で問題となったのは、ある君主の汚れたユダヤ的血統についてであった。ドン・フランシスコは次のように伝えている。「私は（イノケンティウス十世）教皇猊下にそのことを申し上げた。しかしまったく取り合われなかった。というのもこの地では、血統の汚れなど気にかけるべき問題ではなかったからである。そう遠くない昔のことだが、ユダヤ人街に暮らす親しい親戚をもつ枢機卿がいた。さほど大々的というわけではないが、先祖にユダヤ人を持つ人というのは数多くいる。よって物事の捉え方も所変われば品変わるということで、大いに異なるものである。スペインでは異端者やユダヤ人の血を引くことは恐ろしいことだが、この地ではわれわれがそんなことに気を遣っていること自体、馬鹿にして笑いとばしている。貴方様もおわかりのとおり、この種の問題がこの国に入ってきたためしはない。とはいえ血の純潔令がものをいう教会からは、たしかに多くの問題がもちこまれたが、血統の汚れをもっている人間が、見下されたり逆に有利になったりすることはなかった」（ミゲル・デ・ラ・ピンタ・リョレンテ神父『スペイン人の宗教感情に関する歴史的側面』P. Miguel de la Pinta Llorente, *Aspectos históricos del sentimiento religioso en España*, Madrid, 1961, p.37）（傍点引用者）。

［レオ十世はポルトガルではユダヤ人改宗者の孫であったというだけで、教養ある有徳な司祭が、聖職禄を得られなかったことに、驚きを隠さなかった（『セルバンテスとスペイン生粋主義』、一九六六、三五一―三五二頁、訳書、三八六―三八七頁）］。

他の場合と同様に、はっきり確認できるのは、スペインにおける宗教問題は、カトリック教というよりも、スペイン人が自らのカトリック教をどのようなかたちで生きてきたか、カトリック教が生に関わる構造とどのように結びついていたか、といった点に大きく依存している。一般概念でもってすべてを説明しようとするような、抽象的な社会学的歴史によれば、明らかにしようとするべき対象は歪められ、捏造されてしまう。ディエス・デ・カブレーラは聖堂参事会員であり異端審問官でもあった。才気煥発な人物であり、教皇と交渉することと、異端審問官たちと交渉することが同じでないことくらいよくわきまえていた。ローマのコンベルソは枢機卿にまでなることができた。この親展の報告書は一六五二年五月一五日付のものである。

## 訳注

（1）たとえばフライ・ルイス・デ・レオンは旧約聖書の『雅歌』を直接ヘブライ語からカスティーリャ語に訳したことで、当時、唯一の規範的聖書であったヒエロニムスによるウルガータ版聖書（ラテン語）の権威を疑ったとして、異端審問によって五年間、バリャドリードの牢獄につながれた。

（2）ファン・デ・マリアーナ「ウルガータ版のために」（“Pro editione Vulgata” en J.-P. Migne, *Scripturae Sacrae Cursus Completus*, Parisiis, 1893, p.588.）『スペインの歴史的現実』（一九五四、六〇七頁）を参照せよ。

（3）メネンデス・ピダルが提起した〈二つのスペイン〉というテーゼに対する反論である。カストロは『サンタ・テレサと他のエッセー』（一九七二）の序において、この点に関する手厳しい批判をかつての師に対して加えている。それによると、スペインにはメネンデス・ピダルの言うような二つのスペイン（ヨーロッパ主義と孤立主義に引き裂かれたスペイン）などはなく、諸々のキリスト教王国の中に、宗教的に三分化した生粋的な住民が存在しただけであるという。

（4）そうした書物の中にはいるかどうかはわからないが、かつてウナムーノは「生粋主義について」の中で、内‐歴史（intra-historia）という独特の概念を提起している。ウナムーノによると、これはユダヤ人を追放し、さらにモーロ人の手から自らを解放したカスティーリャの生粋主義が、その歴史の内部に秘めた精神のことで、生粋主義の規範が最高度に求められるのが、セルバンテスやカルデロンをはじめとする古典作家の作品なのである。そうした作家の中には「今日（一八九五年時点）で死につつある諸理念が生きていて、またスペイン国民の内‐歴史的底部には、それらの観念の中に具体化された諸力（……）が生きている」（『ウナムーノ著作集』一、「スペインの本質」——生粋主義をめぐって——佐々木孝訳、四五頁）。ウナムーノの言う、こうした純粋にカトリック的なカスティーリャに内在する生粋主義と、カストロの言う、三宗教の血統からなるスペイン人をおおっていた精神的価値としての生粋主義とが、根本的に異なるものであることは明らかである。

（5）メネンデス・ペラーヨによればファン・ディアスはバルデス兄弟と同郷のクエンカ生まれの人物で、パリ大学で一三年あまり神学を学んだ後、メランヒトンの〈悪書〉を読んだせいで、ハイメ・デ・エンシーナスの手でプロテスタントに改宗した。ヨーロッパ中でプロテスタント側の大勝利とみなされたため、彼の兄アロンソ・ディアスが弟のもとに赴き、カトリックへの改宗を説得したが奏功せず、ついにアロンソは従僕の手をかりて弟を惨殺した（原文のファン・ディアスはアロンソ・ディアスの間違い）。（Menéndez Pelayo, Marcelino, *Historia de los heterodoxos españoles*, (1882), editorial Porrúa, 1982, pp.119-124.）

（6）不倫物語の中で責任のほとんどは夫にあったという見方を共有していた人物として、カストロがセルバンテス以外に挙げているのは、ペトラルカ、マル・ラーラ、ピンシアーノの三人である（『セルバンテスの思想』訳書、二〇三頁）。

（7）サンタ・テレサはスペイン社会の血統にもとづく体面意識（名誉）を否定し、完徳によって、この世の「取ってつけたような権威」とは異なる、真実の不動の権威たるべき存在となることを強く説いた。「名誉に関するなんらかの点について、まだ感じやすく、しかも徳の道に進歩したいと思う人は、どうか私の言うことを信じてください。そしてこの愛着を断ち切ってください。それこそ、どんなやすりも切ることのできぬ鎖です。ただ神のみ、私どものほうからする念禱と惜しみなき努力を待って、そうなさることがおできになります。これは完徳の道における障害で、それがなす害悪は私もまったく恐ろしくなるほどです」（『イエズスの聖テレジア自叙伝』第三一章、女子跣足カルメル会訳、三九五頁）。

（8）アロンソ・フェルナンデス・デ・アベリャネーダ（Alonso Fernández de Avellaneda）は、『ドン・キホーテ』後篇を一六一四年にセルバンテスに先駆けて、サラゴーサで出版した偽名作家で、その正体はいまだに不詳である。ただし序文で、自らの弁護するロペ・デ・ベーガのことをセルバンテスが中傷したということを述べているところをみると、ロペ派の人物であることが想定される。セルバンテスはこの偽書が彼の肉体的な面に誹謗中傷を加えていることに腹を立て、翌年に急遽出版した真正の後篇（一六一五）のなかで、筋書を変えたり、偽書の登場人物（アルバロ・デ・タルフェ）を登場させてドン・キホーテと対話させるなどして、ユニークなかたちで反撃を加えている。

## はじめに――予備的註釈

日々明らかになってきているのは、イベリア半島の住民たちの人間的ありようは、少なくとも七百年以前から書物の中で、彼らに割り当てられてきた内容とは異なるという事実である。かくも異常な状態がなぜ起きたかという原因については、本書（一）が一点の曇りもなく明確にしている。フランスの子どもたちは学校で、ガリアのケルト人とかシャルルマーニュのフランク人は、すでにフランス人であったなどとは習わない。またイタリア人にしても、アルプス以南のガリアのケルト人やエトルリア人、オスク人、ウンブリア人、ローマ人、ロンバルジア人、ヴェネト人、シクロ人が、すでにイタリア人であったなどと教えられることもない。しかしことスペイン人については、前史時代から今ある土地を踏みしめてきたすべての人々が、すでにスペイン人であったという神話をいまだに唱え続けている。こうしてスペインはスペイン人のいない超人間的な空間、言ってみれば輸入された樹木や動物のごとく（スペイン人が十六世紀にアルゼンチンのパンパに放した家畜のごとく）、人間を超えたある種の人々が住んでいるような空間と化してしまった。筆者は子どもの頃、「トバルはヤペテの子、ノアの孫で〔創世記、第一〇章〕、スペインの最初の住人であった」と暗誦させられた覚えがある。言い換えると、スペインがすでにその頃からそこにあったということである。またイベリア民族が存在した時点で、スペインが存在していたことになる。そうなるとリグリア人〔紀元前二世紀に地中海地域に定住した古代民族でローマに滅ぼされた〕

がいた時代に、スペインが存在しないはずもなくなった。そして後にケルト人、ケルト・イベリア人、ローマ人、西ゴート人、そして最後にイスラム教徒もスペイン化されていったということになる。誰かが書いていたが、スペインはさまざまな水が流れ込んだ〈河床〉のごとき存在であった。

計りしれないほど多くの利害と結びつき、深く根付いたこうした信念に真っ向から反対することはたやすい仕事ではない。こうしたケースで人々の反応がどういったものになるかは、容易に推測できる。にもかかわらず、とかく分厚い書物〔主著『スペインの歴史的現実』一九五四、六七八頁〕は読まれないということもあり、〔わりと手頃な〕本書を含めた拙書によって（あえて何度も同じことを説いているかもしれないが）今日、肯定的なかたちでは認められることのなかった、われわれの人間的なアイデンティティの概念を回復することができるであろう。

何も筆者はここで、たとえばイベリア族とか西ゴート族が、スペイン人の意識をもっていたと認定できるようなことは何も行なっていない、などということを論じて、直接的なかたちで問題に切り込もうとしているわけではない。筆者にとってより好ましいと思われたのは、問題の根源そのものに至ること、つまりどうして人々が長年そうした眩惑に囚われたのかという点を解明することである。セネカやトラヤヌス、テオドシウス(1)〈そして他の人々〉がどうしてスペイン人とされてしまったかというと、十五世紀にフェルナン・ペレス・デ・グスマン（彼にとってモーロ人の存在は積年の屈辱であった）が、「詩にも散文にも値しない、悲しくも嘆かわしい歴史」と呼んだような過去を、人々は普遍化されたまばゆいほどのスペイン的価値によって満たす必要があったからである。二十世紀の今、きわめて重要なスペイン人たちの中には、その動機はさまざまだが、十九世紀、十八世紀、十七世紀を無効の時代としていったん棚上げし、抹消せんとすることで歩調をあわせている者たちがいる。

つまるところフランス、イタリア、イギリスなどの歴史学が認めていること（つまり最後のケースで言えば、ピクト人やケルト、ノルマン人がすでにイギリス人であったなどということはない）に対して、目を閉じてきたのは、たんに無知とか論理的思考の欠如などといったものではなく、ビリアートやヌマンシア、トラヤヌス、マルティアーリス、ヒスパリス（セビーリャの古名）のイシドルス、カリフ国のコルドバなどの後ろ盾を奪われることで、心に大きな空洞ができてしまい、そこから生まれる苦しみや苦痛を恐れる気持ちからである。同様のことが地方の歴史についても起きている。たとえばガリシア人は自らの〈サウダージ〉（孤愁）の意味を説明するのに、何世紀にもわたって外国からの巡礼者を多数受け入れてきた事実には目を向けず、ケルト民族であったことに理由を求める。ガリシア、とりわけその壮麗な修道院はサンティアゴ巡礼によって豊かとなったのだが、世俗文化にとって不都合な、宗教的雰囲気に閉じ込められてしまったのもまた、サンティアゴのせいであった。ガリシア人にとっては、ほとんどすべてが天上から降ってきたようなものであった。とはいえ天才的な手法でそれを揶揄した作家（バーリエ・インクラン[2]）もおれば、類をみないような巧妙かつ知的な外交術を行使した人物（イギリス、ジェームス一世の時代のゴンドマール伯爵[3]）もいた。

筆者はヨーロッパやかつてインディアスと称された土地[4]において、（真の意味でスペイン的な）文学作品のもつ素晴らしさを実感するにつれ、いかにも単純で底の浅いスペインの物語を棚上げしても、別段辛い思いをすることはなかった。スペインがまさしくキリスト教徒、モーロ人、ユダヤ人の三つの階層、三つの血統の共存と分裂の結果生み出されたがゆえに、特有のスペイン文明が形づくられたという事実は、誰が読んでもよくわかるようなかたちで書物の前面に出てくることはない。筆者が示してきたように（これは今述べたことの例証として挙げるのだが）、『セレスティーナ』や『ドン・キホーテ』

のような壮大な作品、言い換えるとヨーロッパの小説と演劇というジャンルが可能となったのは、個人とそれを取り巻く社会との矛盾や和合が、あたかも豪華絢爛たるタペストリーのごとくに織り成される、ある種の人間観がそこにあったからである。[二] モンテーニュは本人も触れなければ、その研究者たちも口を閉ざしたかもしれないが、自らのセファルディとしての出自[5]がなければ、『エセー』など書くことはなかっただろう。イベリア民族をはじめとする古代民族もまたスペイン人であったなどという神話が、若者たち（そうした神話のせいで道を誤っているが）の心から払拭されるとしたら、それは他のヨーロッパの国々において通用しているのとは異なる、スペイン人の人間観や捉え方を、思想や価値観の行きかう場所で、深く浸透させたときである。喫緊に求められるこうした目的にいたるために最初に必要なことは、スペイン人の間で生起したことに目を閉ざさないことである。それを明らかにするために筆者が用いるのは、体面感情という試薬である。過去という名の、今のところ形のない織物にそれを適用することで、過去はかつて判読不能であった〈重ね書きされた羊皮紙〉の文字のごとく、明らかになっていくはずである。われわれはその時まで歴史記述の対象ともならなかったしがない農民たちが、偉大で普遍的な人間として躍り出てきたのはなぜなのか、という問題をはじめて知ることとなる。またなにによりもまして必要なことだが、近代において、最も奇妙で執拗な歴史の捏造がなされてきた歴史的理由といったものを、知ることにもなるはずである。重要なことは自らの真の歴史に目を閉じているかぎり、不足したものが得られることもなければ、盲目的な論争から解決の糸口を見いだすことも困難だということである。

　本書でもって明らかにしようと思っているのは、スペイン人が近代の科学技術の発展に重要な貢献をなんらしてこなかったことを知って、われわれが抱くようになった、いわゆるスペイン的な〈劣等感〉

のもとにあるものの正体である。フェリペ二世に対して、ありもしない責任を追及することは、もうやめたほうがいい。また長きにわたって行なわれた遠隔地での戦争とか、半島住民の多くがインディアスに移住したことに由来する過疎化などに原因を求めることもやめねばならない。かくも奇妙で重大な出来事の原因は、読者諸氏も推察されるように、旧キリスト教徒の価値規範そのものにあった。彼らは知的・技術的な労働に携わることで、生粋的な体面を失うことを望まなかったのである。そうした労働は十五世紀以来、スペインのユダヤ人やモリスコ[6]たちにふさわしい（とされてきた）ものだったので、忌み嫌われたのである。支配者として優勢に立ったキリスト教徒の血統は、政治的・帝国主義的に強固な体制を整え、その存在の大きさを誇示していった。一方で、そうした政治を実行していく社会集団は、痛めつけられて十分機能を果たすことができなくなっていた。巨大な政治的な広がりが達成された裏には、社会構造が深く傷つくという大きな犠牲があった。そしてその社会構造を診断し、分析するとしても、間違った前提から出発したのである。スペインの科学技術に関する、長く混沌とした議論から得られたのは、問題自体とは無縁であるために、核心から外れた関心のみである。

　十六、十七世紀における体面感情がどういったものだったのか観察してみると、私にとって長年、出口の見えない迷宮であった問題に対する解答が与えられたように思える。スペインの過去や生の機能を新たな方法で考察することによって、名誉というものが〈概念〉であった、という見方を克服することができるようになった。それを概念と呼ぶ代わりに、名誉に関わる感情の生活体験にもとづく表現、という呼び方をして語るべきかもしれない。筆者は一九一五年に、十分すぎるほどの〈事実〉を手にしていた。しかし非人間化された思想史（Kulturgeschite）の魔手から逃れることはできなかった。しかもそこで学んだのはごくわずかな知識であった。自分もまったく無縁ではない、そうしたものの見方・発想法は、今から見ると、いかにも幼稚で不十分であるように思える。なぜならば、人間的な事柄というのは、もしそこに実際に暮らしていた人々の生活に参入しないとしたら、意味のない殻にすぎなくなるからである。過去の時代に自らを表現した人々の〈感情のツボ〉をおさえるべくできる限りのことをなすとき、つまり時代と共生しようとするとき、十五世紀末からスペイン社会で生起したことは、私の目にはヨーロッパで類をみないドラマとして映って見えてきたのである。その当時までのカスティーリャの状況といったものは、大方、これから述べようとしているところに見てとることができよう。それはフランシスコ・マルケスから伺ったものである。

一四八六年に司教アロンソ・デ・ブルゴス（ユダヤ人の血をひく人物）(三)はパレンシアに入った。「歓迎のための祝祭が大々的に行なわれ、市に居住するモーロ人もユダヤ人も大いに司教を喜ばせた。というのも、共に司教に従うべき臣下だったからである。モーロ人はさまざまな踊りや風変わりな見世物を披露し、またユダヤ人はモーセの律法にちなんだ歌をうたって行列を組んで行進した。行列の後ろにはラビが両手に羊皮紙でできた巻物を抱えて歩いていた。金襴の織物で覆われていた巻物はトーラーというものであった。ラビは司教の近くにやってくると、神の律法に向かってするかのような敬意を表わしたが、話によると巻物は旧約聖書のモーセ五書だということであった。司教はトーラーを恭しく両手にとると背中越しに放り投げたが、それはトーラーがすでに過去のものとなったことをわからせるためであった。ラビは後ろに回ってもう一度それを手にとった。こうした儀式は記憶するに値するものだったが、それは二度とない最後の儀式となったからである。そのときから数年後に、彼らはみなキリスト教徒となったのである」。つまりユダヤ人は追放令の後、洗礼を受けねばならなかった、ということである。(四)

社会構造は依然として数世紀前と同じ状態が続いていた。つまりキリスト教徒、モーロ人、ユダヤ人は司教が市に入ってくれば祝祭を催したが、それは王や大貴族が入って来たときと同様であった。そうした三つの血統はモザイクのピースのように互いに塡め込まれていた。いくつか不備があったとはいえ、九世紀から十世紀にかけて、そのモザイクからスペイン人が形成されてきたのである。これこそ伝統主義者たちがしっかり踏まえておかねばならない伝統である。面倒だから避けて通ろうとしても、それがかなわないのが過去というものであり、そうした過去を理解しようとするすべての人も同様である。不快感や苦い思いというのは、起こったことをごまかしたり言い逃れしたりなどせず、しっかり自分たちの身に引き受けることで、初めて乗り越えることができる。というのも、過去も伝統もそこに息づいているからである。たとえ流れが地下水脈となって外に現われず、唯一、流れに光を当てようと願い、かつそれが可能な人々の前にのみ姿を現わすものだとしても。筆者は一般読者の前に、悲観的な本や逆にいかにも能天気な本を提示することは幼稚なことだと（この言葉をどういった意味で使うのか、おわかりだろうが）考えている。なぜならば真の意味でスペイン的な過去の総体と心底から結びついている者たちにしてみると、ここで問題となっているのは、過ぎ去った何世紀もの間にばらばらに切り離されたスペイン人のみならず、一枚岩となって団結したスペイン人をも〈理解する〉ということだからである。しかしもしわれわれが、これから起きることに関心をもとうとするのなら、いい加減、夢物語的な歴史学（アルタミラ洞窟の旧石器時代から原スペイン人がいたとか、ローマ皇帝トラヤヌスをスペイン人とみなすなどの類）から足を洗ったほうがいいだろう。そしてスペイン人が実際に体験したものに注目すべきである。そうすれば日々の営みと苦しみの下に、体験の結果とでもいうべきものが脈打っていることがわかるはずである。未来は目の前に開かれているが、未来としっかり前向きに向き合うためには、この千年間の間の歴史学のせいで通行不能となった道を作り直さねばなるまい。

一九六一年三月　プリンストン、N・Jにて

## 原　注

（一）本書〔初版一九六一年〕が出た後、『スペインの歴史的現実』（一九六二、ポルーア社刊、メキシコ）の改訂版が世に出た。そこではこれに関連した思想が敷衍されている。〔また『スペインの歴史的現実』（一九七一）、『スペイン人――スペイン歴史序説』（*The Spaniards. An Introduction to their History*, 1971, Los Angeles, University of California Press）も見よ〕。

（二）これに関しては拙論「スペイン的性格と『ドン・キホーテ』のヨーロッパ化」（*Españolidad y europeización del "Quijote"*）を参照せよ。これは『ドン・キホーテ』の版（Porrúa, Méjico, 1960）の冒頭におかれたものである。

（三）彼は十四世紀末にキリスト教に改宗した、ブルゴスのかつてのラビ、ドン・パブロ・デ・サンタ・マリーアの子孫に当たる。

（四）エステーバン・オルテガ・ガート『パレンシアの紋章と長子相続制』（Esteban Ortega Gato, *Blasones y mayorazgos de Palencia*, Palencia, 1950, p.39）。フェルナンド四世の治世（一二五八―一三一二年）に枢機卿ドン・ゴンサーロ・ガルシーア・グディエルの遺体が、ローマからスペインに運び込まれたとき、「キリスト教徒もモーロ人もユダヤ人もこぞって大きな蠟燭と花束を抱えて出迎えた」、「彼はスペインで埋葬された最初の枢機卿であった」（十四世紀初頭の作である『騎士シファール』から。ワグナー〔Wagner〕の版、五頁。E. Buceta, *Rev. Filol. Espa.*, 1930. p.27）。

## 訳　注

(1) テオドシウス大帝（Teodosio I, el Grande）。スペイン・セゴビア（Cauca 現 Coca）生まれのローマ皇帝（三七九―三九五）で、カトリック派キリスト教を帝国の宗教として強制し、異教を禁止し、帝国を東西に二分して二人の息子に譲った。対ゲルマン問題、帝国統一の護持、カトリック・キリスト教の保護によってその功績から〈大帝〉と呼ばれる。

(2) Ramón María del Valle-Inclán (1866-1936). ポンテベードラ（ガリシア）生まれの劇作家・小説家。サンティアゴ大学を中退してからマドリードで新聞記者となった後、ボヘミアン的生活を送り、バローハ兄弟、ルベン・ダリーオ、ベナベンテ、アソリンらとの交友をもった。初期の近代主義的な作品として四部作『ソナタ――ブラドミン侯爵の覚え書』がある。メキシコを数度にわたって訪れ、そこで感じた雰囲気から、固有の美学《エスペルペント》（ばかげたこと、ナンセンスの意味）を生み出し、小説『暴君バンデラス』、劇作『奇跡の宮廷』『ボヘミアの光』『聖なる言葉』などの作品に反映させた。彼は言葉を通して、デフォルメによる人物の戯画化を行ない、権威（独裁者や教会）の失墜などをテーマとして人間の偽善性を告発した。スペイン再生をめざした九八年世代の代表的作家。

(3) Diego Sarmiento de Acuña, conde de Gondomar (1567-1626). ガリシア・ゴンドマール生まれのスペインの外交官。フェリペ二世によってガリシア湾およびポルトガル国境の防衛に当たる司令官に任命され、イギリスとの戦いで積極的な役割を果たした。後にはイギリスの大使に任じられ（一六一三―一六二二年）、スペインのイギリス政策の中心的存在となった。外交的な策士として知られ、権謀術数の限りを尽くす〈マキャベリアン〉という言葉が英国で使われるきっかけとなった人物。

(4) スペイン人が発見、征服、植民した地域の総称。元来は日本、中国、インドなど東アジア地域の総称であったが、コロンブスのアメリカ大陸発見以後は、主として新大陸を指す言葉となった。

(5) モンテーニュの母方の一族はスペイン系ユダヤ人の血統に連なり、キリスト教に改宗したマラーノと言われている。母アントアネット・ド・ループ（またはロペス）(Antoinette de Louppes, o Lopez) はカラタユーのユダヤ人街における有力者パサゴン（Pazagon）家の子孫であった（Cecil Roth, *A History of marranos*, 1974,

p.227)。スペインからフランスに移住し、十五世紀末にトゥールーズに定着し、そこでも有力な家柄として知られた。モンテーニュはこうした自らの血統に関することには一切触れておらず、母はもとより、妻や娘も一切作品に顔をだすことはない（イヴォンヌ・ベランジェ『モンテーニュ――精神のための祝祭』高田勇訳、白水社、一九九三、一七頁)。ところで『エセー』の中で作者の思想の根幹をなす、もっとも重要でよく知られた部分は、レーモン・スボンの弁護（第二巻、第一二章）である。これは同じトゥールーズで、神学・医学を講じたカタルーニャ出身の学者レーモン・スボン（一四三六年没）の『自然神学』に対する好意的な批評だが、モンテーニュ自身もこれをラテン語からフランス語に翻訳しており、これもモンテーニュのスペインとの深い関連性を示唆している。ユダヤ人に対する関係についてはHarry Friedenwald, "Montaigne's Relation to Judaism and the Jews", *The Jewish Quarterly Review*, vol. 31. No.2 (1940. oct) pp.141-148を参照せよ。

（6）モリスコ（morisco）とはレコンキスタ以降にキリスト教に改宗してスペインに残留したモーロ人のこと。彼らはかたちの上で改宗したとはいえ、依然としてイスラム教徒としてマホメットの教えを奉じていたため、フェリペ三世の時代にスペインから追放された（一六〇九〜一四)。なおセルバンテスは『ドン・キホーテ』（後篇、五四章）にモリスコのリコーテという興味深い人物を登場させている。カストロは本書付録の「実在性の工房――『ドン・キホーテ』において、グラナダのモリスコたちによる、イスラム教徒キリスト教の教義の溝を埋めようとする絶望的な企てについて詳述している（三七六―三八五頁)。なお関連するモリスコ問題については、Francisco Márquez Villanueva, *El problema morisco (desde otras laderas)*, Madrid, 1991を参照せよ。

# 序　文

これから述べることでめざすのは、十六世紀、十七世紀のスペイン文学とスペイン人のあり方に関する基本的構造を、手にとるようにわかりやすくすることである。ところで、ここで読者に提供しようと思う内容は、『スペインの歴史的現実』（一九六二［一九七一］年版）と密接な関係がある。その最初の二章で改めて強調したのは、スペイン人という存在は三つの血統、つまりキリスト教徒、ユダヤ教徒、イスラム教徒の三者の共存と対立という、一種の三つ巴から成っているということである。当世流の歴史学がこのことを考慮してこなかったとしても、それは単純で攻撃しようのないまっとうな道理［基本的真実なればこそ、それを受け入れてくれる読者も日々多くなっている］ことでもあり、妨げとはならない。

われわれはこれら三つの血統に属する者たちの、窮屈な隣人関係と長きにわたる競合関係を通して、最終的な分析の結果として、世論の反映としての体面を理解するスペイン的方法を理解することができる。それはけっして人格にそなわった属性としてでもなければ、人々の感じ方と一線を画した、個性化した独自の徳性としてでもなかった。十六世紀のスペイン人が体面を通して理解していたことを分析してみると、体面には栄えある名声を達成したり、地に落としたりする人々が〈評定評価〉したことと結びついた側面がある、ということがわかる。また別の側面としては、〈面目を施された〉人物の内面へと向かおうとする要素、また〈男らしさ〉(hombría) を有しているといった生活体験の中で、安穏として暮らすといった要素も見いだされる。ロペ・デ・ベーガのコメディアにおいて描かれるような劇的要素を欠いた日常生活においてすら、残虐なドラマが生み出されるのは、自分が旧キリスト教徒とはみなされていないと気づいたときである。つまり支配的な血統に連なる人間ではないということで、男らしさなど何の役にも立たない資質だと悟った時点においてである。しかしこうした抑圧的な声なきドラマは、舞台にかけられることはなかった。それはしょせん不可能なことであった。そうした問題と関わるかたちで舞台にかけようとすれば、スペイン社会は実際にあったのとは違うかたちの社会でなければならなかった。言い換えれば、スペイン社会でそうした領域の外に身を置くことができたなら、そして劇場において上から批判的に社会を眺めることができたのなら、舞台にかけることも可能だったかもしれない。しかし十六世紀のスペインで、そんなことを期待すること自体、馬鹿げた時代錯誤であったにちがいない(一)。

純血であるか否かという問題は、ある種のコメディアにおける新キリスト教徒に対する誹謗中傷の原因ともなれば、ルイス・デ・レオンやマテオ・アレマン、アグスティン・サルーシオ（後に引用）などといった人物たちの悲痛で苦悩に満ちた思いの原因ともなった。あるいはセルバンテスが『不思議な見世物』や『びいどろ学士』、『ドン・キホーテ』の中で描いたような、アイロニーを生むきっかけともなった。しかし人は血の純潔にかかわるドグマを疑問視したり、危殆にさらすことはできなかった。それに引きかえ、旧キリスト教徒が男らしさを見せつけるべく、不貞を働いた妻を、たとえ実際に働かなくても、たんにそう疑われただけでも殺害せねばならない、という社会的要請に反旗を翻すことは可能であった。劇の登場人物たちが述べるところによると、男らしさ（勇敢さ）という価値は、口さがない連中からとやかく言われたくないがために、同じレベルで〔血なまぐさい復讐をもって〕振る舞わざるをえないとしても、本来であれば、女性のエロス的な浮気心などを超えていなければならないものなのである。架空の話であれ実際のことであれ、女性側の欠点は嘆き悲しむべき出来事、事件であった。かかる不幸に対して、セルバンテスは合理的な解決法、最終的にいって唯一のキリスト教的解決法は、妻を忘れ去り、男のもとに走るに任せ、二度と戻ってこないようにさせるというものであった。「逃げる敵は追わず……」である。セルバンテスは同時代人のもろもろの〈見方〉に対して、特異なかたちで向かい合おうとしたのである。

反対に、祖父とか高祖父（四代前）がユダヤ人やモーロ人であったというだけで、聖職禄とか政府の職を奪われて嘆き悲しみ、苦痛でもだえる、といった人物を舞台に登場させることなどは考えられなかった。告訴された根拠について議論を戦わせたり、まかり通る大きな不正を支えている者たちを、死刑にすることもとうていできない相談であった。せいぜい問題が提起されるとしたら、抒情的にひとり寂しく歌うソネットの中であったり、ルイス・デ・レオンのような学者の散文の中であったりはしても、間違ってもコメディアの野外劇場のような場所ではなかった。ケベードは最初のケースに当てはまるが、パエトンの無謀さをだしにして問題を扱っている。

そなたの祖父の由緒ある家屋敷と貴族証は
知る人もなし、紛うことなき年代ものよ。
されど原本を根掘り葉掘り探し出したり
あえてヴェールをはがして騒ぎ立てたりしなさんな。

少しは向こう見ずなあの若者のことを教訓にして
道を踏み外して騒動を巻き起こしたりしなさんな。
太陽神から下りてきたことを誇示しようとするあまり
天空からまっさかさまに落ちてきて、ぼろをだしただけ。

埋葬した遺骨をひっくり返したりしなさんな。
今一度、調べなおした証人の口からもぞもぞ
這い出てくるのは、紋章どころか蛆のみよ。

たくさんのことを新たに知ったとて
しょせん、火あぶりで死ぬ者たちを増やすだけ。
パエトンたちよ、他山の石とするがいい。(二)

ところで自らの血の清浄さ（純血）を誇示しようとする、狂おしいまでの思いが高じて演劇上のテーマとなるに至ったとするなら、体面という点で男らしさによって支えられてきた者たちというのは、必然的に純血の旧キリスト教徒でなければならなかった。それは真正の郷士とされていたことでそうなる場合もあれば、農民という身分、昔からの無教養な血筋であるという事実でもって証明される場合もあった。カルデロンが『サラメアの村長』を創作するきっかけとなったペドロ・クレスポという人物は、コメディアの中で自分は読み書きができない、と告白している。『フエンテ・オベフーナ』とか『ペ

リバーニエス』などにでてくる農民たちも同じように無学である。ところが血筋だけは純粋そのもので、そのことをはっきり誇示している。フエンテ・オベフーナの一代議員は騎士団長が村人たちの名を汚すような振る舞いをしたことで彼と対決し、団員の騎士たちの中には自分たちほど純粋な血筋をもっていない者もあるはずだと述べている。無知な農民は〈祖父の貴族証〉がきちんとした立派なもので、いかなる疑問の余地もなく、地球上の津々浦々まで神聖なる福音を述べ伝えることのできる、栄光にみちた血統に連なることを確信していた。

したがって体面のテーマは二つのきわめて明白な側面を示していた。一つは内在的な男らしさに向かうもの（ギリェン・デ・カストロの『シッドの青春譜』*Las mocedades de Cid* とか、カルデロンの『志操堅固な王子』*El Príncipe constante* などに最高の模範が示されている）。もう一つは〈世論〉という名の目に見えぬ匿名の怪物のもつ、社会的な重大さに向かうものである。後者は、勇敢な血統つまり、シッドやララの公子たち、最近まで未知の存在であった新大陸や、ヨーロッパにおける帝国の征服者たちの血統に連なることを誇りにしていた者の〈男性性〉を、しかるべき時に問題視することとなる。ロペ・デ・ベーガのコメディアは、スペイン帝国の偉大さを背景にして初めてくっきりと浮き彫りになる。

ロペ演劇の叙事詩的・英雄詩的な調子は、多数派スペインの価値規範の中に定位させたとき初めてよりよく理解できる。英雄的なことがらの上演や提示は、時として伝統的テーマと結びついている場合もあれば、そうでないときもある。『オルメドの騎士』（*El Caballero de Olmedo*）にみられるような英雄主義は、〈男らしさ〉という点から見ると、武勲詩とそれを引き継いだロマンセーロ〔ロマンセ集〕のそれと平仄が合っている。つまり公衆の面前で闘牛を殺す勇気は、ひとり夜道を行くことで殺される危険に立ち向かう大胆さと符合している。従来の文学的伝統が守られていったのは、支配階級たるキリスト教徒の血統に属しているという傲慢な意識が、同じ血統の最下層の人々の中に注入された、という事実と関連性をもっている。十五世紀以降、そうした者たち〔無学な農民〕は、新旧のキリスト教徒たちが対立するといった単純な構図の中で、社会の第一線に躍り出たという感情を抱くようになった。ドン・フェルナンド王をはじめとする新キリスト教徒は、文化面できわめて重要な役割を果たし、カトリック両王の宮廷でも際だった存在であった。

メネンデス・ピダルはキリスト教徒の騎士たちが「はやる勇気と心意気を鎮めるべく偉大なる武勲譚」を聞こうとして、食事中に武勲詩を朗誦させる習慣があったことを示す貴重なテクストを引き合いに出している。かの著名学者によると『七部法典』の規定では、「吟遊詩人は彼らの前では、武勲詩以外の歌を吟じてはならない、さもなければ武勲について語るべし」とされていた（筆者の言葉で付言すると、十三世紀の抒情詩はガリシアやカタルーニャ、プロヴァンスの吟遊詩人の手になるものであって、カスティーリャ詩人のものではなかった）。一世紀後に親王ドン・フアン・マヌエルは、食後には王に対してこそ「騎士道と立派な武勲の輝かしい話」をするべきだと述べている。十五世紀にはディエゴ・ロドリーゲス・デ・アルメーリャが王侯や公子たちを前にして歌舞音曲を披露する古の習慣について触れ「騎士道の名高い武勲にまつわるロマンセ」が歌われたことを指摘している。[三]

こうしたことはかつて英雄的な武勲や、カスティーリャの血を引く偉大な者たちのなしとげた事績を回顧することに興味をもっていた、王侯貴族や公子たちを満足させるべくなされたが、十六世紀末になると、演劇作家たちが同じカスティーリャの血を引く後世の者たちを喜ばそうとして、同様のことを行なうようになった。この血統に連なる者たちは汚れた悪い血、とりわけユダヤ人の血を引いている者たちの仇敵であった。[四]そうしたところからアントニオ・デ・ゲバラは、人は「汚れなき生粋な女性」と結婚せねばならないと述べたし[1]、他の作家たちも生粋（castizo）という語を、同じ意味あいで使用するようになった[五]。十五世紀以来のスペイン人の生の過程は、グラナダやナポリ、インディアスなどの赫々たる功業を可能にした血統の者たち（カスティーリャの領袖や指導者から、末端に広がる人間集団まで）の意識が、大きな広がりをみせていった事実のうちにある[六]。今一度、確認しておかねばならないが、こうしたことが明らかになるのは、われわれが抽象概念による見方や種別的な性格付け（ゴシックとかバロックなど）をいったん棚上げし、作家が自らの作品と社会の関連で、どういう立場から何を目的にして書いているのかという視点を選び取ったときである（ちなみに、ロペ・デ・ベーガやバルタサール・グラシアンは『ドン・キホーテ』を口汚く罵った）。だからといって、生を理解するのにたんに価値判断の方法が決定的だと言ってすむ話でもない。そうした見方にともなう抽象性（「誰といっしょにいるのか言ってみろ〔お前がだれだか言ってやろう〕」といった諺に暗に含まれる）が超えられないとするなら、一民族のいかなるものにも還元しえない、独自の現実を把握することなどかなわない話である。〈諸価値〉については種別的なやり方で多くを語ることもできようが、ややもすれば、スペイン人が他のヨーロッパ人とはいささか異なる存在であること、そして自分たちの歴史（なしたこととなさなかったことの両面）がモーロ人やユダヤ人を抜きにしては理解不能となることに、気づかずじまいに終わってしまう。

カスティーリャ人が独自の血統として成り立ったのは、己が宗教的信念や軍事的勝利のみならず、カスティーリャの英雄たちを武勲詩に歌い上げる才能によるところも大きかった。彼らは叙事詩・英雄詩的な努力によって、自らの存在の地平を描き出し、それに自らを合致させたのである。さもなければモーロ人とかフランス人に吸収されてしまっていたかもしれない。カスティーリャのキリスト教徒が、他の民族よりも特に伝統的というわけでもなかった（ある面ではイギリス人の方がより伝統を重んじる）。今あるような姿となったのはきわめて特殊な状況があったからである。社会で最も強い血統として支配的となったのは、国内においてモーロ人とユダヤ人という競合していた二つの血統を隅に追いやった後、〈生まれつき〉世界を支配するに値する存在としてあるという自己認識に、強く凝り固まってしまったことによるものである。三つの血統は何百年もの間、親密な共存関係を保ってきたため、決定的な分裂から計りしれないほど致命的な結果が招来した。

ロペ・デ・ベーガのコメディアに戻ると、思い出してもらいたい、『フエンテ・オベフーナ』の中でラウレンシアという女性が、たんに同じ村人たちの〈男性性〉を問題視するということを唯一のきっかけとして、皆がいっせいに騎士団長に立ち向かい、こてんこてんにやっつけようと動き出す。彼女はかの怪物によって村の娘たちが凌辱されても、村人たちはむざむざとそれを見過ごして、お咎めもないままにしていることに憤慨したからである。フエンテ・オベフーナの村人たちはすでに見てのとおり、カラトラバ騎士修道会の騎士よりももっと清浄な血をもっていると主張していた。というのも体面上の落とし前を流血で清算するのに、必ずしも村人である必要はなかったからである。しかし対面を保つためにどうしても欠くことのできない条件は、旧キリスト教徒たる出自を有すること、またはそのように主張することであった。ここで強調しておきたいが、体面のことで思い煩う新キリスト教徒を舞台に登場させることだけは、とうてい考えられないことであった。実際にはこうした名誉は〈普遍的な人間的〉感情の表われなどではなく、スペイン人のもつ社会的な側面であった。村人（農民）は旧キリスト教徒であるがゆえに〈演劇上〉は、領主に勝る真正なる体面を有していた。というのも領主たちは、ユダヤ人と縁戚関係を結ぶことにあまりこだわりをもっていなかったからである。それとは反対に、コメディアの外では、新キリスト教徒が血をもって復讐に走ることもあったが、それはまさしく旧キリスト教徒ならではの行動でもあり、実際にはそうでなくとも旧キリスト教徒であることを誇示しようとする者たちの特徴でもあった。アラゴン王国の新キリスト教徒にとって、恥辱の典型ともいうべき『アラゴンの緑の書』(*Libro verde de Aragón*)という本には、(2)次のような記載がある。「カルロス・デ・ポマールは妻マリーア・サンペールを殺害したが、それは妻が男といるところを押さえたわけではないが、不貞を働いたと人から告げられたからである」。体面や残虐な復讐をテーマとする劇が舞台にかけられてきたのは、まさにスペイン的生の構造と生粋性を尊ぶ理想ゆえである。

繰り返すようだが、実際にスペイン人がどういった存在であったのか、本当は中世人でもなければ原始人でもなく、それに類した何者でもないといった事実について、筆者が曖昧な見方しかもっていなかった時点で語った、〈名誉〉の概念(3)などは忘れ去ることとしよう。〈人がその中にある生〉〈〈生起していること〉とは別の何ものか〉というものこそ、文学のありようを理解するためにも大いに役立つものである。そうした文学というのは、決まった型にはめるような、いかなる定義づけにもなじまない。つまり文学は自発的なかたちで進歩することもなければ、文学的ならざるいかなるものとも直接的な関係をもつこともないのである。主体としての人間が文学を編み出そうとするのは、自らの生の中で占めている立場から出発し、表現目的を出発点であると同時に、目標として掲げているからである。文学がそれ以前の過去の文学からしか生まれないとしたら、ほとんど価値あるものとはなりえないし、へたをするとまったく無価値となってしまう。ヘーゲル的発想というのは、芸術作品の作者については何も知らないほうがいい、作品はさまざまな主題の集合として、また文体の〈進化〉における一段階として捉えられるべきだ、という容赦ない見方に立っている。こうした道具立てによってロペ・デ・ベーガにおける体面の問題を理解しようとしても、それはできない相談であり、彼がなぜ中世的テーマを好んで扱い、それに新しい息を吹き込んだのかもわかるまい。むしろコメディアを書いた者たちや、コメディアを楽しんだ者たちの方に注意を払うべきであろう。十五世紀末における演劇はコンベルソたちの作品であった。[4] 彼らは社会的な地位を得ることに情熱を傾けていたのである。十六世紀も終わり頃になると、演劇は勝者たる血統〔キリスト教徒〕の問題を代弁するものとなった。そこには二つの時代を分け隔てる深い溝が横たわっている。とはいえ、ルカス・フェルナンデスやトーレス・ナアロ、ディエゴ・サンチェス・デ・バダホスなどの〔十五世紀末のルネサンス〕演劇にも、体面世論を熱望する気持ちとか、それを有しないことの苦悩といったものが窺える（十七世紀のフランスでは、劇作は万人のためではなく、特定〈階層〉のためだけに書かれた）。

いわゆる中世（スペイン人にとって不適切な概念である）[5][七] の叙事詩的テーマは、十二世紀から十四世紀にかけて、珍味佳肴の食事の後で貴顕たちの想像力を掻きたて、心を熱くさせたものだが、十五世紀になると、サンティリャーナ侯爵が言うように、「卑しい下層民」にとって心躍らせる詩的素材となった。彼らは十四世紀末の言い方だと、いわゆる〈取るに足らない〉(menudos) 存在であり、後のカトリック両王の時代だと〈庶民〉(los comunes) であった。かつて下層にあった者たちが、次第に成り上がっていくわけだが、それは彼らの生と、ロマンセーロの叙事詩的・熱望的な調子とがうまく合致していたからである。十六世紀にロマンセーロは王侯も庶民も同等に魅了し、天才的なロペ・デ・ベーガは同時に叙事詩的・叙情的・劇的であるような詩形式の中に、万人を取り込んでいくこととなる。最高の地位にあった血統に連なる者たちは、自己がそうした存在であるという意識の中に深く潜りこんでいった。しかし彼らは孤立した存在であったわけではなかった。忌まわしき新キリスト教徒たちが、独りにしておいてはくれなかったからである。そこから人が、サンチョ・パンサの言うような「四つ指幅もの脂身」のついた旧キリスト教徒かどうか、という問題をめぐるドラマが生まれたのである。文学と生とは同じ樹木の枝々のごとく、いっしょに大きくなっていく。知的文化を担う人間は、尋常ならざる不可避で悲壮的な状況のせいで、ただ知的な人間だというだけで、英雄的な選良たちの血統、根源的な男らしさを尊ぶ血統とは縁のない存在になってしまった。またそうしたことの致命的な結果として、当初はささいなことだったが、後には大きな意味をもってきたこととして、人々が叡智や知的労働を意味する、あらゆる職種につくことを避けるようになったのである。厭うべき忌まわしい血統に連なっていないことを証する最良の方法は、無学な農民であることそれ自体であった。これによって筆者はかつてどうしても理解しえなかったことにやっと得心がいった。つまり農民や粗野な人々、無学者という存在が、〈世論〉の攻撃から身を守る体面そのものを意味するようになったということである。また体面とともに、男の中の男たる資質（勇気）をも体現することとなった。読者は歴史学が無視してきたかくも大きな、こういった現象がなぜ、どういったかたちで生まれたのか、理解していくはずである。

この場でロペ・デ・ベーガ自身が不当にも〈愚かな〉(necio) と呼んだ俗衆の楽しみのために、ロペや他の劇作家たちが舞台にかけた作品のすばらしさを評価するのは筆者の任ではない。[6]

筆者にとって喫緊の仕事は、体面意識についての若干の見方を前もって示しておくことである。それはスペイン人が知性と思想にわずかな関心しか寄せないことで受ける不利益をものともせず、自らが〈かくある〉ことで、何としても自己正当化したいという強い願いが、どれだけ広く浸透しているかを明らかにしたいからに他ならない。[八]〈体面を扱ったケース〉とその状況との関係を、問題を捉えるための視点として据えることによって初めて、スペイン人が十六世紀以降、知的活動に関連したあらゆる部門で、他のヨーロッパ諸国がたどってきた方向から離れてしまった原因を、見いだすことができたのである。そしてまた、そうするべき時でもあった。注意深い読者には周知で当たり前の理由かもしれないが、十五世紀の末以降、より深く〈血統に根付いた〉、異論を受け付けない傾向をもった社会の人々の、ものの考え方に異を唱えることはきわめて危険になっていった。そのことを明確に示してくれるのが、カトリック両王の碑文である。これは拙著『スペイン人の起源・実体・存在』（*Origen ser y existir de los españoles*, 1959）［その改題『スペイン人はいかにしてスペイン人となったか』（*Los españoles: cómo llegaron a serlo*, 1965）および『スペインの歴史的現実』（一九七一）］の中で明らかにしたものである。人はいやがうえにもあらゆる面で、それもとりわけ宗教面では、同じ見方をとるか、あるいはとっているかのごとく振る舞うことが求められた。国外の異端であるルター派に反対すべきことは言うまでもなかった。ただルター派にスペイン人が関与したケースはごくわずかだったので、それはさほど恐れるには足りなかった。それ以上に重要だったのは、〈血統〉として支配者となるのは誰かという問題をめぐる対立であった。言い換えると、公式的には一様で、より強大になっていったキリスト教徒の血統と、支配的〈世論〉から見て、虐げられ従属化したユダヤ人とモーロ人の二つの血統によって、一体化していたスペイン社会の、価値規範に完全に合致するにはどうしたらいいかという問題であった。それは今はやりの歴史では見向きもされないかもしれないが、考えてみれば驚嘆すべき状況である。なぜならば旧キリスト教徒は、血の純潔という面に関して、自らの価値体系の中にユダヤ的規範を接木したからである。それは旧約聖書（エズラ記、ネヘミア記）に説かれていることであり、筆者は『スペインの歴史的現実』の改訂版で詳しく論じた〔一九六二年、四四―四八頁〕。先祖代々のキリスト教徒の血統といえども、競合する血統から数多くの逃亡者を取り込むことでユダヤ化され、地球上の広範囲の地域で、人格としての

〈至上命令的な広がり〉(dimensión imperativa)〈人格がすべてに勝る力をもつとする見方〉を大いなる価値とするようになった。キリスト教徒のすべてに覇をとなえようとする気質や能力は、数限りない企ての中で試練にさらされたのである〔九〕。

学問をはじめ富を生み出す技量や技術的才覚(こうしたものはどれもスペイン系ユダヤ人の特技であった)といったものは、〈生粋〉(castizos)をこととする血統の者たちにとっては、逆にますます価値なきものとなった。人は自らを根源(聖書流に言えば〈種〉)においてあらゆる汚れとは無縁の、かくある存在として意識し続けることによって、そこから発する後光たる〈男らしさ〉〔一〇〕を発揚させて、自己を再確認してゆくのである。

ここまでで述べてきたことと、今後さらに述べていくことを通して、筆者が試みたのは、体面の問題を、とりわけカスティーリャ的な意味におけるスペイン人の価値論的・存在論的意識の中に据えていくことである。ガリシア人やカタルーニャ人は十六、十七世紀における国民演劇にほとんど貢献しなかったし、それ以前においても、叙事詩(7)やロマンセーロなどとは無縁の存在であった。体面のドラマには見えない背景として、血の純潔令という生きたドラマがあった。またそれが適切だったか否かという長期にわたる論争もあった(後で引用するアルバート・A・シクロフの著作を参照せよ)。

用心深い言及の仕方でしか表現できなかったとはいえ、そこから生まれた苦悩が多くの人々の魂を引き裂いたことが刺激となって、多くのスペイン人が文学や哲学などの学問的活動を活発に行なうようになった。スペイン文明はそうしたスペイン人なくしては、今あるようなものとはなりえなかったはずである。[何となれば、なんらかのかたちでユダヤ人の先祖をもっていた者たちにしてみても、彼らはそうでない者たちとまったく同じ、カスティーリャ人でありスペイン人であったわけだから。筆者がかつてスペイン人の範疇から偉大な作家たちの何人か（ルイス・ビーベスはその種の憤激が向けられた最たる例であった）を外そうとしたとして抗議した者たちは、今では筆者がセルバンテスをスペインから奪い去るとして反対している。しかしドニャ・フアナ・エンリーケス（カトリック王フェルナンドの母）がユダヤ系であったことは明白だし、この王の子孫たる王はすべて同様の血統的汚れから免れてはいない。広い範囲の貴族階級においても同様の状況にある。なればどうして、セルバンテスやサンタ・テレサ、ルイス・デ・レオン、ゴンゴラ、グラシアンをはじめとする人々の、ユダヤ的血統について歴史・文学的動機から触れる必要があるときですら、かくもがさつに騒ぎ立てるのであろうか。われわれはスペイン人という存在を、彼ら本来のものである人間的時間と人間的空間の中に、定位させねばならない。その空間はキリスト教徒やムデハル（中世スペインで改宗することなくキリスト教王国に定住し、その支配に従ったイスラム教徒）、ユダヤ的血統につながるカスティーリャ人やアラゴン人などによって占められていたのである。（一二）」

スペイン人の未来はスペイン人が望むように思い描けばいいとはいえ、未来を築く者たちは好き勝手に頭で思い描いた歴史ではない、真正な歴史と真正面から向き合うことから始めるべきであろう。われわれは十九世紀という時代に、スペインでもイベロアメリカでも、交通手段から地上や宇宙の現実を知るための手始めとなる思想に至るまで、つまりまったく取るに足らないものに至るまで、外国からの援助を必要とするような、学問を欠いた人間集団となってしまったことの原因をはっきりさせねばなるまい。人はスペイン人の文化的衰微や無能力の原因を、あるゆるもののせいにしてきたが、そうしたもののどれもが、背後にある現実的で実効的な原因とはかけはなれたところにある。実効的原因とは何かといえば、十五世紀から十七世紀にかけて、スペイン人が生きていく上で規範としていた価値体系とその機能である。

この時代にはスペイン帝国が建設されたが、スペインに敵対し競合する国々のみならず、帝国の建設者自身もまた、それを前にして驚嘆するほどであった。筆者はかなり以前から、スペインの宿痾を異端審問や教会のせいにすることは有効ではないと考えている。それはルターの宗教改革やフランス革命を、すべてフリーメーソンのせいにする者たちの幼稚な態度と一脈通じるところがある。スペインで生起したことは、スペイン社会の主体となった者たちが作り出したものであり、異端審問も教会も、十五世紀末以来、カスティーリャやアラゴンで大衆が選び取った道筋にたいする、責任を負うべき主体ではなかったからである。

十六世紀におけるアンドレス・ラグーナやガルシーア・デ・オルタ、クリストーバル・アコスタなどの植物学に関する著作、ペドロ・ヌーニェスの天文学と数学についての著作、フランシスコ・デ・ビトーリアの法学的・社会学的研究、バルデス兄弟の明確で辛辣な散文、多くの賢明なる人文主義者たちの聖書学的・世俗的批判といったものを読んでみれば、おのずと自問せざるをえなくなってくるのは、なぜこうした知的活動の流れが途絶えてしまったのかということである。なぜかくも精緻な思想家であったルイス・ビーベスの作品や、ゴメス・ペレイラの作品に続くものが出てこなかったのかというだけに止まらず、それらがいかなる実効性も残すことなく無視されてきたのか。(一二)こうした赫々たる人物たちの中から、本当は一人でもデカルトやスピノザやガリレオに相当する人物がでてきてもよさそうなものだったが、でてくる気配はなかった。他のヨーロッパにおいてもなお一五五〇年の時点では、精神界の天才があふれるほど多く輩出していたわけではなかった。ところがその後どうなったか。これから述べるように、コペルニクスの体系はサラマンカで〈読まれる (leerse)〉(当時の言い方) ようにはなったものの、最も基本的な数学ともども、結局は無視されてしまった。十七世紀初頭のスペインの印刷所には、ギリシア語の活字がなかったので、ギリシア語の引用のある本を印刷する場合には、アントワープ（スペイン王家の所領地できわめてカトリック色の濃い市）まで持って行って印刷せねばならなかった。アルカラやサラマンカのギリシア学はどうなってしまったのか。マドリードのギリシア語教授ドン・ラサロ・バルドン（don Lázaro Bardón）は十九世紀に入ってもまだ、学習用の詩文撰を作っていたが、筆者はそれを使ってギリシア語を学んだものである。博学な先生はラテン語による序文の中で、ギリシア語文を自分の手で（propriis minibus）作ったが、それはギリシア語文を作れる植字工がいなかったからだと述べている。活字はパリからもたらされていた。ならばスペインでは一体何が起きていたのか。もしわれらの先生たちがそのことを知っていたのなら、われわれが意気阻喪するのを防ぐとともに、多くのスペイン人を害してきた辛いコンプレックスを断ち切るべく、どうしてそのことを語ってくれなかったのだろうか。博学な人々が〈対抗宗教改革〉といった、薄っぺらな概念を依然として振り回していることに、愕然としてしまうのは私だけだろうか。

『スペインの歴史的現実』の中でも触れたが、われわれはヒネール・デ・ロス・リーオスやオルテガ・イ・ガセーあるいは一九三七年のファランへ党員の書いたものの中においてすら、スペイン史における最後の三百年は、無価値の三世紀とみなすべしといった論調を読み取ってきた。十九世紀にはフェルナンド七世が〈間違って呼び出された三年間〉(8) について語った。また今世紀においては、われわれは三世紀もの間、日の没することのない——奇しくも修辞的表現が地理的現実と一致したケース——帝国であったスペインという国の、過去の文化ががらがらと崩れ落ちてゆく姿を目の当たりしたとき、落魄の極にまで落ち込んでしまった。

筆者自身はそうした落胆から抜け出そうと願ったし、また、かなり多くの人々を抜け出させることもできた。しかし衰退について語るだけでは足りないし、それを外部的状況（異端審問、不毛の土地、戦争や征服の結果としての人口減少など）のせいにすることもできない。そもそも文化というものは、常に人々によって己の心理に沿って決断され、成し遂げられたものであるにもかかわらず、そうした点を考慮せずスペイン人は他のどの民族よりも、学問に対する適性が少なかったのだと言わんばかりに、〈心理〉的要因のせいにすることもできない。したがって、エル・エスコリアル僧院が王の墓所であると同時に、書物と貴重な手稿にとっての墓場であった原因を、はっきり突き止めることが必要となった。フェリペ二世が蒐集した素晴らしい知的財産が、どこかの外国人が十八世紀末か十九世紀に蘇らせようとした時点まで、ずっと埋もれて知られぬままであったのは、一体どういう衰退や心理的要因が作用したからなのだろうか。実はあるフランス人があのすばらしい図書館のギリシア語資料をカタログ化したのである。これほど深刻な文化的停滞は何に起因するのだろうか。歴史書を読んでもこの問題には触れていないし、対抗宗教改革などという都合のいい理由のせいにしているのが関の山である。悲しい悲しいと嘆くか、さもなければ人間とは関係のない事柄のせいにするのである。あたかも歴史学というものが責任を何ものかに押しつけるだけで、〈人間の内部にこそ真実がある〉、つまり人間の真実、人間の現実というものがある、ということを忘れてしまったかのようである。そこから筆者は本とか文書の中で触れられている事実というものを、かく〈あらしめる〉(habitable) ようにしようと決意した次第である。なぜならばかく〈あらしめられ〉なかった人間的事実というものは、人間性を喪失した空っぽの殻にすぎないからである。

文書をピラミッドのように積み上げたところで、エル・エスコリアル僧院の壮麗なる図書館が死んだままであった理由も、また十六世紀以降の西洋の科学技術の創造的プロセスにスペイン人が関与しなかった理由も、見いだすことはできなかった。それだけを取り出したところで何の意味も与えてくれない文書というものの、背後に横たわっているさまざまな現象を、そうしたやり方とは異なる方法で提示する必要が生じるのも、まさにそこに原因がある。筆者のことを、知識を蔑ろにしていると根も葉もない非難をする者たちは、こうした窮地から逃れるために、博学の知識がどのように役立ったのか、まず教えてもらいたい。

確かにデカルトはフランスから逃げ出さざるをえず、〔その後は居をオランダに定め、以後二〇年間各地を転々としながらこの国に隠れ住んだ〕ガリレオもまたローマ教会との間で苦境に立たされた。しかしこれに類した出来事によって、フランス人もイタリア人も総崩れになって、あらゆる文化的活動から逃げ出し、宗教に走るということにはならなかったし、自由な知的関心を抱いていることが知れて、他と区別される恐れを抱くこともなかった。これから見ていくことになるが、スペインではまさにこうしたことが起きたのである。筆者が『スペインの歴史的現実』（一九五四年版、最終章）の中で述べたとおり、十六世紀後半以降、思考に関わる活動は重大な危険を伴うようになった。ヨーロッパの他でこのような現象が起きた国など他にはどこにもなかった。少なくともこれほど根源的なかたちでは。というのも問題は他でもない、そうした状況の根源的な部分に関わっているからである。したがって体面に関わるテーマを掘り下げることを通じて、〈宗教的閉塞〉——よくスペイン人の後進性の原因とされるが——というものが、より深いところにある現実の一側面にすぎないことがわかるだろう。ドイツから輸入された言葉であり概念である、対抗宗教改革（Gegenreformation）という陳腐で便利な言葉は、われわれの役には立たない。モンテーニュの『エセー』やガリレオの物理学は、まさにあの時代に出現したのである。

またカトリックのフランスでは、プロテスタントはその存在を認められた。(9)

筆者がかなり以前から驚いているのは、スペイン文化の問題を突き止めようとする際に、ヨーロッパから輸入されたもの、言い換えると、ヨーロッパとの結びつきを決定的要素とみなそうとする人があることである。そうした結びつきがなくなったのは、フェリペ二世がご丁寧にも、正統性という幕の後ろにスペイン人を孤立化させたせいだ、というのである。それによって固有の文化がなくなってしまったのは、仕方がないと暗黙のうちに認めてしまう。なぜならば輸入することがどうしても不可欠だったから、というわけである。七世紀の段階で、西ゴート族と他のキリスト教世界との結びつきは、まだまだ弱い段階であったにもかかわらず、ヒスパリス（まだセビーリャとなっていない時点での古名）を起点として、大司教イシドーロ(10)の知が遍く広められた事実は忘れ去られている。今日、われわれはロシア人が、脆弱なドグマを損なう可能性のある、あらゆるものから遠ざけるべく、自国民を孤立化させている現状をつぶさに見ている。と同時にロシア人はその傍らで、科学技術を積極的に押し進めている。もしキリスト教徒のスペイン人が、もともと学問に対する愛好心をもっていたならば、いかなる孤立もものともせず、それをさまざまなかたちで活かしていったはずである。こうしたことを鑑みるに、文化的孤立の原因はルター派への恐怖などではなく、十六、十七世紀のキリスト教徒、それもカスティーリャ人の〈生粋的〉な精神の奥底で、存在が感受されるような何ものかであったことが判明する。というのも主としてカスティーリャ人が、イベリア半島の生に独特の色合いと方向性を与えてきたからである。

問題は宗教的な次元から、次のような別の次元の問題へと変容した。つまりスペイン帝国の内部で、社会の片隅に追いやられることを恐れるまでもなく、それどころか卓越したやり方で傑出し、第一線に躍り出るための力と権利を有していると自負していた者たちの問題である。正統と異端の間の紛争の後、キリスト教徒とユダヤ人の間で長きにわたる対立が続いていた間に、実際に解決をみたのは、スペイン人として〈体面を保っている者〉は誰かという論争であった。もし〈体面を保つ〉必要が、何にもまして、神言の王国を打ち立てるという理想の下にあったとしたなら、ユダヤ人やモーロ人の子孫が、信仰と行動の両面で、真正なキリスト教徒であったかどうかを、確認することだけで足りたはずである。しかし実際にはそうとはならなかった。というのも、実際に重要だったのは——明らかな異端の場合は例外として——先祖の血統であった。言い換えると、社会的な卓越性がキリスト教徒の血統に対応していたのか、あるいはユダヤ人の血統に対応していたのか、という問題であった。というのもユダヤ人の汚れは秘蹟の力によって、払拭されもしなければ、清められもしなかったからである。こうした宗教的なちぐはぐさは、十五世紀以来、ある種の人々から指摘されてはきた。彼らの主張では、何千人ものモーロ人やユダヤ人に対して一朝一夕に洗礼を受けるように強要することは馬鹿げた政策であり、非人間的な行ないだとするものであった。キリスト教王国における社会の骨組みは崩れて、ぐらぐらと傾いてしまっていた。

こうした視点に立たなければ、どうしてこれほど熱心に、スペイン系ユダヤ人の職業上の特質や性格特性を見いだそうとする努力がなされたのか、理解に苦しむところだろう。(一三) もしユダヤ人の職業がキリスト教徒のそれと異なることがなければ、彼らの職業がユダヤ的で忌まわしいものだと指摘することに、どんな意味があったであろうか。もし純然たる宗教的争いということになれば、人文主義者とか学者が教会の意向ときちんと合致しているかどうか調べればすむことだったが、実際にはそうではなく、彼らにユダヤ人の先祖がいたかどうかだけが問題にされたのである。あまつさえ、疑いをかけられた人物が才気〈煥発〉であったかどうかまで、根ほり葉ほり調べられたのである。それはまさに《この世にばかなユダヤ人と怠け者の野うさぎはなし》と言われていたからである。スペイン系ユダヤ人がより好んだ仕事や職業、技術などを、これほどまでに細かく調べようというのは、宗教そのものの背後に、もっと不安を掻き立てるものがあったということを物語っている。それは何かといえば、キリスト教徒という支配的な〈血統〉の力や名声が、カトリック両王治世の年代記作家アンドレス・ベルナルデス（別名《宮殿の司祭《クーラ・デ・ロス・パラシオス》》）の顰《ひそみ》にならうと〈聳え立つほど〉の高さにまで達したユダヤ的血統によって、目減りさせられるのかさせられないのか、しっかり見極めることであった。[一四] 支配者たる戦士の血統は、自らを〈清浄〉にして〈清澄〉なる〈麗し〉の血統、真に生粋なる血統として規定した。しかしその反面、キリスト教徒は賢者たる資質や、熟練した行政的手腕、立派な財政的手腕、困難な国の経済状態を立て直す、経済的手腕を誇りにすることは絶えてなかった。ファン・デ・マリアーナ神父は一六〇一年にユダヤ人追放に関してこう述べている。「スペインを去ったユダヤ人の数は正確にはわからないが、夥しい数だったことだけは確かである。そこでドン・フェルナンド王に対して、これほど有益な土地所有者たちを、国から追放する決定を下したことを非難する者も数多い。連中は金儲けのあらゆる手段を身につけていたからである。少なくとも、他の地域（たとえばオランダ、トルコなど）に移住したことで、そこが手にする利益は大きい。何となればスペインの富の大部分を持ち去ってしまったからである」。マリアーナ神父によれば、心から洗礼を受け入れた者もあれば「キリスト教徒の仮面を用いようとした者もあったが……それも虚偽と欺瞞でできあがった民の常なれば致し方ない」（『スペイン史』第二六巻、第一章、*Historia de España*, lib. XXVI, cap.1）。しかし見たところ、スペインの富はほとんど彼らに依存していたのである。

繰り返すようだが、スペイン人に見られる知性の病や新奇さに対する無関心といったものを、対抗宗教改革や宗教的排他主義、異端審問などのせいにしたとき、われわれは深く道に踏み迷ってしまったのである。たしかに異端審問がいったんコンベルソたちによって設置され、キリスト教徒集団と恐怖に脅えた多くのユダヤ系の人々によって維持されてきた結果、知的労働に携わる者にとって、息詰まるような苦痛を一層強く感じる要因となったことは否めない。しかしここで本質的問題とすべきは、そうしたことすべてを生み出したきっかけともいうべき出発点である。それと同様に重要なこととして、十四世紀末までのほぼ四百年にわたって、半島のキリスト教王国にはキリスト教徒とムデハル、ユダヤ人がかなり平和裡に共存してきたということを忘れてはならない。それはイスラム教の教えに基づく、寛容さを重んずる体系があったればこそである。そのおかげでかかる集団の各々が独自の役柄を果たすこととなった。つまりキリスト教徒は政治的に支配し、戦いに従事する、ムデハルは城砦や住居を建設する、ユダヤ人は財政を司り、筆者が他の本の中で縷々説明したようなことに従事する、といった具合に。

　こうした人間的な組み合わせがばらばらになって崩れていくにつれ、そうした三つの血統のうちの一つが国家的・国際的な次元で優越し、他の二つが価値なきものとされ、あまつさえ生存の可能性すら奪われていくような、そういうきわめて突出した出来事が招来されるような事態が生まれたのである。十五世紀末以来――すでにユダヤ人はなく、モリスコもまた次第に数が減少していく状況にあった――スペインは経済的な混乱に見舞われる一方で、キリスト教徒たちは想像できないほど高い、偉大さの頂を究めようとしていた。スペイン帝国は世界帝国を夢見るようになったとはいえ、カルロス五世は時として母親の葬儀を半年も先送りするほどの金銭的困窮に見舞われた。フェリペ三世の治世、ついに国庫資産はわざわざ金額を調べることもないほどまでに落ち込んでしまった。十七世紀中葉にはフェリペ四世は暖炉の薪を購入する代金にすら不自由することもあったし、他の些細なものの支払いも滞る始末であった。(二五) 十八世紀の初頭、フェイホー神父(11)はあらゆる実学思想は外国から輸入すべきだとの見方をとった。これこそがスペイン人の生のドラマであった。

こうしたスペイン的生の類をみない構造にざっとふれるのも、体面のもつ意味、敷衍すると、ある種特殊な偉大さ、壮大さの生みの親たちにとって、生存の鍵ともいうべき〈体面を維持する〉ということの意味を、把握するためにどうしても必要だったからである。体面感情、血の純潔、郷士身分への切望などを理解しようと思ったら、まずもってスペイン的生の成り立ちや働きをしっかり全体的に押さえておく必要がある。そうでなければ、どれだけ資料を積み上げたとて、ポルトガルとスペインがともに十六世紀以降に陥った、骨がらみで宿命的な文化的停滞の原因は、けっして明らかにはならなかったであろう。原因はきわめて単純であった。ほとんどの知的職業〔原文では〈軍事的〉とあるが筆者の勘違いだろう〕とより洗練された技術が、スペインのユダヤ的血統を引く人々の職種だったという点に尽きる。ちなみにこうした人々は、依然としてユダヤ教を奉じていたユダヤ人と、一四九二年以降に新キリスト教徒となった人々の双方からなっていた(スペインのモリスコについては、その意味あいを詳しく知る必要があるが、ここでは立ち入る余裕がない)(二六)。スペイン系ユダヤ人の学問的素養がアル・アンダルスと結びついていたことだけは確かである。

この序文の初めの方で挙げた人物たち(ルイス・ビーベス、フランシスコ・デ・ビトーリアなど)のすべてが、ユダヤ系であった。これほど明白な事実を無視したり捨象したりすれば、過去の歴史は理解できなくなってしまう。そして歴史学そのものが空想的かつ恣意的で、欺瞞的かつ盲目的で、反ユダヤ主義的なものとなってしまうだろう。

武勲詩やロマンセーロ、ロペ・デ・ベーガのコメディアなどは、カスティーリャ人たる〈鉄の男たち〉にとって、最高の表現形式であった。今日でこそカスティーリャ地方という地域名で呼ばれはするが、歴史上、カスティーリャ人として登場した人々がスペイン人という国名でもって呼ばれるようになったのも、カスティーリャあったればこそである。かつてそれはいくつかの王国の名称であったが、王国の住民は三つの異なる信仰に分かれていた。後に出来する問題性も、素晴らしさも苦しみも、すべてがそこに胚胎した。

　勝利者となった血統は、際限なき意気込みに駆り立てられるかのように、目に見うる最大の帝国の頂点にまで到達することができた。世界に覇をとなえる世界帝国の誕生である。ロマンセーロは三つの〈アルメニア〉〔トルコ、ペルシア、ビザンティンを意味し、世界帝国の意〕に君臨しようと目論んだカルロス五世のような人物の夢を揺り動かすこともあれば、日本とシナを支配下に治めようとしたフェリペ二世（ほとんどカリフ的な宗教指導者として捉えられていた）のような人物の夢をも揺り動かしたのである。

　自らの土地にしっかりと足を据えているという感覚、そこで生起したことのすべてに強いこだわりを抱いているといった思いを、カスティーリャ（後にはスペインとなる）文学ほど強烈に表現した文学は、半島の中でもヨーロッパにも存在したためしはない。武勲詩の後、ロマンセーロやコメディアを通して保存されてきた、自らの過去を末永く書き記そうとする年代記的性質は、ここから生まれたものである。そうした文学は美しい装飾の施された金文字の貴族証であり、勝利者の血統を綴った年代記そのものであった。(一七) 軍門に下った血統に連なる者たちから奪い取られた土地は、過去と現在を同時に表徴するものとして、依然としてそのままのかたちとしてあった。芸術と詩を夢想するとき、叙事詩的緊張感によって心は活気づき、昔日のなつかしさがより良き運命への期待感と溶け合った。

　キリスト教徒の血統に連なる人々は、騎士によって形成されていると感じていた。筆者はグラナダの農民たちが仕事場にやってくると、次のような儀礼的な言葉をかけあって、挨拶するのを聞いたことがある。「神様があなた方をお守りくださいますよう、騎士さん方」。十二世紀にミオ・シッド〔ロドリーゴ・ディアス〕・デ・ビバールは、一度として〈不誠実〉をなしたことはないと歌われた。同じ騎士の血統に属す人々との付き合いは、まさにこういうことだったのだろう。というのも、裕福な人々の属す他の血統のケースでは、そうした相手を騙すことに何の気兼ねもなかったからである。シッドがラケルとビダスの二人のユダヤ人の財産を自分のものにしたのも、まさにその現われである。第三の血統であるモーロ人とは彼らを効率的に利用すべく、そつなく的確なやり方で付き合った。

時代が下ると、〈わがシッド〉はロドリーゴと呼ばれるようになる。彼の中に体現されたのは、〈忠誠心〉よりも〈男らしさ〉である。若い身空で王の手に口づけすることを拒み、臣下の礼をとろうともせぬ。男らしさを発揮して、父にひどい侮辱を加えたゴルマス伯を手にかけて殺す。これに類したことはロマンセーロにも見られるが、そこでは十四世紀の〈取るに足らない者たち〉が、自らの心意気を韻律に乗せて高らかに、また静かに歌いあげている。十五世紀、十六世紀の〈卑しい下層身分の〉人々は、たちまちモクテスーマの〔アステカ〕帝国を占領してしまったのである。

やや時代が下るとロペ・デ・ベーガが登場し、目を見張らせるコメディアを構想し打ち建てる中で、英雄的な血統を代表するような人物に、新たな広がりを与えることとなった。予想していたとおり、弟子のギリェン・デ・カストロはロドリーゴを、ハヤブサのごとき直情径行の人物として描くことはしなかった。今回、騎士の行動は葛藤対立によって進路が阻まれるような難路をゆかねばならない。ロドリーゴは調和しえないものを調和させねばならなくなる。つまり愛と孝の板ばさみで、愛するヒメーナの父をいやが上にも殺さねばならなくなるのである。カスティーリャならぬ他の地方の文学〔アル・アンダルスやガリシア、フランス、プロヴァンス、カタルーニャ、イタリア）を見ればわかるように、そうした土地のキリスト教騎士たちは、すでに女性に対する愛の表現法を学んでいた。しかしコメディアをみてもわかるように、ことカスティーリャにおいて騎士たちは、きわめて独特なかたちで女性を愛したのである。さもなければコルネイユが演劇術のモデルとして、スペイン人を取り上げねばならぬ必然性(12)はなかったはずである（アルベール・カミュはつい最近、『オルメドの騎士』をフランス語訳する際に、素晴らしい言葉を記している(13)）。

〈男らしさ〉はコメディアにおいて問題化されたとはいえ、それ自体は土地に密着し、過去の歴史と切り離されることなく、ずっと生き続けてきた。というのも過去の歴史も未来の地平も、ともに完全にスペイン的なる旧キリスト教徒の血統として存在していると感じる部分で、符合しているからである。ティルソ・デ・モリーナの言葉を借りるなら「スペインで恥知らずとは騎士のことなり」とされたとき、清浄で品位ある血統に属しているという意識は、農村や農民たちのうちに、身を寄せるべき避難所を求めた。そこでは〈祖父伝来の家屋敷や貴族証〉の問題など、存在しなかったのである。農民には清浄なる血統に連なるという確信があったので、自分たちは生まれつきの体面を施されているかのように感じた。それは十四、五世紀のスペイン系ユダヤ人が、己の血筋は神の計画に従ったものであり、神の言葉そのものが神の子である証明だとして、自らを〈生来の貴族〉(fidalgos por natura) と感じたのと、軌を一にしている。イスラエルとかアブラハムの子孫だとする以上に気高い血統がどこにあろうか。サンティリャーナ侯爵の友人フアン・デ・ルセーナ(14)は十五世紀にそう述べている。

コメディアは十八世紀まで続く万人むきの文学ジャンルであったが、それが民衆にもたらしたものは、純血たる農民たちの男らしさや体面の意味が、しっかりと組み込まれた表現である。フエンテ・オベフーナの村人たち、ペリバーニェスやペドロ・クレスポといった個性的な人物たちは、理念的にみれば〈オルメドの騎士〉たるドン・アロンソと共存していた。彼は闘牛と槍で戦い、暗闇で待ち伏せする邪悪な死神たる、死に立ち向かったのである。彼の男らしさは不確実性と神秘のヴェールに包まれていたが、もはやカスティーリャのみの声ではなく、全スペインの声ともなった武勲詩やロマンセーロ、コメディアと同様、美しさの中にしっかりと立っている。

支配者集団が望み、感じたことを表現するこうした劇文学の傍らには、別の文学が存在した。その文学では、いろいろな多面的方法で、血統システムとか血統ゆえの体面と不面目に関する当世流の見方を、俎上にのせて批判するものであった。そうした多数派と折り合いの悪い文学において、人は先祖の身分によるのではなく、自らが何をなし、どういう人物かでその価値が決まる。この種の批判的姿勢をとった文学が、『セレスティーナ』、『ラサリーリョ』、『グスマン・デ・アルファラーチェ』などといった作品や、サンタ・テレサ、セルバンテス、バルタサール・グラシアンらの作家である。ケベードにとって血統の問題は皮相主義の対象となった。とはいえ作者自身は個人的には、そうした懸念とは無縁の人間であった（ケベードは自分が旧キリスト教徒であることを確信していた。そこでそうした立場からグロテスクな表現を投げつけたのである）。スペインにおいて宗教的異論は根を下ろすことはなかったが、個人の社会的な存在や価値に関わる信念においては、異なる見解も存立しえた。そのせいでスペイン帝国期の文学においては、作者と作品との関係はきわめて特異なものとなった。ルイ十四世期の文学は、フランス人の感性と思考のさまざまな方法を形づくることに資したが、一方のスペインにおいては、ロペ風のコメディアは結局、擬古主義に堕してしまい、十八世紀から十九世紀前半にかけて、セルバンテスやグラシアンなど少数派で体制と折り合わなかった人々が、スペインの文学ではなく、ヨーロッパの文学に大きな影響を与えたのである。しかしこうした示唆はこの辺でやめておこう。スペイン人の風変わりな文化や生き方を分析せんとする人々に、そこのところを、ゆっくり時間をかけて、確たる気概をもって確認し、発展させてもらうこととしよう。

原　註

（一）しかしロペは『復讐なき罰』（*El castigo sin venganza*）の中で、愛の個人的〈道理〉と体面の社会的〈道理〉との激しい対立を描いている。『葛藤の時代について』続篇でそれについて扱うつもりである。〔この時点ではカストロは本書の続篇を出すことを考えていたが、それは達成されなかった。〕

（二）［J・M・ブレクア『詩作品』（J. M. Blecua, *Obra poética*, Madrid, Castalia, 1969, I, p.213.）］　マルセル・バタイヨンは私の論点の正しさを認め、都合よくこのソネットのことを思い出させてくれた。

（三）テクストはR・メネンデス・ピダル『吟遊詩人の詩』（R. Menéndez Pidal, *Poesía juglaresca*, 1957, pp.291-293）。

（四）しかしファン・デル・エンシーナとその後継者たちの演劇は、コンベルソが当然の権利として旧キリスト教徒のごとく扱われるべきだ、という主張をすべく出現したものである。このテーマは別の書で扱うつもりである［『文学的闘争としての《セレスティーナ》』（*La Celestina como contienda literaria*, Madrid, Rev. de Occidente, 1965. 邦訳『セルバンテスへ向けて』所収、二〇〇八、水声社)］。

（五）［『スペインの歴史的現実』（改訂版、一九六六、第二章を参照)］

（六）エルナン・コルテスは第二『報告書簡』（*Carta de relación*　一五二〇年一〇月三〇日付、印刷は一五二二、セビーリャ）で、こう記している。「私はやる気をなくしている兵士たちを励ますつもりで、そなたたちは皇帝陛下の臣下なのだ、どこへ出してもスペイン人には欠けるところはなかったし、皇帝陛下のために、世界で最大の領土と王国を手に入れる日も間近い、と述べた」。第三『書簡』（一五二二年五月一五日付）でコルテスと彼の九〇〇人のスペイン人兵士は、同盟軍となった一五万のインディオの軍勢を従えていた。彼らのおかげで、今日のメキシコ市であるテノチティトゥランのアステカ人の抵抗を制圧することができた。

（七）より現実に即した話題とは、①三つの血統が互いに調和していた時代（十四世紀末まで）。②その調和に裂け目が生じた時代（十七世紀から今日まで）。③キリスト教徒の血統が絶対的な優勢を保った時代（十七世紀から今日まで）。［十一世紀から十四世紀までカスティーリャやアラゴンでは、イタリアからイギリスに至るヨーロッパにあったような、ラテン語文学やラテン思想は存在しなかった。ライムンドゥス・ルルスはカタルーニャ語とアラビア語で書いたが、ラテン語は知らなかった。カスティーリャとレオンにおいてもし中世文化がひとつでも存在したとしたら、レコンキスタも、また後のインディアス帝国も不可能になっていただろう。『スペイン人――スペイン史序説』(*The Spaniards, An Introduction to their History*, University of California Press, 1971, p.584) を見よ。］

（八）［「人がする労働や勉強は、徳性に対する思慮や実践を伴わずに行なっても、けっして達成されるものではない。徳性は唯一、人にしか備わっていないものだからである」（ケベード『揺りかごと墓場』*La Cuna y la Sepultura*, 1634, cap. IV）］

（九）ベイルの『辞書』(Bayle, *Diccionaire*, 1696) によると、スペイン語は人に命令したり、祈るときに役立つ。案の定、合理主義者の著作だけあって、言語の芸術的側面は無視されている。

（一〇）スペイン人の男らしさ (hombría) とシチリア人の男らしさ (omertà) との相関性をここで検討することはできない。後者のそれは、命を危険にさらさねばならない場合も含んでの、集団への忠誠心を意味している。omertà が求める義務というのは、拷問されても犯罪者が英雄的に沈黙を守りとおすケースを髣髴させる。セルバンテスの言葉に「〈いえ〉も〈はい〉も字数はおんなじだ」〔『ドン・キホーテ』前篇、二二章〕というのがある。しかし筆者が言う hombría の方は、積極的で称賛的な意味あいをもった英雄主義的行動について用いられている。たとえば、レパントやアルジェールにおけるセルバンテスの行動や、それに類した多くの行動についてである。

（一一）［筆者は『ドン・キホーテ』への序文 (Introducción al *Quijote*, Madrid, Magisterio Español, en prensa) の中で、

アントニオ・デ・ネブリーハやフランシスコ・スアーレス神父、セルバンテスが、コンベルソの血筋を引いていたことを実証している。］

（一二）　こうした点の背後に何があったのか、しっかり見きわめていなければ、スペイン人の思想や学問は、時機を失して現われたヨーロッパのそれを先取りするものだったなどという話になるのである。［本当のところはいまだにゴメス・ペレイラの『アントニアーナ・マルガリータ』(*Antoniana Margarita*) は翻訳されていないし、ドミニコ・グンディサルボ (Dominico Gundisalvo) の作品に至っては翻訳も出版もされていない。］

（一三）　フアン・デル・エンシーナ（ルカス・フェルナンデスや他の十六世紀の劇作家たちと同様の正真正銘のコンベルソであった）が牧歌で述べたように、十五世紀末にはユダヤ人が被っていたようなやり方で、縁なし帽をかぶることは避けられた。

（ヒル）　帽子はおれがやっているように
　　こうして一方に寄せなよ。
（ミンゴ）　なんだ、ユダヤ人そっくりじゃないか。
（ヒル）　黙れって、こいつは恋に浮かれたままでよ。
(Bibliotheca Romanica 版、八六頁)

（一四）　［ホセ・ゴメス・メノール『トレードの新キリスト教徒と商人』(José Gómez-Menor, *Cristianos Nuevos y mercaderes de Toledo*, Toledo, 1970) を見よ。『セルバンテスとスペイン生粋主義』（邦訳、第四章、三四九―三七五頁）の中で〈インディアス帰り〉(indiano) という言葉のもつ侮蔑的意味あいについて述べたが、興味深いことにそのことが次の事実によって確認された。つまりイスパノアメリカで金持ちになったあるカスティーリャ人が骨を埋めるために故郷に戻ってきた。〈インディアス帰り〉という身分によってそうした状況が生じたので、第二の故郷に戻らざるをえなくなった。こういった種類の社会学は統計などに基づいていな

いので、学問的ではないとされる。］

（一五）ベラスケスは次のような文言を一六五九年一一月九日、国王陛下にしたためた。宿営担当将校ディエゴ・デ・シルバ・ベラスケスは申し上げます、職務に関わる一年間の生活費未払い分は六万レアルであり、一六五三年の未払い分は三万レアルであります。清掃夫や職務上の下働きの役人たちは、働きもしなければ務めも果たしません。それにもまして大変なのは、陛下のお部屋の暖炉にくべる薪を買う金が一レアルもないことです。これでは万事休すの危険にあると思われます。陛下にたってのお願いは、侍従長の采配でできるだけ早急に、生活費分として、千ドゥカードをお送りくださるよう申しつけていただきたい。（ベラスケス、高等学術研究所（CSIC）の出版による文書、マドリード、一九六〇）

（一六）『スペインの歴史的現実』（メキシコ、一九六二［一九七一］、一九八―二一一頁）を見よ。

（一七）［ロマンセーロが十六世紀に、口承文学から文字文学に変遷していったことで、このジャンルはスペイン帝国の詩的言語となるに至った。カトリック女王イサベルは遺言の中で、帝国の詩的言語をスペイン語ではなく、カスティーリャ・レオン語とするようにと命じた。武勲詩もまた〈麗しのカスティーリャ〉において、同じような機能を果したが、スペイン史上〈お世辞を投げかけられた〉王国はカスティーリャだけである。］

訳　註

（1）「父も母も体面が重要なので、息子の嫁には分別があって……正直で、生粋の（castiza）女性を探そうとする」（『書簡』*Cartas*, Bibl. Aut. Esp., XIII, p.160b）。

（2）十六世紀および十七世紀初頭に広く知られた一五〇七年の手稿で、コンベルソを先祖にもつアラゴンの名家の家系を扱ったもの。セラーノ・イ・サンスによると、緑という名称は、アウト・ダ・フェで処刑された者たちが緑色の蠟燭を携えていたところから来るという。一六二〇年に宗教裁判所はこの書を禁書とし、二二年にはサラゴーサのメルカード広場で、本書を集めて焚書が行なわれた。著者は異端審問所の顧問（または書記）であったアンチアス（Anchias）とされている。本書の目的は、コンベルソの家系を明らかにすることで、純血の者たちが誰なのかはっきりさせることにあった。

（3）アメリコ・カストロ「十六世紀・十七世紀における名誉の概念についての若干の考察」(Américo Castro, "Algunas observaciones acerca del concepto del honor en los siglos XVI y XVII", en *RFE*, tomo 3, 1916, pp.1-50, pp.357-386) のこと。ここでは名誉を徳においたアリストテレスの考えが、ルネサンスの思想家たちに共通のものとしてあるという視点から、スペイン人の名誉観を論じたもので、他人の意見に左右されない固有の判断力、ものごとの真の知識をもつことに体面（honra）があるとする点で、名誉をスペイン固有の社会的現象としてではなく、ルネサンスに普遍的な現象としてとらえている。

（4）アメリコ・カストロが明確にコンベルソだとみなす劇作家は、フアン・デル・エンシーナ、トーレス・ナアロ、ディエゴ・サンチェス・デ・バダホスである。ルカス・フェルナンデスもまた「解放の思想を血統の平等と結びつけている」点がコンベルソ文学の際だった特徴だとして、コンベルソであった可能性を示唆している（*La Celestina como contienda literaria*, pp.81-84. 訳書、六一〇―六一三頁）。

（5）カストロはスペインには他のヨーロッパにあったような、ラテン語によるラテン文化が存在しなかったことを根拠として、中世という概念をスペインに当てはめることが適切ではないと考えている。「パリ大学が最高の表現となっているヨーロッパ中世という時代と、カスティーリャとを知的に結びつけるべきラテン文化というものは、ことスペインのキリスト教王国には存在しなかった」(*Teresa la Santa y otros ensayos*, Alfaguara, 1972, p.53)。

（6）「なぜとて大衆は木戸銭はらってくれるゆえ、大うけ狙いでたわけ話をするもいい (porque, como las paga el vulgo, es justo / hablarle en *necio* para darle gusto)」(*Arte nuevo de hacer comedias en este tiempo*, 1609)。

(7) Los estatutos de "limpieza de sangre" と呼ばれるもので、トレード大司教シリセオ(Juan Martínez Silíceo)によって推進されて、いろいろな反対を押し切って、一五五五年にローマ法王パウルス四世およびフェリペ二世によって裁可された法令。修道院や教会、大学学寮に入る際、また新大陸渡航に当たっては、先祖にモーロ人とユダヤ人の血統を引いていないという意味の純粋な旧キリスト教徒としての資格が求められた。エストレマドゥーラの倹しい農民の出であるシリセオはパリ大学で学び、カルロス五世の嫡子フェリペ二世の教育係となった人物。詳しくは Antonio Domínguez Ortiz, *Los judeoconversos en la España moderna*, 1992, Editorial MAPFRE, pp.137-172 を参照せよ。

(8) 一八二〇から二三年までの立憲的三年間を指す。自由主義者が統治した三年間で、その間、フェルナンド七世はカディス憲法を守らされた。

(9) フランス王アンリ四世はプロテスタント(ユグノー)であったが、国民の九〇パーセントを占めるカトリックに自ら改宗し、ナントの勅令を発して、プロテスタントの信仰を認めることで、三二年間におよぶカトリックとプロテスタントの宗教戦争に終止符を打った。

(10) San Isidoro de Sevilla (560-636) のこと。カルタヘーナ生まれの中世スペイン最大の著作家であり教会博士。セビーリャ大司教。博学をもって知られ、ラテン語で歴史・神学・科学に関する数多くの著作を残した。なかでも『語源論』(*Etymologiae o Etimologías*) は全二〇巻で四四八章からなる百科全書的書物で、神学・歴史・文学・法律・芸術・文法・宇宙論・自然学を網羅し、当時のあらゆる知を覆い尽くしている。スペイン中世期の歴史的書物は、そのほとんどすべてがイシドーロの著作に基づいて書かれている。

(11) Benito Jerónimo Feijoo (1676-1764). 十八世紀スペインのエッセーイスト、賢人、啓蒙家。カルロス三世が推進した改革の礎となった〈第一次スペイン啓蒙運動〉(Primera Ilustración Española) の有力メンバーの一人で、スペイン文学史上最初の随筆家。サラマンカ大学で学んだ後、ベネディクト派の聖職者となり、サラマンカ大学をはじめとするいくつかの大学で神学の講座を持った。正統的カトリックの神学者でありながら、自らを〈文学共和国の自由市民〉と称し〈民衆の過ち〉を根絶やしにすべく、もろもろの迷信を追放し、あらゆる進取の科学的知見を取り入れて国の近代化のための努力を行なった。代表的著書として八巻からなる『万象批評』(*Teatro critico universal*, 1724-1739)がある。

(12) Pierre Corneille (1606-1684). モリエールの先駆者で〈フランス演劇の父〉とされる。彼の名を永遠に文学史上に留めることとなったのが、悲喜劇『ル・シッド』(一六三四)である。これは十六世紀に劇作家ギリエン・デ・カストロがスペインの十二世紀の叙事詩『わがシッドの歌』をもとに、『シッドの青春譜』(一六一八)の中で、叙事詩のシッド像とはかなり異なる、荒くれ者の若武者として、若き日のシッドを描いたのとは対照的に、シッドが彼を恋するシメーヌの父親を殺してでも、父の受けた侮辱を晴らさねばならぬことで苦悩する姿を描いている。つまりシッドは父の名誉、家門の名誉を優先して、女性との愛を二の次にしたものの、そうした行動をとる騎士にこそ女性は惚れるとする、カスティーリャ的なあり方のことを指している。

(13) アルベール・カミュはロペ・デ・ベーガの作品中、不条理劇としての雰囲気をもっとも強くもっているものとして『オルメドの騎士』を挙げ、その劇的展開を高く評価している。「人間の運命を偉大なものするような英雄的心情、心の優しさ、美、名誉、神秘、怪奇幻想など、つまり一言でいえば生きることの情熱が、すべての場景をつうじて躍動している」(『カミュ全集』九、新潮社、渡辺守章訳)。カミュはこの作品を既存の仏訳を参照しつつ、自らフランス語訳して自らの手で舞台にかけた。

(14) Juan de Lucena (1430-1506). 十五世紀後半のスペインの人文主義者。ユダヤ改宗者の家系に連なる人物で、コルドバのルセーナに生まれる。聖職者となってローマに渡り、後のローマ教皇ピオ二世(Enea Silvio Piccolomini)に仕える。一四六三年にバルトロメオ・ファッツオの『生きる幸せについて』(*De felicitate vitae*, 1445)を、カスティーリャ語に翻案した『幸せな生について』(*Libro de vida beata*, 1483)を上梓した。そこではルセーナ本人とサンティリャーナ侯爵、ファン・デ・メーナ、ブルゴス司教アロンソ・デ・カルタヘーナが人間の幸福についての対話を交わしている。扱われた独創的テーマとしては、スペイン人ならではの毒舌好き、ユダヤ人改宗者への熱烈な擁護などが挙げられる。

第一章

# 劇文学における体面のドラマ

ロペ・デ・ベーガの演劇において、体面・面目（honra）がモチーフとされていたという事実と、その演劇がどうして存在しえたのかという問題は、同じ集団意識のもつ二つの側面である。当時〈コメディア〉と呼ばれていたものは、たんに暇な時間をつぶすための見世物ではなかった。もしそうしたものにすぎなかったとしたら、かかる娯楽を生み出す天才的作家が、次のように記すことなどなかったであろう。

体面というテーマこそ一番ふさわしい
なぜならば、あらゆる人をつよく揺り動かすから(1)

スペインを除いてはとうてい考えられないような、かくも驚くべき芸術的革新は、いったいどういう状況と道筋を辿って、可能となったのであろうか。演劇的に組み立てられた〈体面というテーマ〉は、うまく渡る術もなければ、寄る辺もない日常的な生の流れの中にある、明らかに現実的で苦渋に満ちた状況と直面していたのである。ロペは最大限に緊迫した状況を、そうした〈テーマ〉に還元し、制約し、時代に合わせて表現したということができる。そうした状況のなかで対立的なかたちで議論されていたのは、まさに存在と非存在の間で引き裂かれていた人間の意識であった。ロペは天才的ひらめきによって、問題を人間一般のこととしてではなく、スペインならではの特殊性として構想した。こうした特殊性は時宜にかなっていたため、集団的なかたちで人の心を〈つよく〉揺り動かすこととなった。したがってまずわれわれが知るべきことは、体面についての〈文学的〉テーマが現われる以前から、はっきりした姿を見せてはいないまでも、われわれの目にはすでに明らかになっていた、こうした集団的人格の実態についてである。幅広く昔からある、型どおりのそうした状況が、実際はどうであったかを探ることによって、文学とは無縁の分野に至りつくことになるかもしれない。しかし一方では、美的価値をそなえた頂点を画すべき、ある種の文学作品と出会うことにもなるはずである。各作品は想像力から生まれた人間像でもって組み立てられていて、表現価値に関していえば、それはまさに表現されたもの以外の何ものにも代えがたい存在となっている。たとえばペリバーニェス[1]やペドロ・クレスポ、『フエンテ・オベフーナ』のラウレンシアといった存在[2]である。あるいは別の見方をすれば、サンチョ・パンサもそうした人物である。こうした人物たちがどれほど象徴的であったにせよ、観客や読者は彼らのことを、タルチュフ〔モリエールの『タルチュフ、もしくはペテン師』の主人公〕のような偽善者とか、ハルパゴン〔モリエールの『守銭奴』の主人公〕のような強欲者などといったふうに、抽象的存在として感じるようなことはない。

名誉（honor）の生活体験たる体面（honra）は、（『ペリバーニェス』や『サラメアの村長』、『フエンテ・オベフーナ』などの）登場人物たちが有する積極的な存在理由と同様に、ある種の決定的なケースにおいて、際だったかたちで現われている。こうした者たちはすべて、（ここでは無効となった考え方だが）たんなる人間類型としてではなく、スペイン人として誉れある資質を示さねばならない。またそうした存在理由を脅かすようなものが出現した際にも、自らの資質を守り通す権利を堂々と示さねばならない。より高い身分の者たち（領主、騎士、郷士）は個人として認められるべき体面意識を有していた。彼らは人々を意識して、ひそかな復讐を果たすことが許されていただけでなく、そうすることこそ正しいとされていた。こうした復讐劇はカルデロンの演劇にしばしば出てくるものである。しかし彼らといえども、卑しい身分でありながら、高貴な血統を有する存在とされた怒れる農民に対しては、そうした復讐に訴えることはできなかった。なぜならば当時、農民以外のどのような身分や職業に対しても、疑いの目が向けられていた反面、農民の身分はことさら誉れあるものとされていたからである（キリスト教王国でユダヤ人が田畑で働くことはなかった）。したがって農民は正真正銘のキリスト教徒であることを、誇張的に強調することがどうしても必要となったのである。こうした血統間の対立は十六世紀を通じて、手のつけられないほどの広がりをもつに至った。かかる対立を手に取るように感じ取らせるためには、まさに農民たちをしっかり前面に押し出す必要性があったのである。というのも、彼らは紛うことなき、卓越した血統の一員となっていたからである。

われわれは、名誉に関するアリストテレス的概念から、ずいぶんと隔たってしまっている。アリストテレスによれば、名誉とは「善き者たちの徳に対する報償」（『ニコマコス倫理学』第四巻、三章一五節）であった。したがって、魂の偉大さを付与された人間（メガロプシコス）のみが、名誉を受け取ったり、退けたりすることができた。「何でもないひとびとから受けた、些少な事由による名誉ならば、彼はこれを全然蔑視する態度にでるであろう」（同上、一七節）〔高田三郎訳〕とされる所以である。ロペのコメディアに登場するスペイン人は、たとえそれが郷士であれ平民であれ、劇作家の心や頭の中で、偉大な業績を成しとげた人間として現われてくることはない。彼らのキリスト教徒としての血統というものは、遠くさかのぼって見れば、曖昧模糊としてかすんでしまう体のものである。したがって彼らは、業績などとは無縁の〈それ自体〉としてある、高貴なるスペイン人の範例なのである。

したがって、われわれが問題とするのは、現実を構成する二つの異なった側面である。つまりひとつは、集合的であり、概念の中に取り込めるものについてであり、他方は、個別的・生命的であり、問題性を広く提起しうるものについてである。悲劇（あるいは演劇）や小説というものは、延々と続く対立的な社会状況の中で、ひどい抑圧を感じていた者たちの声なき要求に切々として訴え、さらに彼らに希望を与えるべきものとしてあった。ところが芸術家は、そうした対立状況を作品の外に置いて問題にすることはなかった。そうした状況はこの種の作品から、あまりにも隔たっていたので、われわれは対立・葛藤を生み出した歴史・社会的原因について、ずっと気づかないままできたと言うことができる。[二] 実際、われわれには粗野な農民たちが、文学上の名高い主人公として頂点に上り詰める、などということがどうしてありえたのか、知る由もなかった。文学の世界でこうしたことが起きたのは、唯一スペインにおいてだけであった。どうしてそうした人物たちが、この文学世界で持ち上げられたのかを、きちんと説明できるものが、運良く見つかるということもなかった。

スペイン史上の大きく重要な広がりをもった出来事というのは、主人公たるスペイン人を存在の全体像のなかでしっかりと見据えない限り、どれひとつとっても理解しがたく、評価しえないままに終わるだろう。彼らの存在のいかなる瞬間も、スペイン的生の全体的流れ、つまり存在し続けるプロセス自体から切り離すこともできなければ、のっぴきならぬ関係にある運命を前にして、スペイン人として存在し、行動しているという意識から切り離すこともできない。スペイン人は時間的・存在論的に見て、〈当時〉と呼ばれる時代の文学思潮との表面的な関わりにおいて、けっしてふわふわ浮いた存在などではなかった。というのも、この〈当時〉というものが、実は不適切な呼び方で〈ルネサンス〉とか、それより以前であれば〈中世〉と呼ばれたあの時代、つまりキリスト教徒、ユダヤ人、モーロ人によって構成され、彼らの間で引き裂かれたスペイン人が、実際に活動し、彼らなりの方向性を見いだしていたあの時代と、本質的に異なるものではなかったからである。われわれは〈当時〉という時代を、〈彼らなりの〉生の土壌に根付かせるつもりである。そのためには、いったん文学作品の外に目を向ける必要がある。あるいは文学作品の中で提起された、体面意識や品位といった問題からいったん目を離して見るべきであろう。というのも、十六世紀における新旧キリスト教徒の生の状況自体を、深く見極める必要があるからである。

当時の人々が直面していた苦悩に満ちた対立・葛藤というのは、定式化された理論の中などではなく、いかなる道理も解決法も見つからないような、そうした状況の中に定位させねばならない。その内部に分け入っていく道は多岐にわたっており、人々の魂の内奥はいったん入ったら抜け出せない城砦のごとく、光が煌々と照っているだけかもしれない。しかしこうした状況下においてこそ、今日ではもはや存在しないとはいえ、少なくとも当時は真正そのものの価値を具えていた、悲劇やドラマが可能となったのである。今の時代は、それこそ対立的で荒涼とした状況はあり余るほどあるが、その原因はきわめてはっきりしている。不幸の原因を生み出す者たちが、聖なる、畏敬すべきのっぴきならぬ伝統を後ろ盾とすることはない。経済学、心理学、精神分析学によってあらゆる側面が明らかにされ、人間的なるものの基盤や、あの世的で立証不能なるものに対する敬意といったものはなくなってしまった。今日の人々の苦悩となっているのは、いかなる権威ももたぬ権力によって引き起こされる、恐ろしい事実によるものである。それに反して十六、十七世紀に起きた途轍もないこととは、人間の意志や精神をもってしては、人々をさんざん苦しめてきた原理原則や基盤といったものを、どうしても打ち倒すことができなかったということである。古代ギリシアでは、神々が有効な力を失ってしまった時点で、悲劇は姿を消し、代わりに〔喜劇作家〕アリストファネスが出現した。［しかしスペインでは、十五世紀末から十六世紀にかけて、秘蹟には掛け値なき力が備わっているとされたことで、ユダヤ人とモーロ人に対して強制的な洗礼が施されたのである。強制改宗によって、彼らの信仰や習慣が根本的かつ急激に変化することにはならないだろう、と付言されることもなかった。どうしても理解しがたいのは、歴史というものを、たんに人口や経済、統計などにのみ還元させ、十六、十七世紀の格式ばった、スペインの〈魔術的〉性格を抜きにしてとらえようとする、愚かで執拗な態度である。スペインは村の守護聖人のお祭りに供される闘牛の肉が、天災（霰、雹）を避ける魔除けとなっていたようなお国柄だったのである（前述の拙著『スペイン人』*The Spaniards* 五九六頁を見よ）。］

## 名誉と体面

筆者が五十数年前にこの問題をはじめて扱ったとき、(三) 社会学と文学的技法との領域を明確に区別したり、また文学的技法の内部において、思想と文学表現とを区別したりする必要を感じることはなかった。文学表現というのは、元来、思想内容を昇華させたり変容させたりしたものだが、それを個別的・主題的に細かく要素に切り分けようとしても、それはとうていできない相談である。体面意識と関連する演劇的テーマは、ロペ・デ・ベーガやカルデロンの作品に見られる美的要素があってはじめて、くっきりと浮き彫りにされた。当然、素晴らしい詩的表現がなされた背景には、十五世紀以降際だって先鋭化した、スペイン的状況といったものがあった。とはいえ、それがペリバーニェスとかペドロ・クレスポといった偉大なる人物像を生み出す〈きっかけ〉となった原因であったというわけではない。

当時、優劣問わず一般的にスペイン人と称される人々、ある[四]いはスペインという国の集団的主体を担った人々に、ある出来事が起きていた。それはロペ・デ・ベーガや後のカルデロンによって書かれたコメディアに登場する人物を通して、如実に映し出されたことでもあった。とはいえ、ペドロ・クレスポに限って言うと、おそらくカルデロン以前にロペ・デ・ベーガの手によって書かれたと考えられるもので、技法的にはかなり劣った同名作品については触れられることもなく、唯一カルデロンによって書かれた『サラメアの村長』の主人公としてのみ認知されている、ということもまた否定できない。ロペの手（?）になるペドロ・クレスポは、文学的創作というよりも、どちらかといえばスペイン的伝統に基づいて描かれている。われわれはここで現実の二つの側面と直面することとなる。つまり文化的・社会的伝統として維持されている現実の側面と、文学的イメージに変容した現実の側面である。ゲーテの『ファウスト』と〈ファウスト的〉テーマとは別個の存在である。このことを忘れてしまうと、真実の詩を非現実化してしまいかねない。そういったいささか奇妙なことに精をだすと、博識のための博識を追い求めている人々を喜ばせるだけになりかねない。先のほうで見ていくが、ロペやカルデロンが生み出した不滅の人物像というのは、それ以前の苦渋に満ちた、暗く立ち込める雲があって初めて光り輝いて見える、曙光のようなものである。こうした暗い夜があってこそ、明るい黎明の光として出現したということである。

しかし芸術作品そのものと、それを成立させた諸条件とを分けて考えるだけでは十分とはいえないだろう。同様に、生きる根拠を与えてくれる抽象的概念と、それが生の中で具体化して存在しているところを区別する境界線をも描かねばならない。生だけを取り出して考えてみても、人生を知るということは、実際に生きる、経験として生きるということと同じではないはずである。キャンデーにはそれなりの化学組成がついてまわる。その化学組成を通じて宇宙とのつながりを有している。しかしキャンデーそのものの実体を知る（saber）ためには、それをよく味わって（saber）みなければならない。この動詞にはスペイン語が保持してきた意味の二重性が反映している。それと同じことで、「ロペ・デ・ベーガの演劇における名誉の概念」について語るだけでは不十分である。それはなぜかといえば、単純にこれらの語句には、矛盾した意味あいが含まれているからである。

十六、十七世紀演劇において、名誉というものが登場したのは、概念としてではなく、個人として傑出した人物の生の広がりとしてであった。そこに共通分母としてあったものは、芸術体験とはかかわりのないところにあった。ペリバーニェスが攻撃的に振りまわした名誉にかかわる意識は、まさに生きた人間の証とも言えるが、当時は体面を扱った作品が多く舞台にかけられていたとはいえ、この作品は十七世紀のスペインという社会を背景にすると、いかにも際だって見える。(五) たしかに葛藤的状況をもってすれば、体面のテーマを生き生きと把握することができるようにはなるだろう。しかしたとえこの状況から『サラメアの村長』や『罪なくして下獄』といった作品が生まれなかったとしても、葛藤的状況それ自体は依然として存在しえたはずである。かの状況は、そうした作品を可能にしたモチーフと同様に形態においても、多種多様で対照的な詩的構造の中に反映することとなった。さまざまな社会的状況と、それを照らし出す芸術的輝きといったものは、互いにはっきり区別しなければならないと同時に、密接なかかわりのなかで捉える必要がある。
ここで前の引用を繰り返すが、ロペ・デ・ベーガは韻文で書かれた『当世劇作新技法』（一六〇九）の中で、つぎのような決定的判断を下している。

体面というテーマこそ一番ふさわしい
なぜならば、あらゆる人の心を揺り動かすから

この詩句は各々が深い意味あいをもっていて、ロペの〈コメディア〉の目的と、その成功の理由をよく物語っている。つまりこの詩人は、あらゆる観客の心を揺り動かすことを見据えて、自らの芸術を組み立てたのである。そしてあらゆる人々に共通する、心理的な不安感や意識状態に対峙せんとしたのである。筆者は一九一六年の時点で、本来であれば〈名誉の概念〉というよりも、〈体面〉という生活体験や、その演劇上の表現について語るべきだったかもしれない。異なる言語によって区別されるべきものとは、名誉（honor）という言葉のもつ客観的・理念的概念と、その言葉が生のプロセスの中で息を吹き込まれ、実現化して作用するという意味の、機能的概念との間に横たわる差異である。名誉（honor）はたしかに存在することはする。しかし体面（honra）のほうは、ある人物に関わるもので、具体的な生のうちで作用するものである。文学用語でもって区別すれば、〈概念としての名誉〉と〈体面という個々のテーマ〉ということである。つまり、名誉（honor）というものは、人物の社会的次元において客観化された、価値ある資質として際だつものであると同時に、その人物の本質や輝かしい栄誉としても際だっている。

〔ファビア〕じつはこの町に素敵な若い殿御がいらしてね、この手紙をあるご婦人にお渡しできたら、あたしに金の鎖を下さるという約束なんですよ。ご自分の名誉も慎みも評判も全部危険にさらしてね。

〔第一幕第五場、長南実訳〕

つまり自らの名誉を危険にさらしても、ということである。このロペ・デ・ベーガの『オルメドの騎士』の一節や他の部分を見てもわかるように、名誉は危殆に瀕してはいても、いまだに傷つくことなく完全なかたちを保っている。しかしカルデロンの『己が体面の医師』(*El médico de su honra*)においては、題名に見られるごとく、そこでは踏みにじられた名誉の生活体験が表現されている。そこには何か新しいことを伝えるというよりは、一種の〈告白〉をする目的がある。言い換えると、体面(honra)という言葉は、かつて完全なかたちで存在していたものが目減りし、破壊されたと感じた人物の心により密着したもののように見える。

ロペ・デ・ベーガはコメディアを通して、日常生活の中で対立へと駆り立てるような状況を照らし出しはしても、文学的形式の中で、そうした状況をうまく回避したということができる。そこで言う対立とは、スペインにおける王から下々の平民にいたる、すべての信仰をもった人々が、社会全体の中で自らをどのようにとらえ、どのような価値に基づいて生きるか、といった問題に関しての対立である。スペイン人の間に見られた存在論的な共通分母というものは、ヨーロッパ人の間では類を見ないものであった。スペイン的生のあり方がこうしたものであったために、コメディアは万人のために書かれたし、万人の手で繰り動かされ、万人が楽しんだのである。(六) たとえロペ・デ・ベーガが、〈愚かな俗衆〉(vulgo necio）に対してどれほど多くの芝居を書いたとしても、そのことに変わりはない。どのようにすれば社会の中で心穏やかに暮らせるか、あるいは暮らせないかという点に関していうと、ロペ・デ・ベーガの時代に身をもって〈学んでいた〉人間は、どれほど無知な人間であろうとも、最高の賢人と同じくらいに、正しい答えをよく学んでいた。この時代、生きる上でどうあるべきかという問いに対しては、他人の意見による攻撃に対して、つけ入るすきを与えてはいけないという点にすべてが集約されていた（七）。コメディアが隆盛をみたのは、テーマとして、どのようにして人々の〈体面〉が踏みにじられ、それが回復されたかを扱ったからである。十七世紀も時代が下るにつれ、スペイン人にとって真に価値のある遺産といったもので、体面意識に守られた安心感や男らしさの領域に入らないものは、そのどれもが価値のないものとされた。こうしたことを鑑みるに、〈体面〉として、名誉の意識が危機にさらされるさまを描いたのは、まさに演劇上の大いなる天才と言わねばならない。つまり〈不名誉〉よりも〈不面目〉のほうが多く問題とされたのである。まさにロペ・デ・ベーガが精力的表現を通して示唆していたのは、こうした対立的状況であった（八）。

〈体面〉をめぐる争いごとはかつてあらゆるところに存在したし、今でも存在する。とはいえ、スペイン人にとってこの問題は、生の機能やそのあり方がきわめてユニークであったがゆえに、こよなく大きな広がりや濃い密度をもつにいたった。〈己自体〉という存在は、それが生きて経験されたものである限り、一般的に〈人間的〉と称して、言い尽くせるような単純な現実ではない。もし多くのスペイン人が、内なる自己の人格性があからさまになっていて、へたをすると社会的にさらし者にされると感じていなかったとしたら、ロペ・デ・ベーガの芸術はありえなかっただろうし、それがあらゆる人々から受け入れられることもなかったであろう。人々の内なる習慣や習癖といったものは、すでにそのときまで古く根づいてはいたが、十五世紀末からは、きわめてスペイン的とも言えるような新たな状況と直面するようになっていた。そうした状況はとりわけイタリアで生まれた（人文主義的）文化的な性格をもった状況と結びついていた。十六世紀において、あらゆる西洋民族は対立的・危機的状況の中にあった。そうした状況下において、個々の地域的事情は、その時点までに起きたことをはるかに超えた範囲で、外部の事情と結びついていたのである。しかし十六世紀のヨーロッパの危機といったものは、ルネサンスやマニエリスム、バロックといった現象では共通するものがあるとはいえ、芸術・文学・宗教・思想の中では、それぞれが異なる特異な表情を見せている。しかし私の提起するテーマからくる制約によって、見るからに広範な、こうした問題を今ここで扱うことはできない。

スペイン的生の現実に肉薄しようと思うなら、筆者が以前著した著作において、ふんだんな証拠を示して実証したことから出発してもらわねばなるまい。スペイン的生というものはキリスト教徒、イスラム教徒、ユダヤ教徒の間の社会的共存および相互作用を通して、機能的な構造や配置として織り成されてきた。スペインにおけるこれら三つの人間的要素は、不正確に中世と呼ばれてきた時代を通じて、基盤や構造化を生み出す役割を果たしたのである。というのもこの時代のスペインでは、ヨーロッパの他の国々とは何の共通点ももたないような多くの事柄が生起したり、生起しなかったりしたからである。十五世紀末以降、基盤化の三本柱ともいうべき三要素は、敵地をめぐってではなく、故国の土地に暮らす人間たちの、同じ人体をめぐって諍いを起こすと言ってもいいような、内部紛争の出発点となった。この故国たる土地は、それら三つの血統に属す人々が、自らの故里として遠い昔からガリシア、カステイーリャ、カタルーニャ、アラゴンという名で呼んできた土地である。信仰に基づくこれら三つの血統とが、自らの過去、偉業、衰退に関する明々白々たる証を、己の内的存在の習いや傾き（選り好みや行動面における適応・不適応）の中において、しっかり保持していくこととなる。

しかし同一の（信仰という）生の形式によって抑圧されて生きていた人々の、内なる苦悩に直面することを、頑なに拒否する者たちが存在する。彼らに言わせると、この信仰（キリスト教）こそが、国際的な名声のよりどころだったからである。したがって、あの時代の現実に再び目を向けることに喫緊の必要性があるのは、まさしく沈黙と禁忌によって作り出された、混乱状況から抜け出すためである。スペイン人は一夜にして、高い文化を誇るいくつかのヨーロッパ地域に覇を称えるようになったが、それは目覚しい支配力もさりながら、何にもまして個人的名声の輝かしい力のおかげであった。スペイン人はそのために従来の心の持ちようも、確固たるものの見方も変える必要はなかった。多くの勝利を得るために唯一必要だったものは、善きキリスト教徒にして、国王陛下の忠実なる臣下であること、そしてどんな恐ろしい危険にも立ち向かえる能力であった。彼らは肉体と精神をもって、最良のトレードの刀剣のごとく、毀れ落ちることのない資質を有していることを誇示したのである。『セレスティーナ』には、神は愛に〈驚異〉という名の境界を置いて、他と区別したといった件がある。ところがここでは、境界を越えて際限なく広がるのは、かつて見聞きしたこともないような人と土地において、〈名声を博し、体面を維持する〉という可能性であった。フアン・セバスティアン・エルカーノ指揮下のマゼラン艦隊の生き残りたちは、地球を一周して後、一五二二年にスペインの海岸に帰着した（当時のスペイン人やイタリア人の驚きとなる、エルナン・コルテスの最初の二通の報告書簡がすでに印刷に付されていた）。皇帝は提督の功績に対する紋章銘として、簡潔で勇壮な〈最初に汝は我を巡れり〉という言葉を与えた。

こうした状況を包括した視点こそ、どのようにして支配的血統の勝利者としての意識が第一線に躍り出たのかを、把握するのに必須の条件である。またとりわけ、〈世論〉という名の逆巻く海原において、彼らの威厳を損なうことが、どれほど危険で恐ろしいことかを、見極めるためにも重要である。一見するとごく些細なことに見える場合でも、実際には公的な評価に関わる重要なことが生起している、ということが突如として明らかになる場合もある。こうしたものこそ、ここで考慮に入れねばならない点である。芝居のテクストをどれでもいいから手にとってみるといい。たとえば次にあげるのは、ファン・ルイス・デ・アラルコン(3)から引いたものである。初対面の二人の人物が登場する。ロマンはトリスタンにはっきり口にこそ出さないが、ややぞんざいな態度でこう訊ねる。「郷士さん、ちょっとお聞きしたいのですが……」、するとトリスタンはむっつりした態度で答え、即座に相手の尊厳を〈世論〉の秤にかけたり、問題にするかのようにこう答える。

貴殿は《郷士さん、もし差し支えなければ、
この通りすがりの女性がどなたか、
お教え願いませんか》くらい言っても
罰は当たるまい？
……　あまつさえ
貴殿と一緒にいるのすら罪深いのですからな。
なぜなら、貴殿はワインもたしなまず
豚の脂身も口にしたことがないのでござろう。

（拙者はそのことを指摘こそしなかったが）
貴殿と口をきくのさえ憚られるわ。
脂身を口にせず、ワインもたしなまぬ者とは
話す価値もなければ、唾を吐きかける価値もござらん。

ユダヤ人とモーロ人がすでに追い出された十七世紀になっても、なお両者が存在しているという感覚が残っていたし、そのことを人は恐れていた。アラルコンのこのコメディア（『身から出た錆』*Quien mal anda en mal acaba* の第一幕、第一場でロマンはこう弁解する）

熱と粘液のせいで
わずらっている漏出のせいで
この二つの食べものは
どうしても受け付けないいんです。

またアラルコンの別のコメディアでも再度、人の職業と素行とが、血統と結びつけられている。

ある日、友人の一人に
口さがない無知な連中の
集まりに連れてってもらった。

そのうちの一人がこう言った。
「某ご婦人がすばらしい宝石と
服とを放り出したのだとさ。
だって別嬪さんだし、亭主の義務を
ちらつかせて間男を手に入れたらしい」
するとおれの仲間が小突いて言った。
「いまああして話している奴だって
〈年季明けの〉娘の稼ぎで
食っているらしいぞ」
すると別の若者が言った。
「やれやれ、亭主もへまをしたもんだな。
だってモーセの掟には
そんな戒律などどこにも書かれていないし」
おれの友人が今一度、小突いて言った。
「それは間男も百も承知さ。
グラナダの祖父が掟を教えたらしいからな」

このテクストからわかるのは、不貞を働いた妻はユダヤの血〔「モーセの掟」という件から〕を引く女であり、売春婦の娘〔「年季明け」という件から〕はモーロの血を引く女だということである。新キリスト教徒はここから見てもわかるように、自堕落な人間として描かれており、自らの好ましからざる血統のせいで、勢い下品な振る舞いにおよぶのである。アラルコンの他のコメディア（『名誉ゆえの非情さ』*La crueldad por el honor* 前掲版、四六三頁）では、商人というものが見下げられていたことがわかる。

女たちでもできるような仕事に
男子たるものが携わるべきではない。
兵士や百姓ともなりうる髭をりっぱに
蓄えた男は、店頭で腰掛けて、糸や布など
商っているものではない。（一〇）

今一度言うと、コメディアは十七世紀の社会と文学を従わせることとなった、人々の価値評価の基準を映し出す鏡であった。こうした社会と文学がより関心を向けたのは、多数者が信じていること、わきまえていることを超えて、さまざまな問題を提起することよりも、むしろ、そうした支配者的血統に属す者たちがより好むものを強調することであった。

アルバート・A・シクロフはベニート・アリアス・モンターノがユダヤ的血統に属していたことを、さまざまな事実でもって論証している。そのひとつとして、この著名な聖書学者が、フェリペ二世の秘書ガブリエル・デ・サーヤスに宛てた書簡の一部がある。

貴方にぜひお願いしたいのは、小生にはハムとか、そうしたものはお送りくださらないように。その種のものは、ご自身で用意して食されますように願えれば、小生にはさらなる喜びです。小生、貴方のお宅では食しましたし、これからも神の恵みとして食すつもりではございますれば。こちらでは、余り肉（〈ハム〉という言葉をあえて避けている！）といったものを食してはおりません。というのも肉は下剤みたいなものでして、食すとすぐに腹を下してしまうこともあるからです。リエレーナから送ってきたもの（ハム）は、モンテが立ち去った際に、あった場所から姿を消していました。それは小生が誰かお客が来た際に出そうと思っていたもので、自分のためにとっておいたものではございません……」（『スペインにおける《血の純潔》令に関する論議』*Les controverses des status de "pureté de sang" en Espagne...*, París, 1960, pp.269-270）〔傍点引用者〕。

言い換えると、アリアス・モンターノは自らの血の純潔が疑われないように、人の客人となったときとか、客人を迎えたときなどにハムを食した、ということである。これを別にしても、これほど著名な人物に宛てた手紙の中で、ハムを食べるか食べないかということに、どうしてこれほどこだわるのであろうか。

アリアス・モンターノの血統と、彼のハムに対する嫌悪感に関しては、一般大衆の大きな関心事であったからにちがいない。というのも、一六〇三年か四年にロペ・デ・ベーガが、大の親友であったドン・ガスパール・デ・バリオヌエボ（Gaspar de Barrionuevo）に宛てた『書簡』（*Epístola*）の中で、その点に関して触れているからである。ロペは友人に対し、会計官として働いていたガレー船から手を引いて、セビーリャで旨いものでも味わうように勧めている。旨いものの中には次のものがあった。

アリアス・モンターノが世間の目を欺くために
逃げ込んだ、有名なアラセーナ産で
スペイン産のマラーノ（豚）を疑わせる（presunto）ハムのこと

ここには「疑わしい（presunto）新キリスト教徒が、世間の目をごまかすためにハムを食していた」という概念と、「スペイン産の豚から造ったハム」という概念が、〈豚〉と〈新キリスト教徒〉という二重の意味を伴って融合している。（二二）ケベードの『ブスコン』に登場するカブラ先生もまた、鍋に豚の脂身を入れるということをするが、それは「血統に関して何やら言われたらしかった」（私の版、一九二七、四四頁。エドワード・グレーザーの論文 *Nueva Rev. de Filología Hispánica*, 1954, VIII, p.52〔「黄金世紀のイベリア半島の文学における反ユダヤ主義」“Referencias antisemitas en la literature peninsular de la Edad de Oro” pp.39-62〕を参照せよ）からである。とはいえカブラ先生とベニート・アリアス・モンターノでは、一方が虚構的人物であり、他方が実在した人物という重要な違いがあることは確かである。

ある種のコンベルソたちの抱いていた、内面的なキリスト教とはいったいどういったものだったのだろうか。また彼らが先祖から受け継いだ習慣と、必ずしも最初から不誠実だと決めつけることもできぬ、彼らが身にまとった新たな信仰の形式とは、心の中でいったいどのようなかたちで折り合っていたのであろうか。旧来の信仰と新たな信仰の、双方に通暁していた者たち（アリアス・モンターノのケース）においては、きわめて慎重に個人的レベルで適合がなされた、というのが実際のところであったろう。つまり彼らはもはやカトリック教にとって、まったく無害な存在と化していたユダヤ教の、その律法を犯すことを、どうしても潔しとはしなかったのである。しかし異端審問による拷問を受けても、自らの思いを開けっぴろげに告白しなかった彼らにとって、その種の折衷主義がどの程度のものだったか窺い知ることは、けっしてできまい[二二]。

ある種のコンベルソたちの宗教性に関しては、I・S・レヴァー教授の最近の論文が新しい視点を提示している。「あるマラーノ（ジョアン・ピント・デルガード）の自伝」（『ユダヤ研究』*Revue des Etudes Juives*, 1961, CXIX, pp.41-130）、「ウリエル・ダ・コスタの宗教」（『宗教史研究』*Revue de l'Histoire des Religions*, 1962, CLXI, pp.45-76）、「アントニオ・エンリーケス・ゴメスの反異端審問的予言」（『ユダヤ研究』*Revue des Etudes Juives*, 1962, CXXI, pp.81-168）。また本書の第三章（注二七）を見よ。

## 体面と血の純潔

十六世紀のスペイン人は、よりスケールの大きい生に突如として飛び込んだかのように感じていた。そして狭い農村から〈世界劇場〉の隅々まで、一挙に飛躍したかのように感じたのである。もし彼が魅力的な成功を勝ちえたとしたら、それは個人としての功徳とか思いがけない手柄によるのであって、個人の徳性とは直接的に関わりのない、思想や出来事の緩慢なる変化などによるのではない。たしかに成功のためには神や国王、大領主などの後ろ盾が求められた。修道士はスペインおよびインディアスの地で、とてつもない支配権を手にしていた。とりわけインディアスでは原住民にヨーロッパ文化をもたらし、芸術を開花させた。それが今日でもなお、スペイン文化を最も明確に象徴するものであることに変わりはない。聖職者でない俗人にとっては、自らの功徳・功績によって、ヨーロッパに豪壮な城館を手に入れたり、インディアスにエンコミエンダ〔インディオ労働力の割り当て制度〕を得ることもできたし、あらゆる土地で、王室や大貴族に関わる仕事にもありつけたのである。それが真に値するものかどうかという判断基準や、それを有する人間かどうかという意識の幅は、十六世紀が次第に進んでいくにつれ、拡大の一途をたどった。

しかし人々が皆一様に抱いていた同質的で並行的な欲求——つまり修道士であれ郷士であれ、面目を施すこと——は、時としてある種の疑念によって曇らされてしまった。つまり、追放された血統に属する別のキリスト教徒たちの声が、勝ち誇ったスペインのキリスト教徒たちの耳に響いてきはしないかという疑念である。

〈血の純潔〉の問題はきわめて複雑であって、言い逃れや悪口だけで解決がつくものではない。まず第一に、あらゆるかたちの技術的・精神的労働は、モーロ人かユダヤ人にふさわしいものとされていた。ところで、スペイン人キリスト教徒たることで、きわめて困難となったのは、自分自身の枠から脱すること、そして知的労働や手仕事によって出世したと感じることであった。彼らの人格的価値についての意識は、完全無欠なものでなければならなかった。言い換えると、民衆に向けて発せられた思想とか道具に対する価値の中にどっぷり浸かったり、われを忘れてしまったりすることがあってはならなかった。われわれがどんなことでも価値ある行動をとるためには、自分がかくあるのは〈汝とはかくある汝である〉とか〈われわれとはかくあるわれわれである〉という事実のおかげだ、ということを示さねばならなかった。それがどれほどおかしなことに見えようとも、〈人間的〉であるとか〈私の人格にふさわしい〉といった言葉のスペイン的概念は、けっして切り取られたり、目減りさせられたりすることのないない、神聖で神的なるものの概念に類したものだということだけは認めねばなるまい。スペイン人キリスト教徒がかかる存在であったのは、自らを他の宗教とは社会的・軍事的に敵対する宗教の中にあると感じていたからである。彼らの力もアイデンティティも、元をただせば、そうした基本的・本質的な内面的状況から発するものであった。その証拠（もし証拠が必要ならば）となるのは、〈人間の尊厳について〉(de dignitate hominis) の問題が、この地スペインではイタリアのように理論的に扱われることはなかった、という事実である。(一三) その種の著作のスペインにおける模倣はわずかであったし、ほとんど独自性もなかった。それとは逆に、体面（面目）の問題は、イタリア人が培うことのなかった文学的形式でもって、生き生きとした表現を獲得した。スペイン人にとって喫緊の必要性があったのは、自己を価値あらしめることであった。そこで人々から尊敬をうけるか、軽蔑されるかといった、価値評価的な表現が、いとも強大な力をもつこととなったのである。人々の〈見方〉、私の〈見方〉、〈私の見方に関わるもの〉といった表現に見られるごとく、〈見方〉(opinión) は絶対的であって、そこにはあれこれ限定辞はつかないのである。

〈自分自身のうちにあること〉という意味を表わしたのが、名高い〈落ち着き〉(sosiego) という言葉である。つまり物理的状況に影響をうけないで超然としていることであり、そうした状況を変化させることに対する無関心を意味している。変化させるのはもっぱらモーロ人、ユダヤ人などの外国人にのみふさわしかった。スペイン人の心を脅かした唯一のものは、〈自分自身〉の中核ないしは根底で、自らの完全無欠性を変化させうるような、外来の要素が接木されたのではないかという疑念であった。というのも、人が〈かくある〉ことと〈かくあらざる〉ことの間には、いかなる介在物もありえなかったからである。スペイン人はそうした根本的な苦しみを措いては、他者が何をなし、何を考えたかなどという点に心を煩わすことはなかった。(一四) サンティアゴ大司教はカルロス五世がフランソワ一世に戦いを挑んだ際に、王にこう書き送っている。「フランス王がおしゃべりな気違い男で、節操もなければ人格もない人間だとされていることは、陛下にとって隠れもない事実であります」(J・F・モンテシーノス『随想と研究』*Ensayos y Estudios*, 1959, p.41)。実際問題、有無をいわせぬ人格との結びつきを欠いた行動には、価値などなかったのである。他の者たちの上に行動が及んだり、他の者たちと戦うことをしないときは、人格たる人は自らの〈落ち着き〉の中で、芸術的創造に打ち込んだり、神の観想に耽ったりして、自分自身をじっくり眺めたのである。ベラスケスやスルバランの絵画のいくつかには、こうした十七世紀のスペイン的生のあり方が示されている。カール・フォスラーは『スペインにおける〈孤独〉を扱った詩』(*Poesía de la soledad en España*) の中で、孤独感を文学的なテーマとして捉えたが、それもまたそうした生のあり方を同じように反映している。かかる内面的状況は、世の喧騒から離れて隠遁生活をするように促す以上に、魂それ自体の孤独をもたらすものとしての価値があった。

内面的な孤独の中で、外面的活動をなしえないことの埋め合わせとして、目の覚めるような行ないが意識に対してなされた。それはときとして、戦闘行為によって得られる世俗的名声を凌駕するものであった。

男たる存在が世にあるは
戦場で勇ましく干戈を交え
怒濤さかまく大洋を渡り
地球の大きさや太陽の動く軌道を

観測するためだけだとお思いか？
そうだと思うなら、とんだ大間違い。
人間にのみ与えられた
燦然と光り輝く冠たる理性
汚れなき神聖なる理性は
このわが胸の、冷たく厳しく
殺伐とした心を目覚めさせ
新たな炎を燃え立たすのだ。
（『ファビウスへの道徳書簡』*Epístola moral a Fabio*）

この〔ケベードの〕詩句はホラティウス派の詩でもなければ、ストア派の詩でもない。スペイン人はそうした理念的立場を、真正のものとして受け取って生きたことなどない。ストア派の人間であれば内面的に〈燦然と光り輝く〉ことなどなかったであろうし、〈胸〉が〈新たな炎〉で光り輝くことなど望みもしなかったであろう。ストア派は理性を見いだそうと努めたにすぎない。つまり〈太陽の動く軌道〉の存在を説明しうるような理性を、である。こうしたことから、スペインには体面劇はあっても、宇宙の真実を探求しようとするための英雄的な戦いはなかったのである。おそらく、そうした方向の活動がどこかで始められていたとしても、旧キリスト教徒の血統に生きる者たちの内的機能自体によって、それは不可能となってしまったであろう。そのことは本書でより明確にしていくつもりである。ケベードの新たな物理学への無関心は、彼が無知だったからとか、野蛮だったから生じたわけではない。今こそ、かかる人間的状況を踏まえて語るべき時がきたのである。ケベードの生きた時代を含む一世紀半以上の間、スペイン人の意識の上で異常音を発していた状況によって、人々は自らの内面の城の奥まった〈住い〉に、心を隠遁させることを強いられた。じきに見ていくつもりだが、〈世論〉の側からの恐るべき攻撃は、知性に対する自由な活動を完全に封鎖してしまったので、そうした災厄から辛うじて生き残ったものは、自己たること、〈我がかくあること〉の意識だけであった。こう考えてはじめて、イタリアであれほど見聞きしていた科学に対する、ケベードのそっけない態度も、理解できるというものである。それ以外の解釈はすべて、子供じみたもののように思える。人が確信的にものを語らないとしたら、そのことで逆に自らの愚かさをさらけ出すだけである。ケベードは『万人の時』(*La hora de todos*, 1638) の中で、チリに入港しようとしたオランダ人と、彼らと向かい合ったインディオたちの間に起きたことを、次のように語っている。

(4)

(一五)

「オランダ人は玩具や珍しい品に惹かれやすいインディオの性格をよくわきまえていたので、自分たちの真の意図を欺くつもりで、バターの詰まった樽をいくつか与えた……最後には、遠くがよく見える眼鏡と呼んでいる、〈眼鏡桶〉(cubo óptico) まで与えた」。

するとインディオは次のように答えた。

「太陽の黒点を探したり、月の斑点を調べたり、天の秘密を暴こうとする道具は、不穏なガラスのがらくたで、天が歓迎するものではない……こんな道具で元素を根掘り葉掘り探り出し、楽して世の支配者になろうという目論見か。お前たちは海中にあっても乾いたまま生きているところを見ると、海からやってきたイカサマ師だ」。(一六)

オランダ人がかつて隔絶した海のせいで、人の目にさらされることのなかった土地を占有することは、非難されるべきことと思われた。あらゆる学問、あらゆる技術が危険な、疑わしい営みであるとされていた。〔今日のスペインの〕歴史家たちは、十八世紀初頭までヨーロッパのある地域（ナポリ、ベルギー）を支配下においていた人々〔フランス人やオランダ人〕、つまり近代的進歩の流れに合わせて歩んできた国民の中にあって、（スペインが）かくも不可思議にみえる状況にあったことについては、腫れ物にでも触れるかのように軽く扱うだけである。したがって、歴史家があえて真実を知ろうとせず、むしろ無知を誇りとするように見えるが、そこには何の道理もない。（前に挙げた、ヨーロッパとの文化的絆が切れたからといった）当世ふうの説明は、愚かとしか言いようがない。実際に起きたのは、あらゆる知的職業が、排斥的で支配者的なスペイン人の意識にとって、重大な危険性を意味していたということである。十六世紀を通じて、スペイン的環境を啓蒙化していた淡い学問的光明が消えていくにつれ、スペイン人は自らの内部において身を固め、強大な存在となっていった。しかし生の空間は何ものかで埋めねばならなかった。それは教会や軍事、文学、芸術、行政などの活動が行なわれなくなるや、きわめて乏しいものとなってしまう何ものかであった。有効性あるものとして残ったのは、自己の意識に沈潜すること、もっと正確に言えば、かけ替えのない自らの存在についての意識に沈潜することだけであった。ケベードにはそうした自己に対する意識、窮屈な存在に対する意識があったがゆえに、昇華された美の内面的表現や形式を生み出すことができた。言い換えると、彼の表現や形式には大きな力が備わっていたので、そのおかげでわれわれはいやが上にも、心地よくも敬虔な気持ちで引き寄せられるかのように、ケベードの言葉の高みに引き上げられるのである。

私は数少ないとはいえ博識の書物とともに
こうした砂漠の平安のうちに身を遠ざけ
死者たちとの付き合いの中で暮らし
死者たちの声に静かに耳を傾ける。
そうした書物は必ずしも、分別ある
開明的なものではないとしても
わが身を援けるか、正してくれる。
黙した音楽的対位法の中で、生の眠気に対して
はっきり目覚めたかたちで語ってくれる。

スペインにおいては、文学表現のモチーフや目的といったものは、ヨーロッパでは考えられないような事柄のもつ状況に応えるものであった。つまりヨーロッパの他の国々の、社会的欠陥や対立というものは、それとはきわめて異なるものであった。

ケベードよりもかなり以前、フランシスコ・デ・アルダーナ(Francisco de Aldana)(5)はある時、フィレンツェでコジモ・デ・メディチ〔初代トスカナ大公〕やレオノール・デ・トレードなどの傍らにあって、その地の生活に惹かれ、ペンを剣に持ち替えてフランドルとフランスでの戦争に赴いた。にもかかわらず、この人物にとっての真の天賦は、内的葛藤におののく内なる自己との対話であるように思われた。

わが胸の秘めたる場所に潜り込み

そこで内なる自己と語るのだ、われは
いずこにあって、いずこに参り、
生きているのか、どのようになったのかと。(一七)

この世にあって名誉を得ることで、あの世にあって永遠に生きてゆくべく備える、といったことが、当時のスペイン人にとって最高の生活規範となっていた。アルダーナは軍人ではあったが、いかなる社会的職務にあっても、それだけでは不十分であると感じていたのである。

血の〈純潔〉という表現は、もしそこに今日の反ユダヤ主義的な人種的対立の意味を読み取るとしたら、曖昧なものとなってしまうだろう。鉤鼻をしたユダヤ人といった定型的で滑稽なイメージでとらえることも稀にはあったものの、スペイン人キリスト教徒は、ユダヤ人に対してホモ・ヒスパヌス〈ヒスパニア人〉の生物学上の定型的イメージを与えることなどしなかった。ドイツのヒトラーがやったように、アーリア人種とユダヤ人を対置するといったことは思いもよらなかった。むしろ逆で、両親の罪は血を通して伝わるという聖書上の信仰との関わりで、いわば血統の精神的な純粋性といったものを、こよなく重視したのである。筆者はこれまでに何度となく引用してきたし、これからもするつもりだが、新キリスト教徒のゴンサーロ・フェルナンデス・デ・オビエード(6)は、一五五四年頃につぎのように語っている。

あらゆるキリスト教国において、立派で清き血統に連なる貴族が誰であり、また信仰に関して疑わしい者が誰かを、スペインほど明らかにしている国はない。他の国ではそうしたことは秘された事柄だからである。（『スペインの貴族五十家』*Quinquagenas de la nobleza de España*, 1880, p.281）

系譜上の郷士的身分を求める熱狂といったものは、聖人のレベルにいたってもなお止まることを知らなかった。ロペ・デ・ベーガはマテオ・アレマンの作品『パドヴァの聖アントニウス』（*San Antonio de Padua*, Sevilla, 1604）の冒頭を飾る頌詩を書いたが、その中で称賛した著者の名前〈マテオ〉が「福音書を書いたマタイ」を連想させ、読者も驚くことだが、その福音書が〈貴族証明書〉となる、とまで述べているのである。

かの名高き福音書……それを至高の法廷において閲するならば、それこそ聖母マリア様の血を引くイエス・キリストの郷士たる身分を証するものとなるのです。（一八）

つまりキリストもまた自らの人間性という点において、血の純潔を証明せねばならなかったということである。彼の要請は天の大法廷において〈閲され〉て、しかるべきものと確認されたのである。ロードス島から出た十八世紀のある手稿によると、ユダヤ人たちは「聖なるモーセの律法に対して『あなたは神聖そのものであり、私たちは高貴な血統の花嫁としてあなたを受け入れます』と述べた」とされている（拙著『スペインの歴史的現実』、改訂版、一九六二、三二一頁を見よ）。これを見ればなおのこと、キリスト教徒とユダヤ人が聖なる郷士身分を熱望することにおいて、いかに歩調を合わせていたかが明らかとなる。

聖性と郷士身分との関連については、聖イグナチオ・デ・ロヨラの言葉の中にも改めて確認することができる。リバデネイラ神父の指摘によると「ある日のこと、私たちが多くの者たちの前で食事をしているときでした。彼は自らのことについて話をしていて、イエス・キリストがユダヤ人の血を引いていることは特別な恩寵だと述べ、さらにその理由をこう付け加えました。『なぜなら人は主イエス・キリストと聖母マリア様の血を引く親戚になることができるのだから』。こうした言葉を思い入れたっぷりの様子で述べたので、彼は感涙にむせび涙が溢れ出しました。これは皆から大いに注目されたことです」（一九）。

結局、このスペインの悲劇的な対立に内包された問題というのは、神の選民とはいったい誰で、そうではないのは誰かという問題であり、それはこよなくユダヤ的な態度であったといってよかろう。ヨーロッパのキリスト教徒にとっては、自らがキリスト教徒の共同体に属す人間だと自覚するだけで十分であった。しかるにスペイン人は自らの信仰と、自らの身体性でもってキリスト教徒であることを求めたのである。聖イグナチオはできたら初代のキリスト教徒だったらよかったとの思いを抱いたが、それは当時のスペインの旧キリスト教徒たちの感性とは相容れないものであった。というのも彼らは、血統という問題のもつ垂直的概念などまったくもっていなかったからである。一五〇〇年当時のユダヤ人はいまだに神殺しの民という汚名を負い続けていたし、いわゆる旧キリスト教徒たちにとって、使徒の聖パウロの言葉（『コリント人への第一の手紙』第一二章「からだは一つであるように、キリストの場合も同様である。なぜなら私たちは皆、ユダヤ人もギリシア人も、奴隷も自由人も、一つの御霊によって、一つのからだとなるようにバプテスマを受け、そして皆一つの御霊を飲んだからである」）が力をもつことはなかった。アルフォンソ十世の尊重した福音書的な霊性は隅においやられ、ユダヤ人はたんに神殺しの民とされ、聖書の言葉や『七部法典』や『勅令』の法典を忘れ去ったキリスト教徒たちは、一四九二年に、ユダヤ人的なやり方に則って自らを神の選民とみなしたのである。

スペイン人キリスト教徒の生き方には、半島のキリスト教王国の領域においては宗教が、集団的な人格の存在とあり方に決定的な役割を果たす、という東洋的理念が取り込まれていた。したがって彼らの間では、各々の血統が他の二つの血統に対して、相手の不純さを攻撃し非難した。神によって選ばれた民という発想は、スペインのユダヤ人からキリスト教徒へと横すべりしたが、寛容を強調するコーランに基づくイスラム的教義が信望を得ていた間は、両者間にかなり大きな調和が保たれていた。筆者はこの点に関して、さまざまなところで十分な証拠でもって明らかにしてきた（二〇）。

カスティーリャ人とアラゴン人が、イサベルとフェルナンドの結婚によって国家レベルで統合され、ポルトガルとの戦争も終結し、カトリック両王が貴族の権力乱用を懲らしめたことで農民が勢いづいたこともあって、キリスト教徒はじきに他の二つの血統を支配できるようになるだろうと感じた。一四八〇年頃の、キリスト教王国の強化・増大をめざしたカトリック両王の新政策には、ユダヤ人に対する〈取るに足らない者たち〉の憎しみや、種々の怨念と結びついた、彼らの富をわがものにせんとする強欲が顕在化しはじめていた。スペイン的生を形づくる数世紀（十一世紀から十五世紀）に、不可欠なものであったユダヤ・キリスト教的調和は、いまや憎悪に変わろうとしていた。かつての弱い王室は、十五世紀末には強力で富を有する王室に変質していた。スペイン系ユダヤ人に対する異端審問所の設置と、グラナダのイスラム王国に終止符を打つための準備はほぼ同時的に進行していた。こうした事態は半島のほとんどの地域で、ガリシア語、カスティーリャ語、カタルーニャ語などを話して共存共栄してきた人々にとって、重大な結果をもたらすこととなった。彼らは各々の地方で、キリスト教徒、ユダヤ人、ムデハルとして、またそれぞれの集団・血統のさまざまな活動領域における専門家として住み分け、調和しつつ暮らしてきたからである。フェルナンド三世（聖王）が一二五二年にセビーリャで亡くなった際に、キリスト教徒、モーロ人、ユダヤ人は王の墓に各々の墓碑銘を刻んだが、それこそ彼らの間で支配的となっていた調和を明らかに示すものである。チェコの旅行者ロスミタール男爵は、一四六六年においてもなお、ハーロ侯爵の土地や「その宮廷においてすら、キリスト教徒やモーロ人、ユダヤ人がいて、誰もが己の信仰のもとで平和に暮らすことができる」と指摘している（三二）。

こうしたことは周知のことであり、筆者は一九四八年以降、いろいろなかたちでそれを納得しうる方法で、明らかにしてきたつもりである。私はその時点〔一九四八年〕でこう述べた。つまり筆者は一九一六年に十七世紀演劇における体面のテーマを扱いはしたが、うかつにもそのとき、スペイン人に生起したことのすべてが、キリスト教徒、モーロ人、ユダヤ人の共存と対立に関係していたのだという点を見究めてはいなかった（といっても当時は誰一人想像もしなかったことではあるが）と。かつての伝統的秩序との隔絶によって、新たな社会的評価とそれとは裏腹な社会的蔑視の新たな体系、といったものが生み出された。それは十六世紀、十七世紀において〈体面〉意識とそれと相関する〈世論〉が出現した、新たな側面の基礎となるものであった。今日その原因をはっきりと分析しえないとはいえ、宗教、道徳、政治的・経済的利害といったものは、それをきちんと法的に整えるということはできなかった。しかし実際問題、結果としてスペイン人は他人の世論・見解に追い詰められ、窒息させられるような思いを味わっていたのである。

体面は他人のうちにあるもの

何人たりとも自分で体面は得られぬ
人は体面を他人から受け取るもの
人が有徳であろうと、功徳があろうと
それで体面ある人とはならぬ。確かなことは
体面は他人の中にあって自分にはないということ。[一二]
（ロペ・デ・ベーガ『コルドバの騎士団長』）

人の噂や中傷、密告、吹聴などといったものから、きわめて異様な社会的雰囲気が醸し出された。もしある全体主義体制が、一世紀半たってもなお断絶することなく存続しえたとするならば、そしてまた、誰かがそうした体制についての見方をいまだに明確にもっていたとしたならば（つまり時間的隔たりがあっても、それをきちんと判断できたならば）、その人物は、一六〇〇年当時のスペイン人たちの意識がどのようなものだったか、自らの体験によって、よく理解していたということだろう。

どれだけ多くの人々が、俗衆たちの立てる噂にびくびくして、頻繁に聖体拝領をし、教会に足しげく通い、施療院に出向き、侮辱に甘んじ、出費を抑え、その他多くの慈悲の行為を行なっていることだろう。（アロンソ・デ・カブレーラ[7]『説教集』*Sermones*, Nueva Bibl. Aut. Esp., p.512）

というのも、敬虔さや慈悲の行為を誇張することは、かえって新キリスト教徒ではないかという疑念を抱かせたからである。

［人が考えたものとか、知的に築き上げたものの価値というのは、ひとえにその人が新旧キリスト教徒のどちらの親をもって生まれ、価値ある存在となったかどうかにかかっていた。勇敢さというものは、ユダヤ人とその子孫が、数世代も前からキリスト教徒となっていたにもかかわらず、ただたんに臆病者だという理由だけから、民衆的価値基準や〈世論〉の評価基準に合致する、直接的で卓越した地位を占めていた。法学者ファアン・アルセ・デ・オタロラは一五五九年にこう記している。「スペインからモーロ人を追放するための戦いに加わった者の子孫でなければ、スペイン貴族の資質も慣習も手に入れることはできない。なぜならば、スペインの郷士は常に戦争において国王や王国に仕えてきたし、仕えるものだからである。……こうしたよそ者たちは医者とか外科医などの立場でしか、戦争に行ったりなどしない」（『スペイン貴族大鑑』*Summa nobilitatis Hispanicae*, Salamanca, 1559, p.188）。セルバンテスは幕間劇『不思議な見世物』（*El retablo de las maravillas*）の終わり部分で、かかる馬鹿げた偏見に対して皮肉をこめて激しく反撃した。つまり軍隊の士官が、彼のことを新キリスト教徒だから、臆病で防戦などできまいと思いこんだ人々に対して、剣をふるって皆を退散させるのである。筆者はかつてそうした状況を踏まえた上で、不貞妻に対して、『オセロー』のようにあからさまではなく、秘密裡に報復をはたす演劇的テーマを解釈したことがあった。いつの時代でも、世界のどこでも、妻の裏切りに対して血をもって報復する夫はいるものだが、そうしたテーマがとりわけ十六世紀、十七世紀という筆者が〈葛藤の〉時代と呼ぶ時代に、かくも広く深い広がりをもったのはスペインならではのことであった。この時代、騎士たちは男性的勇気を誇示すべく闘牛で牛を殺したのである（これは十五世紀と十八世紀には庶民の携わる仕事であった）。ロペ・デ・ベーガやカルデロンの演劇において、夫たちが復讐を果たしたのは、何も当時の習慣とか伝統のなせるわざではなかった。そうすることで、騎士は〈世論〉の攻撃から身を

守ることとなったし、恐ろしい義務として〈世論〉という名の女神に対する生贄として、愛する者に死を与えることで〈男らしさ〉をアピールせねばならなかったのである。ロペ・デ・ベーガが産みだした文学ジャンルは、繰り返して言うと、「力づよくあらゆる人々を」揺り動かすことを目的としていた。」

十四世紀における〈それ自体としての人間〉、十五世紀における〈本質的人間〉といったものに対する確信は、十六世紀も時が経つにつれ、次第に不安定になっていった。(二三) かつて支配的な社会集団、血統として明確に区別されていた旧キリスト教徒たち（というのもモーロ人はモーロ人街、ユダヤ人はユダヤ人街に暮らしていたからだが）は、いまや〈洗礼を受けた〉そうした者たちの不純な血統によって、自分たちが腐敗堕落させられ、侵略を受けているかのように感じていた。十五世紀まではキリスト教徒が、裕福なユダヤ人や美しいユダヤ娘と結婚することは、特に問題とされてはいなかった。というのも聖なる洗礼によって、すべての人間が平等となったからである。そうした冷静な均衡状態は、大量のユダヤ人改宗者がどっとキリスト教徒の仲間入りをした時点から、不可能なものとなってしまった。スペイン人の生活軸は一三九一年のユダヤ人大虐殺によって移動してしまった。つまり十五世紀を通して多くのシナゴーグが倒壊し、血なまぐさい迫害が起こり、恐怖心から洗礼を行なうものが続出し、最終的に一四九二年にユダヤ人は法的に排除されることとなった。

法的にはユダヤ人は存在していなかった。とはいえ実際には、ユダヤ民族の活力と能力は、修道司祭や在俗司祭の職、あるいは議会の役職、技術職、大学の教授職、なんらかの知識や力量と結びついた職種などにおいて、はっきりとその存在を示していた。(二四) かつての〈それ自体としての人間〉〈本質的人間〉は、内心においてしがみつくべき拠りどころを見失って、居心地の悪さを感じていた。というのも、スペインのキリスト教徒たちは、昔ながらやってきた、社会的に実りある創造的な仕事をする習慣がなかつたからである。もしそうでなければ、あらゆる知的で技術的な活動が、いつもユダヤ的だと非難されることなどありえはしなかったはずである。十六世紀においてキリスト教徒の血統にふさわしかったのは、支配者として相手を威圧せんとする衝動であった。彼らはそうした衝動と自らの信仰に支えられて、地球上のすべてを支配したいと考えた。そして実際、インディアスにおいては、かなりの部分でそれを達成したのである。ロマンセーロからそのことが窺える。これは十六世紀にスペイン人キリスト教徒が心から熱望し、期待していたことを知るためには、しっかり見据えておくべきことである。カルロス五世は聖地を再征服した暁には、カルバリオの丘に「御自らお出ましになるはず」であった。そして

いまや三つのアルメニア〔トルコ、アルメニア、イランに跨る古代の帝国〕
が征服されたからには
アラビア、エジプト、シリア、インディアス
そのどれもが王に与えられねばなるまい。
イスラム教徒たちもまた征服されねばならない。
王はこの世のすべての土地で
アレクサンダー大王に優る幸せ者。
あらゆる人々を囲い場に取り込まねばなるまい。
そして聖なる秘蹟こそ、彼らの命を養うべき
牧草となるはずである。(二五)

こうした内容は、異端審問所長官でセビーリャ大司教ドン・アロンソ・マンリーケが存命中、つまり一五三九年以前に記されている。フェリペ二世治世においても、民衆の中には同じような熱望が息づいていた。そしてロマンセーロは依然として、スペイン帝国の中心たるカスティーリャの声であった。

偉大なるスペインのフェリペ二世は
世のあらゆる場所を統べる崇高な王
神によって世の支配を委ねられし……
その治世は西洋の
あらゆる場所に及んでいる……
富の大きさにおいてこの世に並ぶ者なく
かつての時代にかくも偉大な王は
歴史をひもといても一人としてなし。
日本やシナという国では新たな
国のあり方が期待されている。
その暁には永遠に神の名が
褒め称えられるであろう。
かくてわれらの無敵の王は
世界中の場所に聖なる福音を伝えるべく
日々精進されようとしている。

東洋から西洋にいたるあらゆる場所を
すでに手にしているからは。[二六]

世界中にキリスト教を広めるべく戦っている世界の王といった、ヨーロッパ的というよりはむしろアジア的とでもいうべき視点と無縁のところにあったのは、王国において、何をすべきか確たる信念を持たず、幸運と救済を待ち望むことぐらいしかなく、混迷のなかで自己を捜し求めていた者たち〔新キリスト教徒〕の存在であった。当世流の歴史家たちがそうした状況に目を塞いでいようとも、混乱はすでに十五世紀に始まっていたのである。人々は互いに血統的な憎しみに凝り固まり、どんな犠牲をはらっても、自分自身や王国のために富を獲得しようと躍起になっていた。最初の異端審問所長官となったトマース・デ・トルケマーダ（Tomás de Torquemada）とディエゴ・デ・デーサ（Diego de Deza）は、二人ともコンベルソであった。[二七] また第一代グラナダ大司教で、ヘロニモ[8]〔ヒエロニムス〕会修道士、そして稀に見る聖人、エルナンド・デ・タラベーラ（Hernando de Talavera）もまた同様であった。一五〇七年に、コルドバの異端審問官で司教座聖堂参事会会員であったディエゴ・ロドリーゲス・ルセーロ（Diego Rodríguez Lucero）は、コンベルソにとって最大の敵であったが、彼はタラベーラとその家族全員をユダヤかぶれの異端者として告発した。ルセーロが大鉈をふるうことができたのは、真正のユダヤ人であれ、あるいはそうみなされていたユダヤ人であれ、彼らの財産を没収することで生まれる、かなりの額の資金を必要としていたフェルナンド王の後ろ盾があったからである。そうした手続きによって生じた道義的・経済的な混乱[二八]といった要素もまた、十六世紀のスペイン人の置かれていた状況に対する、われわれの見方に組み入れねばならない。

狂気にかられたルセーロ（彼のことを〈明星〉（Lucero）という代わりに〈暗星〉（Tenebrero）と呼んだのはペドロ・マルティルであった）は、怒りの矛先をアンダルシーアに向けた。フライ・ホセ・デ・シグエンサは後に、自らの称賛すべき『聖ヘロニモ会史』（José de Sigüenza, *Historia de la orden de San Jerónimo*, III, 2, XXXVI）の中で、こう語ることとなる。

心無いどうしようもない人々は、かの敬虔な大司教のことを、家族の中にユダヤかぶれの者たちがいて、キリスト教を捨ててしまったとか言って非難した……とりわけ彼の妹や甥、三人の姪たち、また家人や召使いの多くが、こうした犯罪や異端の咎を受けたのである……連中はさまざまな証拠をあげて、教皇から異端の罪で彼を捕縛する許可をとりつけた……彼の家族はみなひどく狼狽し、一様に大きな悲しみと不安を抱くにいたった……この件は相手が誰もが知る人物で困難な問題だったので、スペイン中で知れ渡ることとなった。こうした不当な醜聞が起きたのは、裁判所（異端審問所）がきちんと機能していなかったからである。

最後にことはすべてうまく収まった。しかしタラベーラの聴罪師〔エルナンド・デ・タラベーラ〕にこうしたことが起きていたとしたら、ましてや下位の身分の者たちに何が起きていたかは想像するにあまりある。ところで、直接的にしろ間接的にしろ、強制改宗によって引き起こされた混乱のせいで、水ももらさぬカトリック的な秩序といったものは望むべくもなかった。

興味深いことに、シグエンサ神父はエルナンド・デ・タラベーラの血筋を無視しようとしたが、それはヘロニモ会の名誉があからさまなかたちで汚されることを避けようとしたからである。

この神の僕《しもべ》はタラベーラ出身の、中流貴族たる両親の間の子であった。ある人たち（ネブリーハやマリアーナ）によれば、オロペーサ伯爵家の筆頭であるエルナンド〔フェルナンド〕・アルバレス・デ・トレードとも縁戚関係があるとのことである。また別の者によると、出自が卑しいので、ラテンの血筋に連なる振りをして〈新しい人〉(homo novus) と呼ばせているらしい。というのも、（骨董屋の言葉遣いにならっていえば）〈系図も写しも〉なかったからである。苦労して明らかとなった確かなことは、まえに述べたことである。つまり彼はさほど豊かとはいえないものの、純血の郷士の両親から生まれたということである。（前掲書、二九章）

十六世紀にはよく見られたことながら、シグエンサには敬虔さがまさって、逆に真実にもとるところがあった。今日でも古いことを扱う人々の中には、反ユダヤ主義の立場から、同じようなことをする者は依然として絶えない。テレサ・デ・ヘスースやルイス・ビーベスが偽った系図のことや、この時代、ゴンサーロ・フェルナンデス・デ・オビエードやホセ・デ・アンチエータなど（アントニオ・デ・ネブリーハやフランシスコ・スアーレス神父も）といった人物が、いまだに偽りの血統を誇示している、という事実を想起されたい。[二九] マテオ・アレマンは郷士であるというふりをしていた。この時期ドミンゴ・デ・バルタナース[9]の『諸説ある道義的問題についての擁護論』(Domingo de Valtanás, *Apología sobre ciertas materias morales en que hay opinión*, Sevilla, 1556) といった書物が世に出たことは、稀有なことである。これはエウヘニオ・アセンシオが『スペイン文献学』(*Revista de Filología Española*, 1952, p.68) で言及したものである。ちなみに筆者が引用に用いるのは、それではなく、〈アメリカ・スペイン協会〉所有の版である。フライ・ドミンゴ・デ・バルタナースは、新たな信仰に改宗した誠実な改宗者のケースでは寛容さを発揮した。そうした者たちの多くに触れる際の方法は、最も隆盛を誇った時代のスペイン的生の複雑さを理解したいと思う者たちにとって、きわめて示唆に富む方法であった。バルタナースはかつてブルゴスのラビであったものの、後にブルゴスの司教となったドン・パブロ・デ・サンタ・マリーアのことを取り上げている。「その孫はフライ・トマース・デ・グスマン神父であった。神父はスペインの王侯たちの前で説教し、歯に衣着せず祖父のことを引き合いに出し、こう言った。『わが祖父ドン・パブロはこうした考え方をしていました』。二人のコロネル兄弟（ルイス・ヌーニェス・コロネルとアントニオ・ヌーニェス・コロネル）は、双方とも博学にして神の偉大なる奉仕者であるが――うち一人はわれらの主君、皇帝陛下の説教師である――、ともにアブラハム・セニオールの息子たちであった。この人物こそユダヤ人でありながら、貧しきキリスト教徒たちに食事を与えた奇特な人物であった。彼は聖霊によって啓示を得、自らの意志でカトリック両王の前にまかり出たのである……そこでキリスト教徒となることを望んでいる旨を両王の前で明らかにすると、両王はとても喜ばれ、彼の名付け親となられた。翌日、厳粛に洗礼が執り行なわれる段取りとなり、両王の御前を辞してから、シナゴーグに他のユダヤ人とお祈りに出かけた。このことを知った両王は、善心を覆したのではないかといぶかって彼を呼びつけた。彼が答えて言うには、ユダヤ人として律法なくして生きていくことは一時たりともできないので、洗礼を受けるまでは、義務としてなすべきことをなしただけです、とのことであった」。

　アブラハム・セニオールは完璧なキリスト教徒として死んだ。「新たに改宗した者たちを兄弟として遇することは、神の御心に大いに適うことであろう」。そしてバルタナースはこう続けている。「エレミアの言うとおり、神は両親の罪ゆえにその子を裁いたりはしない。ユダヤ人は罪深い存在とはいえ、神は彼らから聖ペドロや聖ヨハネを選ばれ、他の使徒や弟子を選ばれた。彼らもまたその多くがユダヤ人であった。この民は以前も負けず劣らず罪深い存在であったが、今日ほど多くの罰を受けることはなかった。彼らに差別章をつけて目立たせたり、キリスト教徒の仕事や商売から排除することは、大きな侮辱と言わねばならない。なぜならばこうした差別によって、永遠に汚名を被ることとなるからである」。こうした表現の後に、自分たちの修道院からコンベルソを排除しようという目論見のもとでなされた、ドミニコ会士たちに対する言及がある。そこに姿を見せるのが、初代異端審問所長官トマース・デ・トルケマーダ、フライ・ディエゴ・デ・デーサ、ドン・フアン・デ・トルケマーダ（聖シクストゥス枢機卿）などである。「（最後の人物は）バリャドリードの聖パウロ修道院を建設した。その大いなる功績により、コンスタンツァ公会議（一四一四－一四一八年）において、信仰の擁護者の名声を獲得した。同様（つまりユダヤ系）のパレンシア司教フライ・アロンソ・デ・ブルゴス[三〇]、フライ・マティアス・デ・パス、フライ・アロンソ・デ・ペニャフィエル、サラマンカ大学教授フライ・フランシスコ・デ・ビトーリア、フライ・ヒエロニモ・デ・ペニャフィエルなど、こうした人物たちはみな神学教授であり、今日における聖ドミニコ会修道士である。みな思想上も生活上も卓越した立派な人々であり、精神的のみならず血統的にも、聖パウロの薫陶をうけた後継者である。聖人然たるグラナダ大司教フライ・エルナンド・デ・タラベーラ、セビーリャ学校を創設したセビーリャ大助祭で騎士団長ロドリーゴ・デ・サンタエーリャといった面々は、異教徒の血を引く者ではあったが、それが有徳なる行ないを行なって名を挙げ、教会の繁栄のために永遠の記憶を留めるのに何の支障ともならなかった（一一折vから一四折rまで）」。フライ・ドミンゴ・デ・バルタナースはこうした寛容性を示し、また霊性についての疑わしい表現を他にもしたことがあったため、終身にわたって異端審問所の牢獄に幽閉されてしまった[三一]。これについてはマルセル・バタイヨン（『エラスムスとスペイン』一九五〇、第二巻、一三五－七頁）を参照せよ。

筆者がいま再録した、フライ・ドミンゴ・デ・バルタナースが示した、穏やかでキリスト教的な寛大さの教えは、実際には何の役にも立たなかった。対立は宗教上のものではなく、価値規範上のものだったからである。いうなれば、力の源泉が統一性・単一性にあるような一枚岩の軍隊に、同じ言葉を話し、同一の軍服をまとった敵がこっそりと紛れ込み、同じ大義のためといえども、ときには肯定的に、またときには否定的に戦っているようなものだったからである。問題を悪化させ、さらにいっそう混乱させているのは、ユダヤ的血統につらなるスペイン人は、旧キリスト教徒たちが慣れ親しんでいた関心領域とは異なる領域の中で活動していたという点である。つまり彼らの生活様式は同一のものではなかったので、文書上の証明を俟つまでもなく、誰が新キリスト教徒であるか否かを推測することは難しいことではなかった。他にもあるが、とくにこうした理由からも、十六世紀にスペイン人同士が抱いていた〈体面〉と〈世論〉に関する、価値基準に混乱が生じたということがわかる。名誉はその人の血統の不可侵の純粋性や、男らしさなどに収斂することとなった。もはや富を増やし、精神的活動に従事し、社会にとって有益な仕事を行なう、といったことに対してではなくなった。ドン・アロンソ・デ・カルタヘーナ(10)は十五世紀のコンベルソだったが、カスティーリャ的な価値観の意味について深く洞察し、こう記している。「カスティーリャ人は富などに大した重きを置くことはなく、徳そのものを重視するようになっていた」。つまり、人間というものは、その支配能力や英雄的努力によって倍加するような、内なる存在としての価値もって計られたということである。

## 一体的信仰と国民的名誉

よくスペイン・キリスト教徒は一枚岩的な宗教的信念がなければ、戦闘力などもちえなかっただろう、と考えられてきたが、たんにそう言うだけでは不十分である。十三世紀の大いなる征服（コルドバ、セビーリャ、バレンシア）は、ムデハルやユダヤ人の協力があってこそ達成しえた偉業である。グラナダが十四世紀にキリスト教徒の手に落ちなかったのは、それはカスティーリャとアラゴンの王たちのせいではなかった。というのも彼らはイスラム支配を終わらせようとするよりも、群雄割拠していた同じキリスト教王国との競合の方に、より大きな関心があったからである。ユダヤ人のスペイン追放と多くの者たちの強制改宗は、ここで深く立ち入ることはできないものの、複雑な状況によって引き起こされた。社会の下積みにあった者たちの燃えたぎる情念、怨念や欲念、多くの場合それなりに根拠のある彼らの怒りといったものも、すべて、降って湧いたような王権の拡張と合致することがなければ、追放に結びつくことはなかった。カトリック王フェルナンドは、騎士団長の地位を剝奪し、貴族層の勝手きままなやり方を制御することで、かつてなかったほどに、権力を王権に集中することとなった。ユダヤ人社会（aljamas）の自立的な経済活動は民衆の手で破壊されることはなかったが、王の目にはいつかピリオドを打って滅ぼすべき別のかたちの独立権力と映っていた。グラナダ陥落後に見えてきた王権の伸張ぶりのせいで、ユダヤ人からの収入に頼る必要はなくなるだろうという予測があった。とりあえず喫緊に求められたのは、ユダヤ人および異端審問に追及されたコンベルソたちの財源から最大限の収奪をするということであった。輝かしい未来像を描きつつスペインを再建しようという目論みによって、異なる血統間の共存という体制に決定的なひびが入ってしまった。この十五世紀のコンベルソが予感した〈輝かしい未来〉というイメージが実体化したのは、グラナダ征服によってであった。カスティーリャ人の帝国主義的精神によって、今後のさまざまな栄光が約束されたように思えたからである。何はともあれ、アラゴン人もカタルーニャ人もともにインディアスの事業から排除されてしまった。カトリック両王がスペインを強固に統一した、とするのは間違いである。

ところでどうしても忘れてはならないのは、ユダヤ人追放がカトリック両王の宮廷となんらかの関係をもったユダヤ人にとって、言語に絶する悲劇であったとしても、有力で影響力のあるコンベルソたちに同様の印象を与えたわけではなかった、という点である。ユダヤ人という存在は多くの人間に忌まわしい過去を思い出させたし、そうしたイメージはできるだけ早く消し去らねばならなかった。スペインからのユダヤ人追放は、党派性を抜きにして、あるがままの姿で、つまりそれが生起した状況と人間的環境といった全体像との関わりの中で捉え、それを解釈せねばならない。

ユダヤ教が排除されたとはいえ、アラゴンのフェルナンドがしっかり踏まえていなかったのは、ユダヤ的血統が生き残ったという事実であり、それと関連して出てきた諸問題である。それこそ本書の対象とする問題である。従来、旧キリスト教徒がさほど熱心に取り組んでこなかった職種である手工業や技術職、職人業に携わっていた者たち〔モーロ人、ユダヤ人〕は、今度は公式上、キリスト教徒となって引き続いてそれに携わるようになった。旧キリスト教徒たちはますますコンベルソを、手ごわい競争相手としてみるようになった。というのも彼らはかつて先祖たるユダヤ人がやってきたように、依然として商業や財政の分野で、傑出した才能を発揮し続けていたからである。新キリスト教徒の集団と彼らの社会的、政治的、文化的優越性といったものは、十六世紀にはもはや忍耐の限度を超えてしまった。旧キリスト教徒はそうした状況下では、ユダヤ的汚染を免れた信仰の貴族性や絶対的信仰に頼るほか、身を守る手立てはなかった。こうしたことから、集団生活の閉鎖的形態にはよくあることながら、目的とそれを達成するための手段とが混同され、互いの区別がつかなくなってしまったのである。かくして心が不純であるという嫌疑をかけられた者たちの先祖の亡霊に対する、見境のない迫害が始まったのである。そうしたことすべてに輪をかけたのが、異端審問所の役人たちの強欲さであった(10)。清純な血かどうかを問い詰める姿勢は、ハイエナや吸血鬼の本能を掻き立てたが、そうしたものは、一九三二年から四五年にかけて、進展著しいヨーロッパで目のあたりにしたことを勘案すれば、常に人間性の中にあって育まれうるものだということがわかる。また汚名を被せられた者たちの名前は、土地の教会に吊るされたサンベニート（悔罪服）に明らかにされているが、そうした家族の遺灰の中に先祖の系譜を詮索し、かぎ回ることに楽しみを見いだしたのは、無為と退屈をもて余した連中たちであった。しかしこうした集団の不毛な熱狂の下に隠れて、脈々として息づいていたのは、国家的名誉と一体的信仰とは不可分で同一のものだとする感情であった。

こうした現実を如実に物語る例がある。おそらく十六世紀のスペイン人で、キリスト教の基盤を議論する上で、ミゲル・セルベット（Miguel Servet）(11) ほど大胆不敵で頑固な人物はいなかったのではなかろうか。彼はカトリックとプロテスタントが一致をみる側面までも踏み越えてしまったからである。『三位一体論の誤謬』（*De Trinitatis erroribus libri septem*, 1531）や『三位一体についての対話』（*Dialogorum de Trinitate libri duo*, 1532）といった著作は当時、大きな物議をかもした(12)。ここでは深入りしないが、その問題が引き起こした異端審問の反応や、この異端的人物の家族が、巧妙なわなをしかけて彼を故国に引き戻し、異端審問所に引き渡そうと協力したことなどについては、大いに関心の向くところではある（三四）。異端審問官たちの書き記したものによると、「神と陛下、それにスペイン民族の名誉に仕えるためにどうしても必要なのは」セルベットを捕捉することであった。後年の一五四六年に、クエンカ生まれのフアン・ディアス（Juan Díaz）は、プロテスタントの教えを受け入れ、ルター派の間で大きな重要性をもつに至った。それは個人的な資質もさることながら、スペイン人でありながらプロテスタントであることが、きわめて稀なケースだったからで、新しい信仰を広めるための実に有効な手段となったからである。フアン・ディアスはラティスボナ（レーゲンスブルク）で、ドミニコ会士の（そして、ついでに言うとユダヤ人の血統である）ペドロ・デ・マルエンダ（Pedro de Maluenda）と出会うに至る。そして彼をプロテスタントに改宗させようとした。このことは異端者の兄アロンソ・ディアスの目には、あまりに出過ぎたことと映り、たまたま居合わせたローマからドイツに赴いて、弟をカトリックの囲い場に引き戻そうとしたのである。しかしフアン・ディアスはまったく聞く耳をもたなかったので、アロンソに付き従っていた召使いが「斧で彼の頭に一撃を加え、即死させてしまった。斧は深ぶかと頭に突き刺さったままであった（三五）」。

　アロンソ・ディアスと召使いは司直に追われて、ついにインスブルックの牢にぶち込まれた。しかし皇帝が仲介の労をとり、二人とも解放された。フアン・ヒネス・デ・セプルベダのような人文主義者は、この事件を当然のことと捉えた。こうしたことが起きた原因というのは、それこそ今ここで関わってくる問題だが、スペイン的な文体そのもので語られた前述の記述で、はっきりと特定された事柄である。

　このニュース（フアン・ディアスがラティスボナの議会に参列したということ）は一五四六年二月

末日に、ローマにいる前述の兄の知るところとなった。兄はそれが神と生来の主君たる皇帝に対する侮辱であり、民族と祖国の汚名、つまり彼自身と身内たちの不名誉だとして、身も世もなく心を痛め、弟を探し出して捕まえ、邪悪な道から引き戻そうと決心した。もしどうしてもそれが奏功しない場合は、殺すことまで考えた。

ドン・ルイス・ウソース・デル・リーオ（don Luis Usoz del Río）が『スペインの昔の宗教改革者たち』（*Reformistas Antiguos Españoles*）という著作の二〇巻目で言及していることだが、ラテン語で発表され、無名の訳者によって翻訳されたこの記述では、ペドロ・デ・マルエンダはファン・ディアスに答えてこう述べている。「（プロテスタントは）一万人のドイツ人を改宗させるよりも、たった一人でもスペイン人を自分たちに引き込むほうが、大きな名誉だったにちがいない」。この数字はとうてい確認できるものではないが、スペイン人の生き方の基盤そのものの中で、信仰が占める地位の表現としては、間違いなく正確である。というのも繰り返すようだが、西洋諸国でもカトリックとプロテスタントとは殺し合いをしたが、けっしてスペインのように名誉をめぐってではなく、権力争いや言論の自由とか経済的自由、知的批判の自由を求めてであった。言うなれば客観的理由であって、人間存在に内在する理由ではなかった。フライ・アロンソ・デ・カブレーラ（fray Alonso de Cabrera）は、姦通の邪悪さを呪う説教の中で声高にこう述べている。「そなたがご同類の連中どもから密通男とみなされて鼻高々になったところで、私にとっては痛くも痒くもない」（言い換えると、男らしさとか、〔姦通を容認する〕反社会的な〈見方〉を問題にしないということ）。「また同様にモーロ人はイスラム教徒たちを誇りにし、ユダヤ人はすでに過去のものとなった自分たちの律法を自慢するが、彼らがどれほど自慢しようと、どういった理由で侮辱をうけているのか、その理由はけっしてなくなることはない」(NBAAEE, III, p.244b)[三六]。ここにロペ・デ・ベーガの演劇が出現しえた地平とでもいうべきものの姿が垣間見える。つまり人格の個人的指標としての性的な男性性[三七]、男らしさといったものである。また汚れなき先祖の信仰に対する信念というのは、同じ土地の非キリスト教徒たちに対する、そしてヨーロッパのプロテスタントたちや、あらゆる宗教的異端者に対する勝者として、世界征服の見果てぬ夢を見ていた支配者スペインの、キリスト教的・社会的な広がりの印としてあった。後にロペ・デ・ベーガは旧キリスト教徒の個人的・社会的側面を、壮大なる調和の中で、そうしたかたちでしか存在しえない詩的表現の中に、取り込んでいくこととなる。そこから生まれたのがペリバーニェスである。

　ここではっきりさせておきたいのは、十六世紀のスペイン性の中核が決定づけられたのは、名誉（体面意識）と信仰の純粋性、個人的な優越感（あるいは至高なるものを達成しようという可能性）といった要素が、たまたま合体したことによるものである。対立抗争が生じ、激化していったのは、あらゆる知的生活の機能を、信仰という閉じられた規範や、〈われこそは〉とか、だから〈俺は偉い〉といった絶対的信条に、はめ込もうとする無茶なやり方を、最も知的な人々が感じとるようになったせいである。個人の外にあって現存在の〈落ち着き〉とは別箇にある諸々の活動というものに従事すれば、容易に〈脱貴族化〉させられてしまったし、へたをすれば異端審問所の牢獄に一生つながれるか、もっと悪い運命が待ちかまえているかもしれなかった。しかしここでは、対立・葛藤の領域をさらにもっと広く見ていく必要があろう。

## 原注

（一）［ギリェルモ・アラーヤ「『ペリバーニェスとオカーニャの騎士団長』における対照的並行関係」（Guillermo Araya, "Paralelismo antitético en *Peribáñez y el comendador de Ocaña*, Estudios Filológicos, Valdivia, Chile, 1969, pp.91-127）を参照。］

（二）ロペ・デ・ベーガのコメディアには郷士たちの名誉をめぐる緊張感が表現されている。逆にファン・デル・エンシーナ、ルカス・フェルナンデスなどの『牧人劇』（*Representaciones*）では、キリスト生誕や洗礼によって救われる人々の心の安寧に光が当てられている。彼らは社会の中で劣位の身分に甘んじていた者たちである。

（三）「十六、十七世紀における名誉の概念に関する考察」（"Algunas observaciones acerca del concepto del honor en los siglos XVI y XVII, *Revista de Filología Española*, 1916）

（四）こうした人物たちの目新しさにはエドウィン・S・モーベーも驚いているが、それもむりはない。「スペイン演劇の誉れとすべきは、他の演劇に先立つかたちで『フエンテ・オベフーナ』や『サラメアの村長』などで、農民を悲劇的な存在として描いたことである」（ロペ・デ・ベーガ『ドロテーア』の版、一九五八、一八頁）。［一九三〇年に筆者はベルリンで観客が『サラメアの村長』（*Richter von Zalamea*）を観て、総立ちになって熱狂的な喝采を送ったのを目にした。］

（五）西洋文学には特にテーマとして復讐を扱ったものがいくつかあるが、苦渋にみちた状況との関わりをもっているというわけではない。そうした作品では人物の名誉が争点となってはいるが、〔スペインのように〕ある種の人物が体面を守りうるかどうか、という可能性をめぐって争うということはなかった。肉体的な自殺と同様に、精神的な自殺というものもありうるだろう。

多くの文学作品には、夫が不貞をはたらいた妻を殺すようなケースが見られる。たとえばジャウメ・ロイグ（Jaume Roig）は『女たちについての本』（*Llibre de les Dones*）の中でこう述べている。「赤く熱した鉄がぶらさげられた。そして実際に手は焼かれたのである。手全体が火傷を負った。誰も彼女の言い分に耳を貸さなかった。そこで投票が行なわれた。彼女は有罪とされ、夫によって首を掻っ切られた」（F・アルメーラ・イ・ビーベスによる版、六六頁）こうした残酷な刑罰はもはや十七世紀の演劇ではありえなかった。というのも、個人の〈体面〉と同様、〔支配的な旧キリスト教徒の〕血統の〈世論〉をもまた防衛せねばならなかったからである。劇作家で、新キリスト教徒をコキュとして描こうとした者など一人としてなかった。

（六）〔一般的な意味においてということ。セルバンテスをはじめとする者たちはさまざまな動機によって、ロペの演劇を非難している。〕

（七）〈世論〉に対して身を守る何の手立てもない新キリスト教徒の苦悩は、マテオ・アレマンの次の言葉に吐露されている。「母の胎から出て土に返るまで、地上に涙、不平、侮辱、横暴さのないところはどこにもない。誰もが苦くつらい思いをさせられ、過酷なくびきに押しつぶされている。なんとさまざまな思いに苦しめられ、さまざまなことにびくびくと怯え、さまざまな要求に従わされ、さまざまな用心をさせられ、さまざまな裏切りに会うことか。理由の如何を問わず、どれほどの不平をもらし、どれほどの法外な不安に堪えていることか。また些細なことにわけもなく動顚し、この辛い生活のためにどれほどの犠牲をはらっていることか。でも誰ひとりそこから逃れられないのである」（『パドヴァの聖アントニウス』セビーリャ、一六〇四、二四七頁。クラウディオ・ギリェンから教示されたテクスト）。一世紀以前のファン・デル・エンシーナの時代であれば、いまだ状況はさほど深刻化してはいなかった。〔『グスマン・デ・アルファラーチェ』の真の意味を理解するには、マテオ・アレマンの引用文の内容を、しっかり見据えてみることが何にもまして必要である。この作品は支配者的社会、言い換えると〈潔白な者たち〉の社会とじかに向き合った文学の、最高の範例ともいうべきものであった。こうした者たちの傍らには、コンベルソという名の〈黒く汚れた者たち〉が、苛立ちと苦しみと絶望の中で生きていた。〈潔白な者たち〉の掲げる生粋主義は、われわれの時代でいえば肉体上の民族差別主義と似たものかもしれない。しかしそれはたんに対立という面に限っていえばの話である。というのも黒人は多くの道理を有していながら、すでに述べたように『セレスティーナ』に始まりグラシアンに終わるような、綺羅星のごとき人間たちと比較しうるような存在をもって、白人と対立し向かい合うことなどしなかったからである。そうした両極の間に位置するのが、神秘主義や禁欲主義の作品であり、さらに言えば『ドン・キホーテ』である。今日でこそ聖人となったが、かの聖職者ファン・デ・アビラは流麗でめりはりのある文体で、反ユダヤ主義のもつ不条理について、そして隣人たちに対する印象についても述べている。「使徒たちの説いたキリストは、彼をいつか信じようとするユダヤ人にとっては、あの時も今も、導きの光であることに変わりはない。……彼らにとってユダヤ民族からキリストが到来することは、大いなる名誉である。主として彼らにとって名誉だというのは、それが全世界の救世主であり、真の神にして人間であるという点である」。前に筆者が〈潔白な者たち〉の社会と呼んだことに絡めて言うと、ここに窺えるのは、当時の価値規範に照らして、社会を〈黒く汚れた〉ものと捉えていた人間の感じ方である。「たとえ隣人が、たんに隣人だという理由だけで、耐え忍び、愛し、正すに値する存在ではないとしても、キリスト教徒は十字架にかかったキリストに免じて、そして〈神とキリスト教徒の愛の契約〉の力をもって、隣人に対してふさわしいものを与えねばならない」(『ダビデの詩《娘よ、聞け》に関する訓戒とキリスト教的規範』*Avisos y reglas cristianas sobre aquel verso de David: 'Audi, filia* L・サラ・バルストによる版、バルセローナ、J・フローレス、二六八頁、一八八頁)。マテオ・アレマンといえども〈愛の契約〉という部分はさておき、隣人に関して述べられたことは、よしとしたに違いない。これらの引用は筆者の他の作品でも扱われている。それはなんらかのかたちで、関心ある読者の前に供しようとの思いからである。]

(八) (スペイン語をはじめとする言語において)〈名誉〉(honor)という言葉は、両方の意味あいで使われてきたし、今でも使われていることは言うまでもない。しかし〈名誉〉(honor)と〈体面〉(honra)と二つの言い方があるのを見てもわかるように、カスティーリャ語、カタルーニャ語、ポルトガル語においては、生活経験の中で抱く名誉の感情こそが重要である。とくに他よりも抒情的なポルトガル語では〈体面〉は両方の意味を担っていて、〈名誉〉はほとんど使われない。ポルトガル語でもって表現される生においては抒情性が際立っているために、ポルトガル文学において演劇の占める部分は小さい。

(九) [他の著作でも指摘したが、十三世紀には「スペインの大公(grandes de España)」は「カスティーリャの大公（grandes de Castiella）」と呼ばれていた。その呼び方はアラビア語からの模倣である。モロッコのユダヤ人は悲歌の中で「カスティーリャの大公たち〔ユダヤ人〕」と述べている（M・アルバール『スペイン・ユダヤの悲歌』M. Alvar, *Endechas judeo-españolas*, Madrid, 1969, p.247）。〕

（一〇）〔アラルコンのテクストはW・F・キング夫妻から教えられたもの。（『サラマンカの洞穴』*La Cueva de Salamanca*, Bibl. Aut., XX, p.90、『名誉ゆえの非情さ』*La crueldad por el honor*, ib. p.463）〕

（一一）テクストはBAAEE（スペイン作家叢書）三六巻（427b）より。F・ロドリーゲス・マリンはテクストを「疑わしい」（presunto）ではなく presuto と読んでいる（*Bol. Acad. Esp.*, 1914, I, p.267）。彼の説によればロペはおそらくポルトガル語の「ハム」（presunto）およびイタリア語の「ハム」（prosciutto, presciutto）が頭にあったということだろう。この書簡には自筆の手稿がないので、意味ははっきりしているものの、作者が presuto と書いたか、presunto と書いたかは判然としない。

（一二）〔こうしたケースで極端な境界を設定するのはたやすい。つまりサンタ・テレサもセルバンテスも先祖にユダヤ的な要素があったとしても、彼ら自身にはそうしたものはどこにもなかった。ところがユダヤ教を奉ずるべく海外に逃げ延びたり、一六八八年にマリョルカ島で起きたように、秘密裡にユダヤ教を実践していたことが明らかになったケースでは、そのようなことをした者たちは実際のユダヤ人であった（アンヘラ・セルケ「オノフレの逮捕と挫折した乗船」Angela Selke, "Arresto de Onofre y Embarque frustrado", *Revista de Occidente*, 1971.2）。チュエタ（chueta）と呼ばれるこの地方の改宗ユダヤ人は、一四九二年の追放よりもかなり以前に改宗していた者たちの子孫である。こうした極端な二つのケースでも、はっきりしたニュアンスや程度の差は見極めがつかない。しかし他にもいろいろ原因はあるにせよ、どのような程度であっても、どこかのユダヤ人の子孫を見境なくユダヤ人と呼ぶことは馬鹿げている。そうなれば、スペイン王室ですらユダヤ人（？）となってしまったであろう。なぜならばフェルナンド王の母はいわゆる〈あの連中〉の一人であったからである（拙著『外来語としての〈エスパニョール〉』*Español, palabra extranjera*, Madrid, 1971 参照）。ここでめざしている目的にはこうしたデータだけで十分と思われる。〕

（一三）　ハーシェル・ベーカー『人間の尊厳』（Herschel Baker, *The Dignity of Man*, (Studies in the Persistence of an Idea), Harvard University Press, 1947)。

（一四）　スペイン的なものが十六世紀にどのように高い評判を得ていたかは、イタリア人が sussiego という言葉をどういう意味で取り込んだかを見てみるといい。それは「落ち着いた、威厳にみちた、尊大な風貌・態度」といった意味である。ところが［つい最近まで見られたことだが］、かつての sosiego（「落ち着いた態度」）は、外国人の〈常軌を逸した振る舞い〉にしばしば仰天してあわてて落ち着いた態度をとって取りつくろうとする、おかしなスペイン人やイスパノアメリカ人のように見られることへの恐怖にまでその質を落としてしまった。

（一五）　［前に見た、本書四九頁の原注八『揺りかごと墓場』の引用を参照せよ。］

（一六）　ケベードの言葉を読むと、今世紀はじめに、あるアラビア人がT・E・ローレンスに言った言葉（あるいはローレンス自身がでっち上げたものかもしれないが）を思い出す。ローレンスは星を見たいというので望遠鏡をあるベドウィンに貸してやる。すると一見しただけでは何も見えなかった星がよく見えたので、ベドウィンは驚きの声をあげる。そこで望遠鏡のことに話が及び、ローレンスは将来、今まで見えなかった何千もの星が見えるようになると話す。「すべての星が見えるようになったら、天空から夜が消えてしまうかもしれないな」、するとアウダはこう答えた。「西洋人はどうしてそんなに多くを求めるのか。わずかな数の星を見るだけでも十分神を見ることができるのに。神は貴方が言うような何千もの星の向こうにいるわけではない」。アウダは次のような素晴らしい言葉を発してその議論にピリオドを打っている。「若造たちよ、われわれは自分たちの支払い、ラクダ、女たちがどんなものか知っている。過剰なものと栄光は神のためにあるのだ。もし叡智の目的が見える星の数を増やすことだとしたら、なんと下らないことよ」（『知恵の七柱』*Seven Pillars of Wisdom*, New York, 1935, p.282)。あえて知ろうとしないことと、実際に知らないこととはおのずと異なる。

（一七）　エリアス・L・リヴァース『フランシスコ・デ・アルダーナ』（Elías L. Rivers, *Francisco de Aldana*, Badajoz, 1958, p.94）参照。〈内的人間〉とスペイン的無政府主義の起源との相関性については、『スペインの歴史的現実』（改訂版、一九六二、［一九六六］、第八章）を見よ。

（一八）テクストはクラウディオ・ギリェンから教示されたもの。

（一九）［イエズス会士エウセビオ・レイの論文を『理性と信仰』（Eusebio Rey, S.J., *Razón y Fe*, 1956.1-2, pp.178-9）において参照せよ。］

（二〇）『スペインの歴史的現実』の改訂版（一九六二）の第二章を参照せよ。［フライ・フアン・デ・サラサールの『スペインの政治』（Fray Juan de Salazar, *Política española*, 1619 ミゲル・エレーロ Miguel Herrero による版、一九四五）の中で、スペイン人はユダヤ人をなぞった存在として描かれている。「スペインのソロモンたるフェリペ二世の建立になる王立サン・ロレンソ聖堂〔エル・エスコリアル僧院〕は、有名なソロモンの神殿を模して作られた」（八二頁）。アルフレード・マルティーネス・アルビアクの『スペインの宗教とブルボン朝社会』によると、スペインの神政一致の政治はイスラエルをモデルとしている」（Alfred Martínez Albiach, *Religiosidad hispana y sociedad borbónica*, Burgos, 1969, p.14, y passim）。］

（二一）『スペイン紀行』（*Viajes por España*, edic. de A. M. Fabié, Libros de Antaño, p.157）。ビリャサーナ（ブルゴスの地方）では「ユダヤ人もキリスト教徒も平和裡に暮らしていた」（五三頁）。またオレンセではユダヤ人は「ロザリオや十字架などの神聖な品物」を作ったり、売ったりしていた（B・F・アロンソ『オレンセのユダヤ人』B. F. Alonso, *Los judíos en Orense*, 1904, p.18.）等々。

（二二）前に述べたこととの関連で注目してほしいのは、ここで言う〈体面〉（honra）とは脆弱で壊れやすいもので、しっかりとした基盤に則った〈名誉〉（honor）とは異なるということである。

（二三）〈本質的〉（esencial）という言葉は、厳密な意味においてではなく、人のもっている誠実さと男らしさの表現として使われた。〈本質的人間〉（ome esencial）は隣人に対して寛大な態度をとるゆとりをもっていた。

（二四）［ヴェネチアのスペイン大使はユダヤ人医師の診療を常に必要としていた。そうした目的で一六三八年七月一二日に総理府に赴いた〈ロッカ伯爵〉はこう述べている。「私は家族、それも娘たちが多いせいで、家に医者をひとり抱えています。妻の伯爵夫人はあまり具合がよくないのです。医者は品位のある立派な方で、とても役立っています。ユダヤ人ですが、カトリックの教えをしっかり守っていて、キリスト教徒よりも規律正しい方です。というのも重篤な病人の家に診察に赴くとき最初に忠告するのは、カトリックの習慣をしっかり守るようにと言うくらいですから」。そこで伯爵は総理府に、ヴェネチアのユダヤ人差別章である〈赤マント〉ではなく〈黒マント〉を着用することを許可するように申請している。総理府はそうする用意を整えた。また飼い犬にもユダヤ人獣医がついていた。スペイン大使の医者はヴァレンツァという名であった（ブルーナ・チンティ『ヴェネチアのスペイン大使フアン・アントニオ・デ・ベーラにおける文学と政治（一六三二—一六四二）』Bruna Cinti, *Letteratura e politica in Juan Antonio de Vera ambasciatore epagnolo a Venezia, (1632-1642)* Venezia, 1966, pp.83-84.）。これを読むと、あたかも十四世紀のドン・ファン・マヌエルが、医者について書いたような文章のように見える。］

（二五）BAAEE, XV, 151.

（二六）BAAEE, XVI, 189. 本書の最後におかれた補遺で、筆者はスペイン帝国のユダヤ的基盤について語るつもりである。

（二七）H・チャールズ・リーア『スペイン異端審問史』(H. Ch. Lea, *A History of the Inquisition of Spain*, 第一巻、一九二二、一二〇頁）および、F・マルケス・ビリャヌエバ「十五世紀におけるコンベルソと市会職」(F. Márquez Villanueva, "Conversos y cargos concejiles en el siglo XV", *Revista de Archivos*, Madrid, 1957, p.150）を見よ。［イツァク・バエールは筆者が周知のこと、つまり二人の最初の異端審問所長官がユダヤ系だったという事実を繰り返したことを理由に、筆者を反ユダヤ主義者だと決めつけている（『キリスト教スペインにおけるユダヤ人の歴史』Yitzhak Baer, *A History of the Jews in Christian Spain*, II, p.444）。しかしこれは論理的というよりも感情走った評価である。一方、マリアーナ神父は異端審問所の秘密主義はきわめておかしいと判断した（「死と同列のきわめて深刻な苦しみ」）。バエールによると、結局、正統的なユダヤ人はカスティーリャのアルフォンソ六世、七世、八世の各王の庇護を得て、カライ派の異端者（ラビの教えを否定し、旧約聖書のみを遵奉するユダヤ教の一分派〕を一掃した（同書、I, p.65）。マイモニデスは、異端者は無信仰者よりも性質が悪いとみなしていた。そこで「場合によっては、彼らを殺して教義を抹殺する必要があるが、それは他の者たちに間違いを及ぼさないためである」と述べている（『迷える者への導き』*The Guide for the Perplexed*, trad. Friedländer, New York, Dover, 1956, p.384）。キリスト教徒とユダヤ人は何世紀にもわたってきわめて密接な連携をとってきたので（アルフォンソ十世は一二六二年に『勅令』(*Fuero Real*) において、ユダヤ人がユダヤ的にみて異端とされる書物を所有することを禁じている）、寛容さや狂信性で互いに行き来があったとしてもおかしくはない。〕

（二八）　資料的な部分はH・チャールズ・リーアの前述書（I, pp.190-210）を参照せよ。ペドロ・マルティル・デ・アングレリーア『書簡集』(Pedro Mártir de Anglería, *Epistolario*, trad. de J. López de Toro, II, pp.175-177)。

（二九）〔ネブリーハはアントニオという名前の前にエリオ（Elio）という名をつけているが、それはローマ人の名前であるアエリウス（Aelius）が、ローマの墓碑にあったからである。ネブリーハの父のみならずと母(!) までが「セビーリャ市のモーロ人を勇気と力をもって征服した」騎士たちの血を受け継いでいることは「どこから見ても疑いようがない」（ペドロ・レムス、Pedro Lemus, *Revue Hispanique*, 1910, XXII, 抜き刷りの p.5）らしい。フランシスコ・スアーレス神父に関しては、伝記作家たち（P. Scorraille, E. Gómez Arboleya）は彼が、フェルナンド一世大王（一〇六五年に亡くなっている！）の軍事作戦に参加した、ムニオ・アルフォンソ伯爵（conde Munio Alfonso）の血縁に連なるとしている。ムニオ・アルフォンソの息子アルフォンソ・ムニョース（Alfonso Muñoz）は、一〇八五年にトレードを陥落させたアルフォンソ六世に加勢している（Aboleya, *Francisco Suárez, S. I.*, Granada, 1946, p.65）。伝記作家たちによると、スアーレス神父の先祖はアホフリン（Ajofrín）とトセナーケ（Tocenaque）の領主であった。しかしこの点に関しては、フランシスコ・マルケスの方がより詳しい（『ファン・アルバレス・ガートに関する研究』*Investigaciones sobre Juan Alvarez Gato*, Madrid, 1960, p.90）。架空のように見える伝記と、マルケスがアホフリンとトセナーケの領主であったとされた、眉唾物の先祖に関して行なった資料とを照らし合わせてみると、スアーレス神父は「ユダヤ的性格に疑問の余地がない」アルバレス・デ・トレード一族の縁戚関係にあったということになる（マルケス、前述書、九一頁）。」

（三〇）これは前に見た（本書、一六頁）、パレンシアの司教座に恭しく入場した際にトーラーに敬意を払ったのと同一人物。

（三一）筆者は一九六三年の第二版の増補改訂版で、バルタナースの異端審問訴訟に関しては――この人物は十六世紀の精神生活において重要な存在である――、ルイス・サラ・バルストが引用したふんだんな文献を参照すべきだと付言した。それは「神父ファン・デ・アビラ師の未刊書簡とフライ・ドミンゴ・デ・バルタナースに関する文書」(Luis Sala Balust, "Cartas inéditas del P. Mtro. Juan de Avila y documentos relativos a Fr. Domingo de Valtanás", *Hispania Sacra*, vol. 14, 1961) のことである。とりわけ「バルタナース師に対するセビーリャ異端審問所訴訟記録」("El proceso de la Inquisición de Sevilla contra el maestro Valtanás (1561-1563), *Estudios Giennenses*, 1958, V, pp.93-140) を参照せよ。

サラ・バルストが公表したテクストには、期待していたとおり、当時の精神的状況がよく反映されている。コンベルソのファン・デ・アビラは宗教儀式をどのように評価するかという点で、エラスムス主義者と軌を一にしていた。彼はプリエゴ侯爵夫人（marquesa de Priego）に宛てて次のように述べている。「貴女がお尋ねになったミサの件ですが、小生も他の者たちと同様、ミサがわれらの主キリストの何ものかを取り込むのに、役立っているのかどうか正直言ってよくはわかりません。ただ建前としてはわかるのですが……ミサを深く信じている人たちは、理屈についてはあまり深く考えないで、ミサに満足しているのでしょう」（一六三頁）。グラナダ大司教ドン・ガスパール・デ・アバロス（don Gaspar de Ávalos）はある聖職者にこう記している。「われらの罪によりこの世に生きる限り、いかなる善き行ないにおいても、矛盾のない行ないをなすことなどできません。ですから貴方の妹さんのエルビーラ・デ・アビラ夫人が、ご自身の血筋に関わることで、純血を疑われているということを小耳に挟んだ、ということもあったのでしょう。夫人はそのことで何かと苦しんでおられます」（一六五頁）。スペインの人々は血統の対立や、血筋意識の相克によって生まれた〈矛盾〉や〈苦悩〉から逃避するために、右往左往していた。〈葛藤〉の範囲はイベリア半島全域に及んでいた。「アルプハーラ在住の、あるいはそこにやってきた新キリスト教徒の多くは、アンダルシーアや旧カスティーリャの住民から投げ捨てられた、ゴミや不要物のような存在であった。そこを訪れてからというもの、アストゥーリアスやビスカヤ出身の人間など一人として見たことはない。ここにやってくる人間というのは、一旗挙げようとしてインディアスに渡ろうとする者といっしょである。誰も彼もがものの売買で一儲けをしようと企んだり、僅かに所有する蚕とか葡萄畑や耕地から利益を得ようと血道をあげるが、人の労力を当てにするだけで、けっして自分の手を汚し、汗水たらそうとは思わないのである」。どうやらこうしたところから人々は「教会を軽視したり、恥知らずの悪いキリスト教徒が出てきたり……司祭や高位聖職者が自分たちの思いとは裏腹に、自由な行動を許してくれないとわかると、彼らにひねくれた態度をとっても」当然だと思い込むようになったように思える。グラナダ大司教アバロスは、一五四〇年にトレード大司教ドン・フアン・プラード・デ・タベーラ（don Juan Prado de Tavera）に宛ててこう記した（サラ・バルスト、前掲書、一六八頁）。今一度はっきり見てとることができるのは、スペイン経済の問題が、血統と血筋と信仰の葛藤・対立によって生まれた、衝突と摩擦の中でもたらされた、ということである。これらの大司教たちにとって「一旗挙げようとしてインディアスに渡る」ことは軽蔑すべき見下げた行動であった。ここからしても、筆者が『スペインの歴史的現実』（一九六二、増補改訂版、第八章）で論じた内容の正しさが改めて裏付けられている。おそらくヨーロッパとは似ても似つかぬ特異きわまるスペイン経済は、〈神意による〉よりも、ずっと〈血統にこだわった〉ものだったはずである。荒くれた手で働く農民こそ、名誉ある唯一の存在であった。したがって、スペインでは農民と領主の間の中世的な対立ではなく、新旧キリスト教徒の活動の間にあった対立こそが問題となっていたのである。

（三二）　異端審問所の役人たちの給料は没収財産から支払われていた。「栄えある記憶に新しいカトリック両王の治世、これらの王国に異端審問所が設置された当初、役所が必要とする役人はすべて揃っていた。しかし彼らの給料となっていた罪人たちの財産の没収件数が減少していくにつれ、異端審問所の数も減っていき、今あるようなわずかな数になってしまった。役所に暮らす役人たちにとって、決められたわずかな給料すら払えなくなってしまった……」(異端審問官ドン・フェルナンド・デ・バルデスより教皇パウルス四世に宛てた手紙、一五五八年九月九日付。(H・チャールズ・リーア『スペイン異端審問史』一九二二、第三巻、五六九頁))。経済的理由が、スペイン人の存在の現実そのものに根づいた別の理由と不吉なかたちで組み合わさっていた。裁判所は常に財産刑によって潤っていたが、そうした邪悪なシステムは異端審問所によって驚くべき段階に達した。議会が異端審問所の不道徳なやり方を改善するように求めても無駄であった。サンティアゴ・コルーニャの議会(一五二〇年)において、都市代表たちが「国王陛下にお願いしたいのは、審議会や異端審問所の役人たちは名門の(つまり郷士の血を引いた)、学問や良心をそなえた人物を選んでほしいということです。というのも彼らは法を司る人たちだからです。したがって罪人から没収されたものではなく、通常の給料が支払われるべきでしょう。陛下がよろしければ、そのために必要な事柄について粗漏なくご報告いたし、ご懸念を少しなりとも軽減いたす所存です」(『レオン・カスティーリャ議会』*Cortes de León y Castilla*, IV, p.322)。この件についてはコンベルソのアロンソ・デ・サンタ・クルス(Alonso de Santa Cruz)もまた、『皇帝カルロス五世年代記』(*Crónica del Emperador Carlos V*)の中でこう述べている。「異端審問所に対しては陛下から給料が支払われるべきであって、職務上の財源からであってはならぬ。また偽りの証言をなす者たちは、トーロの法律に従って厳しく罰せられるものとされた」(第二巻、五八頁)。こうしたことは一五二三年の議会において皇帝に対して要請されたもので、一五二五年にも再び、異端審問官の権限を制限するよう要請がなされた(第二巻、一三一頁)。コムネーロスの乱が続いていたとき(これにはコンベルソがかなり関与したことが知られている)、同様の要求がなされたが、それは「異端審問所において、神への奉仕と神の名誉が尊重されるべく、きちんとした秩序が保たれ、何人といえども侮辱を受けることがないように」というものであった。しかしメシーア(『カスティーリャのコムネーロスに関する報告』Mejía, *Relación de las Comunidades de Castilla* の著者)はこう語っている。「彼らが変更を要求したものは、どれもこれもろくでもないことばかりであった。きちんと整っていたことを、あえて改革しようと名乗りを上げるものなど誰一人いなかった」(Rivad. XXI, pp.369-370)。拙著『スペインの歴史的現実』(改訂版、一九六二、[一九七一]、第八章)を見よ。

(三三) きわめて希少なこれらの著作は、一九三二年にアール・モース・ウィルバー (Earl Morse Wilbur) の手で翻訳された。『セルベットの二つの三位一体論』(*The Two Treatises of Servetus on the Trinity, Harvard Theological Studies*, XVI) セルベットのエラスムス的前提についてはマルセル・バタイヨン『エラスムスとスペイン』(一九五〇、第一巻、四九八頁) を参照。

(三四) その資料についてはマルセル・バタイヨンが論文「名誉と異端審問」("Honneur et Inquisition", en *Bulletin Hispanique*, 1925) に発表している。

(三五) メネンデス・ペラーヨ『スペイン人異端者の歴史』(M. Menéndez Pelayo, *Historia de los heterodoxos españoles*, IV, 1928, apéndice III)。

(三六) ロペ・デ・ベーガのある人物は、一人のモーロ人に向かってこう言っている。

信仰があっての郷士さま……
神を信奉してこそ　郷士というもの
神をもたない奴は犬同様よ。

(『素晴らしき女勝者』*La divina vencedora*　リカルド・デ・アルコ『ロペ・デ・ベーガの演劇作品におけるスペイン社会』R. de Arco, *La sociedad española en las obras dramáticas de Lope de Vega*, 1942, p.74)。

人文主義者フアン・デ・マル・ラーラは異端審問によって追及されたが、その訴訟について思い出し、こう記している。「その日、私は考えうる最大の危機を脱して、人が生涯で手にしうる最大の名誉 (honra) を得ることができた……」(F・サンチェス・エスクリバーノ『フアン・デ・マル・ラーラ』(F. Sánchez Escribano, *Juan de Mal Lara*, 1941, p.91)。

（ほとんどスペイン人と化したベルギー人）イエズス会士アンドレス・ショット（Andrés Schott）は、国家的名誉ゆえに、異端者ペドロ・ガレース（Pedro Galés）という人物がどのように亡くなったかを、あえて語ろうとはしなかった。ちなみにこの偉大な人文主義者はサラゴーサの異端審問所の牢獄で、人生の最後の幕を閉じた。モレル・ファティオ『スペイン研究』（A. Morel-Fatio, *Etudes sur l'Espagne*, IV, 1925, pp.221-294）、とりわけ二八二頁を見よ。

（三七）ロペ・デ・ベーガのコメディアでは、そうした男らしさを美徳とも過剰な野蛮さとしても扱っている。

怒り狂った男が早とちりして
哀れ、自らの妻を殺めてしまった。
（『伊達男に首っ丈』*La esclava de su galán*, Rivad. XXXII, p.491a）

訳　註

（1）『当世劇作新技法』（*Arte nuevo de hacer comedias en este tiempo*, 1609）、三二七―八行。（Los casos de la honra son mejores / porque mueven con fuerza a toda gente）

（2）ペリバーニェスはロペ作『ペリバーニェスとオカーニャの騎士団長』（一六三二）の中に登場する富農。ペリバーニェスは美しいカシルダと結婚したが、騎士団長は新妻に横恋慕して、ペリバーニェスをオカーニャの地から追放しようと画策する。しかしそれを察知したペリバーニェスはオカーニャを去ったと見せかけ、家に隠れて様子を窺っていると、騎士団長が新妻を強姦しようとする場面に遭遇し、自らの汚名を雪ぐために剣を抜いて彼を殺してしまう。時の王エンリーケ三世は事実を知り、ペリバーニェスを無罪とし、隊長に抜擢する。

またペドロ・クレスポはカルデロン作『サラメアの村長』（一六五一）に登場する主役の人物で、やはり富農。王の軍隊がサラメアの村に宿営することになって、富農のペドロ・クレスポの家に白羽の矢が立つ。

隊長はこの家の美しい深窓の娘イサベルに一方的な恋心を抱き、イサベルを森に拉致して手籠めにして、一家の名誉を踏み躙ってしまう。大尉は妹を救いにやってきた兄と戦って手負いとなっていたが、怒りに駆られたペドロ・クレスポはたまたま村長に選出されたこともあり、村長の一存で大尉に対し、己が悪行に対する裁きを下して、大尉を縛り首にして処刑してしまう。それを知った国王フェリペ二世はそうした行動の正当さを認め、終身村長に任命する。

またロペの『フエンテ・オベフーナ』（一六一九）では、カラトラバ騎士団長フェルナン・ゴメスが領地であるフエンテ・オベフーナ村であらゆる乱暴狼藉をはたらき、ついには村の娘ラウレンシアを凌辱するに及ぶ。騎士団長の無体ぶりに黙ったままでいた情けない男たちも彼女の嘆きに奮い立ち、ついに村全体が反旗を翻し、騎士団長の家を襲ってひどい侮辱を加えて殺害する。フェルナンドとイサベルの国王夫妻は審問官を村に派遣して、騎士団長の殺害の犯人を探し出そうと、村人のすべてに拷問を加えるが、彼らは口裏を合わせて「それはフエンテ・オベフーナがやりました」と答えるだけで、誰一人口を割ろうとはしなかった。そこで両王は調査をあきらめ、村人たちの正義を認めて農民一揆にお墨付きを与える。

（3） Juan Ruiz de Alarcón y Mendoza (1580-1639). メキシコ生まれの黄金世紀スペインの劇作家。サラマンカで学ぶためにスペインに帰朝し、数年間セビーリャで過ごした後に再びメキシコに戻り、また一六一四年から死ぬまでの間、インディアス審議会で働くためにマドリードで暮らし、その間に二五編の戯曲作品を残した。最もよく知られた『疑わしき真実』は、コルネイユの『嘘つき男』の原案となった作品で、嘘つき男が自分の仕掛けたわなに自ら落ちて、望まぬ結婚をする羽目に陥る話。また肉体的に奇形（せむし）であったことから多くの中傷を受け、そうした者たちへの反撥から『壁に耳あり』を書いた。作品には社会批判と貴族階級への辛辣な反撥が濃厚に漂っている。

（4） この表現はサンタ・テレサの作品『霊魂の城――神の住い』を念頭に置いたものである。サンタ・テレサもまたコンベルソとして、旧キリスト教徒のイデオロギーに反撥し、宇宙ならぬ神の真実を探求すべく、精神の内奥深くに隠遁したのである。カストロが自らの歴史学に〈生の住い〉(morada vital) という概念を提示したのも、サンタ・テレサのこの著作によるところが大きかったと思われる。

(5) Francisco de Aldana (1537-1578). スペインの軍人で十六世紀後半のルネサンスで最も重要な詩人の一人。ナポリで生まれ、若い頃イタリアにわたって古典語や古典作家の研究に勤しみ、ネオプラトン主義詩人の一人となった。その詩の素晴らしさから〈聖なる〉詩人 (El Divino) と称された。兵士としてアルバ公爵のもとで戦い、銃創を受ける。フェリペ二世によってポルトガル王ドン・セバスティアンのもとにおかれ、イスラム教徒と戦ってモロッコで戦死。フェリペ二世に捧げられた戦争や帝国をテーマとした英雄詩も名高いが、一方で戦争を厭い、静かな観想的な生活にも強くあこがれた。八行詩の『パエトンの寓話』や三行詩の『神の観想とその条件に関するアリアス・モンターノへの書簡』などが名高い。

(6) Gonzalo Fernández de Oviedo (1479-1557). スペインの年代記作家で軍人。グラナダ攻略の戦いに参加し、さらにゴンサーロ・フェルナンデス・デ・コルドバのもとでイタリア戦線で戦った。大西洋を渡ること一三回を数え、エスパニョーラ島（現在のドミニカ共和国）に長年暮らし、そこで征服者の眼で見聞したことを主著『インディアス自然史』(*Historia natural y general de Indias, Islas y Tierra Firme del mar océano*, 1535, 1537) に著した。インディアス諮問会議により〈インディアスのクロニスタ〉に任命され、同じコンベルソであったドミニコ会士ラス・カサスとは対照的に、ヨーロッパ中心の歴史観を展開した。『スペインの貴族五十家』はスペイン宮廷における著名人の人となりをアトランダムに集めたもの。オビエードのユダヤ的血統についてはカストロの『セルバンテスとスペイン生粋主義』第三章「フライ・バルトロメ・デ・ラス・カサスまたはカサウス」（訳書、二九三頁）で言及されている。

(7) Alonso de Cabrera (1549-1598). 十六世紀の著名なスペイン人説教師。コルドバの貴族の家系に生まれ、ドミニコ会に入って修道誓願した。サラマンカで学んだ後、新大陸に渡り、帰国後すぐに教職に就き、オスーナ大学で神学の講座をもった。その後セビーリャ、コルドバ、グラナダ、マドリードといった諸都市で説教活動を行ない、大成功を収めたことから、フェリペ二世によって王室説教師に任命された。歯切れのよい、厳しい口調で語られる説教には定評があり、当代随一の説教者とされた。とくにマドリードにおいてフェリペ二世の法要に際してなされた説教（*Sermón*, 1598）が有名。

（8） Hernando de Talavera (1428-1507). イサベル女王の聴罪師でグラナダ大司教。オロペーサの領主（García Alvarez de Toledo）とオロペーサのユダヤ人女性との子で、コンベルソであったことから、大司教でありながら異端審問にかけられたことで知られる。サラマンカで神学を修めた後、聖ヘロニモ会に入り、プラド（バリャドリード）修道院の院長となる。後に初代のグラナダ大司教となると、その地における異教徒の改宗に寛容な政策をとり、異端審問所の設置を妨げたことから、コルドバの異端審問官ルセーロによって友人・家族ともども追及された。ローマ法王とシスネーロスの助力によって死罪を免れた。

（9） Domingo de Valtanás Mexía (1488-1560). ドミニコ会士。著作としては本文で言及された『擁護論』の他に『キリスト教教理』（*Doctrina christiana*, Sevilla, 1555）がよく知られている。この書の中でバルタナースは心の祈りの重要性を指摘し、新キリスト教徒を擁護した。またこうした過激な指摘に対する攻撃を封ずる目的で『聖体の秘蹟を頻繁に行なうことの擁護』という小冊子を著した。その人となりについては、同じドミニコ会士のアルバロ・ウエルガ神父によって再評価がなされた（『ドミンゴ・デ・バルタナースと十六世紀の霊的探求心』Alvaro Huerga, *Domingo de Valtanás y las inquietudes espirituales del siglo XVI*, Valencia, 1959）。

（10） Alonso (Alfonso) de Cartagena (1384-1456). 十五世紀スペインの人文主義者、外交官、歴史家、著作家。かつてブルゴスのラビで後にキリスト教に改宗し、カルタヘーナおよびブルゴスで司教となった父パブロ・デ・サンタ・マリーアの次男。サラマンカで法律を学び、教会法と民法の大学者としての名声を得る。後に転じてサンティアゴとセゴビアの主任司祭（dean）となり、父の死後は後を継いでブルゴス司教となる。ラテン語に精通し、キケロやセネカの翻訳を行なう一方で、スペインの歴史に関する著作『歴代スペイン王の系譜』や信仰の書『キリスト教統一弁論』（*Defensorium unitatis christianae*,1449-50）を著すが、後者は多くの嫌疑をかけられたユダヤ人改宗者（コンベルソ）たちを擁護するものである。

（11） Miguel Servet (1511-1553). スペインの医者、自由思想家。ナバーラのトゥデーラに生まれ、スペインでラテン語、ギリシア語、ヘブライ語、数学、哲学、神学を修めた。またフランスに赴いて法律と医学を学んだ。カルロス五世の供奉としてイタリア、ドイツを旅し、後にバーゼルに定住して、そこで最初の反三位一体的著作（『三位一体論の誤謬』）を刊行した。こうした異端的な思想はキリストの神性や幼児の洗礼を否定するところまで至った。宗教改革者カルヴァンとの親交をもったが後に袂を分かち、彼によって異端審問に告発され、一五五三年に投獄され、彼の著作はウィーンで焚書にされた。カルヴァンによって迫害され、ついにジュネーヴで生きたまま火炙りの刑に処せられた。医学者として、血液の肺循環の最初の発見者ともされている。

第二章　体面感情が後の歴史に与えた影響

スペイン・キリスト教徒をユダヤ人やイスラム教徒にまさる存在とみなそうとする姿勢は、スペイン史において特異な形態をもった決定的状況を、記憶から排除しようとする、ありふれた歴史の視点やものの考え方においても、今日なお見受けられる態度である。現に当時の日常生活や文化の側面で起きていたことによって、後世の歴史学者たちの価値規範は大きな影響を受けた。私が言いたいのは、スペイン人について記された歴史というのは、〈血の純潔〉令に従わされてきた、ということである。職業的に近代の歴史記述に携わる者たちは、スペイン的現実という同一の構造の中におけるイスラムとユダヤの存在を認めることに、きわめて大きな抵抗を示した。こうした年代記作家や自国称賛者たちは、自分たちの過去のイメージが〈誉れあり〉、〈体面を保つ〉ものであることを切に願っている。当然、そのために彼らにとって必要なのは、スペイン人が限りなく連続して存在しているという前提から出発し、旧石器時代にまで自らの過去を遡ることである。そしてその後は、スペイン人に名高い血筋を付与することである。フロリアン・デ・オカンポ（あるいはド・カンポ）[1]の『スペイン総合年代記』（*Crónica general de España*, 1541）をひもとくと、次のような記述にお目にかかる。「人々が祖国への誇りをつよく感じるのは、イベリア半島における生活が、大昔から続く光輝ある王朝とともに華々しく始まったという意識をもつときである。スペイン人はそうした王朝と結びつくことによって、より名高い血統に連なる民族ということになるからである」[一]。

フロリアン・デ・オカンポは「イスラム侵略に遡る七百年に対して、一〇巻の著作を捧げる」ことを目論んでいた。そのことに関してアンブロシオ・デ・モラーレス[2]は賢明にもこう述べている。「私にはいったいどのようにしたら、スペイン史なるもので、こうした〔イスラム侵略に先立つ〕期間に関して、それほど多くの記述ができるのか、まったく見当がつかない。なぜならば、長い年月とはいえ、スペインの事柄において記されねばならないことなど、ごくわずかだからである」（サンチェス・アロンソ、前掲書〔原注一〕、一五頁）。

今日的立場というものも依然として、永遠的存在のスペイン人がはからずも何世紀かの間、イスラム教徒の支配を受けたというものである。そしてスペインのユダヤ人は、本来的にスペイン的な文化の傍らにあって、自らの文化を発展させたのであり、永遠のスペインが長い出来事の後に再び、かつてあった本来の姿を取り戻した、ということになる。せいぜい認めてやってもいいのは、キリスト教徒とイスラム教徒の〈二元性〉だけである。とはいえ、懐古的な帝国主義者たちのせいで、アル・アンダルスのイスラム教徒たちですら、スペイン人とされていたのである。その際、いわゆる中世という時代に生きたスペイン人に対しては、名誉ある役柄が割り振られていた。というのも、ヨーロッパ文化とアル・アンダルスのイスラム文化の間のあらゆる接触は、スペイン・キリスト教徒の側の資産に組み入れられたからである。彼らは、アル・アンダルスのアラブ人やユダヤ人の手でなされた思想・科学の分野における業績を、認知し、それを有効に活用することができたと考えていたのである。本当のところは、それとはまったく逆であった。イスラム教徒から学ぼうとスペインにやってきた外国人は、アラビア語文献をラテン語にするのを助けてもらうために、アラビア語とスペイン語に通じていたスペインのユダヤ人を利用したのである。[3] こうした仕事はキリスト教徒たちにとって、ほとんど技量もなければ関心もない分野であった。つまり彼らは、古代の思想と叡智を再生させることに貢献することはなかったのである。[二] しかしこのことは言及されることはない。なぜならば、スペイン人の歴史上の体面意識によって、見て見ぬふりをしたり、ふれても軽くやり過ごす程度に扱うことを余儀なくされているからである。私の見るところ、スペイン本国やアメリカ大陸において、スペイン人がなしとげた、本来の真正なる驚異的事績は、たしかに時間と空間を越えて存続しうるものをもってはいるが、そのことだけでは充分とは言えない。

スペイン人に対して偽りの文化的血統を与えようとする動機は、まさしくシグエンサ神父が内的不安から、フライ・エルナンド・デ・タラベーラのユダヤ的出自を否定したのと、まったく同じ動機に基づいている。あるいは今日ですら、周知となったサンタ・テレサの血筋を偽るべく、彼女の祖父はユダヤ人などではなく、ユダヤ教に改宗させられたにすぎないと強弁しようとするのも、同じ動機からである。彼らは大量のユダヤ人が、拷問と虐殺に対する恐怖からいやいや改宗に応じた時代に、あたかも十五世紀の末にサンチェスという名の一トレード人〔祖父ファン・サンチェス・デ・トレードのこと〕が、ご丁寧にも進んで割礼を受けるという気を起こすことも、本当にありうることだったと言わんばかりなのである。しかし、そうしたことはすべて、サンタ・テレサの祖父は、本当は郷士ではなくユダヤ商人であったという事実を、いやが上にも認めざるをえなくなったとき、十六、七世紀における人々の体面感情が大きく傷ついた、ということによるものである。同じような動機によって、十七世紀のドミニコ会のある歴史家は、聖シクストゥスの枢機卿ファン・デ・トルケマーダ[4]に対して、彼の郷士たる貴族証明書をでっちあげた。マヤンス[5]は同じことをルイス・ビーベスに対して行なった。また筆者がルイス・ビーベスの人と作品には、あらゆる点でスペイン系ユダヤ人の内面的・外面的な生活習慣がうかがえると指摘したところ、ある著名な学者がこう言って、私を非難中傷した。「〔カストロは〕歴史上のいかなる人物に対しても、ユダヤ的痕跡を見つけ出そうとしているが、これは真にスペイン的・キリスト教的であるものすべてにけちをつけようとする、子どもじみた熱望にすぎない」。私が熱心に探求しているのは、何も子どもじみた熱望からでも、老いぼれじみた熱望からでもない。他でもない真正なる歴史を追い求めているだけである。というのも、それこそスペイン人の真実のあり方を人々に提示しようとする際に、知性が十分な力を発揮するためには、きわめて重要なことだからである。ビーベスはユダヤ系のバレンシア人ということになったが、彼の家族は全員が異端審問所によって破滅させられている（火刑、投獄、財産没収）。ビーベスの哲学的著作はスペインの東洋的伝統と結びついている。とりわけ中心的なビーベス的概念と言えるのは、〈困難できわどい存在〉としての人間という思想である。これはセム・トブや『セレスティーナ』、モンテーニュ、それにスピノザの中にも、それなりのかたちであらわれている思想である。[三]

いつの日か、スペイン史学がより客観的で賢明なものとなるときには、ビーベスはそのユダヤ的血統にもかかわらず、フェルナン・ゴンサーレス伯やミゲル・デ・ウナムーノのように、申し分ないスペイン人としての姿を見せることだろう。そしてフランシスコ・デ・ビトーリア神父が〈旧カスティーリャ人〉〈旧キリスト教徒の間違いか〉ではなく、ユダヤ系の新キリスト教徒であったということが、たんなる人間的真実として受け入れられもするであろう。またそうしたことから、彼が生前自らの作品を出版しなかった事実や、人々の間の法的調和についての天才的発想の特殊性などについても、よりよく理解できるはずである。スペイン史学は対象を固有のテーマだけに限定し、かつそうしたものを最大限に評価すべきであって、〈体面〉を保とうとする動機によって、テーマに対して何かを付け足したり、差し引いたりすべきではない。

反セム主義的偏見によって、スペインの（広く言えばヨーロッパの）過去と正しく向き合うことができなくなったことをよく表わしているのは、歴史家たちの中には、中世における《聖戦》に関して、正しい見方をしていない者たちがあるという事実である。

筆者がさまざまな機会に（説得力あるやり方だと信じつつ）指摘してきたのは、ヨーロッパのキリスト教世界がそれについて知り、実践した《聖戦》という教義は、まさしくコーランが出所となっているということである。しかし、その多様な側面でかいま見られる反感や反セム主義のせいで、正しい判断が曇らされてしまった。誤った歴史的判断の例として典型的なのは、教皇レオ四世の書簡（八四八年）に対する解釈である。それはローマに甚大な被害を与えていたイスラム教徒に対抗するために、フランク人の救援を求めるためのもので、その戦いで死んだ者には永遠の至福が約束される、という内容であった（"regna illa coelestia minime negabuntur."）。そして次のように強調されていた。「かくも明言してあるとおりの見返りを得ることとなろう」（"ab eo praetitulatum praemium consequetur"）。(四)

このレオ四世の書簡は、シチリアがイスラム教徒の手に落ちていた現実と切り離して考えることはできない。大陸に対する攻撃は、その近隣に位置する島の置かれていた状況と密接に関連している。その点に関しては、まずもってミケーレ・アマリの『シチリアにおけるイスラム教徒の歴史』（Michele Amari, *Historia de los musulmanes en Sicilia*）に当たるべきであろう。本書はもう一人の著名な東洋学者C・A・ナッリーノ（C. A. Nallino）によって、一九三三年に近代版として世に出ている。

シチリアの侵略は、レオ四世の書簡が書かれた二一年前の八二七年に始まった。侵略軍の司令官アサッドは、カディ（イスラム司法官）として、その篤い信仰心から英雄視されていた。[五] 彼は休戦を破る際に、クワイラワンにおいて部下たちにこう述べたと伝えられる。「至高の神がおっしゃったように〔コーラン、四七章、三三節〕、弱気を起こしてはならぬ。和平和平と騒いではならぬ。お前たちの方がきっと勝つ」。彼は自分たちの軍事力をあざ笑おうとした者に対して、こう答えている。「コーランやスンナによれば、船の操舵手が見つかったからには、海原を渡っていく人間にこと欠きはせぬ」（ナッリーノ、前掲書、第一巻、三八九、三九一頁）。アサッドはシチリアに上陸した際に、彼の輝かしい軍団に長々と演説した。彼らを前にして述べたのは、彼の先祖には一人として軍を指揮した者などおらず、彼がそうするようになったのは、神学とイスラム法学を学んだ結果であった。「気概をもて……今生でも来世でもお前たちには褒美が用意されているはずだ」。アサッドは勝利を収めたが、戦死を遂げた。パレルモはすでに占領され、イスラム軍は八四五年にビザンティン軍を打ち破った。ある年代記作家はこう述べている。「たった三人の殉教者を出しただけである」。つまり信仰ゆえに戦って死んだ者たちということである。そして八六二年の時点でも、年代記作家たちは引き続き聖戦について語りつづけている（前掲書、第一巻、四五一、四八一頁）。

八四七年、教皇レオ四世はもはや、シチリア（パレルモとメッシーナがイスラム教徒の手に落ちた）とナポリにおける出来事を見過ごすことはできなかった。というのも、ナポリ共和国は八三五年にすでに、アラブ人と連合を組んでいたからである。この連合は半世紀にわたって続き、この連合によって背後を固めたイスラム軍は、アドリア海沿岸をはじめとする地域に損害を及ぼしていた。教皇が教皇庁を脅かしているイスラム教徒は、たんなる海賊やならず者たちにすぎない、などと信じていたとは考えられない。メネンデス・ピダルは「多くの人が考えているように、イスラム的聖戦の影響があったなどと想定する根拠はない。というのは、イタリアを侵略しているサラセン人は『カロリング朝年代記』(*Anales carolingios*)によれば、イスラムのために戦う戦士ではなく、追剝的な海賊として描かれているからである」(『ローランの歌』*La Chanson de Roland* 二四一頁)と述べているところを見ると、どうやら彼は、イスラム教徒がたんなる海賊であった信じているように見える。この著名なる恩師に異をはさませてもらうとすると、本件におけるこういった彼の言葉こそ、多くの歴史家たちが、ヨーロッパ中世史におけるイスラムの行動を過小評価したり、排除したりする傾向を如実に反映している。(六) しかし、聖戦という概念は、歴代の教皇やキリスト教君主たちが知悉していたことであった。なぜならば、二世紀以前から、彼らはキリスト教世界に損害を与えてきたからである。『カロリング朝年代記』の中で、サラセン人が罵られているのはいたって当然である。(6) 人は憎むべき敵に言及するときには、しばしば真実を見ようとはしないからである(十六世紀のローマを判断するのに、当時のプロテスタント側の記録にだけ依拠してはなるまい)。しかし、シチリアとナポリで軍事的・政治的基盤を有していた者たちは、たんなる追剝以上の存在であった。他方、教皇の示した教義は、コーラン(第四章、九七―九八節)に述べられたことをそっくりそのまま引き写したものであった。それによると、「(戦争の時)家に居残っている者は同じ信者といっても、自分の財産も生命もなげうってアッラーの道に奮戦する者と同列ではありえない。財産も生命もなげうって奮戦する者をアッラーは、家に居残る連中より何段も上に嘉し給う」〔井筒俊彦訳〕。これは教皇が記した、次の内容とまったく同じである。「戦いで死んだ者には、永遠の至福が約束される」(“regna illa coelestia minime negabuntur.”)。レオ四世によって示された教義の根拠と考えられるキリスト教文献で、七世紀におけるイスラム教徒の勝利に先立つものは存在しないので、はっきりした合理的結論として、彼の言葉はイスラム的教義をたんにひき写したものにすぎないと言うことができる。つまり「神のため、お国のために死ぬ」というのとは、明らかに異なるものであった。[七]

筆者がこうしたことにこだわるのは、それがスペイン史のよりよい理解と知識にとって、きわめて重要だと考えているからである。というのもスペイン史には、それと縁もゆかりもない事柄が含まれているからである。つまりアルタミラ洞窟の住人やイベリア族、その他〈ありとあらゆる者たち〉（tutti quiati）のことである。トラヤヌス帝はアンダルシーアなまりがあったとはされても、ヒスパニアのラテン語は、アンダルシーア方言とは何の関係もなかったことは無視されてしまう。ところがそれとは裏腹に、不可欠な存在であったイスラムとユダヤの要素は、たんにそれらの血を引いていることが反撥を呼び覚ますという理由から、スペイン人の生の歴史と配置から、排除されてしまうのである。筆者は『スペイン人の起源・実体・存在』〔その改題『スペイン人はいかにしてスペイン人となったか』（一九六五）〕において、イスラム的な聖戦理念なくしては、息子ホルヘが詩に歌うことで不滅のものとした父ドン・ロドリーゴ・マンリーケの、同じように理想的な姿を理解することはできない、という点を指摘した。[7] 本稿では、十六世紀後半以降のスペイン人の文化的衰退は、対抗宗教改革だとか、フェリペ二世の反学問的な嫌悪感などによるのではなく、たんにユダヤ人とみなされることの恐怖心によるものだということを、明らかにしたいと考えている。私はすでに『スペインの歴史的現実』（一九六二〔一九七一年の改訂版〕）の第一章において、有名な十六世紀の〈血の純潔〉という、ユダヤ的汚点をもたぬ血統に属しているとする旧キリスト教徒たちの熱望は、スペイン系ユダヤ人の間で世俗的に起きていたことを、キリスト教的に転移したものにすぎないということを、何の疑いもない事実として明らかにした。実際問題、アンドレス・ベルナルデス（ロス・パラシオスの司祭）[8] は『カトリック両王の歴史』（*Historia de los*

*Reyes Católicos*）の中で、スペインのユダヤ人は「傲慢な態度をとっていたが、それは世の中に自分たちより優れた賢明にして利発な、そしてイスラエルの社会や人種という血統に属すということで、彼ら以上に名誉をもった卓越した人間などいない、と信じているからである」（一八七〇年版、一二四－一三四頁を参照せよ）と述べているのである。

シリセオ枢機卿(9)が十六世紀にトレード大聖堂から、ユダヤ人の血を引く聖職者たちを排除したとき、彼はまさしく旧約聖書にある血の純潔に関する律法と教義を、そっくりそのまま適用したのである。「イスラエルの民、祭司およびレビびとは諸国の民と離れないで、カナンびと、ヘテびと……などの憎むべき事を行ないました。すなわち、彼らの娘たちをみずからめとり、またそのむすこたちにめとったので、聖なる種が諸国の民とまじりました。そしてつかさたる者、長たる者が先だって、このとがを犯しました」（『エズラ記』第九章、一－二節）。イスラエルの祭司たちは、自らの血の純潔の証を立てねばならなかった。祭司の子孫たちは「系譜に載った者たちのうちに自分の名を尋ねたが見いだされなかったので、汚れた者として、祭司の職から除かれた」（同、第二章、六二節）。十六世紀のシリセオ枢機卿もまた、血の純潔を証明できなかった聖職者たちに同じ処分を行なったのである。旧キリスト教徒たちが、サンチョ・パンサのいう「旧キリスト教徒の四指幅の豚の脂身」を喉から手が出るほど欲しがっていたというのも、まさしくかつてはイスラエルで［ジェイムス・T・モンローの『アル・アンダルスにおけるシュウウッビヤ』（James T. Monroe, *The Shu'ūbiyya in al-Andalus*, University of California Press, 1970）によると、イスラム教徒も同様である］、そして当時はスペイン系ユダヤ人の間で、長年にわたって行なわれてきたことの再現にすぎなかった。

われわれは血の純潔令を、スペイン本来のものだとみなしてはなるまい。実際にあったことを無視したり、黙殺したりしてはならないし、存在してもいないものをでっち上げてもいけない。過去というのは疑いもなく、後に起きた出来事の条件となっている。すべての人に理解はされてはいないとはいえ、筆者が一再ならず繰り返し述べていることは、つまり何ものかの前提条件となっている現実は、その現実によって条件づけられた現実と同じものではないということである。両親がいなければ子どもは存在しないし、子どもの中に遺伝形質や要素が継承されるとはいえ、子どもは自らの意識をもって生きており、両親のそれとは異なっている。イベリア人もスペインにいたローマ人も、スペイン人としての意識をもってはいなかった。スペイン人がスペイン人と呼ばれるようになったのは、十三世紀においてであり、それ以前ではない。

とはいえ、私といえども賢明な忠告や示唆だけで充分こと足りる、とは思っていない。もし無邪気な思考法や、感傷的な必要性にもとづく状況にたよるだけで、明確なかたちで根源的誤りを明らかにすることがなければ、イベリア半島の地に生まれた者すべてを、スペイン人とみなすような愚かさを、正すことなどできはしないだろう。

実際問題、際限のない遠い過去に埋まっていたスペイン人といった存在を想像することは、あまりにも幼稚なことである。しかも受け皿として、何世紀にもわたって半島の人々の生活を支配し、文明化してきた人々〔ユダヤ人やモーロ人〕によって、本質的な影響など蒙ってはいないようなスペイン人などなおのこと想像できない。永遠のスペイン人（八）という幻想的イメージは、当然のごとく、スペイン人が自らの過去を前にした生存様式、つまり自らの生の内部でいかなるかたちで存在したかという究極的なモチーフと、切り離して考えることはできない。しかし、そうした誤りはどれほどうまく糊塗しようとも、偽りの考え方を内包していて、それによって維持されているのである。永遠のスペイン人といった意味のイベリア主義に与する歴史家たちは、〈スペイン人、フランス人、イタリア人〉などといった言葉のもつ論理的側面について、深く考察したことなどないのである。歴史家たちはあたかも、誇り高い人、知的な人、愚か者、臆病者、我慢強い人、大胆な人、父、建築家、聖人、悪人といった人間存在のさまざまな側面を区別する必要などないかのように、そうした形容詞を、人間の種別的概念に対して貼り付けている。こうした人間存在の特定化や種別化によって、人格に内在しているものを指向している場合もあれば、そうでない場合もある。そうでない場合の例としては、もし人が父親とか建築家になろうとすれば、前者の場合であれば〔母となるべき〕女性の存在が必要とされるだろうし、後者の場合では、特殊な勉強や学問上の称号〔一級建築士とか〕が必要とされるだろう。それに対して、たとえば要領よく、愚かしく、勇敢に、我慢強く、誇り高く、聖人風に生きるというのは、人格に内在している一様式である。それとは逆に、スペイン人やフランス人として存在するためには、個人の存在とは無縁な、ある種の情況といったものが不可欠である。白人の子どもを一人とりあげて、申し分ないイギリス人たちの間に据えれば、イギリスであろうと外国であろうと、彼はイギリス人となるであろう。もし彼をアラビア語を用いるイスラム教国において教育すれば、彼は（エジプト人やシリア人といった）ニュアンスの差はあれ、イスラム教徒となるはずである。

したがって、その人がスペイン人であるかフランス人であるかというのは、心理的・道徳的な特質でも、生物学的な特質でもなく、どういう社会集団に属しているかによるのである。ソリア生まれの人間を前史時代のケルト・イベリア族や、それに類した存在に分類するという発想（ひとつの基本的こじつけが、数えられないほど多くのこじつけを生む）が生まれてくるのも、まさにそうした二つの人間的特質を混同するところから生じる。繰り返しておくが、もし前史時代のイベリア族やケルト・イベリア族がすでにスペイン人であったとしたら、アルプス以北のガリアのケルト人はフランス人であり、アルプス以南のガリアのケルト人はイタリア人ということになってしまうが、そんなことは考えられない。〈イベリア崇拝者〉の誰もが回避するこうした問題と向き合う前に、インディアスにおけるスペインの植民地化をローマのそれや、イベリア半島におけるイスラム教徒によるそれと比較してみるべきだろう。ケルト・イベリア族やタルテーソス族〔紀元前十世紀から六世紀にかけてイベリア半島南部に栄えた古代王国〕が、ローマ人にも東洋人たるイスラム教徒にもなることがなかったのは、アメリカ大陸のインディオやメスティソが、自らの性質や容貌を失うことなく、メキシコ人やペルー人であり続けているのと同じ理由による、と主張する者がある。読者の無知と無思慮につけこむのもはなはだしい。というのも、すべてこうした欺瞞には根深いものがあり、それを明らかにしなくてはなるまい。まず最初に、イベリア半島の住民は白人種であって、インディアスの住民はそうではない。肉体的な色や特質が異なることによって、同質的な社会集団は形成されにくい。それと同じことで、今日の白人が生き方の内面的形式において、コンゴ人となることはかなわない。というのも、黒人たちはしょせん、〔いくら同化したように見せかけても、厳然たる差別によって〕自分たちは騙されていたと歎くのが落ちだろうからである。それと同じことで、日本人やシナ人はどれだけノーベル賞をとったからといって、完全に西洋化することはありえない。それこそ人間同士の共存において、論理どおりにことが運ばないドラマなのである。そうした共存に対しては、時間・空間の物差しを当てはめることはできない。したがって三世紀にわたるインディアスのスペイン支配を通して、七世紀におよぶイベリア人やケルト・イベリア人に対するローマ支配と、同じ結果が生じたなどと期待することは馬鹿げている。

実際に結果として生じたものこそ、ほんとうの結果となるはずであり、けっしてその種の間違った比較によって、強引にこじつけたものからではない。間違っていると言ったのは、たんにイベリア人がケルト人やローマ人、ゲルマン人と同様に、またアル・アンダルスの諸王国のイスラム教徒の大部分と同様に、白人であったからだけではない。ケルト・イベリア文明とは、フェニキアやカルタゴ、ギリシア、ローマのそれと比べてみれば、まったく取るに足らない存在であった。それに反して、トルテカやマヤ、アステカやインカの文明は輝かしいものであった。コルテスはメキシコについてこう書き記している。「この都市は偉大さそのもので驚くばかりである。それについて記すこともできようが、あまりに多すぎて断念してしまったほどである。私が語るわずかなことといえども、ほとんど信じられないことであろう。というのも、この都市はグラナダよりもずっと大きいのだ。それよりもずっと堅固であり、立派な建物が立ち並び、人口もグラナダよりずっと多い」(『第二報告書』)。「人々の能力も大いに優れ、すべてをよく理解し認識する」(『第三報告書』)。ヌエバ・エスパーニャにおけるスペイン人は、こうした偉大さに引けをとらないようにと、また壮大さを求める精神に動かされ、いまだにその地で目の当たりにする、すべてのものを造り上げたのである(九)。

スペイン人がわずか三世紀の間に、あれほど広大な土地と多くの人々を、スペイン化することができたのは驚きである。イスパノアメリカは津々浦々にスペイン語が行き渡っているわけではないにしても、根本的にいって、良い面、悪い面の両方で、他のいかなる場所と比べてもスペインとの類似性が勝っている。こうした事実、言い換えると、イスパノアメリカ人が〔スペインとの関係で〕存在論的不安を抱えているという事実を、快く受け入れようとしない者が多数いるということこそ、その正しさを裏書きするものである。

あまつさえインディアスは遠隔の地であったし、かの地との往来はスペイン帝国を破滅させようと目論むフランス、イギリス、オランダの海賊たちの格好の餌食となって、累卵の危機にあったことも考慮にいれねばなるまい。それとは逆に、タラコネンシス属州〔ローマ支配下のスペインの地方で、現在のタラゴーナ付近を指す〕は陸路によってつながっており、またわりと穏やかな地中海を通って、ヒスパニア（スペインではない！）の属州に、遠くの地からローマ帝国の軍団を連れてくることもできたし、ガリア人やイベリア人、ケルト・イベリア人などをアジアの地で、ローマ軍の旗の下で戦闘に駆りだすこともできたのである。こうした者たちはすべて、言語と皇帝の宗教的信条とローマ法制度のなかでひとつに統合されていた。もしスペイン人が、二つの世界大戦のさなかフランス人がセネガル人を利用したように、十七世紀のヨーロッパに、メキシコやペルーの軍隊を差し向けることができたとしたら、スペインの歴史は違った道筋をたどったことだろう。ところがそのスペイン人も、三十年戦争のときは、百戦錬磨のナポリ兵を大いに活用したのである。なにしろ、インディアスは遠かったし、（他のどの部族でもいいが）頑強なヤキ族〔メキシコ、ソノラ州のヤキ川沿いに住んでいたインディオ〕は、まったく異質な世界に属していたのである。

ローマが完全に支配下においた属州をローマ化しえたのは、舗装道路（strata viarum）と地中海航路のおかげであった。かつて例をみない文明化の意欲に燃えたローマ軍団のそばにあって、イベリア地方とガリア地方の白人たちは、三百年の時代を経て、ラテン語を話し、ローマの宗教を実践し、最も身近な生活様式として、ローマの制度と文明を自分たちのものとしていた。マルティアーリス〔ヒスパニア・ビルビリス生まれのローマの諷刺詩人〕は、ウナムーノが自らの故郷バスクについて、またキンテーロ兄弟がセビーリャについて語ったように、ビルビリス（Bilbilis）〔サラゴーサの町カラタユーの旧称〕について語っている。しかし、マルティアーリスが自分はローマ人ではない、などと口走りはしなかったのは、後の二者が自分たちはスペイン人ではないなどと言わなかったのと一緒である。ローマ帝国時代のイベリア半島の住人たちが、自らをローマ人であると感じていたことは、メネンデス・ピダルが指摘したいくつかの地名からも言えることである。たとえばラ・ロマーナ、ロマーノス（サラゴーサ）、ロマーオ、ロマイニョ（ポルトガル）、ロマニーリョス（なんとケルト・イベリアの地たるソリアの地名である）、ロマノーネス、ロマーノス（グアダラハーラ）等々は、ゴートとは対照的なローマを表わす地名である。さらに時代が下ると、ゴードスとかグディーリョスなどと呼ばれる村もでてくる。しかしたとえそうした地名を抜きにしても、タラコネンシスやベティカ〔古代ローマ時代の属州で現在のアンダルシーアに当たる〕の属州に生きた人々はスペイン人でもなければ、そう自らを称したこともなかったのである。なぜならば、ここでの問題は、彼らがかく〈ある〉という点ではなく、生に対して固有の形態と、集団的レベルの意識と、固有の展望を付与するような、そうした情況の中に彼らが〈存在する〉という点にあるからである。それ以外は、スペイン人の問題でもなければ、われわれの問題の領域に入るものでもない。

すでに見てのとおり、われわれの問題は、陳腐な間違いという次元をはるかに超えたものである。むしろそれが求めているのは、正しいものの捉え方といったものである。人間における生物的要素と心理的要素の二つ要素は、ケルト・イベリア人やローマ人（ロマニコ、ロマノン、ロマニエーリョなど、呼び名は少しずつ異なるが）やゴート人（グディエーリョ）、政治・社会的側面を表わす場合ではキリスト教徒やモーロ人、レオン人やカタルーニャ人、スペイン人や日本人などとして、かくかく存在しているという意識によって区別される領域とは、まったく異なる領域に属している。そうした〔政治・社会的側面からみた〕人間的領域を通して見る限り、その人間が勇敢か、嫉妬深いか、情熱的か、誇り高いか、金銀や領土を欲しがる質か、思考に向いているか、想像力に長けているか、あるいは知性に劣るか、そうでないかなどという心理的・道徳的側面は、曖昧模糊とならざるをえない。そうしたさまざまな心理的多様性が、自らをローマ人、ヴェネチア人、スペイン人とみなす意識と、それ自体においてどういう関係があるとでもいうのだろうか。

とはいうものの、黒人やシナ人の肉体的特徴が、もろもろの問題を引き起こしていることも否定しえない。ケベードはある黒人の口を通してこう言わせている。「白人は自分たちの間に黒人が混じっていると汚点だと思うのに、どうしてわれわれの間に、白人が混じっていてもそうなる、というふうに考えないのだろうか」。人間集団は通常、広い意味での肉体的特徴を共有する人々から成っている。とはいっても、このことは生物的同質性によって、一つにまとまっているということを意味しない。バンツー族（一〇）〔アフリカ赤道南部のネグロイドに属する原始民族〕とスーダン人は、同じ黒人といっても、白人のデンマーク人とオランダ人が異なるのと同じ程度に異なっている。しかし、何はともあれ、時として集団的次元の意識によって、人種的差異は縮小するものである。黒人奴隷は何世紀にもわたって白人社会で、社会的配慮を与えられなかった。しかし今現在（一九六一年三月）、ノルウェーの北米大使は黒人であり、連邦政府の役人にもかなり黒人がいる。彼らの集団的次元の意識では、言語、文化、および生の内部形態の展望からいって、〈アングロサクソン〉そのものである。社会集団に属する個々人として、それ以外のありようが可能であったであろうか。彼らの先祖はアフリカ人であったが、今の彼らはそうではない。

残念ながら、こうしたことはどれもこれも単純極まりないことであるが、あまり枝葉末節にこだわっているわけにはいかない。そこで今すぐにも長年の間違いの根源をつきとめねばなるまい。それは個人の生活やその外面的特徴と、地方や国家の特定集団に属しているという意識とを混同してきた、という間違いである。ポロ競技をするという事実によって、イギリス人がイギリス人となったわけではないし、またそれをするからといって、スペイン人がイギリス人になれるわけでもない[一一]。

〈セビーリャ人皇帝トラヤヌス〉という話になると、今日自らをセビーリャ人だと認識する根拠となっている相互の人間関係が、われわれの関知せぬ、そして現在のセビーリャ人と同一視する何の理由もない、紀元一世紀のヒスパリス〔ローマ時代のセビーリャの旧称〕の人々の間のそれに、恣意的に重ねられているのである。十二世紀初頭のセビーリャの都市生活は、レビ・プロヴァンツァルとガルシーア・ゴメスの両氏によって翻訳されたイブン・アブドゥーンの著作[10]によって、われわれにもよく知られている。その書を通して得たセビーリャ市のイメージは、けっしてローマの都市のそれではない。それを言うなら、トラヤヌスが生まれたイタリカこそローマの都市であった。また後の時代に見られるようなスペインの都市でもない。都市住民全体との関わりでいうと、住人の地位はさまざまな関係をもった組織に依存していたのである。つまりその形態は（ラテン語を話していた）ローマ時代のそれとも違ったし、（アラビア語を話し、マホメットを信仰していた）イスラム時代とも、（カスティーリャ語を話していた）キリスト教時代とも異なっていた。この最後のキリスト教時代、セビーリャ人の生活領域はカスティーリャ王国のそれであり、後にスペイン王国のものとなるが、けっしてローマ帝国でも、イスラム帝国のそれでもなかった。（強調しておきたいが）〈スペイン的〉なるものを可能にする条件は、生物的・精神的・個人的属性ではなく、社会的属性である。個人たる存在は、憂鬱的、情熱的、内省的であったりするが、それとはまったく無関係に、スペイン的、フランス的、イギリス的といった次元に置かれている。それは、自らが身をおく社会的環境に対する意識を獲得するにつれて、より身近でより敏感なものとなっていく。人というものは精神分析や宗教、愛など、それが何であろうと、そうしたものの助けを得て、個人的あり方を変えていく可能性を秘めている。周知のとおり、現実生活のみならず文学の中でも、きわめて有徳な人物となりえた犯罪者たちが存在している。ところが、大人たる人間は、どれほど努めようとも、自らの土地にいれば自らをイギリス人だの、フランス人だの、スペイン人だのと感じないわけにはいかないのである。トラヤヌスも、セネカもテオドシウス〔スペイン生まれのローマ皇帝。在位三七九－三九五〕も、自らのことをローマ人としか感じられなかったし、実際そうしたようにローマ人として考え、行動するしかなかったのである。というのも、ローマ人やスペイン人として存在するということは、けっして一個人ではなく、多くの他者に依存するからである。いわば一個人を作り出し、作り続けているのは他者なのである。こうした情況は、深刻な騒乱、人々の混乱、言語的変化、行動目標の転移、価値観の転換などが襲ってこない限りは続いてゆくし、〈われわれ〉が、たとえそれが好ましいものであれ、耐え難いものであれ、われわれのものだとみなすものと、共にあるという意識からはみ出た他者に、完全になりきったという意識に襲われないかぎりは、続いてゆくのである。〈われわれ〉という意識がきちんと機能するのは、拡張しうる、たいがい、長い差し渡しをもった円の内部においてである。あたかも個人のものとしてあるかのように維持されている、言語および共通の過去といった存在こそ、（その過去が好ましいものであれ、意に添わないものであれ)、話者が現に存在し、(また繰り返すが、心地よい仕方であれ、苛立たしい仕方であれ）自らの生をそうした同心円の半径のひとつに沿って、激しく動かしている、という意識を支えているのである。われわれは好むと好まざるとにかかわらず、社会的に自分たちの先祖と結びついている者たち、あるいは現にわれわれが話している言語を話している者たち、あるいは自分たちと似たような価値観に従って仕事や集団的関係と向き合ってきた者たちと、(広い、狭いの違いはあろうとも)一体化していると感じているのである。アルゼンチンや北米に暮らすイタリア系住人やリトアニア系住人も、いったん重要なケースともなれば、最終的には、(スペインや英国などといった)時として彼らにとって見も知らぬ国々で、スペイン語や英語を話している者たちと、同様の振る舞い方をするのである。したがってわれわれは、スペイン世界とかアングロサクソン世界などと称するのである。そうした世界の現実は、たとえイスパノアメリカ人がスペイン人に対して(またはその逆のかたちで)どれほどの反感を抱こうとも変わりはしない。そうした現実は、イギリス人がアングロサクソン的領域とは、英国の外にある同心円的部分なのだと言われたときに、彼がどれほどの恐怖を感じようとも、変わりはしない。しかし彼らが自分たちの影響の及ぶ領域〔英語圏〕のどこかを渡り歩くとすれば、好むと好まざるとにかかわらず、自分はフランスにいるときよりも、テキサスにいる方が余所者だと感じる度合いは小さいだろう。好むと好まざるとにかかわらず、アングロサクソン的領域に含まれたアイルランド人たちは、北米社会の中で自分たちの言語と同一性を失うことなく、多くの分野で活躍している。結局、あらゆる種類の政治的境界や反感、不信感などによって、スペイン的条件やアングロサクソン的条件が変わることなどなかったのである。イスパノアメリカ人がスペイン政界で活躍することもあれば、スペイン人がイスパノアメリカ政界に進出することもあった。何となれば、ともにスペイン的な共通地盤を利用したにすぎないからである。

しかし読者はおそらく心底、不思議に思われるだろう、ケルト・イベリア人やローマ人といった存在が、後のスペイン人だなどとする絵空事を信じてきた者たちの心に、これほど単純なことが入って来ないというのはどうしてなのか。理由として考えられるのは、そうした絵空事は、博識なスペイン人たちといえども、他の民族を前にしたときの自国の立場を認識した際に感じた心の空隙を、どうにかして埋めたいという欲求を満たすのに必要だったからである。もしそれがたんに無知や軽率さだけの問題であったならば、迷信的な信念（それは今日、根こそぎ暴露されているが）などは、二百年以上も昔の時点で、フェイホー神父の手で根底から揶揄されたことで、消え去っていたはずである。したがって、こうした問題に関して定説化を促す者たちが、スペイン人の歴史の主体が誰であったのかという問題を提起しなかったという理由は、他にあるとしなければなるまい。なぜならば、もしプロセスというものが亡霊のように地から湧き出てくるものや、あるいはたんに生物学的現実から実体化されただけのものや、無形で心理的な、抽象的な存在などによるのだとしたら、人間的時間に沿って、そうしたものについて語ることなどできはしないからである。オルテガ・イ・ガセーが「スペイン皇帝トラヤヌス……セビーリャの皇帝トラヤヌス」(一二)などと公に語っているが、それは厳格な表現をしているのではなく、情緒的に述べているだけである。

　オルテガがこう述べるのは思想としてではなく、信念としてである。彼はトラヤヌスのような世界史的存在である人物は、〈われわれの〉民族に属していると感じていたのである。そうした感情は、心にうずく（現実的であれ空想的であれ）ある種の欠乏感に対する埋め合わせや慰めを見つけたいとする欲求や、畏敬すべき伝統そのものに基づいている。オルテガ・イ・ガセーやメネンデス・ピダルの場合、イベリア半島に生きた者すべてがスペイン人であったとする信念をもっていたとしても、それを彼らの無知のせいにすることはできない。スペインの国境を越えた国々で〔まともな常識で〕考えられたことに、なんら影響を受けずに存続するスペイン的信念を支える人間的・歴史的根拠というのは、われわれスペイン人の生の、哀切きわまりない日常的な視点の中に見いだされねばなるまい。したがってスペイン人歴史家たちは、過去において現在のフランスやイタリアの土地に暮らしてきた者たちすべてに対しても同じようなことが言えるか、はっきりした判断ができないままでいる。つまり言い換えると、彼らはアルプス以北のケルト人もフランス人であったし、以南のケルト人もイタリア人だったなどとは断定しえないのである。彼らが大ギリシア〔紀元前六世紀から二世紀にかけてギリシア人によって植民化されたイタリア南部やシチリア地方の古名〕やエトルリア〔紀元前八世紀ごろにエトルリア人が諸都市を建設した地方で現在のトスカナ地方の古名〕、リグリア〔紀元前二世紀にローマ人に滅ぼされた古代民族リグール人が定住していたジェノヴァ湾沿いの北イタリア地方の呼び名〕などの住民については、それをどのように扱おうとするのかは私もわからない。

『無脊椎のスペイン』の著者であるオルテガ・イ・ガセーは、その中でスペイン的生は一種の根源的異常性、宿痾であると言っている。さらによく注意してもらいたいのは、アラブ人はスペイン民族を成り立たせる〈要素〉ではなかった、と述べていることである。ユダヤ人については言及すらない。一方のメネンデス・ピダルは、「歴史を作り出す人間は常に同一である」と考えている[一三]。

このようなことを記す人物〔メネンデス・ピダル〕にとってヒントとなったのは、八八三年の『オビエド略図』（*Epitome Ovetense*）の付録である『諸国民の特性について』（*De proprietatibus gentium*）の題名である。筆者の推測によると、この書には著者にとっては明白そのものだったのだろうが、ローマ帝国のさまざまな民族を、その心理的特徴でもって性格づけしようという意図があったように見える。フィルミクス・マテルヌス（Firmico Materno）は紀元四世紀のシクロ人（まだシチリア人ではない！）作家であったが、彼は「愚かなガリア人、軽薄なギリシア人」（Galli stolidi, leves Graeci）とか、傲慢で誇り高い「ヒスパニア人」（この点に関しては拙著『スペイン人の起源・実体・存在』五九頁〔『スペイン人はいかにスペイン人となったか』一七三頁〕をみよ）などと述べている。われわれにとっては、ガリア人が間抜けで、ギリシア人が軽薄で、シクロ人が利発で、ヒスパニア人が誇り高いといった知識が、いったい何の役に立つだろうか。さらに言えば、四世紀や九世紀の人々にとって、いわゆる心理学の意味するようなものが、今日フランス人、スペイン人、ギリシア人としてある人々の、複雑で微妙な現実を決定づけるのに、どんな役に立つというのであろうか。前に指摘したとおり何の役にも立ちはしない。われわれは現実の問題と向き合う際には、人間的なるもののいかなる側面においても、西洋文化の最も才能豊かな人々の思想を見据えておく必要があろう。十九世紀には〈生〉の思想の道筋が開かれた。そうしたことから、人間的な側面に関して言うと、［過去が未来と結びつけられるようになった。］つまり生物学的に見れば、人間の生とは、心臓と血液が絶えず活動し、動物的生命の推進力によって、過つことなく描かれた目標に向かって行くものであるのに対し、動物の心臓もまた死ぬまで恒常的に肉体に血液を供給するものの、自己の生を超えるべく企図することは一切ないのである。必然的に与えられた計画をたどることもない、動物とは異なるそうした別種の生への道筋は、たしかに量感もなければ目にも見えないし出血に見舞われることもない。しかし触知できる計量可能な力ならぬ〈懸念〉や気遣いといった感情で動かされることで、そこに確固としたものを企図しているのである。それはまさに一〇五〇年以前にアル・アンダルス人（アンダルシーア人ではない！）アベン・ハザム［イブン・ハズム］が、アル・アンダルスのイスラム・コルドバにおいて（ゲリータのコルドバ、大司令官のコルドバではない）[11]、すでに述べていたとおりである。ピコ・デッラ・ミランドラは一四九六年の時点ですでに、人間は「神が《曖昧なかたちで》（indiscretae opus imaginis）つくり上げたもの」であり、したがって神は人間に「確定的な場所」（sertam sedem）を割り当てることなどしなかったと、『人間の尊厳について』（*De hominis dignitate*）の中で述べている。

筆者は自分の他の著作において、先立つかたちで存在していた、西洋的であると同時に東洋的でもあるような人々に基盤をおく、新たな人間像がどのように形成されていったかを示してきた。[一四] たとえばルイス・ビーベスやモンテーニュの思想に現われているのは、人間的なるものが流れて変化していくということであり、われわれはそうした現実こそ、歴史の問題と直面する際に考慮に入れねばならない。今日の知的領域で当然のこととされている前提から出発しないで、歴史やその中の人間的な要素について語ることなどできはしない。したがって九世紀の年代記作家が抱いていた、過去と未来を同一でひとつのものだとするような見方（「かつてあったものとは何であるか？　将来あるはずのものと同じものである」（Quid est quod fuit? ipsum quod futurum est.）は、歴史という建造物を作り上げるための最初の礎石とはなりえない。

今日の時点でわれわれが考えているのは、生というものは流れていくということであり、また今日の人間が昨日の人間とは異なっているということである。同時に、集団的生には社会的広がりがあるということ、つまり、われわれはひとつの形態の中に存在を与えられるということを、しっかりわきまえている。したがって《歴史》というものが、さまざまな道筋を通りつつも一方の側だけを辿っていくとか、多様な出来事が押し寄せてきている中でも人間は常に同一のままであるなどといったことを、もはや主張しつづけることはできない。スペインの歴史はスペイン人の歴史である。つまりスペインの歴史は自らが作り上げているのだという意識をもって、作り上げられてきたものである。その歴史はケルト・イベリア族やローマ人といった、ともに過去に埋没した民族の歴史などではなく、今現にそこにある歴史のことである。前にも述べたとおり、歴史的現実の主体という概念は、抽象的な心理学などではなく、具体的かつ集団的に、他者と、あるいは他者に対抗して作り上げることの中に集約させねばならない。

スペイン史に関する著作は往々にして、心理学的視点（たとえば質実剛健、理想主義、嫉妬心など）から構想されることが多かった。あるヴェネチア大使[12]に言わせると、スペイン人ほど嫉妬心のつよい国民もない、ということになる。後になると、すべての者がスペインの《没落》を話題にするようになる。没落の原因や動機といったものは、多様な方向に探し求められるが、少数派エリートに対する蔑視のせいにされる《無脊椎化》（オルテガ・イ・ガセー）もそのひとつである。[一五] また立派な役人登用システムを捨て去るという、イサベル女王によって先鞭をつけられ、極限にまで至った誤った政策のせいにされることもある（メネンデス・ピダル）。その後出てきたのは、《二つのスペイン》といった定式である。つまり「分裂した政治的イデオロギーが、とほうもない力を発揮し、集団的意識の精神的統一を破壊してスペイン人を二つに分断してしまった」ということらしい。混乱がさらに大きくなったのは、その《二つのスペイン》の問題を、カルタゴ時代やローマ時代に遡らせたときである。つまり（そのときはいまだに存在すらしていなかった）スペイン人の中のある者たちは、ハンニバルと連合し、別の者たちはスキピオと組んだということになったのである。

こうしたおかしい考え方――おかしいというのは、人間存在に関する今日的な考え方から見てということであり、また、近代のフランスやイタリアにおける歴史的著作と相反するという点からでもある――の背景には、繰り返すようだが、歴史家〔メネンデス・ピダル〕の情緒的情況といったものがあることだけはたしかである。歴史家はケベードが〈執拗な迫害〉の犠牲者と呼んだスペインの文化的孤立によって懊悩したのである。メネンデス・ピダルの指摘によると、ケベードは「もしメランヒトンやカルヴァン、ルターなどが世に存在しなかったなら、異端審問が出てくる幕など何もなかったはずだ」と信じていた。これは事実ではない。というのも、異端審問はプロテスタンティズムの芽がスペインに萌すずっと以前から、とりわけユダヤ教からの改宗者（コンベルソ）に対するものとして設置されていたからである。近代のスペイン人の中には、そうした孤立が〈没落〉の中で生きることのつらさや味気なさと結びついてきたと考える者もある。そこで没落に対する、あらゆる種類の説明が求められたのである。しかしメネンデス・ピダルはいう。もしも〈没落〉というものがどんな時代にも絶えず存在していたとするならば、没落について語るのではなく、「時代を越えて存続しうるスペイン国民の性格を問題にするべきである。本書⑬においてこのことは特にわれわれの関心を引くことである。そしてなおある種の基本的性格の範囲をさらに遠くまで広げたいと思っている。つまり、アタウルフォ〔五世紀初頭の西ゴートの王〕からではなく、インディビル〔紀元前三世紀のイレルゲテス族の首領、ローマに対抗するカルタゴと連合した〕にまで遡って問題にすべきだと考えている」（九八頁）。そもそも、われわれの国は没落した国なのか、そうではないのか？　アソリンは一九二四年に没落を否定した⑭。悲しい国だと歎いて、そうした風潮に大いに棹を差したバローハは、一九三五年には青春時代に支配していた抑鬱神経症も過ぎ去っていたので、とくにひどい悲観主義に陥る理由もなかった⑮。何もスペイン科学がまんざら捨てたものではないと考えたからではないが、彼の見方によれば、スペイン文化は総体として、近代世界が生んだ三、四ある最も偉大な文化のひとつということになったのである。

メネンデス・ピダルはあらゆるスペイン人が、和合と寛容の精神をもつようにという気高い呼びかけをすることで、自らのスペイン史の分析を終えている。しかしそのとき記した内容の背景には、悲哀の調子とでも呼びたいようなメランコリーが漂っている。「唯一にして永遠のスペインの苦悩は、〔一六〕過去の数多の騒乱を越えた歴史的考察のうちに昇ろうとするすべての人々がともに抱く感情だが、（メネンデス・ピダルによると）その苦しみは必然的に（ハンニバルと両スキピオを分けた）ポエニ戦争から、今日に至るまで、スペインを二つの党派に分断してきた者たちの再統合をもたらすはずである」という。そうした根源的なメランコリーの感情は、この卓越した文献学者やスペイン史を論ずる者たちすべての中で、弱まったり、強まったりしているが、それは過去のスペイン人の偉大さを、ローマのトラヤヌス帝やテオドシウス帝の頂点にまで持ち上げようとするからである。あるいはヌマンシア人やサグント人の英雄的行動を、十九世紀のサラゴーサやヘローナの英雄的愛国者たちの系譜に組み入れようとするからである。(16) 歴史家たちはそうするために、(少なくとも七世紀以前から)スペイン人の歴史の中に、スペイン人とは縁もゆかりもない民族を取り込んできたのと裏腹に、恣意的かつ防御的な姿勢で、紛うことなく唯一真正なるスペイン性である、人間・社会的領域や基盤といったものを排除してきたのである。つまりそれはキリスト教徒とイスラム教徒、ユダヤ教徒という三つの血統の共存と後の解体である。社会的・文化的次元において、スペイン人がスペイン人としての意識をもって形成されたのは、まさしくこうしたかたちにおいてである。しかし重い信仰の力に支えられて多様化し(書物や伝統的な幻想というかたちで客観化された)体面感情こそ、スペイン的現実に対する偽りや空想などではない真正のイメージが直面する、最も強固な障害物なのである。偽りに幻惑されたケースとして、それに類したものを近代文化に見いだすことはできない。たしかにあらゆる歴史において、防衛的姿勢をとる自惚れた者たちによって、大掛りなでっち上げがなされることは間違いない。しかし、ここで指摘したような、一民族の真正なるアイデンティティを隠匿したり歪曲したりしたケースは、きわめて独得な現象であり、それゆえに、きわめて興味深い現象である。充分予想できることだが、かくも壮大な集団的幻惑に対して反撥せんとすると、問題が何なのかわからないといった単純なものから、喚きたてや大げさな身ぶり手ぶりに至るまで、さまざまなかたちの抵抗勢力と衝突するはめとなる。そうした信念(思想などではない）に楔を打ち込み、打ち倒すためには、まだまだ長い時間と、精神的・文化的な条件やふさわしい気概をもった人間を必要とするであろう。

（問題となっているのが理性的で客観的な争いごとであることから）何にもまして必要となるのは、後世の人々が、知性と感性をほどよく按配した教育や啓蒙といったものを通して、スペイン人（セネカやアヴェロエスではない）の獲得したものにも、きちんと見る眼をもった人には大きく普遍的な価値がある、ということをしっかり把握することである。キリスト教徒、モーロ人、ユダヤ人の共存によって培われた文化と、そうした共存に亀裂が入ったことで生まれた文化は、他の文明社会の成果と同じように肯定的な価値を有している。もちろんイギリスやフランス、イタリアのそれと同じものというわけではないが。もしスペイン人が先祖たちの業績について認識をもち、さらにいえば、それが気に入るとすれば、自分たちの陥っている憂鬱な気分に対する、ずっと効果的な慰めとなるはずである。そして自分たちと縁のないものに与しようなどとは思わなくなるだろう。例を挙げれば、どうしてモンテーニュと同様に、ルイス・ビーベスを読もうとはしないのか。どうして植民地時代のインディアスの過去の遺産を、自らのものと感じることがないのか。もしそうすることで次のような問題を提起せざるをえなくなるのであれば、困難かもしれないが、スペインの〈永遠的なるもの〉を捨て去る必要があろう。つまりそれは「もしわれわれがケルト・イベリア族の、そしてヒスパニア生まれのローマ皇帝たちの直接の末裔ではないとしたならば、いったいわれわれは何者なのか？」という問題である。しかしわれわれがケルト・イベリア族のケースでスペインといったとき、すでにその言葉を使うことによって、それ以前と以後の時代にイベリア半島に生きてきた人々と、同一の社会的次元をもった人々のイメージを滑り込ませるという、いかさまに陥っているのである。先ローマ民族が〈民族・地理学的に見て多様な〉存在であることを知りながら、なんと「スペイン最大の地方性（スペインと言ったとき、その存在を指し示さねばならぬ、何ものかが存在していることを前提としている）は、民族・地理学的に見て多様な現実などではなく、それとは反対に、一枚岩的な心理状態、つまり古代作家たちに指摘されたような、一様の〈イベリア人の離反的性格〉に依拠している」と書き記している者たちもいる。そういうことになれば、〈心理的性格〉と〈社会生活の形態〉という異なる概念が混同されてしまう。その結果、ストラボンなどによって言及された古代の人々〔イベリア人〕が、紀元一〇〇〇年頃にカスティーリャ人、レオン人などと呼ばれていて、すでに互いに〈大きな分け隔て〉のあった人々と——ちなみにロマンセはそのことに関連して、カスティーリャ人、レオン人の双方が関わっていた社会的領域について、表現力ゆたかな言葉で表現した——同じ人間的・社会的現実を共有していたなどということが、まるで当たり前のようにみなされてしまうのである。同じことは、彼らの後にやってきた者たち、つまり十三世紀以降に徐々にではあるが、自らをスペイン人と称し始めた者たちについても言える。彼らは十一世紀にカステイーリャ人、レオン人と呼ばれていた者たちに対して、単一の集団的意識（心理ではない）でもって結びついていた。カスティーリャ人、レオン人は、自らの武勲詩やロマンセ、伝統といったものを、同じ人間生活の社会的空間の中ですら、互いに個々のものとして提示していたのである。そうした〔スペイン人とカスティーリャ人、レオン人との間の〕意識的な〈人間的領域〉の連続性があったからといって、十一世紀も現代においても、その営みが同じだということにはならない。なぜならば、そのことが問題なのではなく、カスティーリャ人、レオン人が現に存在し、われわれに語りかけている、ということが重要だからである。ところが、イベリア人はローマを通して初めて知った、黙して語らぬ考古学的存在にすぎない。同様にチュニス人は、もはやカルタゴ人ではなくなっている。

人々が共存している人間領域に関しての意識は、強くなったり弱くなったり、消え去ることすらある。歴史家にとって、人間集団の社会的次元というものが、堅固な実体などではなく、その場限りの一時的な存在だという、そうした〈情況依存性〉(ocasionalidad) は、欠かすことができない意識である。しっかりわきまえておくべきことは、レオン人、カスティーリャ人、ガリシア人、アラゴン人などといった人々は、自分たちが〈ケルト・イベリア人〉だとか〈ケルト人〉〈ゴート人〉〈タルテシア人〉などという意識をまったくもたぬまま、離合集散していたのである。そうした民族(後にプロヴァンス語を話す人々によって、エスパニョルス españols と呼ばれることとなる) はすべからく、過去と関わりのない動機によって争いや連合を繰り返してきたのである。過去というのは、古代のギリシア・ローマの歴史家たちが書き記したことが明らかになっていくにつれ、後世になって学者たちが発掘したものである。スペイン人にとっての形成期におけるそうした過去は完全に消し去られていたので、ヌマンシアという彼らの最も輝かしい頂点は、なんとサモーラにあったとされてきたのである。[17] スペイン人を構成しているものは、ウナムーノの言うような〈永遠なる生粋性〉などではない。その意味で彼は偉大なる指導者であると同時に、偉大なるデマゴーグでもあった。かくも幻惑的な〈永遠性〉の隙間から、発散物とでもいうべきものが地表にもれ出てくる。今あるべき歴史にとって、イベリア半島の岩や水や大地に近接したスペイン人の本質は、まさしくそうした地からもれ出る発散物の中にあるのである。筆者が初めて『スペインの歴史的現実』([一九七二]、第二章) の中で明らかにするまで、誰一人として〈生粋的〉(castizo) という言葉の意味を理解した者はいなかった。十六世紀において〈生粋的〉という言葉が指し示したのは、永遠的なるものなどではなく、旧キリスト教徒の属した立派な血統を、またスペイン系ユダヤ人の間では、〈汚れなき〉ユダヤ人の血統に属する者たちを意味したのである。一方、モリスコたちもまた、アラビア語でいう家系（alcurnias）に、少なからず誇りを抱いていた。

これは単純な真実だが、多くの者にとっては間違いなく悲しむべき、そして嘆かわしくも愚かしい反撥を引き起こす動機となっている。にもかかわらず、筆者はいまだにスペイン人をその固有の歴史的環境に定位させるべきだと考えている。スペイン人はたしかにイギリス人、フランス人、イタリア人などと似通った特異性を有してはいるものの、今日のイギリス人は自分たちがピクト人〔ブリタニア北部に住んでいた古代民族〕やケルト人、ローマ人、北欧人、フランク・ノルマン人であるなどとは思いもしない。彼らはグレイト・ブリテンという名称を守ってきたとはいえ、イギリス人だと思っているだけである。このグレイト・ブリテンという呼び名は、ブリタニアと音声的にはきわめて近いものの、意味的にはこよなく遠い。これと同じことがヒスパニアとイスパニアの間についても言えるのである。というのも、人間社会という名のそうした対象はもの
などではないからである。イェグア（yugua 牝馬）という言葉は、ラテン語ではエクア（equa）と呼ばれていて、その指し示す対象は同一であった。しかしヒスパニアとイスパニアは、きわめて異質な二つの現実であった。というのも人間の存在と動物や事物のそれとは同じではないからである。

スペイン文化の真正かつ現実的な内容というのは、スペイン史ならではの相貌や広がりをもたらしたものだが、すでに十五世紀の知識人の目にも満足すべきものではなかったと見える。というのも当時、自らの過去については、批判的な視点で考察されたり、悲歎的な調子で陳述されたりし始めているからである。筆者はそういった点を指してスペイン人の現実と呼んでいる。たとえばフェルナン・ペレス・デ・グスマン（一四五八年没）は、歴史家たちが祖国について口を閉ざしていることを歎いている。もしスペインが「歴史の中で沈黙し、口を閉ざしたままでいた」とするなら、それは「栄光に欠ける」か

らではなく、栄光を謳いあげるホメロスがいなかったからである、としている。(一七) 最初の王はゲリオンであり、その後お決まりのごとく来るのは、ビリアートでありヌマンシアであり、ヒスパニア生まれのローマの作家たちである。ローマの元老院が

もしスペインから、第一級の最良の
貴顕たちを引き出したことを
あえて認めようとしないなら　（七一三頁）

恩知らずもはなはだしい、ということになる。ここには、当時のスペイン人にとっても、自らの真実の過去という点において感じていた空白を埋めるのに、ローマの存在がどうしても必要であったことが窺える。ペレス・デ・グスマンはイスラムの侵略が到来したとき、そそくさとそれをやり過ごし、反イスラム抵抗運動の創始者たるペラーヨの記憶の中に安堵感を得ている。

フリアン伯の裏切りは
痛ましき出来事なり。
スペインの滅亡は
詩にも歴史にもふさわしからざる
嘆かわしくも悲しい出来事なり。　（七一八頁）

十五世紀になってもグラナダがいまだにモーロ人の手にあったということは、イスラム支配の屈辱をさらにいや増した。

というのもグラナダはスペインに抵抗している
などとは言わぬ、それどころか、スペインを
侮辱し、スペインを苦しめているのだ。（七二〇頁）

フェルナンド聖王によってコルドバが再征服されたとき

邪悪なるマホメットの
汚れが外に流れ出た……
祈禱を呼びかける者の声は
ひしがれ、ついに口を閉ざした……
女々しい予言者の汚らわしく
卑劣なるコーランは
人を惑わし闇に落す……（七三七－七三八頁）

とはいうものの、驚くべきことにペレス・デ・グスマンはイベリア半島のイスラム勢力をさんざん罵倒した後で、セネカやルカーヌスのみならず、アラビア人のアヴェロエスやユダヤ人のマイモニデス

（その文学上の言語はアラビア語であった）まで、コルドバの賢人として賛美しているのである。

コルドバは素晴らしい
都市であるだけでなく
もう一つのアテナイとも
称されてしかるべし。
セネカやルカーヌスを
思い出すだに心地よし、
それに異教徒ながら
アベン・ルイスもあり、
その『注釈』は好ましき。

またエジプトの賢人ラビ・モイセンは
ボレ（?）に対抗して
『迷える者の手引き』（Moré）を著したり。
スペイン王国が彼に思いを
致すなら、コルドバをもう一つの
アテナイと称したのも、
さもありなんと

充分納得されるはず。（七三八頁）

アヴェロエス（アベン・ルイス）の名を挙げているが、それは作者が彼のことを異教徒[一八]にもかかわらず、どの程度まで〈スペインの著名人〉とみなしているかを示している。ペレス・デ・グスマンはこの〈異教徒〉という呼び名を、「スペイン王国が思いを致す」コルドバ生まれのマイモニデス（ラビ・モイセン）に対しては用いていない。つまり彼もまた、今日までスペインの歴史家たちが用いてきた〈領土規定〉そのものに則って、マイモニデスを〈スペインの著名人〉に含めているのである。作者は文化的栄光を渇望していたので、イスラム哲学者やアラビア語を用いて著作を行なったユダヤ人を、引き合いに出さねばならなかった。それはラテン人のセネカやルカーヌスと合体させることを通して、コルドバをもう一つのアテナイだと称揚するためであった。ペレス・デ・グスマンが挙げたそうした〈スペインの著名人〉の他に、カスティーリャ語の著作をものした評価に値する著名人としては、どうやらアルフォンソ賢王くらいしか知られていなかったように見える。

この高潔な王は『アルフォンソ表[18]』を作った。これは占星術に関する傑出した作品である。また『七部法典』を著したが、そこにはカスティーリャ法制が叙述されている。また特筆すべき歴史ものを数多くスペイン語に訳した。（七四四頁）

しかし『アルフォンソ表』はイスラム文化に属していたし、王の名前がアラビア語の接尾辞でもって、その表の中に出てくるのも意義深い。言い換えると、著者たる王は永年のイスラム教徒の存在を不快に感じていたと同時に、そのおかげで、唯一の科学的教養を手に入れることができたのである。それは否定している対象それ自体の上に自らを定位せざるをえないという意味の、〈否認しつつ生きる〉(vivir desviviéndose) ケースの典型である。ペレス・デ・グスマンはアルフォンソ十一世が亡くなったことで、アル・アンダルスの征服を成し遂げることができなくなったことを、残念に思っていた。というのも

残ったモーロ人たちも
今となってはさほど
耐え難い存在とは思われなかった

からである。エンリーケ二世も〔アルフォンソ十一世同様〕モーロ人を追放することもできなければ

グラナダを征服することも(できなかった)
それは目いっぱいのスペインに対する
悪罵であり、侮辱であった。 (七四七—七四九頁)

ペレス・デ・グスマンは貴族階級の人間であり、スペイン系ユダヤ人に向けられた憎悪を感じとることなどなかった。それは十五世紀末になって顕在化し始めた心理状態であった。彼の遺恨はいまだにイスラム教徒に限定されていたし、カスティーリャ人としての内なる不安は、いまだに不在とみなしていたキリスト教文化を、どうしても自らの手に取り戻したいという欲求に表われていた。その空隙を満た

してくれたのがローマやアル・アンダルスの作家たちである。というのも、俗語による文学（武勲詩や『ルカノール伯爵』『よき愛の書』などの傑出した作品）は、この道徳的人文主義者の視野には入っていなかったからである。ライムンド・ルリオ（ライムンドゥス・ルルス）[19]はここではスペイン文化の範疇に入ってはいない。

アントニオ・デ・ネブリーハ[20]にとってもカスティーリャ的知性の範囲はペレス・デ・グスマンと似たり寄ったりである。つまりこう述べているからである。「（言語は）アルフォンソ賢王というきわめて明哲なる、永遠の記憶に値する人物の時代に、本来の力を発揮し始めた。というのも、その命により『七部法典』や『大歴史総論』が編纂され、多くのラテン語やアラビア語の書物が翻訳されたからである」（『カスティーリャ文法』の序）。

十六世紀になって初めて学問的・哲学的知の空白が埋められるようになったが[21]、それは主として新キリスト教徒の手によるものであった。スペイン本国においてはゴメス・ペレイラなど（彼の著作はいまだにスペイン語に翻訳されていない）、また外国ではルイス・ビーベスなどである。ここではそうした知の目録一覧を作るのが目的ではなく、たんに次のような考察を加えることだけに留めよう。もし旧キリスト教徒たちが哲学者や人文主義者、自然科学者、数学者として傑出していたならば、どうして学問的活動を、当時の言い方だと、ユダヤ人という名の新キリスト教徒と同一視したのだろうか。また他方で、ユダヤ人子孫たちの文学的・学問的活動は、先祖たちによって涵養されることはなかったことも考慮に入れねばならない。先祖たちの間で『セレスティーナ』やサンタ・テレサの作品などが書かれるはずもなかった。けだし新キリスト教徒はユダヤ人とも旧キリスト教徒とも異なった振る舞い方をしたのである（このことは何度でも繰り返しておこう）。しかし物事はかくのごとく生起したわけだし、そうした理由から十六世紀を通じて、ますます暴力的なかたちで、学知の涵養と国民的体面意識との相克が提起されたのである。それこそ本書のテーマである。旧キリスト教徒の生粋の血統は旧世界でも新世界でも、支配者の栄光に耀いていたが、それによって人々は精神力とか実際的タイプのいかなる配慮よりも、体面意識を優先したのである。セルバンテスにとって〈世論〉などはどうでもよいことだったが、彼は働かないでいられることを名誉とみなすような者たちの愚かさや、手仕事を不名誉とみなすことのなかった者たちの成功についても、辛辣で皮肉たっぷりの眼差しを投げかけている。『アルジェール生活』の第二幕で、あるトルコ兵は次のように語っている。

知らないなら言って聞かそう、
キリスト教徒のガレー船は
船足はさほど速くはないし
漕ぎ手の数も多くはない
その理由はたくさんの品物を積んでいるからだ。
もし二日も漕いだとすれば
はしけ船一艘出すこともできまい。
ところがわれらは気楽に考えていて
すばしこく、火のように生き生きしている。
追跡するとなれば即座に
服などさっさと脱ぎ捨て、斜桁に帆を張る。

（……）われらは苦もなく向かい風に
進路をとって進んでいく。
がっしりした者もやせた者も
皆一様にずば抜けた兵士であり
一朝事あらば、半裸になって
首座の漕ぎ手にとりつきもする。
しかしあの地のキリスト教徒ときたら
体面ばかりを気にかけて
危機に瀕しても舵をとることを
不名誉だと思っているらしい。
連中ががんと意地を張って名誉に
こだわるなら、その間にわれらは
体面など無視して、
奴らに襲いかかるまでだ。

十六世紀において、名誉のために戦い、苦しみ、死ぬということを、スペイン人以上に勘定高く、しかも持続的に実行してきた民族もないだろう。スペイン人とポルトガル人が地球を席巻してもたらした栄光の勝利によって、彼らの生の形態とプロセスは、完璧で何の申し分もないといった印象がもたらされた。そうした生が成り立った経緯は、どこからいかにして到来したかもわからぬ、ある種の〈心理学〉の表現として現われたものなどではない。それは不可避的な情況によって惹起された行動（たとえば、生産性の高い土地を手に入れるための戦いや、帝国主義的に全世界に信仰を広めるための戦い）を通して構造化されたのである。スペイン人は自らが手に入れた結果から、自分たちの生き方は申し分のないものだという確信を得た。本書の冒頭でもこのことは力説しておいたが、武勲詩やロマンセーロ、ロペ・デ・ベーガのコメディアなどからは、英雄的血統のあるべき姿や、人格が何にもまして重要であるといったメッセージが、豊かな響きとともに伝わってくる。こうした生き方が通用するという信念は、領土を拡大させ、さらに何世紀ものあいだ不可欠な存在でありながら、同時に目障りな競争相手でもあった他の血統（モーロ人とユダヤ人）に対する優越を勝ちとることによって、さらに強化されることとなった。生粋的なキリスト教徒は、両者を見据えつつ、自らの人格を称揚することで他に抜きん出ようとしたが、そうする際、人格と関わらぬものとは一切のつながりを絶ち、技術面の協力を不要とみなし、ものごとに対する知識が欠けようとも意に介さず、手仕事を卑しいとして省みなかった。セルバンテスの言葉どおり、まさに〈意地をはって名誉にこだわって〉いたのである。セルバンテスはこの作品のみならず、他の箇所でも、〈生粋〉そのものの血統的振る舞いについて、さまざまな角度から揶揄し皮肉っている。

こうした緊迫感あふれる情況のもたらした結果は、周知のことであり、筆者もまた『スペインの歴史的現実』（一九五四、六七頁）において、歴史的にみて重要と考える視点の中で指摘したとおりである。たとえばそれには次のようなものがある。「三世紀以上も歴史から断絶したスペインのような国」（ヒネール・デ・ロス・リーオス、一九〇五）。「われわれの上には過ちと苦痛の三世紀がのしかかっている」（オルテガ・イ・ガセー、一九一〇）。「スペインはほぼ三世紀もの間、真正なる不滅のスペインは苦悩し続けてきた……」（スペイン・ファランヘ党、一九三七）。「カトリック両王やそれ以前を含めて、爾来、あらゆる問題は未解決のままであった」（ペーレ・ボッシュ・ジンペラ、一九四七）等々。これ以上の引用は差し控えるが、少なからず重要なケースが今なお他にも存在している。[22]

さまざまな背景をもった著名人たちが、一民族、一大国家の過去に関して、そこには評価すべき現実が欠けていたという印象を一様に抱いていたのというのは、異常とは言えないであろうか。[一九] スペイン史を解釈し、構築し、評価するというあらゆる試みにとって、どう見ても隠しようのない事実に依拠するということが、まず何よりも必要である。十五世紀以前に目を向けてみれば、スペイン文明史——つまり一民族の歴史記述可能で記憶されるべき現実を形づくるもの——［言い換えるとレコンキスタやスペイン誕生の歴史］は、嘆かわしい（「悲しく、悲痛な」）ことのように思えた。グラナダのイスラム王国は、長年にわたる堪えがたい侮辱を、今もってはっきりと眼前に突きつける存在であり続けていた。二十世紀に入ってからの歴史に目を向けても、それに先行する三百年のことを考えると、さまざまな理由から、それが別の過去であったらよかったのに、と考えていた人々の思いを傷つけるものとなった。いわばスペインは〈無脊椎化〉されていただけではなかった。しっかり身を支えるために必要な〈時間的〉な脊椎をも欠いていたのである。このために、とうの昔より別の脊椎を想像する、ということが試みられてきた。かくて人々の間で、スペインの最初の建設者は「ノアの孫であり、ヤフェトの息子のトゥバルである」といった思い込みがなされてきた。それと似たような動機から、フロリアン・デ・オカンポはアイルランド人やフリギア人をスペイン人としてしまったし、またインディビル、マンドニオ、それにトラヤヌスやそれ以外のローマ皇帝たち、ケルト・イベリア人、西ゴート人、アヴェロエス（〈アベン・ルイス〉）セネカ、ルカーヌス、マルティアーリスなどなど、彼らすべてがスペイン人となってしまった。しかしこうしたことはどれも、ヨーロッパの近代科学の活動分野に関わることのできなかった、かつてのスペイン帝国の味わった苦い経験を忘れさせ、長い間（十五世紀から二十世紀）の空白を埋めるのには、ほとんど役立たなかった。というのもヨーロッパでは宗教と国家とは切り離されていたのに対し、西洋よりもむしろ東洋的なスペインは、そうした特性をもたなかったからである。こうしたところから、哀歓に満ちた思いでスペイン史を捉えようとする姿勢が生まれたのである。それが同時に、ある種の無反省をも生んだと言うこともできる。

筆者にとって、唯一まともで正しいあり方は、スペイン人の過去がどのようにして、またどういった契機で、叙事詩のかたちをとって〈スペイン的〉なるものになりえたか、夢想的な小説、苦悩しつつも輝かしいドラマとなりえたかを、自分たちの身にしっかり受け止めることである。その現に目に見える成果は、すばらしいもののように思える。筆者はすでにそれを明らかにしてきたし、今後も著書の中でそうしていくつもりである。未来を築いていくべき存在は、貧富を問わぬ知識人一般であり、貧しい者たちは豊かな者たちから、著作を通して支援されるべきであって、出まかせや不平不満によってではない。力強い知性の営みによってであり、やみくもの暴力によってではない。

最後にひとつだけはっきりさせねばならないことがある。それはフランスやイタリアの近代史は〔両国がスペインに近接しているため、例にとるだけだが〕、かつてのケルト人やローマ人が、今のフランス人やイタリア人と同じだったとする考えを放棄して久しい。この点に関しては、拙著『スペイン人の起源・実体・存在』〔『スペイン人はいかにスペイン人となったか』〕に詳しい。フランスやイタリアの歴史で、ウェルキングトリクス（Vercingetorix）〔前五二年のガリア人の大反乱の指揮者〕やシャルルマーニュがフランス人として登場することもなければ、アウグストゥスやリウトプランド（Liutprando）〔八世紀前半のロンバルジアの王〕がイタリア人として扱われることもない。紀元千年以降（このケースでは正確な年代は望みようもない）に、古代ガリアや古代イタリアの住民によって成し遂げられたことは、国際的に認められる多大な価値をもっていたので、（文明の現象として）そうした価値と結びついたかなり同質的な性格と、価値を生み出した主体、あるいは何世紀にもわたって価値によって影響を受け、それによって形づくられてきた者たちとの間の、相関性を見定めることは容易であった。フランス人は政治、哲学、宗教、文学、芸術などの各分野における、ハイレベルで関連した体系の中で自らを形成してきた。かくして水平的・垂直的な社会の組織が形成されたわけだが、その結節点の各々が、フランス社会の中で密接に結びついている。同様のことがブルゴーニュやアキテーヌについても言えたのである。たとえこの地方の人々が価値的中心軸によって、フランク族の土地のほうに引き寄せられることがなかったとしても、実際には、彼らはブルグントや他のいかなる指導的集団にも引き寄せられていたのである。ナポレオンやパストゥール以後の過去を振り返ってみても、歴史家は人間性が十全に開花した、多くの人々にとって周知の有効な地域を、渉猟することができたのである。そうした地域が有効であったのは、とりわけブルターニュからマルセーユまで、またブルゴーニュからガスコーニュに至るまで、かなり以前から人々は、自らの内面生活や創造的・生産的仕事の方法を、名声や効用という点で、自分たちに優るとされたモデルに進んで合致させてきたからである。農夫は少しでも〈耕作〉から身を起こそうとすれば、フランス島（現モーリシャス島）から伝わってくる、さまざまな社会的刺激〔植民地経営〕に遭遇することとなった。彼が〔植民者として一旗揚げるべく〕土を掘り返す仕事から逃れようとすれば、勢いそうした刺激を理解するべく、新たに言葉〔フランス語〕を学ばねばならなかったのである。このようにして、各々の言葉を話していたピカルディやロセヨン、バイヨンヌの人々は、フランス人となったのである。フランス人であることは、短頭種だとか、軽薄性や官能性とか、そういった種類の国民性によるのではなく、今日フランスと呼ばれる土地において、かねてより出現してきた、アベラールからデカルト、オーギュスト・コントに至る、ある種の考え方によるのである。言い換えると、自由闊達にして制御された生活を評価する傾向である。そうした傾向こそ語るべき価値があるのだが、それはそうした傾向が、フランスでは〈心理学化〉されるのではなく、〈客観化〉されて表現されているからである。たとえばクリュニー派やゴシック式大聖堂、世俗の建造物、美術的・思想的作品、世代を越えて伝承された大いなる技術の賜物である芳醇なワイン、知性と女性美への崇敬などである。そうしたことすべてがきっかけとなって、ピレネー山脈からフランドル地方まで、ブルターニュからヴァロワに至るまでの広大な地域の住民が、自ら〈フランス化〉することとなったのである。そうした地域には、従来とは異なる別の生活様式、社会的様式をもった人々が入ってきた。八〇〇年当時の人間の異質性が、今日もあるはずだと判断させるに足るものは、古代ガリアの地〔今日のフランス〕には何もなかったのである(二〇)。

まったく異なる動機に基づいているとはいえ、イタリアに関しても似たような考察をすることができる。経験というものは、生物学や経済学や〈心理学〉のみならず、集団の中にある人間の機能について認識する者にとっては、手近なところにある。動物や植物は物理的環境に結びついて存在している。ところが人間はそうではない。人間的な次元でいえば、ポルトガルの境界はバレンシアまで広がっても、またカスティーリャの境界がアルガルヴェまで広がってもおかしくはなかった。スペイン人やポルトガル人という存在は、政治的な力関係や文化的な力関係、一言で言えば人間的情況の相互作用の結果としてあるにすぎない。ドゥエロ川やタホ川の流れは、こうした事柄とは何の関係もなかったのである。

## 原　註

（一）　B・サンチェス・アロンソ『スペインの歴史記述の歴史』（B. Sánchez Alonso, *Historia de la historiografía española*）第二巻、一九四四、一四頁。

（二）　こうしたケースを含めて、歴史的知は信仰と化し、歴史家は奥義伝授者のごとき存在となった。しかし信念が宗教的信仰のごとく尊重すべきものであるとしても、信念に対して、理性的知に対するごとき価値を与えようとすることはけっして容認しえない。自らの母語を話していたガリシアやカスティーリャやカタルーニャのユダヤ人たちは、キリスト教王国が、かつて存在していなかった外来語の〈エスパニョール〉（スペインの）という呼び名を使い始めたとき初めて、スペイン人となるに至ったのである。しかし、カスティーリャのユダヤ人が外国人のために翻訳したアラビア語文献は、スペインのものではなかったし、外国においてそうした文献のもたらした結果もまた、スペインのものではなかった。

（三）　拙著「《ドン・キホーテ》のスペイン性とヨーロッパ化」（"Españolidad y europeización del *Quijote*"）を参照のこと。これはポルーア版（メキシコ、一九六〇）の『ドン・キホーテ』の序文として書いたものである。

（四）『中世ドイツ史資料集　書簡』（*Monumenta Germaniae historica, Epistolae*, V, 601.）　前に述べた内容については以下のものを参照せよ。C・エルドマン『聖戦思想の成立』（C. Erdmann, *Die Entstehung des Kreuzzuggedanken*, 1935, p.23）。M・ヴィエー『十字軍』（M. Villey, *Croisade*, 1942, p.29）。P・アルファンデリー『キリスト教世界と十字軍思想』（P. Alphandéry, *La chrétienté et l'idée de croisade*, 1954, p.16）。M・ガルシーア＝ペラーヨ『政治的原型としての神の国』（M. García-Pelayo, *El reino de Dios, arquetipo político*, 1959, p.174）。R・メネンデス・ピダルは近著『ローランの歌』（*La Chanson de Roland*, 1959, pp.240-241）において、先に引用した書簡を援用しつつ、レオ四世によって示唆された戦いは、〈キリスト教世界〉の戦争にすぎないと述べている。管見によれば、同じような間違いを犯したのが、『歴史学報』（*Historische Zeirschrift*）のR・コネツケ（R. Konetzke）である。その点については拙著『スペイン人の起源・実体・存在』（*Origen, ser y existir de los españoles*, Madrid, Taurus, 1959,p.31, p.71［『スペイン人はいかにしてスペイン人となったか』（*Los españoles: cómo llegaron a serlo*, Madrid, Taurus, 1965, p.110)］を見よ。

（五）皮肉な偶然だが、その名前はアラビア語で〈ライオン〉を意味する。

（六）［最後のこの部分に関しては、前述の拙著『外来語としての〈エスパニョール〉』（*"Español", palabra extranjera*..., 1970）を参照せよ。］

（七）このテーマについては『スペインの歴史的現実』（一九六二、［一九七一］、四一九－四二九頁）でさらに幅広く扱っている。

（八）一九六〇年にマドリードで出版されたある本には次のような記述がある。「メセータの確固たるケルト・イベリア的基盤が（トレードやマドリードといった）地方の人口動態によって、影響を受けたということはほとんど考えられない。今日でもアルカラやトレードの支配的特徴というのは、その孤立性であり、また多くの面において見られる組織の部族的意味あいである……そうした地域の民族的な混交や変化について考察しようとすれば、それがどんな考察でも、この現実、つまり地域住民の基盤が前史的なものであり続けているという現実を、しっかり考慮に入れねばならない」。そうなるとフェルナンド・デ・ロハスやファン・デ・マリアーナ神父、エスカローナやマケーダ、トリーホスなどの城砦や宮殿が、あるいは観光客や歴史家にそうした場所で提供される多くの人間的事象が、ケルト・イベリア的だとか、前史時代のものだということになるのだろうか。［スペインにほとんど都市文化の影響を受けていない粗野な人々がいるとしても、彼らの生活領域が、どのような例を挙げてもいいが、たとえば南米のどこかで前史状態で暮らしているインディオ原住民のそれと、同じというわけではない。］

（九）ギリシア文化のせいでギリシアのローマ化は不可能となった。程度はずっと劣るが、それに類したことがインディアスでも起きた。［というのもキューバやアルゼンチン、ウルグアイを除いて、イスパノアメリカ諸国は程度の差はあれ、伝統的な言語や習慣を保存している。それはアメリカ合衆国で起きたような、原住民の抹殺や孤立化がなかったからである。］

（一〇）この語はアカデミアの辞書には出ていない。

（一一）筆者はつい最近までドン・ラファエル・アルタミラの明察そのものの論文「いわゆるローマ文化に対するスペインの貢献」（"Supuesta aportación española a la cultura romana", *Cuadernos Americanos*, Méjico, 1945, pp.173-193）を知らなかった。次に挙げるのは彼の考察の一部である。「ラテン文学の衰退はスペインに原因があると主張する者たちが、（言語自体は別にして）スペインの典型だと指摘するいくつかの資質の拠ってくるところは、実は、心理的なものであることに注目してほしい。その資質とは、逆説的な英雄主義とか、誇張された激情性などである。しかし、そうした資質が真に土着的な性格をもっていたとしても、もしそこに土着的な文学そのものが存在しなかったとしたら、なんらかの影響を与えられたかどうかは疑わしい。なぜならば土着的な文学の存在など誰も証明してはいないし、同時代のいかなるラテン人も、非難の対象となっているセネカや他の作家たちとの関連で、土着文学になど触れてはいないからである……むしろまともな感覚というのは、イサアクがマルティアーリスの伝記の中で述べた、次のような言葉にあるのかもしれない。《セネカ父子やルカーヌス、クィンティリアヌスなどとともに、彼、マルティアーリスは紀元一世紀にイベリアの幹に接木された、ラテン文学の接ぎ穂を代表していた》」。つまりこれは「われわれは影響を受けたのであって、影響を与えたのではなかった」（一八八－一八九頁）ということである。

（一二）『世界史の一解釈について』（死後出版、マドリード、一九五九、一三九頁、一五三頁）。

（一三）「歴史の中のスペイン人――その政治的な生命曲線における上昇と下降」。これがラモン・メネンデス・ピダルの監修になる『スペイン史』（第一巻、マドリード、一九四七）の序文のタイトルである。

（一四）『スペインの歴史的現実』、一九五四、五五四頁以降。「スペイン性と《ドン・キホーテ》のヨーロッパ化」は『ドン・キホーテ』の版（メキシコ、ポルーア版、一九六〇）の序文に置かれたもの。

（一五）オルテガ的な意味あいで少数派エリートと言うとき、その概念には、キリスト教徒と同様に、十五世紀末まで彼らのもとにあったユダヤ人顧問たちのことを含めてもいいだろう。後者はコンベルソに身を転じ、十六世紀においてなお、傑出した知的グループを形づくっていた。

（一六）スペイン人は太古の昔から存在していたわけではない。時間と空間によって規定された既知の情況によって成立したものである。彼らはそうした情況の中で、またそうした情況と手を携えて、二者択一の選択をつねに迫られる生き方をしてきたのである。筆者はスペイン人を実体化したり永遠化したりするつもりはない。

(一七)『スペイン著名人讃』(*Loores de los claros varones de España*, Nueva Bibl. Aut. Esp. t. XIX, p.707)

(一八)[アラビア人哲学者の名前のスペイン語表記は、ダンテの『神曲』(地獄篇、第四歌、一四四行目)の「大注釈者アヴェロイスをも見た」という表現のアヴェロイス(アヴェロエス)からとってこられたものである。ペレス・デ・グスマンの指摘によると、当時カスティーリャ人はこの哲学者に関して、何一つ直接的に知ることはなかった。]

(一九)[このような重要な事実については、しつこいほどたびたび引用してきた。というのも、どのスペイン史の概説書を見ても、空想を排し、確固たる希望の礎を築くべく、あえてこうした事実に触れようとはしていないからである。若いスペイン人世代は、スペインがどうしてそういう国柄なのかわからないままに放置されている。]

(二〇)管見によれば、ドン・スタニスロースキの『ポルトガルの個性』(Don Stanislawski, *The Individuality of Portugal*, The University of Texas Press, Austin, 1959)といった本は、たんに人間的なるものを非人間化する傾向を反映したものにすぎず、有効性に欠けると思われる。そこで主張されているのは、ポルトガルの個性は気候的条件に依存しているということである。「何よりもまず重要なことは、半島の湿潤地帯である周辺部と中央高原との、太古の昔からある文化的差異である」(二一三頁)。「半島西部の独立国家にとっての基盤といったものは、昔から存在していた」(一六八頁)。文化と気候を関係づけようとする者たち(たとえばエルスワース・ハンチントン)は、その著の中で気候がいかに文化を堕落させるかは述べても、気候が文化をいかに生むかについては述べていない。

## 訳注

（1）Frorián de Ocampo (1499?-1558?). カルロス五世の年代記作家に任命された歴史家。アルカラ・デ・エナーレスにおいてアントニオ・デ・ネブリーハに学び、アルフォンソ賢王の『総合年代記』（*La Crónica general de España*）のスペイン語による編纂を手がけた。『スペインで最初の年代記　四巻』（*Los quarto libros primeros de la crónica de España*, Zamora, 1543）を著した（十年後にメディナ・デル・カンポで第五巻を刊行）が、未刊の部分はフェリペ二世の庇護のもとでアンブロシオ・デ・モラーレスが引き継いだ。

（2）Ambrosio de Morales (1513-1591). コルドバ生まれのスペインの人文主義者・歴史家・考古学者。サラマンカ大学で、叔父に当たる有名な人文主義者フェルナン・ペレス・デ・グスマンから学び、その著作『人間の尊厳について』を校正して出版した。ヘロニモ派の修道士として叙階を受け、一五五〇年以降はアルカラ・デ・エナーレス大学で修辞学の講座をもった。五九年以降はフェリペ二世の命により、各地を旅行して報告書を書き上げた。六三年にカスティーリャの年代記作家に任命され、オカンポの『年代記』を引き継ぎ、学問的に厳格な考証を加えて書き継いだ。他に考古学の著作『スペイン諸都市の遺物』（一五七五）も残している。

（3）いわゆるトレード翻訳学派のことを指している。代表的人物たるクレモナ（イタリア）のジェラルドは一一六五年ごろにトレードにやってきて、科学と哲学におけるアラビア語文献の豊富さに感銘を受け、自らアラビア語を学んで、土地のキリスト教徒やユダヤ人の援助を仰いで、アリストテレス、アルキメデス、ガレノス、アル・キンディー、アヴィセンナ、アル・ファラーヴィーなど、七一種類に及ぶアラビア語の書物をラテン語に翻訳した。

（4）Juan de Torquemada (1388-1468). スペインの枢機卿・神学者。バリャドリードにおいてユダヤ人改宗者の家系に生まれ、その土地のドミニコ会に入る。サラマンカで哲学と神学を修め、さらにパリに赴き、神学の博士号を取得。バーゼル公会議に教皇庁側の神学者として出席。聖シクトゥス枢機卿（一四三九）となり、スペインとイタリアにおけるドミニコ会改革を推し進めた。生涯に四〇点を超えるラテン語による著作がある。主著は『教会大全』(*Summa de Ecclesia*, 1448-9)。

(5) Gregorio Mayans i Síscar (1699-1781). バレンシア生まれの知識人で、スペイン啓蒙時代の代表的作家。サラマンカで法律を学び、さらに古典語を学び人文主義の教養を身につけた。とくに十六世紀のスペインのルネサンスや人文主義に関心を寄せ、ネブリーハやフライ・ルイス・デ・レオン、ブロセンセ、ルイス・ビーベス、サンタ・テレサ、セルバンテスなどの研究に精力を注いだ。著作としては『セルバンテスの生涯』(一七三七)、『スペイン語の起源』(一七三七)などがある。ルイス・デ・レオンやブロセンセの版の他に、ルイス・ビーベスの全著作を出版(Valencia, 1782)している。

(6) ラテン語で書かれた『カロリング朝年代記』は二人の学者(Javier del Hoyo と Bienvenido Gazapo)によって翻訳されている(*Anales del Imperio Carolingio*, Akal, Madrid, 1997, 190 págs)。この翻訳を通して、八〇〇年のシャルルマーニュの戴冠から、ヴェルダン条約による王国の三分割が起きる八四三年の王国分裂までのカロリング朝のきわめて重要な時代の政治的イデオロギーを知ることができる。王国分裂が起きたのは、シャルルマーニュの死後、南からのイスラム勢力の圧迫があり、北からはノルマン人の侵入があって、中央権力が弱体化したからである。

(7) Rodrigo Manrique (1406-1476). カスティーリャの騎士・詩人。初代パレーデス・デ・ナーバ伯爵でサンティアゴ騎士団長。名だたる反逆的な貴族で、カスティーリャのフアン二世とアルバロ・デ・ルーナと敵対した。イスラム教徒との戦闘によって大きな名声を博し、その死に際して、息子ホルヘ・マンリーケが捧げた感動的な詩「父ドン・ロドリーゴに捧げるコプラ」によって文学史上に名を残した。カストロは『スペイン人はいかにスペイン人となったか』第四章「ホルヘ・マンリーケにおけるキリスト教・イスラム・詩」(Américo Castro, *Los españoles: como llegaron a serlo*, IV, "Cristianismo, Islam, Poesía en Jorge Manrique", Madrid, 1965, pp.179-196)において、キリスト教徒の父親の死がイスラム的な聖戦と符合するものだと主張をしている。

(8) Andrés Bernáldez (1450-1513). スペインの歴史家で司祭。生涯を倹しいロス・パラシオス(セビーリャ)の司祭の職にあって『カトリック両王の歴史』(*Historia de los Reyes Católicos*, 1856)を著した。自らが個人的に見聞きしたものを庶民にわかりやすく説き、旱魃や収穫、小麦の価格、飢餓などの社会的事象に対してもつよい関心を寄せて生き生きと語る点に特徴がある。コロンブスの日記に基づくアメリカ大陸発見について広汎に論じた最初の年代記作家でもある。歴史観には庶民に根強い反ユダヤ主義・反コンベルソの姿勢が一貫して見られる。

(9) Juan Martínez Silíceo (1486?-1557). エストレマドゥーラ生まれの聖職者・知識人でトレード大司教。本名 Martínez Guijarro（ラテン的な名前のシリセオに改名）。倹しい農民の出身で、多くがコンベルソであった貴族たちに蔑視されたことから、コンベルソや新キリスト教徒への怨念を抱いた。パリで聖職者となりその地で一〇年間、哲学と数学の教鞭をとった後、サラマンカ大学で自然哲学の講座をもった。一五四五年にトレード大司教となり、一五四七年にトレードの聖職者から、コンベルソと異端審問で異端告発を受けた者を排除する法令〈血の純潔令〉を発布した。この法令はそのときからほぼ一〇年間、多くの反対や紆余曲折を経た後、ついに一五五六年に国王フェリペ二世によって認可された。これによって純潔令はスペイン中に広まり、十六世紀、十七世紀のスペイン社会は純血という強迫観念に囚われる、眼にみえない差別に苦しむこととなる。そのきっかけを作った張本人。

(10) Ibn Abdún (?-1134). アンダルシーアのイスラム法学者。ここで言う著作とは『十二世紀初頭のセビーリャ』(*Sevilla a comienzos del siglo XII*, trad. Lévi-Provençal y E.García Gómez, Madrid, 1948）のことである。その中の一節に「ユダヤ人とキリスト教徒には彼らの律法に関する書物を除いて科学書を売ってはならぬ。なぜならば後で科学書を翻訳し、イスラム教徒の著作でありながら、自分たちのものだとか、司教のものだと言い張るからである」という興味深い件がある。カストロはこれに関連して「科学書の翻訳は、いわゆるトレード翻訳学派に限られたわけではなかった」とコメントしている（*La realidad histórica de España*, 1975, p.224. n.14)。

(11) 本名 Rafael Guerra (1862-1941). コルドバ生まれの闘牛士で、一八九八年に引退するまで、当時もっとも完璧な技の持ち主といわれた伝説的な人物。

(12) シモン・コンタリーニ（Simon Contarini）のこと。シモン・コンタリーニがスペイン大使時代に経験したことを、一六〇五年末にヴェネチア共和国に対し行なった報告』（ルイス・カブレーラ・デ・コルドバ『一五九九年から一六一四年にかけてスペイン宮廷で起きた事柄について』所収）Contarini, Simon. *Relación que hizo a la República de Venecia Simon Contarini, al fin del año 1605, de la embajada que había hecho en España*. In Luis Cabrera de Córdoba, *Relaciones sucedidas en la Corte de España, desde 1599-1614*. Madrid: J. Martín Alegría, 1857. 563-83.　エンリケ・コントレーラス「国民性」（『スペインハンドブック』三省堂、二四七頁）。

(13) メネンデス・ピダル「二つのスペイン」（『スペイン精神史序説』一八二頁）。

(14) アソリンは一九二四年にスペイン王立アカデミーに入る際の記念講演『スペインの一時間』（*Una hora de España*）で、没落という概念と結びついた矛盾点や欺瞞性について分析した。

(15) ピオ・バローハは一九三五年五月一二日付の歴史雑誌 *Cruz y Raya* に「政治思想」（Las ideas políticas）という論文を掲載している。そこで自らの政治理念についていろいろ語っているが、次のように語っている部分がある。「多くの者たちは悲観的なノイローゼの時代が過ぎ去ったことで、祖国愛のほうに傾いている。それは修辞的でお決まりの言葉で語られる空っぽの祖国愛ではなく、わが国の、とりわけ大地の孕むさまざまな問題や懸念に向かう祖国愛である」。

(16) フランス軍第三軍団が一八〇八年一二月初めにサラゴーサを攻略せんとしたとき、要塞を築いて十字砲火の防戦を行なって、祖国の独立戦争に立ち上がったことを指している。ヘローナもまたフランス軍によって兵糧攻めで包囲されたが、翌年の一二月まで何カ月間も持ちこたえ、勇敢にフランス軍と戦った。

(17) ヌマンシアがエドゥアルド・サアベドラ・イ・モラーガスによって十九世紀末に発見されるまで、歴史家たちの中にはヌマンシアはサモーラ近辺にあるものと考える者もあった（本当はソリア近郊）。セサレオ・フェルナンデス・ドゥーロは『サモーラ市史』（Cesáreo Fernández Duro, *Historia de la ciudad de Zamora*）の中でこうした見方を支持した歴史家二七名のリスト（そこにはアルフォンソ十世賢王も含まれる）とそれに反対した五八名を挙げている。

(18)『アルフォンソ表』は一二六三年から七〇年にかけて、トレードにおいてアルフォンソ十世がユダヤ人ユダ・フィ・デ・モッセ・アル・コーエンとイサアク・イブン・シッドの協力のもとで作った天文学の書である。オリジナルの手稿は残っていないが、十六世紀初頭の写本が残されていて、そこから『アルフォンソ表』がどのように作られたかという詳細がわかる。王の周りの天文学者たちはアラビア世界を通じて集められた古典的遺産を活用すると同時に、アル・アンダルスで生み出された新しい知見をも取り込んでいる。これは後世の科学的展望を開くきわめて重要な書で、四世紀にわたってヨーロッパ中に手稿や印刷物のかたちで広く普及した（Laura Fernández Fernández, “Las Tablas astronómicas de Alfonso X El Sabio. Los ejemplares del Museo Naval de Madrid”. *Anales de Historia del Arte*, 2005. 15. pp.29-50, resumen）。

(19) 十三世紀にスペイン・マリョルカ島に生まれた百科全書的思想家。癌に冒された人妻に恋してから世の無常を悟って回心し、修道生活に入って、イスラム教徒などの異教徒を改宗させるための宣教活動に挺身。主著は『大いなる術』（*Ars magna*）で、その思想は〈ルルスの術〉として知られる技法で、真理に至るための普遍的・一元的な知の体系である。これはあくまでも、異教徒との論争に資する方法的武器として編み出されたもの。生涯にラテン語、アラビア語、カタルーニャ語による三百巻にのぼる著作をものした。カタルーニャ語を初めて文章語として用いた人物としても記憶される（『平凡社　世界大百科事典』「ライムンドゥス・ルルス」の項〔大沼忠弘〕）。

(20) Antonio de Nebrija (1441-1522). スペイン・ルネサンスの人文主義者・文法学者。セビーリャ地方の町レブリーハにてユダヤ人改宗者の家系に生まれる。サラマンカで学んだ後、約一〇年間イタリアのボローニャ大学で勉学を続ける。スペインに戻ってからサラマンカ大学で教鞭をとる。「言語は帝国の道具」であるとして、一四九二年にヨーロッパで最初に俗語で書かれた著名な『カスティーリャ文法』を上梓し、イサベル女王に捧げた。

(21) Gómez Pereira (1500-1558). メディナ・デル・カンポ生まれのスペインの医者・哲学者。サラマンカ大学で学び、ラテン語による主著『アントニアーナ・マルガリータ』（*Antoniama Margarita*, 1554）の献辞を、かつての教授の一人で〈血の純潔令〉を発布したことで名高いファン・マルティーネス・シリセオ（トレード大司教で枢機卿）に捧げた。この著書の中でペレイラは感受性の欠如した自動機械としての動物、知識の理論、宇宙論と存在論の知見について、理性と経験にもとづく手法を用いて論じた。詳しくは José Luis Abellán, *Historia crítica del pensamiento español, 2 edad de oro (siglo XVI)*, pp.187-198. を参照せよ。

（22） Pere Bosch i Gimpera (1891-1974). バルセローナ大学の古代・中世史の教授（一九一六－一九三九）。同時期にカタルーニャ研究センター（Institut d'Estudis Catalans）の考古学研究部門の所長を務めた。後にヨーロッパ各地の大学で教鞭をとり、一九四一年以降はメキシコの大学で考古学の講座をもった。

第三章　スペイン系ユダヤ人と体面感情

血筋に関する、内在的で存在論的な体面（honra）。その中で、自分にはかけがえのない価値があるという自尊心は、体面をもつと感じている者たちの意識そのものに逆戻りしていく。この体面意識は、記念碑としての自分が生き残っていくための、客観化された名声や栄光に姿を変えることはない。エウリピデスはイフィゲニアの口をかりてこう述べている。

私は身体をギリシアに捧げます。どうか生贄としてください。そしてトロイヤを滅ぼしてください。そうなれば私は永遠にこのことで語り継がれるでしょうから。これこそわが子孫、わが婚儀、わが栄光なのですから。（一）

次のホラティウスの箴言句も同じカテゴリーに属すものである。「我は青銅よりも永続する記念碑を建立せり……我はまったくは死せざるべし」。どちらのケース〔ギリシアとローマ〕でも力点は自らがなそうとすることや、なしたことに置かれている。ところがセム族にとっては、行為や美点が、その人の誇りの足がかりとなるような、また遡って一族の誇りとなるような、そうした行為を行なう人自身の上に置かれている。

神を褒め称えるべし。アル・アンダルス半島の誇りを背負って語ろうとする者が、誰から妨げられることもなく、思いの丈を望むまま、自慢げに話すことを許してくださったのだから……われが神を称えんとするのは、アル・アンダルスに生を与えられたこと、それにアル・アンダルスの子の一人となる恩恵を施してくださったからである……しかもわれは高貴で力をそなえた一族の血筋を引いている……ひょっとしてわれらは身分こそ異なれども、そして運命の転変にさらされてはいるものの、バヌ・マルワーン（Banú-Marwán）一族[1]なのではないのか[二]。

古代やルネサンス期において、栄光を肯定的につよく希求するのは、未来の時を見据えたさいの、現在の空白を埋めようとすることが動機であった。ボッカッチョは、われらは「俗衆から身を遠ざけ、名声を記録させ、永遠なるものとすべく[三]」行為し、働かねばならないと書き記している。しかしスペインにおいて演劇的に扱われた〈体面〉感情とは、個人と社会との軋轢を引き起こすような、社会的側面をもっているがゆえにドラマとなったものである。問題となっているのは、人が行為をもって自己を記念碑化せんとする権利があるといったことではなく、人が自分自身であるといった意識そのものである。先のアル・シャクンディ[2]の賛美は、セウタで述べられたある言葉に触発されて出た言葉である。つまりそれは「帝国と功績はわれわれを起源とするものである」。

こうした点からはっきり見てとれるのは、未来の栄光に道を開く名声と、現時点での〈世論〉に基づく名声とは、異なるものだという点である。この〈世論〉とか世評といったものこそ、体面がしっかりとその根を張っている基盤であり、キリスト教徒、モーロ人、ユダヤ人が、それぞれの人格的存在としての意識を潜ませていた深淵であった。筆者は別のところで、アベン・ハザム〔イブン・ハズム〕やアルファラーヴィー、アルガセルなどの著名なイスラム教徒たちが、いかにして自らが置かれた立場との関わりのなかで、個人的価値の意識を表現したのか、といった点を論じている[四]。ここではスペインのユダヤ人について述べるべきであろう。

「ユダヤ人はどいつもこいつも皆、昔から下賤の輩であってみれば、住む場所をころころ変えて素性を隠すのはお手のものである。連中は誰でも子孫に体面を施したいと強く願っていたので、スペインのような広い土地で、改宗者や異端審問の処罰者や、改宗したばかりの人間の、一人やそこらの資格を剝奪したところで痛くも痒くもなかったはずである」[五]。ドミニコ会士フライ・アグスティン・サルーシオ[3]は、十五世紀における血の純潔と異端審問の粛清の開始に関する、興味深いエッセーの中でこのように記している。

サルーシオは、アロンソ・デ・カブレーラやシグエンサ、それに一六〇〇年ごろの物書きたちと同様、ユダヤ人やモーロ人など堕落した血統に属す者に、体面などはないと考えていた。しかし彼は同時に、十五世紀に強制改宗させられた者たちは、「自らの血統を誇っていた」ので、「血統を隠蔽しようとして、あえて偽りの誓いを立てるような者はなかった」が、「それというのも、彼らが真実のキリスト教徒ではなかったから」だということもわきまえていた[六]。実際に、ユダヤ人たちが他のいかなる所よりもスペインで、強烈に自分たちの血統を誇りとしていたことは確かであった。というのもスペインでは自分たちを社会的に見て、重要な存在であると考えるべき動機が多々あったからである（これはこの問題のもつ、民族学的性格ならぬ、人間的・価値論的性格のもうひとつの証左である）。モーロ人が十三世紀中葉以来、優位性を示すあらゆる機会を失った一方で、ユダヤ人は彼らへの追放令が発布される時点まで、大いなる発言力を有していた。もしカスティーリャのキリスト教徒が一〇〇〇年ごろの時点ですでに、高い価値を有する確固たる存在として傑出していたとするならば（七）――その頃から彼らは常日頃、自意識を顕在化させていたので、そうした姿を呈していた――、ユダヤ人は知識や知性、血統を誇りとしていた。というのも貴族階層との親密な交わりによって、そうした態度をとる機会を絶えずもっていたからである。

ユダ・フィ・デ・モッセ・アル・コーエン（Yhudá fi de Mosse al-Cohén）は、アルフォンソ賢王の委託をうけて、アリ・アベン・ラヘル（Alí Abén Ragel）のアラビア語の著作『占星術』（*Judizios de las estrellas*）を翻訳した。翻訳者によると、アルフォンソ王は「この世に生を受けて以来、学問を愛し、学者たち（つまりわれわれユダヤ人を）を身の回りに集めた。こうして自他とも認める立派な哲学者の書物が消えてしまったせいで、スペイン人が蒙った大きな欠落を補い、人々を啓蒙教化したのである」（八）。翻訳者が仄めかしているのはアラビア天文学者の著作のことである。しかしアラビア語や天文学の知識はユダヤ人賢者にしか理解しえないものだったので、彼らは後に年代記作家アンドレス・ベルナルデスの顰《ひそみ》にならえば、〈聳え立っている〉かのごとく、傑出した地位を占めるに至った（4）。十四世紀にはドン・セム・トブ・デ・カリオン（dom Sem Tob de Carrión）が、「気遣いの尽きぬ」境遇にある人々のことについて、憂鬱げに語っている。それは叡智とさまざまな種類の技術を授けるユダヤ人のことだが、「馬鹿な（つまり教養のない）主人に仕えることにまさる苦痛なし」（九）としている。

われわれはトレードのトランシト・ユダヤ会堂（シナゴーグ）にあるヘブライ語の碑文を通して、状況が許せば、スペイン系ユダヤ人のなしえたかもしれない輝かしい事柄について知ることができる。そこにはこうある。「王（カスティーリャのペドロ一世）はユダヤ人の彼（サムエル・レヴィ）を大いなる存在として称揚なさった。そしてともにいたすべての大公たちの上に彼の座を持ち上げられた……彼を勘定にいれなければ誰ひとり手も足も出なかった」。[一〇]（当時このときとばかり、聳え立っていた）ユダヤ人は、キリスト教徒にはわからないヘブライ語の深い意味あいの中で、民族の強い願いのありかといったものを明示している。これほどの途方もない夢が実現しえたとしたら、スペインは〔ユダヤ的律法の〕閉鎖的な政治・宗教的規範によって統治された、新たな〈約束の地〉となりえたかもしれない。[一一]またもしイスラム教徒が半島全体を安定的に支配しえたとしたならば、アル・アンダルスはもう一つのイスラム国家か、宗教国家になっていたかもしれない。しかしキリスト教徒が勝利し、彼らの生の宗教面における社会的・政治的広がりが、敵対し、競合する国々のそれと類似したものとなったため、当然しかるべき結果がもたらされた。つまり十六世紀の宗教的・異端審問的な君主制である。それはヨーロッパとは一線を画し、独自の輝きを放つと同時に、窮屈なかたちで内に対立をはらむこととなった。

ここで一四二〇年ごろにスペインのユダヤ人が、自らの意識をどのように外に出して表現していたか、耳を傾けてみよう。それは上品で抑制のきいた調子でこう語られている。

> カスティーリャの王や貴族の方々は次のような〈卓越性〉（preheminencia）を具えておられた。つまり臣下たるユダヤ人たちは主君の偉大さのおかげで、最たる賢人となりおおせたからである。あらゆる難民地の王国で暮らすユダヤ人たちの中で最も栄誉ある（著名なる）ユダヤ人は、四つの〈卓越性〉を示した。それは血統（linaje）、富、善性、学問の四つである。

こうした情況のもと、ラビ・アラヘル・デ・グアダルファハーラ(5)はカラトラバ騎士修道会の騎士団長ドン・ルイス・デ・グスマンのもとに赴き、彼のたっての要請に応じて旧約聖書の翻訳を行なった。どうしても真実を直視しようとしたくない者といえども、スペイン人の真実の生きざまは、それが一見どのような姿に見えようとも、体面とか卓越性に対する熱望の上に築かれてきたことを認めねばなるまい。そうした熱望は何世紀にもわたって互いに衝突したり交錯したりもしたが、［何度も繰り返すようだが、そのことは人種的・民族的問題とは一切関係がない。カスティーリャやアラゴンのユダヤ人は、ヨーロッパのユダヤ人と比較してみればきわめてユニークな存在であり、そのため、子孫たちはスペイン人を意味する〈セファルディ〉と呼ばれた］。こうした深い理由から、十七世紀演劇における〈名誉〉(honor)が、たんなる文学的テーマでもなければ、普遍的な人間心理の一特質ということにもならなかった。それはまさしく他の人々を前にしたときの、個人の人格的価値に対するスペイン的懸念といった、根深い現実の表現であった。スペイン人は個人の人格的価値を確固たるものとして信じ、他のかたちの信念とすり合わせ、ぶつけ合わせながらも、不動のものとしてきた。最後につぎのような言い方で帳尻を合わすこととなる。つまり「おれと肩を並べたり、おれよりも羽振りよく振る舞おうとするやつと出会ったら、いったいおれはどうしたらいいんだ?」。スペインにおいては人格と関係のない利益とか勝利（富や技術）などが、キリスト教徒たちの心を一義的に占めることはなかった。［それは十七世紀にいわゆるインディアス帰り（indianos）が、可能とあらば、貴族の称号を金で購ってきた事実に如実に見て取れる。富それ自体で面目を施すことはできなかったのである。］

そこから血筋とか郷士的身分に対する重要性が生まれてくる。それらはスペインのユダヤ人たちが強烈に感じて表現してきたものであり、後にキリスト教徒がそれを引き継いでいった。ドン・セム・トブは［一三五〇年ごろに］自分のことを念頭においてこう記している。

> 度量の大きさそのものの〈生まれながらの郷士〉が
> どういうわけか、卑しい者の手に渡ってしまったとは！　(801-802)

ユダヤ人は神によって選民とされたこともあって、生まれつきの郷士（貴族）と感じていたが、同じことを後の十六世紀にキリスト教徒もまた感じていたのである（一二）。誰もが王の支配下にあった土地（イタリアやインディアス）に居たということで、最後には郷士身分を鼻にかけたとするならば、それはピカレスク的、冷笑的な目論見を超える何ものかがあったということである。

十五世紀にコンベルソのフアン・デ・ルセーナが、まさにドン・セム・トブが言わんとしたことを、コンベルソのドン・アロンソ・デ・カルタヘーナの口をかりて、言いふらしているが、それは神の選民たるユダヤ人の子孫の名誉を守ろうとしてである。

> どうか私が両親はユダヤ人だと言ったからといって、恥じ入るなどとは思い召さるな。たしかにユダヤ人であったし、そうであってほしい。というのも、古いものが高貴なものとなれば、誰にもましてユダヤ人が古い存在であろうから（一三）。

十五世紀にユダヤ人の〈卓越性〉を確信していた者たちの叫び声はさらに強まっていったが、それは彼らが洗礼を受け入れるか否かという、救いようのない破局に近づいていると感じたからである。別の著名なコンベルソ、モセン・ディエゴ・デ・バレーラ[6]は「以前自分たちの律法や宗派に従って貴族であったものの、新たにわれらの信仰に改宗した者たちが、キリスト教徒に準じて血統の高貴さを保持しているかどうか」という質問に対して、肯定的にイエスと答えている。どうしてかといえば「ユダヤ人やモーロ人の間にも、キリスト教徒と同様に高貴な者があってもおかしくはないし、賢人となればますますそれは明らかだからである。たとえ無知ゆえに、そうではないと考えるものがあろうとも」。『中命記』ではユダヤ人についてこう述べている。「かくも高貴な民がほかにあろうか[一四]」。あたかもそうした民が他にひとつとしてないかのように。

異端審問の予兆による息苦しさが社会を覆い尽くす以前の十五世紀の段階では、ユダヤ人もコンベルソも、ある程度自由にものを書くことができた。彼らの心理状態がどういったものだったか、コンベルソに対して生み出された奇妙で新たな状況を分析しつつ、とりわけ敵対者たちの目を通して、それを見ていくことにしよう。かつてユダヤ人だった者たちはもはや高貴なる系譜を鼻にかけることもしなければ、名声や体面といった点で、キリスト教徒と競合するつもりもなかった。ところが反面、レコンキスタ時代と比べると格段に優って、知的能力、才知、知的活動において頭角を現わしている。異端審問の追及やその下級官吏に対する恐怖心によって促され、後押しされて、一種の集団心理が作り出されたが、そこに根拠があったかなかったかは、この際どちらでもいい。そうした恐怖ヒステリーの心理状態は、日ごとに増大してゆき、あらゆる知的労働や技術的な職人技などが、中傷家たちの毒牙や、逃れようのないほど暗く残酷な異端審問所の魔手にかかってしまうのではないかと、懸念されるまでに至った。筆者も子どもの頃、グラナダで「シッ、異端審問がくるよ」といった不吉な忠告を聞いた覚えがある（もちろん何のことを言っているのかはわからぬまま、音の響きだけを話の種にしていただけである）。

同時に、公職につくことや騎士修道会、修道院、大学に入ることに関心をもっている、あらゆる人々の血筋を、根掘り葉掘り調べねば気がすまない者たちは、農民という社会階級だけが唯一そうした恐れのないものだという信念に道を開いた。教養もなければ貴族の先祖もいない農民たちは、紆余曲折をへて後、選ばれた者たちの〈血統〉の中で、いかなる汚れもない成員として理想化されることとなる。

今やこうした光を当てることで、きわめて意義深い証拠を検討するべきときであろう。それによって、スペイン人が十五世紀から十七世紀のかなりの後に至るまで強く感じてきたことが、白日のもとにさらされるのである。

フライ・ホセ・デ・シグエンサ（fray José de Sigüenza）[7]は、フライ・エルナンド・デ・タラベーラ（fray Hernando de Talavera）（バリャドリード近くのヌエストラ・セニョーラ・デ・プラド・ヘロニモ派修道院の院長）が著した最初の本についてこう述べている。「著者は不明ながらセビーリャで広まったある異端者の本に対抗して、われらの信仰を守ろうとしたものである。そこには数多の異端が満ち満ちており、ユダヤ人を利するものであった。タラベーラはカトリック両王のそばにあって、かの書物が多くの人々に害悪をもたらすことを理解し、間髪おかず、それに引けをとらぬ才知を発揮して、この反駁書をものしたものである。この書はひろく受け入れられ、異端者の本はまもなく姿を消した[二五]。そこで異端者に対してなされようとしていた火刑は見送られたが、両王はそのことを高く評価した」。この稀少本は『一四八〇年セビーリャ市で広まった異端書に対するカトリックの反駁書[二六]』（*Cathólica impugnación del herético libero que en el año 1480 fue divulgado en la cibdad de Sevilla*, Salamanca, 1487）という題名の書物である。ユダヤ人の書いた誹謗書は現存してはいないが、タラベーラの論駁によって内容上のポイントが類推される。「この愚か者の言い草だと、ユダヤ教から改宗した者というのは賢人で才知豊かな人間であるから、そのことだけからも、異教〔イスラム教〕から改宗したキリスト教徒に信じられているような、嘲りを受ける根拠などありはしない」。これに対してタラベーラはつぎのようにコメントしている。「ユダヤ民族がかつて賢明なる分別の民であったことは正しい。それは真実の神についての知識を有していたからである……しかしもちろんかの民族だけが他の民族よりも賢く、抜け目なく、才知に富んでいたわけではない。子孫たちがそうであったわけでもない。他の民族や国民からみてはっきりしているのは、むしろ劣っていたということである。というのは才知の高さによって到達するべき学知の面で、より優れていたのはカルデア人のほうであったし、ギリシア人もずっと彼らより優っていたし、後世のラテン人やローマ人も同様であった。自然学や道徳などの分野ではっきり見てとることができるように、アラビア人ですら彼らに引けをとらなかった……今の時代ではあらゆる分野で、どちらがどうということもなく、双方ともども、学識の高さ、抜け目なさ、才知を有している」（折記号 gIv）。

エルナンド・デ・タラベーラの指摘は正しい。というのも実際問題、ユダヤ人の学問がギリシア人のそれに優ったわけでもなければ、アラビア人にすら優っていたわけでもない。ユダヤ人でプラトン、アリストテレス、ユークリッドに匹敵する人物など存在しなかった。しかしこの新キリスト教徒のヘロニモ派修道士は、巧みなやり方で問題を、異なる分野、異なる時代の方に逸らしている。つまりより大きな優位性、より大きな名誉に値したのはどういう人間かという問題をめぐる、辛い現実の対立の方に向けようとはしない。ユダヤ人とコンベルソが〈すばらしい才知に富んだ賢い民〉であることは、キリスト教徒もよくわきまえていた。また彼らスペイン系ユダヤ人が十三、十四、十五世紀に、キリスト教徒よりも賢者たることを鼻にかけていたことも、見てきたとおりである。誹謗書を書いたセビーリャ人もタラベーラ自身も、そうしたことに触れていた。後者はユダヤ人が抜け目なく、才知に富んでいることを否定してはいない。唯一、彼が訂正しているのは、キリスト教徒も同様の資質をもっていると付言している点である。一方すでに見たとおり、ホセ・デ・シグエンサは、タラベーラのことを「鋭い才知の持ち主で、とりわけ要領よく語る才にはみるべきものがある」と述べている。後ほど指摘するつもりだが、彼はそうした高い人間的資質をすべてのコンベルソに付与している。

しかしここではアンドレス・ベルナルデスの言葉に耳を傾けてみよう。彼は《ロス・パラシオス（セビーリャ）の司祭》とも呼ばれた年代記者で、ユダヤ人を目の敵にした人物であるが、同時にカトリック両王時代の人々の生活を魅力的な筆致で描写している。

ベルナルデスによると異端審問が必要とされたのは、洗礼を受けたユダヤ人がかつての宗教に戻ってしまったからである。「カスティーリャにはいまだに多くのユダヤ人が存在していた。多くのシナゴーグがあったが、それは王侯貴族たちが連中から大きな利益を引き出そうとして、常に庇護してきたからである。そして洗礼を受けた者たちは居残り、コンベルソという名のキリスト教徒となった……。私がお話したように、こうした異端が生まれたきっかけはそこにある。連中は成り上がりの傲慢さを発揮したが、そのわけは多くの賢人や知識人、司教、役僧、修道士、修道院長、賢者、財政官、秘書、王侯貴族の行政官などを輩出して、大きな富を貯めこみ、自惚れていたからである……こうした邪悪な異端者や異教徒、商人たちが成り上がった頃、多くの僧院が穢され、多くの誓願修道女たちが愚弄されたり、犯されたりした……そうした連中はみな暇な職についていた……誰一人として土地を耕したり、山を掘ったりしようとはしなかった。(一七) 家畜を養うべく野山を駆け巡ることもなければ、都会的仕事くらいしか子弟に手ほどきをすることもなく、わずかな労力で安楽に食っているだけである……世の中に自分たちに勝る民はないと傲慢にも自惚れていたが、誰よりも自分たちこそ分別があり才覚に優れ、高潔だとする理由は、イスラエルの部族の血筋を引いているからだと言うのである。連中は王室職につき、王侯貴族の庇護を受け、面目を施すことができるや否や、豊かな富を有する旧キリスト教徒の子弟と縁戚関係を結ぶものもあった……また（後には）良きキリスト教徒であり多くの面目を有しているということで、異端審問に留まる者たちもあった」。一四八一年に異端審問所が設置されると、「すぐにも（セビーリャで）最も高潔で裕福な連中、つまり二四人衆や裁判官たち、得業士や法律家、大いなる恩恵に浴した者のうち何人かを捕縛してしまった。連中は自分たちが庇護され支えられてきたのは、まさに神の奇跡だなどと信じていた。そして神の手によって統率されるべきで、キリスト教徒の訪問を受け、彼らの中から引き抜かれて約束の地に赴かねばならないと考えた。連中はこうした狂気じみた期待を抱きつつ、キリスト教徒の間で暮らしていたが、こうしたことが連中自身からはっきり明かされたことによって、血統全体が汚名を着せられたのである」（一八）。しかし今日、われわれはいやが上にも状況に迫られて、改宗を余儀なくされた者たちすべてが、どうして誠実なキリスト教徒となりえただろうかと自問する。［これほどまでに馬鹿げたことをすれば、そうしたキリスト教徒たちの信仰と行動が、乖離しても当然である。洗礼には神通力が備わっているといった、魔術的な見方がされていたのであろう。］

　ベルナルデスによってユダヤ人の顔に、キリスト教的慈愛のかけらもなく、情け容赦もなく投げつけられたものから見えてくるのは、かかる見方がもはや宗教の限界を越え、嫉妬と気難しさが支配する領域で、広く行き渡っていたということである。問題は宗教的な範囲を超えており、十五世紀においてユダヤ人とコンベルソに対する憎悪は、ユダヤ人の高利の犠牲者たる〈しがない連中〉だけに止まるものではなかった。高い地位にあって高利貸しに携わるのは、ユダヤ人の世俗的な世襲財産であったが、いまや彼らに対する怒りは頂点に達して、攻撃の対象となっていた。したがってユダヤ人の絶滅や追放を正当化したり説明したりするのに、いまさらそうした理由を歴史的に持ち出すことは愚かしい。旧キリスト教徒の頑迷な憎しみは、十四世紀末以来、彼らのもつ勢力や優位性と体面への熱望が磐石なものとなっていくにつれて、その強度を増していった。そこから大虐殺が起こり、異端審問の設置によって、それが最終的に正当化されるようなことが起こったのである。全体としてみれば、ベルナルデスの記したことはどれもこれも、自らがスペイン系ユダヤ人の果たした高い機能として描いたイメージと合致している。つまり抜け目のない賢者で、得業士や法律家、高い血筋の廷臣、大いなる面目を施されて、王侯貴顕たちの恩顧を得ていた者といったイメージである。つまりスペイン人の文化と生を成り立たせる部分で、重要な要素となっていたのである。論理的思考（razonamientos）ならぬ〈憎悪的思考〉（odiamientos）とでも呼べるものの中で発想された歴史学は、そうしたものなどなかったことにしたいのであろう。

キリスト教徒が高貴な血統（「良家の子息」fijos de buenos）[二九]についてもっていた価値意識は、何世紀もの間、ユダヤ人が抱いていた名誉観（bené tovim）とほぼ符丁を合わせてきた。というのもユダヤ人たちは自らの体面意識をもって、宗教上の敵〔キリスト教徒〕たちの体面を維持することに、大いに貢献してきたからである。双方ともども、自分たちの行動によって、自分たちがどういう存在であったかという意識をしっかりと固めていった。スペイン人の歴史と生についての、こうした奥深い背景をふまえないかぎり、そのどちらを理解することもかなわない。したがってカトリック両王の出現によってもたらされた新たな状況を、こうした背景の上に投影していくことが重要である。つまり両王が多くの下層民たちに対して施した、大いなる革新的事業のことである。こうした下層民は〈こういう存在になりたい〉、という人格的欲求に関しては確固たる自信をもっていたが、体面の頂点に登りつめるための能力もなければ、目標も導き手ももってはいなかった。カトリック両王は十五世紀初頭からコンベルソたち（ファン・デ・メーナ[8]、ファン・デ・ルセーナ、アロンソ・デ・カルタヘーナら）によって定式化された、軍事的・帝国的行動計画を大衆に提示したのである。そうした計画は多くの者たちの嗜好と能力に合致していたので、大衆側の反応はすばやいものであった。大衆は何世紀もの間、キリスト教領主たちの権勢と富のみならず、ユダヤ人たちのそれによっても抑圧されていると感じていた。とりわけユダヤ人とはどんなことをしても太刀打ちできないと感じていたが、それはキリスト教徒が軍事には精通してはいても、技術や商業にはとんと疎かったからである。彼らにできたことといえば、ユダヤ人を亡きものにして、その富を自分たちのものにしてしまうことくらいであった。一般大衆にとってますます好都合な条件があったことも幸いして、十四世紀末よりこうしたことが起きていたのである。しかしいまや、反抗的な貴族層に対する新たな両王の大攻勢によって、地平が切り拓かれ、〈取るに足らない者たち〉にとっては思いもかけぬ視野が開かれたのである。[二〇]

　王立諮問院（Consejo Real）は一四七五年に両王に対してこう語っている。「両王陛下におかれては、戦争のために武器をとる者たちを団結させる必要がございます。臣下たちは両陛下に一身を捧げてご奉公せんとしてやってきた者ばかりですし、これからもそうでしょうが、一方で、支払うべき給金をきちんと用意することも必要でございます……と申しますのも、もし支払いがなされなければ、忠誠心も失われるからであります……。人々が陛下にお仕えしようと思えばこそ抱いておった親愛の情といえども、へたをすれば憎しみや怨念に変わるやもしれません」[二一]。さらに後にカスティーリャにサンタ・エルマンダー（警察組織）が組織されるようになると、アロンソ・キンタニーリャ[9]は両王への有名な論述の中で、エルマンダーのことを「一般庶民を取り締まるものであろう。庶民の間にもいろいろな意見や考え方があって、そうしたところから過去の他のエルマンダーで起きたように、大きな不和が生まれて、すべてが駄目になってしまうこともある」のではないか、と懸念する者たちの反対論を打ち消している。彼によれば、そうした恐れはない、なぜならば「われらが主君たる王も王妃も、エンリーケ四世とは違うからである」(前掲書、二三八頁)。

十四世紀末の〈取るに足らない者たち〉つまり〈一般庶民〉たちこそ、自らの権力を行使するべき特権ある地位を占めるようになったのである。このことでスペイン人の社会的階層や、体面をめぐる価値観、文化についてのあらゆる必要性などが、大きな変化を蒙ることとなる。十六、十七世紀における文化の未来といったものは、キリスト教徒たちがユダヤ人の職業に身を投ずることに対する恐怖心によって、大きな影響を受けることとなる。ここから、体面感情や他者からどう見られているかといった感情が、経済的関心以上に、社会において重要な重きをなすこととなる。(三) 旧キリスト教徒の存在・価値に対する意識といったものは、なお一層厳格なものとなり、至高善としての名誉という昔ながらの見方が、人生の実相そのものとなりおおせたのである。文学形式としての演劇の可能性と、あらゆる文化的活動の危機(財政の危機も含む)もまた、同一の動機から枝分かれして派生したものであった。

## ユダヤの亡霊とその悪魔祓い

見てきたとおり、十五世紀に明白となった、スペイン系ユダヤ人が〈きわめて抜け目のない民〉だとするキリスト教徒側の見方は、十六世紀を通じても依然として衰えることはなかった。筆者は別のところで、異端審問にかけられたサラマンカ大学教授、マルティーネス・デ・カンタラピエドラ（Martínez de Cantalapiedra）[10]のケースを取り上げたことがある。彼は先祖にユダヤ人がいたのではないかとの疑いをもたれた。証人の一人は彼の父親についてこう述べている。「セバスティアン・マルティーネスとその兄弟たちは……抜け目ない連中であったところからすると、コンベルソの血を引いていたにちがいない」。ウアルテ・デ・サン・フアン（doctor Huarte de San Juan）[11]博士は、こうした民衆的信念のよってきたるところについて〈学問的に〉研究したが、そこには物理的・生物学的な根拠があった。つまりイスラエルの民が砂漠で口にしたマナの力によるもので、それが、子々孫々伝えられたものであるという[12]。ホセ・デ・シグエンサ神父にとって、ユダヤ人本来の抜け目がないという資質は、確固たる真実であった。彼はフライ・エルナンド・デ・タラベーラが行なったユダヤ人改宗の努力についてこう語っている。「ユダヤ人は生まれつき抜け目のない者たちであるから、聖書をいつも口にしていて、人が説いて聞かせることにいつも反論する」（II, 307）。シグエンサ神父は別のところで、あるヘロニモ派修道士のことにふれている。この人物、フライ・ガルシーア・デ・マドリードは、己の修道会との関わりで、血の純潔令に対して個人的な関心を強く抱いていた。彼は「博学で抜け目なかったが、不安を抱えていた。それは改宗者であったせいで純潔令に直接的にかかわっていたからである」（II, 34）。すでに見たとおり、フライ・エルナンド・デ・タラベーラは「才知にたけた抜け目のなさと、当意即妙の弁舌の才があった」（II, 297）が、ヘロニモ派のシグエンサ神父は自らが属す修道会のきわめて重要なメンバーであったタラベーラの血筋のことを云々はしても、自らのユダヤ的出自については、だんまりを決め込んでいた。

　先祖がユダヤ人だったかそうでなかったか、（ケベードの表現だと）「肩までかかる顎鬚」を蓄えて不安を抱きつつ汚名とともに生きていたのか、それとも名誉を与えられて生きてきたのか、という点に関する関心と詮索が一世紀の間続いた後、人々がよく理解するようになったのは、この世の事がらをめぐって、熱中したり、抜け目のない態度をとっては、身のためにならないということであった。われわれはフェリペ二世時代の生活や禁欲主義について扱う際に、あたかも唯一の大きな危険がプロテスタント思想（二回の荘厳な火刑によってその危険は取り除かれた）だったとでもいわんばかりに、〈対抗宗教改革〉という都合のいい説明に依拠しようとすることが多い。たとえばルドビッヒ・ファンドル（Ludwig Pfandl）[12]の十六、十七世紀における生に関する牧歌的な著作を読んでみると[二四]、そうした時代に暗く不安をもたらすものは何一つ起こらなかったように見える。彼によるとすべてが「国家的統一を、そのあらゆる純粋さの中で」維持しようとする方向を歩んでいた（三八頁）。「異端審問は大いなる知性を発展させるのに妨げとはならなかった」（九四頁）[二五]。しかし身の回りで日常的に起きていたことを書き記した人物たちの声にすこし耳を傾けてみよう。「よく言われるように旧キリスト教徒たちは心安らかな人々であり、そうでない他の人々は逆に不安を抱えていて、世を乱すような人々である。それは賢明な者たちの抱く感情というよりは、競い合っている者がする誹謗中傷のように見える……改宗者の不安というのは、苦しい思いをさせられている抑圧から生まれるのである」（アグスティン・サルーシオ、前掲書、一四九－五〇頁）。これこそが真の現実というものであり、十七世紀にユダヤ人は存在しなかったからといって、あるいは、摩擦や苛酷な問題が徐々にソフトなかたちで解消されてきたなどといって、そうした現実を回避することなどできない。

新キリスト教徒は何世紀にもわたって新キリスト教徒であり続けた。僧院や教会に吊り下げられているサンベニート（悔罪服）を見れば、思い半ばにすぎるものがあろう。セルバンテスはトレードにはへブライ語のできるユダヤ人が存在していたのではないかという疑念を意地悪いやり方で、こっそり作品中に忍ばせている。彼にとってシーデ・ハメーテ・ベネンヘーリのアラビア語を解釈してくれる、アラビア語に通じたモリスコと出会うのはたやすいことであった。「というわけは、こんな言葉と違っても、もっと立派な、しかもいちばん古い言葉の通訳を探したとしても、おそらく見つかったに違いないのであってみれば」(『ドン・キホーテ』前篇、九章)。びいどろ学士はたまたま寺院の入口にいたが「見ていると日ごろから由緒正しいキリスト教徒だと自慢している連中の一人の百姓が、寺院へはいってゆく。その後から、今度は先の男ほどあまり自慢できない男がやってきた。すると学士は先の百姓にむかって大声をあげて呼ばわった[二六]。『おい日曜日、土曜日のとおるまで待つんだ!』」。エドワード・グレーザー(Edward Glaser)の指摘によると、「待つんだ」という言葉を発するのは、メシアを待望しているユダヤ人にメシアを待つように言うのと一緒で、ユダヤ人と呼びかけるのと同じことである。カルデロンのコメディアの中で、誰かが「ここで待っていてくれ」と言われると、言われた男は「待たせるのはオランのユダヤ人にしておけ」と答えている(グレイザー、五八頁)。こうして例の他にも、ユダヤ人かそうではないかという点に関して、〈世論〉(人のうわさ)という大問題をめぐる狂乱ぶりをよく物語る例には事欠かない。しかしここで注目すべきは、グレイザーの引用したテクストに照らしてよく見えてくるのは、セルバンテスが自らの問題として〈世論〉を取り上げているということである。というのも旧キリスト教徒であることを鼻にかける農民を、そうした特権を享受できないことで嘲笑される人物と同様に、ユダヤ人と呼んでいるからである。セルバンテスは狂人とか手に負えない人間たちを生み出したが、そうした者たち自身と彼らの引き起こす込み入った出来事の上に、共感と理解のきらめきを投影したのである。しかし鼻持ちならぬ傲慢な人間に対しては、即座に皮肉の矢を放って亡き者としている。

コンベルソに対する関心は明らかである。彼にとってサラマンカの仕立屋がユダヤの血を引いた者たちであることは、『びいどろ学士』の中で、ぼかしてはいるが辛辣なかたちで指摘しているとおりである。(二七)

ユダヤ人の存在は人々の会話や空想の中にずっと生き続けていて、それに対してはいかなる道理も太刀打ちできなかった。重要なことはユダヤ人だと名指しされること、よもや良い〈評判〉を失ってしまうのではという恐れであった。前述のグレイザーの論文で集められた事例から暴露されたのは、いつまでも続くユダヤ人に対する心理状態である。あまつさえゴンサーロ・コレーアスの『諺辞典』(*Vocabulario de refranes* 十七世紀初頭)には、まさしくこのことを言い当てた諺がある。《この世にばかなユダヤ人と怠け者の野うさぎはなし》(L・コンベによる版、二三二頁)。(セファルディの間では言い習わされた)この諺はフェイホー神父までが口にしている。神父はユダヤ人がいまだにメシアを待望しているることをもって、きわめておろかな存在だと考えている。しかし意義深いのは、ユダヤ人に対してあらゆることが言われ、なされてきたにもかかわらず、この諺がスペインで使われたということである。フエイホー神父はこうコメントしている。「諺の前半部分(ばかなユダヤ人はなし)は誇張した大げさな表現であり、ユダヤ民族(根っからのユダヤ人)が大方、他の民族よりも巧緻に長け、抜け目がないということを意味するだけである」。しかし注意してほしいのは、反ユダヤ的な攻撃姿勢をみせているにもかかわらず、フェイホーの中には、ユダヤ人には才知に富んだ素質があるという、旧来の見方が窺えることである。というのも、ジプシーとの対比の中で、ユダヤ人についてこう述べているからである。「働くべき土地も生きていくべき仕事もないことで、一民族が交渉ごと(negociación)に長けた資質をもつことになった多くのケースの一例である」(『教養書簡』*Cartas eruditas*, III, 1786, p.4)。フェイホーですら、スペイン系ユダヤ人の才知を因果関係の中で説明しようとしていたし、当時のスペインでは依然として、生産的職種を低く見るような姿勢があったことが見てとれる。

前に見たことだが、サルーシオによると「旧キリスト教徒は心穏やかな人々である」。穏やかさと落ち着きは貴族階級ならではの資質であり、すでに十六世紀の段階でコンベルソにとって良い評判のしるしとしての価値を有していた。アルバール・ゴメス・デ・カストロ[13]は一五五二年に次のように書いている。彼はトレードにて「かなり以前から熱望していた安らぎを得ることができたが、それは名声や栄誉を獲得するための目的にこよなく沿っていたというわけではなかったが……心穏やかに静かに、評判を追い求めることもなく、評判を落とすことなく暮らすには合っていた」[二八]。ここでいう評判（fama）は「ユダヤ人だと噂されないこと」を意味する。アルバール・ゴメスはこのことで、実際にそうであったことだが、人から新キリスト教徒ととられることの恐怖を表現している。

不安感を抱いたり、商売で忙しく立ち振る舞ったり、知的なことに関心を寄せたりすることは、清浄な血統に連なる人間ではないのでは、ととられるきっかけとなった。本を持ち歩くだけでそうした疑いを抱かすには十分であった。ベニート・レミヒオ・ノイデンス神父（Benito Remigio Noydens）[二九][14]はこう述べている。「ある郷士が博学の友人の一人を訪れた。彼はテンの部屋着と丸帽子（家にいるときや、本を手にしているときの服装）をまとっていて、ちょうどたくさんの商人たちと会合中であった。にこやかに挨拶をしてこう言った《ようこそラビさん》。すると、博識の友人は返す刀でやりかえそうとして、《友人よ、何しに来たんだい？》（Amice, ad quid veniisti?）と答えた」。つまりイエスがユダに発した言葉を使って答えたということである。

これはうまくできた笑い話なのだろうか、それとも悪趣味なのだろうか？　しかしティルソ・デ・モリーナは『女の分別』（*La prudencia de la mujer*）の中で、真面目そのものの調子でこう語っている。王た

ちが選ばねばならないのは

賢明な医者たちに
生まれのよい、名高い家名の
郷士たち、よそ者の敵なる法など
跡形もない、清浄そのものの郷士たち……
これは体験からして言えること
いかなる才能の持ち主であれ
学問などよりキリスト教こそ
多くを与えてくれるもの

(Bibl. Aut. Esp., V, 300)

たしかに王妃ドーニャ・マリーア〔フェリペ二世の最初の后でポルトガル女性〕付のユダヤ人医師は、自分の息子をあわや毒殺せんと企てたこともあった。しかし医学そのものがユダヤ的血統をひくスペイン人たちによって開拓されたことで、内に毒を含むものとなったのである。十七世紀を通じて人知れず流行していた見方として、あらゆる知が疑わしく、危険をはらんでいたというのがあるが、それは知的職業がコンベルソにふさわしいものとみなされていたからである。他のヨーロッパ諸国では、学問と正統性の間に衝突があった（ガリレオやデカルトなど）。とはいえ知的文化が麻痺をきたすことはなかったし、最終的には思想と信仰の間の調和がもたらされた。スペインの場合は非常に異なっていたが、［それは宗教によって人は世俗的教養を奪われてしまったからである。神に崇敬の念を抱くことは、なんらおかしいことでも非難されるべきことでもない。それはどの社会のいつの時代にでも見られる人間的な営みである。いかなる伝統的宗教も受け入れない人間は、自らの好みと必要に応じて、別の宗教を作り出すだけである。（三〇）一神教徒であれ多神教徒であれ、誰もが垂直的とでも言うような信仰体系を有している。ところで西欧近代社会においては、超自然的な神（有限なるものによって把握しえない無限なる存在）に対する崇敬とともに、別種の、言ってみれば水平的な絆といったものが発展していった。それによって個人は同類たちに〈知れ渡り〉、実際的・実効的なかたちで彼らの方に〈結びつけられて〉（obligada）しまう（それは分離主義と正反対である）。そこから〈人権〉思想が生まれてきたのであり、〈言論の自由〉は今日、アングロサクソン世界では人間の諸権利の一つとなっている。そうした水平的な〈結びつき〉（＝義務）のおかげで、またわれわれの経験の及ぶ範囲で、ほぼ完璧といえる民主的生活がいろいろなかたちで可能となった。そうした民主的生活は、ほぼ完全とはいいながら、権威という名の理性に従うよりも、数の暴力によって支配されることを望ましいと考えている。とはいえ集団的生において最も効果的で尊敬に値する形式というのは、内部において垂直的な義務が水平的な義務とうまく調和しえるような、そうした〔民主的〕形式であった。ところが東洋やスペインなどの宗教的に（つまり「再び・結びつける」かたちで、re-ligiosamente に）全体化された民族においては、そうした調和が生まれたのはずっと後のことであり、しかもそれは稀なケースであった。そうした国々では、隣人との関係を取り結ぶ方法が、極端なほどしっかり根を張っていたからである。今日になってしかるべくカトリック教会によって列聖された、かのファン・デ・アビラは、前に〔第一章、原注七〕そうした民主的な形式について述べていた。」

自らの知性を発揮しようと願いながら、それがかなわなかった人物の素晴らしくも苦悩に満ちたドラマとして、ソル・フアナ・イネス・デ・ラ・クルス（一六五一－一六九五）[15]のケースがある。十七世紀も終わりに近づいた時代、女性以外にはこうしたかたちで、苦痛に苛まれた魂の、甘美なる苦悩といったものを、赤裸々に示すことなどできなかったであろう。ソル・フアナという存在は、テレサ・デ・ヘスース、テレサ・デ・カルタヘーナなどの、知的散文をものした女性作家の伝統のうちに定位させることができる。彼女はあたかも忘却の中にあって避けがたいものへ身を委ねるかのように、汚れなき手で摘まれて奉献された花束のごとくに己の内面の傷を見せつける。かの天才的な尼僧は廷臣たちの無分別な称賛によって、自らの知的活動の夢を妨げられないように、安寧を求めて一人孤独な修道院に身を寄せた。聖書の意味を知りたいという思いに駆られて、それこそ後のロマン主義者が知の百科事典と呼ぶようなものの領域に身を投じたのである。彼女が「人間の学問と芸術という階段を上りながら」到達することを強く希ったのは「聖なる神学の頂点」であった。その理由としては「侍婢たる学問（哲学）も知らないようで、どうして学問の女王たる学問（神学）を理解することができようか」[三二]。ソル・フアナは通常の見方を逆転して、すべてを神学化してしまった。彼女が試みたのは、数学や歴史、芸術や考古学などの学問から出発して、信仰という究極の真実に上昇することであった。そのためにかの愛らしい女性（実際、その肖像を見る限りとても美しかった）は約四千冊もの本を蒐集していた。これは当時としてはとてつもない数である。「しかし何をやっても苦しみの坩堝、迫害の炎にもっと近づいていくだけでした。果てには勉強などしないようにといった要求さえ突きつけられました。ある時にはついに、勉強など異端審問と関わることだと思い込んでいる、とても敬虔で純粋無垢な女子修道院長も加わって圧力をかけられ、勉強をやめさせられました。しかたなく本から離れましたが、絶対勉強してはいけないという命令だけはどうしても承服できなかったのです」（二三頁）。「どんなにつまらない俗世のことですら、それを見たり聞いたりするときは、いつでもどうしてなのか、どういうことなのか熟慮することを欠かしませんでした。なぜなら、〈われを造りしは神なり〉ということが窺い知れないような被造物など、それがどれほど下等なものであれ、けっして存在しないからです。深く知ればその知恵の深さに驚嘆しないものなど一つとして存在しません」（同）。

ソル・フアナはたとえ修道院長や司教の圧力がなかったとしても、自ら考えること、学問的テーマについて書き記そうとすることに、危険が潜んでいることを感知していた。「私がものを書くときは、いつでも人に喜んでもらいたいという一心から、やむに止まれぬ思いで書いてきました……私にいったいどれだけの分別があるというのでしょう?……ものに通じている人にそんなことは任せておけばいいのです、私は宗教裁判所とやっかいな騒ぎを起こしたくはありません」。こうしたところから詩への傾倒が始まったのである。「芸術に対する異端なら、宗教裁判所といえども罰することなどないでしょうから」（六頁）。「私がやってきたつまらぬ勉強が、どれほど時のながれに抗してなされてきた（もっとふさわしい言い方をすれば、挫折してきた）のかよくおわかりになるはずです」（一六頁）。彼女に対して持ち上がったのは「自分でもわからないくらい多くの、敵対心や迫害という名の毒蛇」であった。それにも増して最悪だったのは、彼女に良かれと思って忠告をした者たちであった。「こうした勉強など、拠って立つべき聖なる無知とは相容れません。勉強に向けるのと同じくらい鋭い洞察力を発揮して、大いなる高みに身を委ねて、自己を消し去らねばなりません」。これは「私は自分に対する死刑執行人となった殉教者でした」（一六頁）という言い方にみられるごとく、類を見ない殉教でもあった。

「偉大なるスペイン帝国は他のヨーロッパ諸国の憎悪と野心を掻き立てつつ、勇ましく維持されてきたが、一皮むいてみれば、〈聖なる無知〉の支持者たちに肩入れすることにばかり役立ってきたといえよう。」

ソル・ファナは知性の殉教者ともいうべき存在であった。もし彼女の詩が味も素っ気もない、込み入った文飾だけの作品であったならば、心の安寧が乱されることはなかったはずである。しかし問題をはらんだ彼女の芸術は、人の心を惑わせ、いらだたせた。彼女は異なる存在であった。この可哀想な修道女は、われわれに残してくれた魅力的なイメージと、踏み躙られた人格が直面した現実の中で、意識的に自らを引き裂かざるをえなかった。ソル・ファナは有害とされる書物を売却し、魂の安寧をえて、疫病に苦しむ教団のシスターたちの面倒をみつつ亡くなった。彼女の苦悩は一八〇〇年におけるホベリャーノス[16]のそれを彷彿させる。彼もまた知に対するつよい関心を抱き、アストゥーリアスの若者への教育に傾注し、王妃〔マリーア・ルイサ〕とデ・ラ・パス公マヌエル・ゴドイとの密通を認めなかった罪に問われて投獄されたのである。

十七世紀末より以前に目を向けてみると、知的活動に対する無関心がはっきりと見てとれる。二世紀に及ぶ間、知的で技術的な文化を、内容と形式の両面で発展させるのにふさわしい活動が、まったく顧みられなかったのは、そんなことに携われば郷士に見られないのではないか（つまりユダヤ人に見られることと同じ）という恐怖心や、信仰心を疑われて危ない目にあいたくないという気持ちがあったからである。筆者が明らかにしたように、これら二つの要因は、体面意識や郷士身分が、正統信仰やスペイン人たることの意識そのものと、不可分に結びつく最高規範の中で組み合わさっていた。（セルバンテスや他の者たちの顰《ひそみ》にならえば）年代ものともいうべき旧キリスト教徒であることと、粗野で無知であることを評価する風土とは、今日では理解しえないようなかたちで手を結び合っていたのである。しかし両者の間にはまったく関係がないようなそぶりがなされてきたと思われる。

十六世紀後半に入ると、それよりかなり以前から形成されてきた価値規範や心理状態が顕在化してきた。ファン・デ・マル・ラーラは『世俗哲学』（*Filosofía vulgar*, 1568）において、格言「息子には良い評判と仕事を見つけてやるべし」に対して、次のようなコメントをつけている。

> 都市は無為と失意でうらぶれた人々の住みつく、あまりに不名誉な場所となっていて、小姓とか従僕、従士、騾馬係、盾持ちなどと呼ばれる連中が、食事にありつくため、そしてしがない給金をもらうために、やむなく縛り付けられて、主人に従って暮らしている。しかしもっと名誉ある者たちときたら仕事ももたず、お邸の中の一番高い居間に隠れて、のうのうと暮らしているのだから、何をか言わんやである。……この件については、みんながみんな職人になればいいことだ、と言って笑いとばす者もいるかもしれない。騎士の息子のみならず職人の息子まで、職を身につけてはいけないし、自分の父親が職人だったことを思い出してもいけない、とはどういうことだろう。……自分の名前すら書けないことが、毛並みの良さの印だと言うに至っては、行き着くところまで行ってしまったようである。（第六〈百章〉第六一番）

あらゆる土地に無為と徒食の浮浪人、悪事に手を染める下司な人間には事欠かないし、そうした者たちは経済的に恵まれた人間の庇護のもとで甘い汁を吸ったものである。しかしマル・ラーラが描いたような断面から見えてくるのは、それとは一味異なるものである。というのも労働を回避する理由というのが、食い扶持のみならず郷士身分や〈世論〉を手に入れんがため、だからである。当時の習慣を描いたこの描写で決定的に重要なのは、計算されつくした目的と合致する何ものかであり、もしそれがなければ無関係で挿話的なスケッチにすぎなくなってしまっただろう。

一五八八年にコルドバの僧院の食料配給係であったドン・ルイス・デ・ゴンゴラ(17)は、司教ドン・フランシスコ・パチェーコから向けられた非難に対してこう答えている。「しかるべく霊的なものではなかった」自らの詩に対する非難に対して、弁解として「神学の知識が足りなかったということでご容赦願いたい。」(三二)しかし確かに少ないにしても、異端者とされるよりは、薄っぺらだと非難されるほうがましだと考えた」。学者たちはゴンゴラ(彼もまた新キリスト教徒)の論述を「機知に富んだ弁明」(三三)と捉えているが、それはそうした〈機知〉に意味を与えるような人間的状況に関して無知だからである。こうした見方に立ったままであったからこそ、十六、十七世紀の人々にとってきわめて身近なものとなっている現実と、じかに向き合うことがずっと回避されてきたのである。ソル・フアナがヌエバ・エスパーニャ(メキシコ)で勉学を続けることができなくなった原因である知的な閉塞感は、スペイン本国ではほぼ二世紀も前から存在していたのである。マル・ラーラやゴンゴラの後には、アロンソ・デ・カブレーラ神父が説教壇からこう叫んでいる。

私たちは極端から極端に大きく振れてしまいました。人々は偽善者となるまいとして、実際には自堕落な人間になってしまったし、またそのようなそぶりをしたからです。それはあたかも異端者とされないように、愚か者になったり、読み書きができないことを望んだのと同じことです。(三四)

すでに挙げたとおり《この世にばかなユダヤ人と怠け者の野うさぎはなし》なのである。フェリペ二世の説教師〈アロンソ・デ・カブレーラ神父〉の心の中にもはっきりとユダヤ人の存在が刻印されている。「ユダヤ民族は……無垢なるアベルたるキリストに死を与えたことで万死に値する。……私の考える最大の敵、それがユダヤ人であることを銘記されるようお願いする。教会の説いたことの正しさが裏付けられたからには、預言がほんとに真実であったかどうか、預言者が真実だったかどうか、シナゴーグに尋ねてみるがいい」(五三六頁)。

すべてのユダヤ人がスペインを追放されて一世紀を経た時点でもなお、彼らが世俗の人々や聖職者たちに、こうした心理的動揺を与え続けていたとは驚きである。というのも警戒心もあらわに攻撃的な姿勢をとったのは、何もアロンソ・デ・カブレーラ神父だけではなかったからである。かつてアルカラ大学でヘブライ語を教え、異端審問所の審問官でもあった、サラゴーサ・ピラール聖堂の司教座聖堂参事会員ドミンゴ・ガルシーアは、ユダヤ禍に反対する必要を感じて、スペイン以外の国でも読めるようにと、一六〇六年にラテン語による著作を著した。八〇〇頁にも及ぶ浩瀚な本のタイトルはスペイン語では『ユダヤ人の頑迷なる不信心に対するキリスト教の堅固な要塞』(*Firmísimos baluartes de la religión cristiana contra la obstinada incredulidad de los judíos*)[35] というものである。ガルシーア博士の論述にはとりたてて興味を引くものはない。中世文学には先例となる著作があったし、さらに古い時代の文学では〈ユダヤ人に反対して〉(contra Iudaeos) というかたちで知られていた。しかし作者は当時のスペインに大きな影響を及ぼした国際情勢に、つよい刺激を受けていたと思われる。理由は定かならぬものがあるが、おそらく個人的にも関心があったはずである。実際問題、十七世紀の初頭にラテン語の読めるスペイン人に対して、キリストが預言されたメシア(救世主)だということを示すために、八百頁ものスペースを費やすというのは、いかにも奇妙である。ユダヤ人の移住にともなうもろもろの活動が大きな不安を与えていた、ということであろう。作者は「ユダヤ人たちが公私にわたって訴える的外れな不平」に答えようという主旨で長い序文を書いている。彼は最初から怒りをあらわにしているが、その理由として「こうした惨めなユダヤ人が、邪悪で不正そのもののやり方で、あらゆる諸国民やあらゆる地域において、間断なく公然と、キリスト教徒に対する不平を鳴らしているからである。その言い草によると、キリスト教徒は彼らに、昔から前代未聞の驚くほど忌まわしい罪を犯してきたという」。四六頁先でも（ちなみに序文にはノンブルが打たれていない）、諸外国の世論に対する気遣いを依然として示している。「もし間違いがなければ、今まで述べてきたことでわれわれがあらゆる人々に明らかにしたのは、われらの惨めなユダヤ人（miserabiles *Iudaei nostri*）が、いかに無根拠で取るに足らない理由に基づいて、外国の地でわれわれについて不平を鳴らしているか、ということである」。つまり〈惨め〉（miserables）ではあるが、〈われらの〉（nuestros）民としてのユダヤ人ということである。これが恐るべき大問題であることは、この二つの言葉によって浮き彫りにされている。しかしこの異端審問官の言葉にもう少し耳を傾けてみることにしよう。「彼らは、われわれがモーセの聖なる律法を憎悪しているからといっただけの動機で迫害を加えていると、悪意に満ちた言いがかりを吐き続けている。また公私にわたってわれらの宗教を打倒しようと画策している仇なす諸外国のごとく、彼らを敵対的に扱っていると言う」(三六)。人間集団としてのスペインは［後世、軽薄にも〈黒の伝説〉(18)と呼ばれることとなる］〈世論〉なるものによっても、追い詰められているように感じていたのである。

人々はスペイン内外のいたるところで、ユダヤ人の存在を感じとっていた。ここで挙げたものの他にも、グレイザーが蒐集した数多くの文学作品の引用からもそのことがはっきりする。ゴンゴラからの前述の引用とか、セルバンテスが幕間劇『ダガンソの村長選挙』で述べた内容（一九二五年に筆者が引用したもの）を、笑い話としてしかとってこなかったのは、知識が不足していたか、あるいは知識があっても、それを考慮に入れようという意志に欠けていたか、そのどちらかである。幕間劇では次のように語られている。

（学士）「お前、読むことはできるかね。ウミーリョス？」

（ウミーリョス）「いんにゃ、とんでもねえ、それどころか、おらがの血筋にそんなものを読むなんちゅう、馬鹿げたことを習おうなんて、そんな脳味噌の足らねえ奴はいるきざしもねえはずだ、あんなものはとどのつまりが、男なら地獄へ、女っ子なら地獄宿へ連れて行くぐれいがおちだあな」。

（シュヴィルとボニーリャによる版、四七頁）〔会田由訳〕

読むことが知ることの手始めだが、知ることによって、男たちは異端審問の火刑場に連れ出されたり、女であれば売春宿に行くようなはめに陥るというのである。これがセルバンテスやアロンソ・デ・カブレーラが各々のやり方[三七]で描いた世間一般の見方というものであった。ここでもう少し博学な人々の見解に目を向けてみよう。フライ・ルイス・デ・レオンは一五七二年に投獄されたが、彼と同じく、サラマンカ大学の教授であったガスパール・デ・グラハルとマルティン・マルティーネス・デ・カンタラピエドラも同様の憂き目にあった。異端審問官ディエゴ・ゴンサーレスによれば「グラハルとフライ・ルイスがともに新キリスト教徒であり、われらのカトリック信仰を曇らせ、自分たちの律法に戻ろうとしていたことはよく知られていた」[三八]。こうした者たちと同時期に、オスーナ大学教授のフライ・アロンソ・

グディエルもまた、異端審問にかけられている。フライ・ルイスとマルティン・マルティーネスは五年後に赦免されている。またグラハルとグディエルは異端審問所の牢獄で人生を終えている。[三九] こうした問題に関しては多くの書物があり、多くの議論が交わされた。異端審問の犠牲となった者たちや、大学や修道院において異端審問をそそのかした者たちと同じ時代の人々が、むだに終わりはしたものの、知的活動に身を捧げた者に対する、不正な迫害に対して声をあげたことも確かである。

カスティーリャにおける知的活動は自発的に起こったものではない。人文主義の研究はイタリアから移入されたものである。しかしそれは本来の伝統が欠けていたことですぐにも躓いてしまった。新キリスト教徒のアントニオ・デ・ネブリーハやイタリアで教育を受けた教師たちによって始められた、目新しいかたちの文化は、一世紀経ってもなお土地に根付くことはなかった。エラスムス主義者たちには、かなり多くの新キリスト教徒たちが含まれていた（なかでもファン・デ・バルデス、アルフォンソ・デ・バルデスの兄弟）が、彼らの運動は周知のやり方で押さえ込まれてしまった。十六世紀後半においてなお消えずにあった知的関心の残り火は、徐々に消え去る運命にあった。

著名な人文主義者ペドロ・ファン・ヌーニェスが、[19] 歴史家ヘロニモ・デ・スリータへ宛てた一五五六年の書簡（知られてはいたが、一度も解釈されたことがない）には、きわめて意義深いものがある。

貴方様が小生の研究をよしとされたおかげで、さらに研究を前に進めようという気力が湧きました。と申しますのもそうでもなければ、このバレンシアの地でしっかり目を通して、確かな説明をしていただける方などいないことを思うにつけ、絶望的な気持ちになっていたことでしょう。何もこの市に博識な人がいないということではなく、いてもきわめて異質な研究をしている人たちばかりだということです。このことで最悪なのは、誰ひとり人文学を愛好するようには期待されてはいないということです。その主張によれば、人文学者がキケロの一節を、ああだこうだと言って手直しするように、聖書の一節にも手を加えることになるから危険だ、というのです。挙句はアリストテレスの註釈者たちの悪口を言いつつ、教会の博士たちについても同じことをするだろうと言うのです。小生、これに類した馬鹿げたことを聞くといい加減うろたえてしまい、研究を続ける気を幾度となく殺がれてしまいます。ただ貴方様の温かいお言葉を日々の励みにして、気力を取り戻そうと念じております……バレンシアにて、一五五六年九月一七日。[四〇]

ヌーニェスが遭遇した敵対者というのは、別の土地でもよく知られていて、それなりに説明可能で無害な、世俗文学に対する説教を垂れるためだけに出てきたというものではない。たとえば〔そうした説教の例として〕フライ・ルイス・デ・アラルコンは『天国への道』(*Camino del cielo*, Granada, 1550)の中で「世俗本を読むことで重大な害がでてくる……いくら悪い性向が生まれつきのものだからといって、悪徳を呼び覚ますような本を読むというのは、狂気の沙汰もきわまれりである……世俗本などは地獄の火責めに値するものとしか言いようがない。それがどういう本かといえば、たとえばラテン作家のオウィディウスやテレンティウスのいくつかの作品であり、また俗語では『アマディス』とか『セレスティーナ』などの類書である」と述べている。こうした非難はそれ自体では何の意味もないだろう。重大なのは、あらゆる知的関心に対する恐怖心に冒されていた、かなり謎めいた雰囲気のほうである。こうした非難はまさにそうした雰囲気の中で生まれたのである。「太陽〔知性〕と言うのは、日中に汝を照らし出そうとして、蠟燭を掲げもつ司祭付き僧侶のような、神の侍者にすぎない」[四一]。『死の法廷』(*Las cortes de la muerte*)[四二] という小宗教劇（auto）において、聖アウグスティヌスは哲学者ヘラクリトスとデモクリトスを強く叱責してこう述べている。

なんと多くの哲学よ
なんと多くの政治学よ
なんと多くの修辞学と幾何学と
音楽と天文学よ、こうした学問の
すべてが地獄へと歩を進めている
神を褒め称えよ、神は己が知をもて
人々に慰めをお与えになり
小さき者たちに神秘を明かされても
賢く知にはたらく者たちには秘匿されるのだ

かくも愚かしい〈プロパガンダ〉に対して異を唱えようとする者たちが、権力と名声をもった人々や集団に支えられたり、刺激されることはなかった。人々は〈体面〉を他の手段によって手に入れていたし、知的努力によって得られた名誉は、異端的とされるよりもユダヤ的なものとして疑われた。その結果、社会的汚名を着せられて異端審問で糾弾されることとなった。将来ルイス・ビーベスに関する異端審問調書が公開された暁には、[四三] ユダヤ出身者を近い先祖にもつ人々が、なぜ十六世紀の前半のフランスやフランドルに数多く見られたのかが、理解されることとなろう。つまりルイス・デ・サンタンヘル、[20]

マルエンダ家、パルド、アストゥディーリョ、ミランダ、コロネルをはじめとするかなりの数の人々である。十六世紀で最も優れた知性の中でも、選り抜きの人々がコンベルソであった事実が明らかになるにつれ、スペイン系ユダヤ人の血統に連なる人々の文化の領域が、さらにはっきりと浮き彫りにされてゆくだろう。そこに含めるべき者としては、バルデス兄弟、植物学者のアンドレス・ラグーナやガルシーア・デ・オルタ、ルイス・ビーベス、フランシスコ・デ・ビトーリア、ゴメス・ペレイラ、ペドロ・ヌーニェス、フォクス・モルシーリョ、ウアルテ・デ・サン・フアン、ゴンサーロ・フェルナンデス・デ・オビエード、フランシスコ・スアーレスだけに止まらぬ、さらにずっと多くの人々がいる。彼らの知的活動によって新たな地平が切り拓かれ、そこに携わった人々の人間的条件と関連づけられたことで、相互不信に満ちた十六世紀のスペイン的生の道筋を、ひっくり返すような衝撃が生み出されたのである。

こうした光に当ててみれば、サラマンカやオスーナの有名大学教授たちに対する訴訟から出てきた結果というものが、よく理解できるはずである。そうした訴訟については、他の国でも迫害があったではないかといった無邪気な論点に立つと、それを十分に評価しえなくなる。かかる訴訟で最高潮に達したのは、コンベルソたちが挑発した知的な〈不安〉に対する、一連の長きにわたる攻撃であった。一六〇〇年にフランシスコ・サンチェス・デ・ラス・ブロサスが[21]まだ異端審問訴訟にかけられている最中に、この世を去ったとき、知的情熱とか知的好奇心からくるときめきの火は費えてしまった。それとは異なる別種の気高い活動であれば、スペイン人の関心を呼んだかもしれないが、自然界や文化的次元の現実によって提起された諸問題には、近づくことすらできなかったであろう。フランシスコ・デ・ビトーリア（一四八三－一五四六）にあっては、いまだに自由貿易の原則という点で、アメリカ大陸のインディオに対するスペイン人支配の根拠を固めることが可能であった。「外国人が都市住民の利益を損なうことがなければ、貿易を行なうことができるというのも、諸国民の権利であると思われる」[四四]。［人間的利害に世俗的な焦点を当てるという］そうした社会的視点は、ビーベスのそれと似通っている。というのも、ビーベスはたんに慈善的な意味のみならず、公的扶助の観点からも、貧者を救済することを考えていたからである。生に立ち向かう際のそうした直接的かつ理性的で、明確な方法というのは、本来スペイン系ユダヤ人の知的伝統に従ったものである。また時にわれわれはそれを、エラスムス主義者の〈影響〉によるものだと考えたこともある。考えていることを率直かつ自然に表現するという特色は、アルフォンソ賢王のために天文表を翻訳したユダヤ人たちや、また後にはセム・トブ、ラビ・アラヘル、アロンソ・デ・カルタヘーナ、アロンソ・デ・パレンシア、エルナンド・デル・プルガール、アントニオ・デ・ネブリーハといった人物たちに見てとることができた。ユダヤ的血統に連なるスペイン人作家たちの、学問的・文学的な貢献が過不足なく完全なかたちで知られたときに（今日、異端審問所の記録文書の集成《コーパス》が存在しないせいで困難な仕事となっている）、スペイン文化の内部におけるスペイン系ユダヤ人の〈心のかたち〉(forma mentis) の特徴といったものが、はっきり確定するだろう[四五]。ユダヤ起源を彷彿させる行動様式としては、知的労働に携わって長い間外国で過ごし、時には一度も祖国スペインに戻らない、といったことが挙げられる。あるいは研究者の素性が不確実ではっきりしないときとか、［架空の家系をでっちあげるなどということもある（ネブリーハ、スアーレス、ベレス・デ・ゲバラなど）。あるいは裕福な郷士として暮らしたという振りをすることもある（セルバンテスの父親のケース）。］こうしたことに加え、ヘブライ語の知識があるとなれば、なお一層、ユダヤ系であることが強く疑われた。また前にも触れたとおり、ネブリーハもまた（異端審問官ディエゴ・デ・デーサには不快なことだったが）筆者の推定どおり、〈あの連中〉の一人であったし、ディエゴ・デ・バレーラやビーベス、サンタ

・テレサに関しても、文体や表現といった内部的要因から判断して、彼らもまた同類であることがはっきりした。今やネブリーハと国務大臣ミゲル・ペレス・デ・アルマサンとの親密な関係（後者のために『自由教育論』*De liberis educandis* を著した）や、信憑性に欠ける自らの血筋のことがよりよく理解される。コンベルソは互いに密な関係を維持してきたし、一般的に同族結婚を行なってきた。(四六)［一方、コンベルソの学問的・文学的活動が、一四九二年以前も以後も、スペイン系ユダヤ人のそれとは異なったものだという点は、いくら繰り返しても足りないくらいである。］

異端審問による訴訟の場合、宗教裁判所がとりわけ大きな関心を寄せたのは、追及の対象がユダヤの血統かどうかを証明することであった。確かにルイス・デ・レオンやグラハルやグディエルのケースではそれが証明されたが、マルティーネス・デ・カンタラピエドラの場合は異なった。したがって異端審問所の役人たちは教授の出生地を事細かに詮索した（本書、一九〇頁を参照せよ）。おそらくかの教師たちが教えていた内容や書き記したものが、異端的なものであったかどうかが証明できれば、あるいは逆に証明できなければ、それでことはすんだはずだと思われる。しかし彼がユダヤ教を非難したり、支配的血統が不純な血との——この場合は〈文化的な〉——混交によって穢されることを恐れていた、ということが決め手になって、結局ユダヤ系ではないということとなったのである。

明晰な頭脳の持ち主たちはこうした馬鹿げたことに対して反旗を掲げて立ち上がった。というのもキリスト教徒の中に、どれくらいユダヤ人の生粋的な血が浸透していたかを考えてみれば、当然その愚かしさに気づいてもよかったからである。著名な聖書学者ディエゴ・デ・スニガ(22)は一五七七年に（ルイス・デ・レオンとマルティン・マルティーネスの釈放直後に行なった、『ヨブ記』のラテン語による註釈の中で）こう述べている（アウグスティノ会のベレス神父の翻訳で一部を引用する）。

私がある学者（『ヨブ記』に関するある種の意見をユダヤかぶれだとする人間）のこうした見解を厭う理由は、今の時代、無学で向こう見ずな連中が、何の根拠もないくせに、聖書に註釈を施す際に、神秘的解釈にすべての意味を与えていないとか、どこかのユダヤ人の単純明解な解釈を受け入れているとか言って、すぐにユダヤかぶれだと騒ぎ立てることが横行しているからである。聖書の研究者の多くはそうした連中の馬鹿げた非難で恐れをなし、いとも神聖で貴重な研究ながら、それに怖気づいて身を引くに至った。また学者たちも聖書研究などに従事していれば、とんでもない危険に陥ると肝に銘じさせられたのである。したがって教会の権威ある人々は、こうした愚かしい非難をやめさせるべきであった。なぜならば、それがまず犯罪的であり、無分別であり、聖書研究への攻撃であり、こよなく品位ある人々への侮辱だからである。カトリックの人々をユダヤかぶれだなどと非難することは堪えがたいことである。それがたとえユダヤ人や異教徒の書物から引いてきたものであるにせよ、何一つ聖なるカトリックの教えに反しないどころか、一貫して真実の教えに合致したことを説いているということであるならば。(四七)

しかしこうした文章よりもさらに苦渋に満ちた内容をもっているのが、フアン・デ・マリアーナ神父がフライ・ルイス・デ・レオンに対する訴訟に際して記したものである。

この訴訟は結果がどうなるかわからなかったので、多くの人々を不安に陥れた。実際に著名人たちは自らの知識と名声ゆえに、投獄されて生命と名声を損なう危険から身を守ることを余儀なくされた。徳ある人の置かれた立場は悲惨であった。立派な努力をしたあげくに、本来であれば盾となって守ってやるべき者たちからの怨嗟や非難を耐え忍ばねばならなかったからである。これを見せしめとして、多くの傑出した人々の熱意に水が注され、気力が萎えて費え去ってしまったことは致命的であった。問題の事柄にしても、それによって対岸の火事と思っていた人々の気力を阻喪させてしまった。また自分の考えを自由に主張していた人々が、そのことでどれだけ脅かされたことだろうか。そんなところから別の分野に移っていってしまった者や、長いものにはまかれろ式に妥協していった者たちも数多くいた。いったいどうすればよかったのか。空しい努力を払うこと、そして憎悪しかもたらさないことに切磋琢磨することは、ほとんど狂気の沙汰である。俗衆のものの見方に一枚噛もうとした者たちは、自ら進んでそのような行動をとり続けた。そして耳に心地よい見方を一層推し進めたのである。そうした見方によって、より一層身を危うくさせることはなかったが、だからといって真実に対する関心をより多く持つことにもならなかった。

こうした言葉は明晰かつ革新的な頭脳をもつスペイン人たちの、知的苦悩の心底からの勇気ある告白としての価値がある。かくして内外からの風に広く開かれていた、当時のスペインの可能性は地中に葬られてしまったのである。知的マイノリティーといったものが形成され、行動を起こすということはこれで不可能になってしまった(四八)。ユダヤ的血統に属すグラシアンは、彼と同じイエズス会士のマリアーナ神父もまた、ユダヤの血統に連なる人物であることは、大いにありうることだと示唆している。というのもイエズス会はコンベルソであふれていて、グラシアンは当初、それが原因となった深刻な問題にぶち当たっていたからである。ここに転記した文章は、ラテン語で書かれたもののスペインではけっして刊行されることのなかった、マリアーナのある著作に出てくるものである。それは一八九三年にパリで、ミーニュ（J.-P. Migne）によって、『聖書の完全なる道』（*Scripturae Sacrae Cursus Completus*, p.588）の一部として刊行された『ウルガータ版に従って』（*Pro editione Vulgata*）である。レビーリャ神父が『スペイン聖書学研究』（*Rev. Esp. de Estudios Bíblicos*, 1928, p.33）に、ラテン語テクストのまま引用したもので、それを筆者が一九三一年に最初にカスティーリャ語訳したのではないかと思っている。再度ここに引用したのは、筆者が描き出そうとしている光と闇の絵画に、十分なリアリティーを持たせようとの思いからである。

## 〈世論〉の攻撃に対する最後の避難場所としての農民

なんらかの技術を要する仕事や、知性に関わる仕事にたずさわっていた人々は、血統の不純を疑われることとなった。そうした世論に対して、旧キリスト教徒ないしは〈清純な方々〉といえども、数多くの者が専門職といえるような職種についているではないかといったところで、それは愚かさを上塗りするようなものである。生というものは事実そのものよりも、人がそれをどう考え、どう信じ、どう感じるか、ということで形づくられ、導かれていくものである。またあることを他のことよりも上手くなしうるかどうかは、与えられた条件をどのように扱うかにかかっている。鉄鉱山がありながら自国に鉄鋼業をもたぬ国もあれば、鉄鋼を輸入して船舶や機関車を生産する国もある。これほどの基本原理といえども、当世風の歴史には通用しないのである。そうした歴史は、気候とか経済のうちに問題の解決法を探しだそうと躍起にはなっても、かかる要素に向かいあった人間そのものの状況にはそっぽを向いている。キリスト教徒の特徴というのは、戦闘能力や統治能力であったのに対して、ユダヤ人のそれは知的・財政的仕事ないしは移動の少ない事務仕事に特化していた。［いままで誰一人として、本書で述べたことをあえて否定したり、無効にした者などなかった。しかし分量が多いだけで眉唾の著作をものした者はあった。それはスペインが他の西洋諸国と似たような国だとするものである。しかし本書の内容に目を閉じ、耳を塞いでいるということは、大方真実が厭わしく苛立たしいということを物語っているのであろう。さらに一層悪いのは、新たな方向性をもった知的実践や知的行動を精力的に開始するための、決意や能力を持ち合わせていないということが明らかになることである。筆者は〈学問的〉目的でもって、ものを書いているわけではないし、知のための知をめざしているわけでもない（そんな目的はかなり以前に捨て去った）。本書および似たテーマの他の著作が生まれたきっかけは、今日一億を超える人口を擁するスペイン系民族の、知力に富んだ詮索好きな好奇心や意志を麻痺させた〈ウィルス〉といったものの存在を、別箇に見いだしたという確信があるからである。愛や希望なくして、また不安をもたらす苦悩なくして行なった仕事であったとしたら、分量だけはかさばってはいても、真実とは縁のない、馬鹿げた無駄話になっていたことだろう。］

旧キリスト教徒（ここまでほとんど外見ではわからない）の中に人文主義者がいたとしても、別にどうということはなかった。というのもスペイン人キリスト教徒が（己のために作り上げていた）自らの生の住処から眺めていたのは、（ギリシア語文献であれ、自然の一部であれ、対象が何であれ、そうしたものに関する）批判的思想を実践することで、社会的に優越した地位への扉を開くことになれば、支配的血統たる旧キリスト教徒たちにとって、それが大きな災いのもととなるかもしれないという思いであった。というのも彼らは、ものも思想も必要としなければ、現実がそのままであろうとなかろうと、そんなことはどうでもいいといった、いわば個人的な体面の要塞に閉じこもっていたからである。物事とは関係なく、一個人たることが重要であった。旧キリスト教徒たちは、十四世紀末よりユダヤ人に対して、自分たちの間に介在することを排除しようとする圧力を加えていった。そこには金持ちでいい暮らしをしていることを誇りにしたり、体面や特権を鼻にかけることをやめさせようという狙いがあった。こうして〈物事〉のあらゆる解決法が妨げられる一方で、人格主義(四九)への熱望が一層高まっていった。文化というものは、国家的体面や個人的体面という祭壇に捧げられた数多くの生贄の中で、二次的な価値しかなかったのである。かつてわれわれはマリアーナ神父や偉大な人文主義者ペドロ・ファン・ヌーニエスが、批判的知性を屈服させる抑圧に対して、不平を鳴らす姿を見てきた。しかしペドロ・ガレース（Pedro Galés）というカタルーニャ人異端者がペドロ・ファン・ヌーニェスの直接の弟子であったこと、そして彼を高く評価していたスペインやヨーロッパの人文主義者たちとの接触を持っていたこともまた、それに劣らぬ真実であった［（本書、一一六頁、原注三六参照）。］当時のスペインは、ヨーロッパの他のいかなる国とも異なって、国家的体面が思想との対立抗争を起こしていた時代にあった。かつてサラマンカで一時的ではあるが、アウグスティノ会のフライ・ディエゴ・デ・スニガが、コペルニクスの体系を採用したこともあったが、すぐにプトレマイオスのそれに取って代わられてしまった。またそれと同時に、数学は十八世紀に入ってもなお救い出すことができないような悲惨な状況に陥ってしまった。(五〇)これはドン・ディエゴ・デ・トーレス・ビリャロエルが自らの名高い自伝の中で述べていることである。

　異端への恐怖心と血の純潔への強迫観念は、同じ木から伸びた二つの枝であった。体面（存在）は宗教的信念において異をとなえた時点で失われた。また己の血に先祖の不純な血が混じっていることによっても失われた。人文主義者は知的な営みを通して、ユダヤ人の汚れた血を引いているとかプロテスタントだとか疑われた。職業や仕事をもつ人々は、さまざまな職務を履行することで、ユダヤ人やモーロ人であることを暴露してしまった。たとえばすでに見たことだが、仕立屋という存在は、ガスパール・ルーカス・イダルゴ[23]が一六〇六年に「あたかもこうした職種の人々の中に、誠実で立派な血統の人間など一人も見かけないかのように」[五一]と述べてはいたものの、隠れユダヤ教徒（judaizante）の名で呼ばれていた。しかしこれは社会学的調査によって有効なデータがもたらされたケースである。スペインのキリスト教徒は、服をあつらえる人を指すようなカスティーリャ語の単語をもってはいなかった。〈アルファヤーテ〉（alfayate）という言葉（これは今でもポルトガル語に残っている）はアラビア語である。だからといってスペインのキリスト教徒の間で暮らした仕立屋が、ユダヤ人であったことを妨げるものではない。というのもキリスト教徒にとっての文化語は、カスティーリャ語（あるいはカタルーニャ語やガリシア語）がそうなる以前は、アラビア語だったからである。後に〈アルファヤーテ〉という語は、sastre というフランスの方言に取って代わられた。ropero（洋服屋）という言葉は、どちらかというと出来上がった服を商う人々を指した。仕立屋の意味で ropero という言葉を使った期間は短かった。もしそうでなければ、外来語の sastre という語が優勢となることはなかっただろう。つまりスペインのキリスト教徒は、服をあつらえる職業に魅力を感じなかったということである。

　仕立屋に対する見方は、たんなる土を耕し、穴を掘り、除草するといった仕事以上の、なんらかの技術を要するすべての職種から呼び覚まされる見方と、根底においては同一である。周知のごとく、人文主義者フアン・ヒネス・デ・セプルベダが論じたように[五二]、人は土地そのものから、軍事的功績や郷士的身分へと上昇していくことができた。当時、郷士（hijodalgo）もスペインの大公（grandes de España）

といった言葉も、ともにアラビア語からの借用であったことは知られていなかった。しかしユダヤ人が土地に携わることをしなかったがために、土地と関わることのないいかなる職業も、イスラム・ユダヤのセム的職業という烙印を押されてしまったのである。もし手仕事を下に見る風潮が、貴族的身分と両立しない唯一の原因だとしたならば、農民がかくも高い地位に上がることはなかっただろうし、知的労働や職人的仕事がユダヤ的だとかイスラム的だなどと、後ろ指さされることもなかったはずである。こうしたことを鑑みるに、古くからのキリスト教徒や、キリスト教徒とユダヤ人の職人数を統計的に調べ上げることなど、いかにも馬鹿げたことである。なぜならば、生というのはわれわれがかく捉えるべきだと考えるような規準ではなく、実際に生きてきた人々によって、捉えられ、評価されたものに従って、機能しているものだからである。［フランス歴史学の指導者フェルナン・ブローデルが言うような、〈数の法〉(loi du nombre) によるものではない。彼によるとユダヤ人が一四九二年にスペインを追放されたのは、スペインの人口過剰が原因だったそうである（拙著『外来語としての〈エスパニョール〉』一九七〇、六六頁を見よ）。］

十七世紀初頭のマドリードでいかなる職種がどのような評価を得ていたかを知るには、前に引用したガスパール・ルーカス・イダルゴの『静かな娯楽としての対話集』(*Diálogos de apacible entretenimiento*) に当たるといい。ユダヤ的とされたものには、知的な仕事の他にも多くの要因があった。

（ドニャ・マルガリータ）「暖炉のほうに行きましょうよ、寒くて凍えそうだわ」

（ドニャ・ペトロニーラ）「夕食の後でそんなに寒く感じたりしたら疑われるわよ、だって諺で〈ユダヤ人、食べた後に寒気が襲う〉というのがあったじゃない？」

（ドニャ・マルガリータ）「その諺ってユダヤ女ではなくユダヤ男のことよ。私には関係ないわ」
（カスタニェーダ）「なんてことでしょう、そのせいなのかしら、ドン・ディエゴが寒さでぶるぶる震えてやってきたじゃないの」

つまり女性の方がユダヤ人である疑いから逃れたとしても、今度は夫の方に疑いが降りかかるということである。当のドン・ディエゴはドン・ディエゴで、「ゴメス博士とその妻は族長ヤコブの血を数滴ほどもっているとのことで」もっぱら彼らのことを話題にしている。またコルメナーレス某は「教会に血の純潔を証する貴族証明書をもっていたある洋服屋に、服を一着買いにでかけた」。ある〈若い下女〉が夜の十一時に主人夫妻の便器を通りに持ち出した。「そこで音を立てないように、ワラやアフリカハネガヤで敷物を作って売っている隣人の戸口にそれをぶちまけた。この敷物作りというのは一般的にコーランの教えを守っている者たちの間でよく見かける」。「ある金持ち商人の若い下男が……洗礼を受けたとき、彼はそのときすでに歩いたり話したりすることができた」らしい〔幼児洗礼ではなく、成人してから改宗したということ〕。ある裕福なモリスコは医者から命じられた洗浄剤を飲もうとはしなかった。医者は「これは洗礼などではないから、受け入れてもいい」と彼に言うように命じた。

仕事や商売で手に入れた富は、それがどんなものにせよ疑わしい目で見られた。インディアスのみならずどこでも、富を得た者たちに対する不信感を理解するのには、まずそのことをしっかり考慮に入れねばならない。ガスパール・ルーカス・イダルゴは何もおかしなエピソードを紹介しようとして書いたわけではない。同時代の社会は彼の目には「大山鳴動して鼠一匹」〔期待外れ〕のごとく映っていたのである。「傲慢で鼻持ちならぬ人間の行ないを如実に映し出す肖像画。自分の言葉や想像力や企みを持ち上げて、自分のことを褒め称え、自分の生まれや血筋を鼻にかける、そんな人間の姿を見れば、誰でも世の中は彼の才能と資質から素晴らしい子どもを授かると思うはず。ところがあにはからんや、出てくるものといえばたわ言のみ……下劣な発想、冷たい言葉、誰からも軽蔑と失笑をかうようなおろかな振る舞いばかり」(『対話』I、第四章)。ルーカス・イダルゴは旧キリスト教徒の視点を表現しているわけではない。彼のもろもろの考察は、もはや直接的ではなく皮相的かつ静観的となってはいても、前世紀の博識家たちの書いたものとしっかり結びついている。それは罪のない叫びのようなもので、良識の領域から発していて、周囲の人々の生活に力や影響を及ぼすことはない。スペイン人の生は論理的発想に対しては固く身を閉ざしていた。唯一そこに風穴を開けることができた者たちというのは、そうした生の〈分身〉を生み出すための才知や独創性を、十分に備えた者たちだけであった。とかくそうした資質は日々のぎすぎすした生活の中で忘れ去られてしまっているが、そうした者たちは別で、永遠性の領域へと高められた感性と想像力を備えていた。あのような無分別な世の中を救済するためには、世の中をうまくやり過ごさねばならなかった。言い換えると、世の中を文学的創作の中で超えねばならなかったのである[(それを成しとげたのがセルバンテスであり、ルイス・デ・レオン、サンタ・テレサであった)]。

こうして今や初めて、ペリバーニェスとか『フエンテ・オベフーナ』の農民とか、あるいはサンチョ・パンサ、サラメアの村長といった存在について理解することができるのである。十六世紀初頭、著名な法学者ロレンソ・ガリンデス・デ・カルババハル(一五三四年没)はカルロス五世の王立諮問院のメンバーを調べてみたが、(五三) その主たる目的は諮問院を構成する者たちの能力とか徳性などではなく、血の純潔の度合いであった。

院長はどこから見ても立派な騎士階級の血筋をひく人物であり、ロハス家とマンリーケ家の出身である（つまり騎士階級の者すべてが立派ではなかったということである）。

オロペーサ博士は……旧キリスト教徒で、農民の血筋である……

サンティアゴ学士は……両親の血筋に汚れはない、というのもどこから見ても農民の血筋をひいているからである。

パラシオ・ルビオス博士は……純血である、農民の血統であるゆえ……

アギーレ学士は郷士であるゆえ純血である、しかも異端審問に精通している（つまり郷士の身分だけでは不十分ということ）。

ドン・アロンソ・デ・カスティーリャは身分と家系のきわめて高い貴族で……学識はない……カスティーリャ家の側にわずかだがコンベルソがいたと言われる。

カブレーロ博士……王国の出身者にあらず。確かにコンベルソの血が混じっているらしい。

ベルトラン博士は立派な学識があって如才ない……彼は他の場所に移したほうがいいというのが衆目の一致するところ。彼の血筋と生き方は……それが誰にしろ主君に仕える顧問にはふさわしくない。

ゲバラ博士……純血の士とは判別がつかない。純血だと言う者もあるが、妻はコンベルソとのこと。

ペロ・ルイス税務官……異端審問で断罪された人物の孫。諮問院でこうした人物が税務を司るとは恥である。

生じた空席を埋めるために提案された人物はバリャドリードの聴訴官であるバスケス博士とメディナ学士。両者ともきわめて立派な法学者で、有徳の士で純血である。つまり農民の出身である。

［注五三で述べるように、この重要きわまる文書はすでに一八四二年に公表されていた。筆者がこれに意義をもたせたのは、本書の初版が出た一九六一年である。にもかかわらず誰一人としてこれに言及する者はなかった。こんなことでは、いつまで経ってもスペインの歴史は理解不能な謎のままであり続けるだろう。一九六六年にドン・マヌエル・フェルナンデス・アルバレス教授の貴重な労作『皇帝カルロス五世のスペイン』（*La España del emperador Carlos V*）が世に出た。これはR・メネンデス・ピダル監修によるエスパサ・カルペ社刊の『スペイン史』（*Historia de España*）の一八巻目となるものである。この巻には一五二〇年のコルテス（議会）の代議員たちの氏名まで記載されている。しかしここスペインでは皇帝をとりまく顧問たちが農民の血筋を引いていなければならない、といった事実にこめられた大問題に触れた箇所はどこにも見つからなかった。皇帝が統治しようとしていた民衆のありようを考慮に入れずに、どうしてカルロス五世の治世を理解することなどできようか。］

一五三九年、トレードの異端審問所の獄窓にはフアン・ロペス・デ・イリェスカス博士の姿があった。コンベルソの彼は、神を信じないという悪魔の誘惑に乗ってしまったと自己批判したのである。道を踏み外したこの医師は、証人たちを法廷に引っぱり出したが、彼らが立派な人物であることを証明するためには、社会的身分を云々するだけでこと足りた。証人たちの中には旧キリスト教徒だということが疑わしい者もあったので、こう付言した。「皆様方にはぜひとも、この下に名前の挙がっている、すべての旧キリスト教徒たちの取り調べを行なってほしいと思います。彼らはきわめて名誉ある農民たちであり、なかには聖職者も含まれていますが、実は私もそのうちの一人です[五四]」。

インディアスに渡った人々の中には、農民の出であることで旧キリスト教徒たることを証明することができた者たちもいた。フランシスコ・エルナンデスは一五六四年にサントドミンゴに向けて発ったが、彼は「どこから見ても旧キリスト教徒で、農民の血統」であった。またアレーホ・フローレス某は一五七六年にポパヤン〔コロンビア〕に赴いたが、彼は「旧キリスト教徒の農民」であった。同年にフアン・ガルシーアはグアテマラに発ったが、両親、祖父母、曾祖父母は全員「名誉ある農民で、純血の旧キリスト教徒」であった。例としてはこのくらいで十分であろう(五五)。

『セレスティーナ』の作者フェルナンド・デ・ロハスの孫たちは、一五八四年に祖父の郷士身分を証明しようとして、証人として何人かの平民（郷士ではない）を立てた。「ロレンソ・デ・ガルベス、平民。マルティン・フェルナンデス・デ・ゲーホ、左官、平民。エルナンド・デ・ベナビーデス、絹商、平民」(五六)。これを見ての第一印象は、ロハスのような裕福な家族がそうした場合に平民を選んだのは、証言を買収するのが容易だったからかもしれない、ということである。実際、そういうかたちで真実を偽る場合があったからである。フェルナンド・デ・ロハスはユダヤ人の先祖をもっていた。ステファン・ギルマン教授が彼の伝記(24)の中で明らかにしていることだが、それは一部の血縁ではなく、どこから見ても純然たるユダヤ人であった。しかしそのこと〔ユダヤ人であることにこだわること〕は不適切で時代錯誤的な見方だと言えよう。郷士ならざる平民は、社会的地位が低ければ低いほど、ユダヤ教とは縁が薄いと思われていたため、身分の高い人々ほどにも懸念の対象にならなかったのである。十七世紀の手稿にはこうある、「スペインには二種類の貴族が存在する。より大きいほうは郷士階級である。小さいほうは純血なる存在で、旧キリスト教徒のことである。前者、つまり郷士身分はそれを有していれば大きな名誉だが、後者を欠いている場合は、なお一層大きな不名誉を蒙る。なぜならばスペインでは純血ならざる郷士よりも、純血な平民のほうをずっと高く評価するからである」(五七)。このことは筆者がかつて論じたすべての内容や、フライ・アグスティン・サルーシオの次のような言葉からも裏付けられる。「農民の息子とか、もっと低い身分の者にはより大きな名誉が備わっており、よりよい血統の存在である。したがって、たとえ大公の孫であろうと、どちらかの親族になんらかの汚れた民族の血でも混じっていようものなら、そうした身分の高い騎士にもまして、農民の子のほうを尊重すべきである。旧キリスト教徒であるためには低い身分だけで十分であり、たとえ先祖がユダヤ人であったとしても、先祖のことなど知らないに越したことはない」[五八]。

人間性のもつ原初的・自然的なるものの価値に関する、ネオプラトン的思想が文学的に有効となった社会的現実とは、かくのごときものであった。ネオプラトン主義と反ユダヤ主義のせいで、サンチョ・パンサやペリバーニェス、サラメアの村長などといった存在が可能となった、とも言える。

「スペインのカルロス一世（ドイツのカルロス五世）時代の初期に、なんとも鋭いかたちで提示されたこうした状況からは、当然予想されたような結果が生まれた。フェリペ三世に献呈された、ラテン語で書かれた作者不詳の覚え書[五九]には、新キリスト教徒が蒙る不名誉は四世代までとするように、との王に対する要請が記されている。「神ご自身も四代を超えて父母の罪を子孫が負わねばならぬなどとはおっしゃってはいない」（二一一頁）。いったん、異端審問所で浄化され処刑されたとするならば、そうした者たちの「子どもや孫たちはキリスト教を信奉し、名高い家族との縁戚を結ぶように尽力することができた。そこからあの種の血筋をひく少なからぬ著名人が、サンティアゴ騎士修道会などに入会することができたのである」（二一六頁）。しかし十七世紀のスペイン社会の成り立ちを理解するために、これにもまして重要なのは、多くの者が異端審問に自分をふくめて先祖の誰も断罪されてもいないのに、「ユダヤ人だとみなされた」ことである。それも「商売に携わっているというただそれだけの理由から」であった。なぜならば俗衆は、妬みと憎しみからそのような行動に走ったからである。しかし、もしフランスやドイツなど他の国々で、商売を行なうことが自由民ならではの気高い営みとされたのであれば、どうしてスペインでは芳しくない評判を取らねばならなかったのか。キケロの『労働について』(*De Officiis*)を見る限り、ローマでそうしたことなど起こってはいなかった。ところで一般的に、都会で暮らす都市住民をユダヤ人と呼びならわしている、粗野な農民たちの世論に従うならば、そうした都市住民はとうに消え去ってしまった(?)ことになる。「彼らの代わりに公職には、身分は卑しくとも大地の子たる者をあてがうべし」とあるように。筆者は一九五四年に(『スペインの歴史的現実』五四〇頁)、一八九七年に公表されたある文書について触れた。そこではコンベルソが〈都市住民〉とか〈散歩者〉などと呼ばれていた。散歩者というのは市の通りを、葦毛に乗ってぶらぶらする(ruar)ことができるような、良いご身分の人間を指す。ユダヤ人が土地を耕すなどというのはごくごく例外的なことであった(A・ドミンゲス・オルティス『コンベルソの社会階層』*La clase social de los conversos*, 1955, p.145)。こうしたことはどれも、カルロス五世の顧問たちが農民の出であること、つまりどんな異論もでないような旧キリスト教徒であることを求める、例の文書と密接に関連させて考えねばならない。こうした点から、くどいと思われようが、繰り返さねばならないのは、十五世紀から十六世紀にかけて、社会の価値規範の体系が激しく逆転したということである。つまり下層の人々が社会の頂点に上り詰めたのである。一六〇〇年に議会に送られた覚え書は、『七部法典』(*Partidas*)に規定されたとおり、徳性と血筋の二つの貴族階級が存在したことを、フェリペ三世に想起させるものであった。前者はひどく信用を落としていたので、「われわれは徳性や学識などは貴族にとってむしろ不名誉なものとみなすに至った。貴族たちは王から、今では顧問だが昔は法律家であったということで、名誉を与えられたのだが、今では博士とか学士などと呼ばれることで逆に不名誉を蒙っている……これらの地方では、日雇い農夫といえども自分の農場でまともに暮らした暁には、貴族へと成り上がるのである。こうして連中は修道会の僧服やエンコミエンダ（労働力をともなう土地所有）を得るのに対して、われわれはマラーノと呼ばれる始末である」（A・ドミンゲス・オルティス、前掲書、pp.230-231）。この書やA・シクロフの書、および筆者を含む他の者たちが約二〇年くらい前から発表してきたことから明らかになったのは、スペイン史のドラマ、あるいはトラウマとでもいうべきものである。すでに別の機会でも述べたことだが、パウリーノ・ガラゴッリはペニャフロリーダ伯爵（ハビエル・デ・ムニーベ）[25]の書『批判的村人たち』（*Los aldeanos críticos*, 1756）を蘇らせた。この書物は異端審問による厳しい追及を受け、リバデネイラの『スペイン作家全集』（*Biblioteca de Autores Españoles*）には、イスラ神父の著作の間に辛うじて姿を見せているものの、作者の名前はもはや忘れ去られていた。ペニャフロリーダ伯は辛辣な皮肉を込めて、スペインには旧キリスト教徒たるアリストテレスの自然学くらいしか知られていなかったし、デカルトやガリレオ、ニュートンなどの作品は、異端的であるかユダヤ的だという理由で見下されていた、と述べている。

私が著作を通してめざしたのは、博識とか歴史的叡智を涵養することではなく、民族全体の眠り込んだ意識を目覚めさせることであった。つまり私が異なるいくつかの著書の中で同一の人間的現象について触れているのは、なるたけ多くの読者にそれをしっかり念頭においてもらえるのではないかと期待したからである。スペイン史の本で十三世紀にユダヤ教がキリスト教と同様の、王国の宗教であったことを記述しているものなど、ひとつとしてない。アルフォンソ十世の『王室法典』（*Fuero Real*）は、一二六二年にマドリード市に付与されたものだが、法典の定めるところによると、もしユダヤ人が家に異端的（もちろんラビの視点から見て）な書物をもっていた場合、それをシナゴーグの扉のところで焚書にすることを命じていて、それに反した場合には厳しい罰が科せられた。アルフォンソ六世、アルフォンソ七世、アルフォンソ八世は、正統派ユダヤ教徒に対して、彼らにとってきわめて危険なカライ派〔ラビの教えを否定し、旧約聖書のみを遵法するユダヤ教の一派〕の異端を絶滅するのに手を貸した。『七部法典』では、イスラム教徒がキリスト教徒の村にメスキータ〔モスク〕をもつことを禁じたが、シナゴーグはそこがキリスト教徒の神でもある神への崇敬の場所であったところから、存続が許された。つまるところ、ユダヤ教とユダヤ人は、キリスト教徒たちが享受していた社会的な優位を共有していたのである。そのキリスト教徒たちはといえば、王国を統治したり、医学などの知識を涵養したりするよりも、戦争を行なったり、土地を耕したりするほうにかまけていた。こうしたことは、たとえ本当に知らないことだとしても、あるいは、知らないふりをしているだけだとしても、もはや周知のことなのである。高い存在であったものが低い地位になったり、かつては農村ならではの事柄であったものが、宮廷に居を定めるなどということの意味、恐るべきねじれ現象といったものは、ああしたやり方をしていたのではとうてい理解しえないだろう。幸いなことに、わずかな数に止まるにせよ、かくも愚かしいことを受け入れるのを拒んだ者たちが存在した（フェイホー以来今日まで、常に困難で紆余曲折の道をたどりつつだが）。

したがってスペイン人の文化的格差を気候の地理的状況とか、抽象的な心理特性などのせいにするだけでは不十分である。十五世紀から十六世紀にかけて、いわばスペイン社会の〈農民化〉なるものが起きた。それを最もよく表わす現象こそ、ロマンセーロが〈低く卑しい身分の人々〉（サンティリャーナ侯爵の言葉）にとっての詩となり、平民と貴族の双方にとって、きわめて心地よい文学ジャンルとなるに至ったという、かつて一度として説明されたことのない事実なのである（拙著『外来語としての〈エスパニョール〉――理由と根拠』*'Español', palabra extranjera: razones y motivos*, Taurus, Madrid, 1970を参照のこと）。これほど大きな規模の集団的価値観の逆転が起きたということは、歴史が運命の〈後宮〉と偶然との結合から生まれた、一人娘などではないことを物語っている。もしスペイン人が歴史過程における異常な変化（ユダヤ教が異端審問の火刑に奉仕するべく王国の宗教となったこととか、農民が大学学士よりも地位が高くなったことなど）の原因について、一度なりとも認識し、しっかりした考察を加えるならば、二十一世紀という時代には、裕福な人々がたとえさまざまなかたちの分け隔てのない学問研究に従事したとしても、銀行利益や莫大な資産のみならず、名声までも手に入れることができるということを、納得しうるのではないだろうか。もし十六世紀という時代に、作男の息子がすでに名誉への道をかなり進んで歩いていたとするならば、(六〇)二〇〇〇年の時点で、裕福なスペイン人が偉大な天文学者とか、楔形文字の解読の第一人者となっていないわけがあるまい。そうした困難な仕事に従事する人々の中に、今日の段階では、まだスペイン人の名前は見つからない。スペイン人という国民名を挙げたが、そこにはアンダルシーア人もカタルーニャ人も、ガリシア人もペルー人も含んでいるし、スペイン語とポルトガル語を話す、約二億の人々の世界をも念頭においている。というのも彼らはみな、血統は純粋でなければならないとか、分け隔てのない知的活動は男たる者の仕事ではないといった、ユダヤ的〈反ユダヤ的概念を含む〉な信念——歴史家たちによって秘され、否定された——を今に受け継いでいるからである。」

原　注

（一）『アウリスのイーピゲネイア』（マリーア・ロサ・リーダ『カスティーリャ中世における名声の思想』María Rosa Lida, *La idea de la fama en la Edad Media castellana*, p.19 による）

(二) アル・シャクンディ『スペイン・イスラム礼賛』(Al-Shaquindí, *Elogio del Islam español*) 一二〇〇年頃、E・ガルシーア・ゴメスによる訳、四一頁、四四頁。

(三) 『名士列伝』(*De casibus virorum illustrium*) の「第八の書」の序文。'ut a vulgari segregemur..., ut nomen nostrum inter perennia conscribatur'

(四) 拙著『スペインの聖ヤコブ』(*Santiago de España*, Buenos Aires, Emecé, 1958, pp.67-68.)

(五) 『血の純潔令におけるスペインの司法と行政に関する論述』(*Discurso acerca de la justicia y buen gobierno de España en los estatutos de limpieza de sangre*) は、一七八八年にバリャダーレス・イ・ソトマヨール編になる定期刊行物『週間知識人』(*Semanario erudito*) 第一五号に発表された (pp.128-214) が、本来は、モリスコ追放 (一六〇九) に先立って書かれたもの。十七世紀初頭にコンベルソがどのように捉えられていたかを知るのに格好の本である。著者は異端審問やカトリック両王が行なったことを正当化してはいるものの、〈血統〉の違いをあまり問題にすべきではないと考えていた。〈主だった人々〉は血統を云々されることで不快な感情を抱いていたが、そのおかげで (つまり異端審問やカトリック両王が行なったことがなければ)、彼らもその親族もへたをすれば「心底からのキリスト教徒」とはされなくなっていたかもしれない。サルーシオは [(怯えつつも大胆に)] 血の純潔令をめぐる論争において重要な役割を果したのである。本書の補遺 (三三八頁) で触れたウエルガ神父の著作 [およびアルバート・A・シクロフの前述の貴重な労作を参照せよ]。

(六) [この種の込み入った問題に関してはB・ナタニヤフ『スペインのマラーノ』(B. Natanyahu, *The Marranos of Spain*, New York, American Academy for Jewish Research, 1966, p.204) を見よ。「ほとんどのコンベルソは信仰面でも、日常的な社会生活においても、ユダヤ人ではなかった」。そうは言っても、例外的で微妙な違いをもったケースがさほど遅くない時期に、はっきり見えてくることだろう。]

(七) あるモーロ人は十一世紀初頭にサンチョ・ガルシーア伯爵について「態度の重々しさ、勇敢さ、洞察力の鋭さ、学識の深さ、雄弁さにおいて並ぶものなし」(R・ドジィ『研究』R. Dozy, *Recherches*, I, 1881, p.203) と述べている。

（八）ジェロルド・ヒルティ（Gerold Hilty）による版、マドリード、一九五四、三頁。

（九）『道徳的諺集』（*Proverbios Morales*）（I・ゴンサーレス・リュベーラ I. González Llubera による版、八〇五行）。

（一〇）F・カンテーラ（F. Cantera）の翻訳。『スペインのシナゴーグ』（*Sinagogas españolas*, 1955, p.113）。

（一一）スペイン系ユダヤ人の特異な優位性といったものは、キリスト教徒を王国内部から支配してやろうとする権力意志の中に、それを感じ取ることができた。『騎士シファールの書』（*Libro del Caballero Cifar*）には、ユダヤ人について王たちに次のような警告がなされている。「彼らはキリスト教徒の従僕となっているし、またそうなるべきだが、もし可能とあらば、キリスト教徒自身を従僕とするかもしれないし、喜んでそうするはずである。したがって貴方がたのところで権力を得た暁には、耳に心地よい甘い言葉をもっておもねようとするであろう……公子たちの良き助言を無効にしようと画策し、土地から多くの利益を引き出させようとして公子たちを利用するのである。公子たちは欲にかられて信用し（なんと罪深いことよ）、こうしたことがきっかけとなって、しばしばとんでもない危地に落ち込むのである」（C・P・ワグナー〔C.P. Wagner〕による版、三二九−三三〇頁）。これは一三〇〇年ごろに書かれた作品だが、ここで描かれているような状況があったせいで、周知の出来事〔ユダヤ人ポグロム〕が起きていった。［ユダヤ人が〈カスティーリャの大公〉としての称号を得たのも、こうしたことからである（本書一〇七頁、原注九を見よ）。］とはいうものの、一五四五年の時点では、いまだに歴史の小悪魔がわれわれを愚弄するようなそぶりを見せている。つまりトリエント公会議以降ということである。ドン・ディエゴ・ウルタード・デ・メンドーサは「ユダヤ人医師の助言でヴェネチアに赴いて」いる。こう記すのはカルロス五世の秘書フアン・パエース・デ・カストロである（ウスタロースとドーマー『ヘロニモ・デ・スリータの伝記』Ustarroz y Dormer, *Biografía de Gerónimo de Zurita*『アラゴン王国における歴史の進歩』所収 *Progresos de la historia en el reino de Aragón*, Zaragoza, 1878, p.532）。ユダヤ人はその知的レベルの高さから、大公たちにとって必要な存在であり続けた。

（一二）［将来こうした見方を詳述できないかもしれないので、ここで読者に対し、きわめて意義深い二つの著作を指摘しておきたい。一つはM・エレーロの版になる、フライ・フアン・デ・サラサールの『スペインの政治』(Fr. Juan de Salazar, *Política española*, edic. de M. Herrero, 1945) である。「あらゆる時代に起きた類似した出来事や、神から特別な恩寵を賜ってスペイン民族がもつにいたった選民支配の理念といったものを鑑みるに、それはまさしく有史時代におけるユダヤ選民思想のごときものと言ってもいい」(七三頁)。

もう一つのそれは、アルフレード・マルティーネス・アルビアクの『スペイン人の宗教性とブルボン王朝期の社会』(Alfredo Martínez Albiach, *Religiosidad hispana y sociedad borbónica*, Burgos, 1969) である。この中ではっきり述べられているのは「古代イスラエル流の神権政治といったもので……スペイン人はこうした聖書的な叙事詩を今一度再生させようと決意した。そこでイスラエル的神権政治の社会生活といった、ある特定の形態を選び取ったのである……」(一八頁)。六七五頁にもおよぶ本書は、善良で完璧なる信仰に基づく、きわめてキリスト教的な著作であり、自らの命題を十分に展開するに足るものである。一八二一年の自由主義派による議会の法令によると「スペインにおいてカトリック以外の宗教を打ちたてようと企てる者は……裏切り者として追及され、死刑を科せられるものとする」(六二〇頁) とある。]

(一三) このテクストとセム・トブのそれは、すでに『スペインの歴史的現実』(一九五四、五三一―五三二頁) で引用したものであるが、あのときは、今ここで中心的に扱っている体面の問題と、関連づけることはしなかった。

(一四) [『スペインの歴史的現実』(一九五四、ポルーア社刊、五三二頁)]

(一五) 『聖ヘロニモ修道会史』(*Historia de la orden de San Jerónimo*, II, p.325)。シグエンサはかつてフライ・エルナンド・デ・タラベーラについて「才気煥発で、頭の回転が速く弁舌さわやかである」(II, p.297) と述べたことがある。つまりセビーリャのユダヤ人は才知という点で、同レベルで拮抗しうる人物を見つけ出していた、ということである。シグエンサはかつてタラベーラを旧キリスト教徒とみなしていたが、今や新キリスト教徒ならではの資質を彼に付与している。実際にタラベーラは新キリスト教徒であった。

(一六) 筆者の有しているのはフォトコピーによるものだが、E・アセンシオがローマのヴァジチェッリアーナ図書館で見つけたもの(『スペイン文献学』*Revista de Filología Española*, 1952, XXXVI, p.58 を見よ)。ちなみにフランシスコ・マルケスの博学な序文がついて、一九六一年にバルセローナ（Juan Flors社）で出版されている。

（一七）筆者がマリョルカ島で調査したところによると、今日でも当地のユダヤ人改宗者の子孫はこうした仕事に従事してはいない。これはイベリア半島ではすでに消滅した社会的状況の、顕著な生存例である。マリョルカ島の言語には、十三世紀のカタルーニャ語の特徴がまだ生きている点をしっかり踏まえておくべきだろう。

（一八）『カトリック両王ドン・フェルナンドおよびドニャ・イサベルの歴史』（*Historia de los Reyes Católicos don Fernando y doña Isabel*, edic. de los "Bibliófilos Andaluces", 1870, I, pp.124-134）。ベルナルデスはドン・ディエゴ・デ・デーサ（コンベルソ）の聖器僧で、彼自身もおそらくコンベルソであったろう。というのも祖父がレオンの〈公証人〉であったが、それはきわめてコンベルソ的な職業だったからである。他にも極端なユダヤ人嫌いであったことも、コンベルソであったことを裏付けている。

（一九）『スペインの歴史的現実』（一九六二、［一九七一］、二二二—二二三頁）を参照せよ。前にも触れたが、そこでは他にも、郷士（hijodalgo）とスペインの大公（grande de España）という言葉が、アラビア語からの借用表現であることが示されている。

（二〇）拙著『スペイン的生の諸相』（*Aspectos del vivir hispánico*, Madrid, 1949, [1970], Alianza Editorial, pp.21 y sigs.）を参照のこと。

（二一）F・デル・プルガール（コンベルソ）『カトリック両王年代記』（F. del Pulgar, *Crónica de los Reyes Católicos*, edic., J. de M. Carriazo, I, p.143）。

（二二）［空腹をかかえる郷士のモデルは『ラサリーリョ・デ・トルメス』の中で永遠に定着した。］

（二三）『スペインの歴史的現実』（一九五四、四四九頁、六〇六—六一〇頁）参照。

（二四）『十六世紀、十七世紀におけるスペイン人の文化と習慣』（*Cultura y costumbres del pueblo español en los siglos XVI y XVII*, Barcelona, 1929）。A・バルブエナ・プラットの書『黄金時代のスペイン人の生』（A. Balbuena

Prat, *La vida española en la Edad de Oro*, Barcelona, 1943）には、異端審問もコンベルソもなく、彼らの日常的な生存の苦しみに対する言及など一切ない。

（二五）［ファンドルは素晴らしい人物であった。スペインの過去を愛情込めて理想化した。私は本人からスペインには行かないと聞いた。それはフェリペ二世の時代とは異なる国を見て失望したくないからだという。外国文化に対する興味を抱く人物が、いつになったらスペインで生まれるのだろうか。］

（二六）論文「黄金時代のイベリア半島の文学における反ユダヤ主義的表現」（"Referencias antisemitas en la literatura peninsular de la Edad de Oro", *Nueva Revista de Filología Hispánica*, 1954, VIII, pp.39-62）において。セルバンテスと他のコンベルソたちに関するテクストは第四章の注一七で引用している。

（二七）エドモンド・L・キング（Edmond L. King）の論文を『近代語研究』*Modern Language Note*（1954, pp.99-102）で見よ。キング氏はその論評を雑誌に発表した後、ユダヤ人のものとされる職業として洋服屋のケースをいくつか探し出している。ガスパール・ルーカス・イダルゴは『静かな娯楽としての対話集』（*Diálogos de apacible entretenimiento*）の中で、バリャドリードの洋服屋が聖ベニートの遺物を受け取るべく、凱旋門を作ったと述べている。ある詩人は門に次のようなコプラ（短詩）をつけた。

この地区の住人のすべてが
よろこび勇んで
聖ベニートに捧げる凱旋門を作った
神さまの手で不名誉（サンベニート）から逃れるために
(Bibl. Aut. Esp. XXXVI, 290)

サラス・バルバディーリョの『高潔な楽しみの館』（*La casa del placer honesto*, ed. Edwin B. Place, p.358）にも、洋服屋がユダヤ人であることを述べた件がある。［以上のことに付け加えるべきものとしては、一四八七年に起きた異端審問官ペドロ・アルブエースの起こした殺人事件に対する訴訟のケースがある。犯罪に加わった者のひとりサンチョ・デ・パテルノイは異端審問所の役人アンチーアスを憎んでいた、と告白している。それはアンチーアスが、あるユダヤ人の洋服屋に向かって「パテルノイはシナゴーグに席をもっていたかどうか」を問いただしたから、ということである（M・セラーノ・イ・サンス『アメリカにおけるスペイン支配の起源』M. Serrano y Sanz, *Orígenes de la dominación española en América*, N. Bibl. Aut. Esp. t.25, 1918, p.DXVII)。]

（二八） F・サモーラとV・イーヘス・クエバス『得業士ペドロ・デ・ルーア』（F. Zamora y V. Hijes Cuevas, *El Bachiller Pedro de Rua*, Madrid, Consejo Superior de Investigaciones Científicas, 1957, p.112）を見よ。加えて、ソリア生まれでアルバール・ゴメスの親友であったペドロ・デ・ルーアのユダヤ的出自は、かなり信憑性があると思われる。今では彼の人生の詳細について、多くのことが知られているが、両親については何もわかっていない。ルシオ・マリネーオ・シクロ（Lucio Marineo Sículo）によると、「いかなる教師にもつかず、己の才知だけを頼りに、博学の士となりおおせた」。アルカラ大学とサラマンカ大学から講座を提供されたが、ソリアの仮寓に居留まることを選び、金貸し業を営んで相当の資産を作った。人文学の教師としての職業によって、ルーアが実際に持っていたような、街中の土地を所有することができたとは思われない（前掲書、一四、二一、二二頁以降を見よ）。この博学な著書に発表されたペドロ・デ・ルーア宛の手紙（一一一頁）を見ると、フアン・デ・ベルガーラやアルバール・ゴメス（二人ともコンベルソ）が、一五五二年に、どのようにしてインファンタード公爵の知的好奇心を満足させたかがよくわかる。これを見るにつけ、似たような状況が十五世紀や十四世紀、あるいは十三世紀にもあったことが思い出される。

（二九）『ユダヤ人がよくする訪問と魂の点眼剤』（*Visita general y spiritual colirio de los judíos*, 1662, p.192）。グレーザーの論文（五七頁）を見よ。

（三〇）［オーギュスト・コントはキリスト教などなくてもいいと考えたが、その代わりに人間という偉大な存在を崇める、いわゆる〈人類教〉という宗教を生み出した（J・フェラテール・モーラ『哲学辞典』J. Ferrater Mora, *Diccionario de Filosofía*, 1965, I, p.316）。筆者は今でも実証主義という教会の信者に出会うことがある。その福音書は『人類教を創設するための実証哲学体系』（*Système de philosophie positive, instituant la religion de l'Humanité*, 1851）である。モスクワの無神論者にとってレーニンの墓は別のかたちをとった〈聖墓〉であって、そこにはマルクス主義的神の預言者が横たわっている。］

（三一） テクストは『名高きソル・フィロテア・デ・ラ・クルスへの返書』（*Respuesta a la ilustre sor Filotea de la Cruz*）から（M・トゥッサンの版による『選集』所収。*Obras escogidas*, ed. M. Toussaint, Méjico, 1929）。周知のことだが、ソル・フィロテアは一司教のあだ名である。彼はソル・ファナが研究に邁進し、学問的性格の諸問題を提起したことで叱責を加えた。［今日、ソル・ファナの作品を研究したり、出版したりする者たちは、十七世紀のスペインのみならずメキシコにおいてもあった、宗教的信念と学問的思想の間の葛藤については、けっして触れようとはしない。今日ではフランシスコ・モンテルデの序文のついた『全集』（*Obras completas*, con prólogo de Francisco Monterde, Méjico, Porrúa, 1969）があるのでそれを参照せよ。］

（三二） M・アルティーガス『ドン・ルイス・デ・ゴンゴラ』（M. Artigas, *Don Luis de Góngora*, 1925, p.64）。

（三三） ［拙著『セルバンテスへ向けて』（*Hacia Cervantes*, Madrid, Taurus, 1967, p.23〔訳書、二九頁〕）およびA・コラード（A. Collard）の論文（*Hispanic Review*, 1968, XXXVI, pp.328-337）を参照せよ。］

（三四） 〈新スペイン作家叢書〉第三巻（Nueva Bibl. Aut. Esp., III, p.37.）。

（三五） *Propugnacula validissima religionis christianae, contra obstinatam perfidiam Iudaeorum, adhuc expectantium Primum Adventum Messiae...extructa a Doctore Dominico Garcia...*, Anno 1606, Caesar-augustae, apud Laurentium à Robles. 著作は〈大レルマ公爵〉ドン・フランシスコ・デ・サンドバール・イ・ロハスに献呈された。献呈文はびっちり詰まった文字で八頁にもわたるもので、著者に対して怒りをぶちまける激昂したユダヤ人を抑えるように、権力者たる大臣に勧告している。「今や私に怒りをぶつけるユダヤ人たちも貴方様の名前を耳にすれば、熱く燃え上がった者たちといえども強く抑えられるでしょう……そうすれば今後、下種な連中は完全に遮断されることでしょう」（原文ラテン語）。

（三六）　ロペ・デ・ベーガの『返還されたブラジル』（*El Brasil restituido*）では、オランダ人によるバイーア攻略の責任があるのはスペイン系ユダヤ人ということになっている。

（三七）　［女子修道院長カタリーナ・デ・クリストの両親（おそらくコンベルソ）は娘たちが読み書きを学ぶことを望まなかった。それは照明派の異端に染まることを恐れたからである（F・マルケス『十六世紀における霊性と文学』F. Márquez, *Espiritualidad y literatura en el siglo XVI*, Madrid, 1968, p.176)。］

（三八）　オーブリー・F・G・ベル『ルイス・デ・レオン』（Aubrey F. G. Bell, *Luis de León*, p.155)。かの異端審問官は、新キリスト教徒の多くが誠実なカトリック教徒であったにもかかわらず、知らないふりをしていた。そうした例としては、フアン・デ・アビラ、フランシスコ・スアーレス、ディエゴ・ライーネス、フランシスコ・デ・ビトーリア、テレサ・デ・ヘスースをはじめ、その他にも多く存在する。学問的にみてさほど有名ではない者たちに加えて、ガルシーア・デ・オルタ（García de Orta）のような隠れユダヤ教徒もいた。本書七四頁で引用したI・S・レヴァー（I.S. Révah）の研究とか、［コンスタンス・ハバード・ローズ『アロンソ・ヌーニェス・デ・レイノーソ――十六世紀の亡命者の嘆き』（Constance Hubbard Rose, *Alonso Núñez de Reinoso, The Lament of a Sixteenth-Century Exile*, Associated University Presses, Cranbury, New Jersey, 1971）を見よ。］

（三九）　「気高きグラハルと慈悲深きグディエル神父は殉教者のごとく」亡くなった（アウグスティノ会士ペドロ・M・ベレス神父『フライ・ルイス・デ・レオンに関するベルの本についての考察』P. Pedro M. Vélez, agustino, *Observaciones al libro de Bell sobre Fray Luis de León*, 1931, p.209)。

（四〇）　〈アラゴン王国における歴史の進歩〉に含まれるJ・F・A・ウスタロースおよびD・J・ドーマーによる『ヘロニモ・デ・スリータの伝記』（J.F.A. Ustarroz y D.J. Dormer, *Biología de Gerónimo de Zurita*, en "Progresos de la historia en el reino de Aragón", Zaragoza, 1878, p.594)。

（四一）　B・J・ガリャルド『随想』（B.J. Gallardo, *Ensayo*, I, p.62)。

（四二）　ミカエル・デ・カルバハールとルイス・ウルタード・デ・トレード作（Micael de Carvajal y Luis Hurtado de Toledo, 1557, Biblioteca Aut. Esp. XXXV, p.31)。

（四三）［今までに（聖アウグスティノ会士M・デ・ラ・ピンタ・リョレンテおよびホセ・マリーア・デ・パラシオによって）発表されたのは、ルイス・ビーベスの母親ブランキーナ・マルク（Blanquina March）に対する訴訟記録だけである（M. de la Pinta Llorente, O.S.A., y José María de Palacio, Madrid, C.S.I.C., Instituto de B. Arias Montano, 1964）。最後の部分（p.107）で出版者たちはこう述べている。「J・ルイス・ビーベスの父親ミゲル・ビーベスの異端審問訴訟に関連する第二巻は刊行中」。］

（四四）『講義――インディオについて、および戦争の法について』（*Relecciones sobre los indios y el derecho de Guerra*, Colección Austral, p.105）。

（四五）［ブロセンセがユダヤ人の血筋を引いていたというのは、彼の二人の妻アナ・ルイス・デル・ペーソとアントニオ・デル・ペーソが「ゴンサーレス・デ・ラ・カーリェ神父が明らかにしたところによると、サラマンカの聖エステバン修道院に何着か悔罪服（サンベニート）をもっていた」という事実からもはっきりする。娘婿のサラマンカ人教師バルタサール・デ・セスペデスもまた同様であった。彼はブロセンセのものとされる遺書の捏造に関与したとされる。これらに関してはすべて、グレゴリオ・デ・アンドレス（アウグスティノ会士）の『教師バルタサール・デ・セスペデス』（Gregorio de Andrés, O.S.A., *El maestro Baltasar de Céspedes*, Bibl. "La ciudad de Dios", El Escorial, 1965, p.93）を見よ。ネブリーハとフランシスコ・スアーレスについては筆者の「『ドン・キホーテ』への序文」（Introducción al *Quijote*, Editorial Magisterio Español, Madrid, 1971）を参照のこと。］

（四六）十五世紀を知るためのしっかりした資料の裏付けのある重要な著作としては、F・マルケス・ビリャヌエバの『フアン・アルバレス・ガートに関する調査』（*Investigaciones sobre Juan Alvarez Gato*, Madrid, 1960）がある。［同じ著者によるものには『十六世紀における霊性と文学』（マドリード、一九六八）がある。］

（四七）『ヨブ記』（トレード版、一五九四）第二〇章（傍点は引用作品『……ベルの本についての考察』〔二〇七頁〕のベレス神父によるもの）。スペイン語とラテン語による同一テクストはアウグスティノ会士M・デ・ラ・ピンタ・リョレンテの『聖書学者アロンソ・グディエルに対する犯罪事由』（*Causa criminal contra el biblista Alonso Gudiel*, 1942, p.26）に掲載されている。グディエルはユダヤ人の血を引いていて、訴訟によって両親と親戚に関する重要な詳細が得られる。父親は薬剤師であり、叔母は医者と結婚している。別の叔父はヘロニモ派の修道士で、もう一人はアウグスティノ会士であった。妹の一人はアルガバ（Algava）侯爵の会計官に嫁いでいる。グディエルの母は、母方が旧キリスト教徒でありその血を引いていた。しかし父方は「コンベルソであった」（『犯罪事由』一二二頁）。すでに述べたとおり、ここから見えてくるのは、十六世紀においてコンベルソは同族間の結婚を行なっていたということである。それはかつてスペイン系ユダヤ人が同じことをしていたからであり、またマリョルカ島の改宗ユダヤ人の子孫たちは、二十世紀までそうした習慣を維持している。職業も前に見たように、ベルナルデスがユダヤ人ならではのものとしたのと同一のものに携わっていた。つまり職人的・技術者的な職種である。あるいは修道士とか聖職者になることもあった。トレードのある村のケースでは「一四人いる聖職者のうち一三人がコンベルソであった」（N・ロペス・マルティーネス『カスティーリャの隠れユダヤ教徒』N. López Martínez, *Los judaizantes castellanos*, 1954, p.113）。

（四八）もしスペイン文化の内面的歴史が〔J・オルテガ・イ・ガセーが言うような〕〈未知の土地〉などではなかったとしたら、彼の『無脊椎のスペイン』の調子は異なったものとなっていたかもしれない。多くの意味でこれは重要な著作ではあるが。［多くの人々は目を閉じて見ようとはしないが、大思想家たるオルテガは、本来こうしたきわめて基本的な現実をしっかりと受け止めるべきであった。そうした現実を踏まえることがなければ、スペインは自らの歴史の歩みを、きちんと正すことなどできないだろう。］

（四九）ドン・ディエゴ・デ・シマンカス（カランサ大司教の恐るべき宿敵）はラ・ロータ（la Rota）の裁判所の法務官として、ローマに赴いたらどうかと誘われた。彼は「イタリアでスペイン人法学者は野蛮人との評判をとっているから、あなたが行けばそれが間違いだとわかるはず」と言われて、虚栄心をくすぐられた。しかし彼はその話を断わって行かなかった。そこでセッサ公にそのことを述べた。「自分の気力ではああした滞在は向きませんし、良心もそれを許さないのです」。公爵はそこでこう答えた、「もしそういうことなら、くよくよ考える必要などありますまい。身体や財産は王に捧げるべきかもしれないが、こと魂と名誉となれば話は別です」（M・セラーノ・イ・サンスによる版、『自伝と覚書』*Autobiografías y memorias*, edic. M. Serrano y Sanz, en Nueva Bibl. Aut. Esp., p.153）。サラメアの村長の言葉（「名誉は魂の遺産、魂はひとり神に属する」）は、ここでは荒くれ者の自惚れ屋であるドン・ディエゴの口から発せられてはいるが、生き生きした常套句であった。

（五〇） ペドロ・M・ベレス神父の『……ベルの本についての考察』（五四頁）を参照のこと。

（五一） 『静かな娯楽としての対話集』（Bibl. Aut. Esp, tomo XXXVI, p.290）。

（五二） 『スペインの歴史的現実』（一九六二、二二二―二二三頁、［一九七一、五五―五六頁］）を見よ。

（五三） 「皇帝陛下の王立諮問院を構成する者たちに関して、ロレンソ・ガリンデス・デ・カルバハールから皇帝に宛てられた報告書」（*Informe que Lorenzo Galíndez de Carvajal dio al Emperador sobre los que componían el Consejo Real de S.M.*, en "Colección de documentos inéditos para la historia de España", I, 1842, pp.122-127）。この意義深い文書から見てとることができるのは、カルロス五世の治世の初期にすでに〈世論〉とか世間の噂話といったものが、農民の子孫だけがユダヤ教徒ではないかとの嫌疑から完全に免れているという信念と、密接に結びついて機能していたということである。

（五四） アンヘラ・セルケ・デ・サンチェス・バルブード夫人は論文の中でイリェスカス博士の訴訟について触れている。（「十六世紀のスペイン人無神論者か？――フアン・ロペス・デ・イリェスカス博士の誘惑」la Sra. Angela Selke de Sánchez Barbudo, "¿Un ateo español en el siglo XVI? Las tentaciones del doctor Juan López de Illescas", *Archivum*, Oviedo, 1958, VII, pp.25-47）。引用した言葉は訴訟記録の二九折（r）に見られるもの。著者には関心がなかったと見え、前述の論文には出てこない。興味つきない文書について教えてくれた著者にこの場をかりてお礼を言いたい。

（五五） ルイス・ルビオ・イ・モレーノ『インディアスへの渡航者』（Luis Rubio y Moreno, *Pasajeros a Indias*, "Colección de documentos inéditos para la historia de Hispano-América" vol.8, p.171; vol. 13, p.12, p.32）。

（五六） 『スペイン文献学』（*Rev. de Filología Española*, 1925, XII, pp.385-394）。

（五七）　A・ドミンゲス・オルティス『コンベルソの社会階層』（A. Domínguez Ortiz, *La clase social de los conversos*, p.196）を見よ。［パスカルが次のように記したとき、スペインが念頭にあったかどうかはわからない。「ある国では貴族が名誉ある存在であるのに対して、別の国では平民にこそ名誉がある」（『大公の身分について』*Sur la conditions des grands*, edic. de la Pléiade, 1954, p.618）。パスカルがたんに貴族以外の者たちについて述べていたのか、あるいは農民のことを思い浮かべていたのかは判然としない。平民（Roturiers）という語は本来、土地を耕したり（roturar）、鍬で土地を掘り起こす者を意味した。］

（五八）　バリャダーレスの『週間知識人』（Valladares, *Semanario Erudito*　第一五巻、一四九－一五〇頁）。

（五九）　［F・カンテーラによって『王立歴史学アカデミー紀要』に発表されたもの（*Bol. de la R. Academia de la Historia*, 1970, CLVIII, pp.15-34）。］

（六〇）　［前に引用した文献データに、フランシスコ・カンテーラの重要な論文「モンターニャ地方の紋章銘に見られる《血の純潔》という強迫観念」（Francisco Cantera, "La obsesión de 'limpieza de sangre' en un lema heráldico montañés", *Sefarad*, 1969, XXIX, pp.23-30）を付け加えるべきであろう。サンタンデールのラス・エネストローサス（Las Henestrosas）にある古びた屋敷には、次のような話を刻んだ盾がある。「汝は貴き旧キリスト教徒／どこから見ても純血よ／ユダヤ女と結婚するな／たとえ皮衣を纏おうと」］

訳　注

（1）　バヌ・マルワーン一族はコルドバのウマイヤ朝に仕えた（キリスト教からの）イスラム教改宗者（ムラディー）でメリダの代官マルワーン・アル・ジッリーキー（Marwan al-Yilliqi）の子孫である。息子イブヌ・ジッリーキーはバダホスとアルガルベを支配したが、後に曾孫の代（九二〇年代）になって、カリフのアブド・アル・ラフマン三世によって打ち負かされ、バダホスを手放した。バヌ・マルワーン一族は、滅ぼされたとはいえカリフに叛逆した勇敢な一族という意味（余部福三『アラブとしてのスペイン』二二四－二三二頁）。

（2） アル・シャクンディ（al-Shaqundik, Abu-I-Walid）は十三世紀初頭にコルドバ近くのシャクンダ（Shaqunda）に生まれたアラブの歴史家。彼のアンダルシーア賛美の書（Risala Ji Fadl al-Andalus、原意「アンダルシーアの素晴らしさについて」）は一九三四年にエミリオ・ガルシーア・ゴメスによって『スペイン・イスラム賛』（*Elogio del Islam español*, Madrid）として翻訳された。シャクンディはグラナダを、眼を楽しませ、心を癒すアル・アンダルスのダマスカスと称した。

（3） Agustín Salucio (?-1601). ヘレス・デ・ラ・フロンテーラ生まれのドミニコ会の修道院長。大きな名声を得た説教師で作家。原注にあるように、フェリペ二世の亡くなる一五九八年に『血の純潔令に関する考察』（*Discurso sobre los Estatutos de limpieza de sangre*）を著し、マドリードの議会に提示した。彼によるとすでにユダヤ人とモーロ人の追放から時がたっているので、そうしたものを発布する理由はすでに消滅した、それにこうした法令を適用することで、正しいキリスト教信仰を守っている多くの家族（コンベルソ）を傷つけることになる、として適用に制約を課すように上申するものであった。詳しくは A. Domínguez Ortiz, *Los judeoconversos en la España moderna*, Madrid, 1992, pp.71-72 を見よ。

（4） dom Sem Tob de Carrión (1290-1369). スペイン・ユダヤの詩人（本名 Sem Tob ben Ishaq Ardutil）。カリオン・デ・ロス・コンデス（パレンシア）に生まれ、ユダヤ社会の指導者（ラビ）として十四世紀の初期のユダヤ人迫害に際して、重要な役割を果たした。キリスト教に改宗してからは名前をドン・サントと変え、ペドロ一世（残酷王）の庇護を受けた。詩作品として七音節の四行詩（アレクサンドル詩句）、六八六連からなる『道徳的諺集』（*Proverbios morales*）がある。この作品はヘブライ文学の特徴である格言詩をカスティーリャ語で表現したもの。

（5） アラヘル・デ・グアダルファハーラ（本名 Rabí Mošé Arragel de Guadalfajara または Moshe Aragel de Guadalajara）は十五世紀のユダヤ人で、マケーダ（トレード）のユダヤ人社会のラビ。カラトラバ騎士修道会の騎士団長ドン・ルイス・デ・グスマンの要請を受けて旧約聖書のカスティーリャ語訳（および注釈）を行ない『黎明の聖書』（*Biblia de Alba*）として翻訳した（*Biblia (Antiguo Testamento) traducida del hebreo al castellano por rabi Mose Arragel de Guadalfajara (1422-1433?) y publicada por el duque de Berwick y de Alba*, 2 vols., edición de Antonio Paz y Melia, Madrid, Imprenta Artística, 1920.)。アラヘルは最初、要請に対し難色を示したものの、最終的に受け入れ、ユダヤ教徒としてユダヤ神学の立場を守りつつ、フランシスコ会士アリアス・デ・エンシーナの助言も容れてカトリック的視点も配慮しつつ翻訳・註釈を行なった。それは訳者のアラヘルが、マケーダ領主たる騎士団長グスマンの臣下としての立場にあったからだが、そうした上下関係は訳書（五一三頁）全体に挿入された三三二枚の細密画にもよく反映されている（口絵には跪いたアラヘルが著書をグスマンに差し出す場面が描かれている）。なおこの書はアルバ公爵家が所蔵している。

（6）mosén Diego de Valera (1412-1488). スペインの作家・歴史家・外交官。カスティーリャのファン二世に仕え、典型的な騎士の生活を送った。トーロの戦いに参加した後、ヨーロッパ中を旅しつつ、その間にフランス王シャルル八世、ボヘミア王アルベルトに仕えた。またデンマーク、イギリス、ブルゴーニュ、フランスの大使となり、カスティーリャに戻ってからは、総司令官ドン・アルバロ・デ・ルーナの敵方につき、その失脚に手を貸した。『カトリック両王年代記』(*Crónica de los Reyes Católicos*) が主著だが、モラリストとしての作品として『真実の貴族の鑑』(*Espejo de verdadera nobleza*)、『運命に対する神慮について』(*Tratado de providencia contra fortuna*) などが知られている。

（7）Fray José de Sigüenza (1544?-1606). スペインの歴史家・詩人。シグエンサにおいてコンベルソの家庭に生まれ、シグエンサ大学で学んで後、一五六七年にヘロニモ会に入り修道誓願する。フェリペ二世の信頼を勝ち得、エル・エスコリアル修道院で二度目の誓願を行なう。アリアス・モンターノの後を継いでその図書館の司書となり、三巻本からなる大著『ヘロニモ会史』(*Historia de la Orden de San Jerónimo*) を著す（第一巻は聖ヘロニモの生涯、第三巻はエル・エスコリアル修道院の歴史）。福音書のスペイン語訳（『王の中の王、支配者の中の支配者イエス・キリスト』）を行ない、王の庇護の下、優れた説教師・作家の名声をほしいままにしたが、同じヘロニモ会の神学者たちから妬まれ、ルター派、ユダヤかぶれの汚名を着せられて異端審問に告発された。

（8） Juan de Mena (1411-1456). コルドバ生まれの詩人。ユダヤ人の血をひくペドラリアス某というコルドバの代議員の息子ということだが、はっきりしたことはわからない。サラマンカ大学で学び、トルケマーダ枢機卿と知りあい、供奉としてイタリアへ同行する。カスティーリャに戻ってからは、イタリアで身につけたラテン語の知識を活かして、ファン二世のラテン語書簡を書く職につき、のちに王によって公認年代記作家に任命された。ファン二世に捧げられたのが、彼の最も有名な作品『運命の迷宮』（*Laberinto de Fortuna*）である。これは八行の長句詩三百連からなるダンテ風の寓意詩で、人間生活における神意（Providencia）の役割がテーマである。

（9） Alonso de Quintanilla (1430?-1500). スペインの行政官。ファン二世の宮廷に入り、エンリーケ親王（後のエンリーケ四世）の教育係となるも、後に彼を見捨ててアルフォンソ（イサベル女王の異母弟）の側につく。さらにアルフォンソ王の死（一四六八）後、イサベル側に仕え、イサベルが女王に即位すると、カスティーリャの財務官（contador mayor）に任命される。当時の市民警察組織サンタ・エルマンダー（神聖兄弟団）の後援者のひとりで、グラナダ戦争においては補給部隊の指揮をとった。

（10） Martínez de Cantalapiedra (?-1579). 十六世紀スペインのヘブライ学者。サラマンカ大学でヘブライ語を教え、聖書学の教授ガスパール・デ・グラハルやフライ・ルイス・デ・レオンと同様、ユダヤ性を疑われて異端審問にかけられた。ルイス・デ・レオンは五年後に解放されたが、前二者は獄中で亡くなった（*Proceso. criminal contra el hebraísta salmantino Martín Martínez de Cantalapiedra* / Miguel de la Pinta Llorente, Consejo Superior de Investigaciones Científicas, Madrid, 1946）。著書に『神学概論十章』（*Libri decem hypotyposeon theologicarum*, Salamanca, 1565）がある。

（11） Juan Huarte de San Juan (1529?-1588). 十六世紀スペインの医者で作家。ナバーラ出身の新キリスト教徒と考えられている。アルカラ大学の医学部で学び、グラナダで医業に従事した。唯一の著作として知られる『諸学のための才知の検討』（*Examen de ingenios para las ciencias*, Baeza, 1575）は、アリストテレス、プラトン、ヒポクラテス、ガレノスなどに依拠した自然哲学で、人間の資質・適性を当時の生理学的知識（乾湿、寒冷の体質や四体液説）によって分類し、社会的身分や職業を正当化しようとするもの。セルバンテスもこの書を読み、ドン・キホーテの狂気と才知の原因を、多読と老齢による、脳の乾燥と記憶の弱化に求めている。年をとると記憶力が落ち、理解力（才知）が増すのは、脳が乾燥するからだという生理学的理由がつけられた。

（12）Ludwig Pfandl (1881-1942). スペイン黄金世紀文学が専門のドイツのイスパニスタ。カール・フォスラーとメネンデス・ペラーヨの弟子。『十六世紀、十七世紀のスペインの文化と習慣』(*Spanische Kultur und Sitte des 16. und 17. Jahrhunderts*, Munich, 1924) が代表作。他にも『黄金世紀におけるスペイン国民文学史』や、ソル・フアナ・イネス・デ・ラ・クルスに関するモノグラフィーのほかに、フアナ・ラ・ロカ、フェリペ二世の伝記などが知られている。

（13）Alvar Gómez de Castro (1515-1580). スペイン人文主義の重鎮たる新キリスト教徒で、アルカラ大学のギリシア語教授。同じアルカラ大学の同僚アンブロシオ・デ・モラーレスの「昔からの大親友」。トレードのサンタ・カタリーナ学院で修辞学とギリシア語の教鞭をとる。ヒメーネス・デ・シスネーロスの伝記を書いたことで知られる。セビーリャの聖イシドルスの『語源論』(*Etimologías*) の最初の版を作ったことに加え、自らラテン語碑文を作ったことから、古代ローマや西ゴートの碑銘研究にも関心をもった。

（14）Benito Remigio Noydens (1630-1685). スペインの修道司祭 (Clérigo Regular Menor)。著書に『教会の司祭と祓魔師の仕事』(*Práctica de exorcistas y ministros de la Iglesia*, 1662)、『軍隊の従軍司祭、聴罪師、聖職者のための実践的・道義的裁定』(*Decisiones prácticas y morales para curas, confesores y Capellanes de los ejércitos y armadas*, 1665) などがある。後者は帝国的利害とカトリック信仰による救いをどのように調和させるべきかという問題を扱っている。

（15）Sor Juana Inés de la Cruz (1651-1695). メキシコ生まれの修道女で詩人・劇作家。スペインの軍人の父と混血の母との間に生まれ、幼い時から才能を発揮して読書に親しみ、ギリシア語・ラテン語の古典を読み、神学を学んだ。若い頃はメキシコ副王の宮廷で過ごしたが、修道女となる決心をして女子カルメル会に入会するも、その戒律の厳しさについていけず退会し、改めて女子ヘロニモ会に入会。二階からなる召使いつきの独居房に住み、そこで宗教詩・世俗詩・聖体劇、コメディアを書く。聴罪師のイエズス会士アントニオ・ヌーニェス・デ・ミランダから、女子でありながら物を書くことをとがめられたため、副王夫人マルケサ・デ・ラ・ラグーナの庇護のもとで、聴罪師を退ける。副王夫人たちに熱情的な詩を書き送ったことがきっかけとなり、女性同士の密接な関係が同性愛的な誤解を生んだ。当時の著名な聴罪師アントニオ・ビエイラへの個人的批判に端を発した神学論争に巻き込まれ、プエブラ司教マヌエル・フェルナンデス・デ・サンタ・クルスは、その論争の序文をソル・フィロテアという偽名のもとで記した。これに対する反論が、女性の知的労働を擁護するソル・フアナの強烈な弁論（『ソル・フィロテアへの返答』*Respuesta a Sor Filotea de la Cruz*, 1691『知への賛歌——修道女フアナの手紙』旦敬介訳、光文社古典新訳文庫）として知られる。ソル・フアナは死ぬ前に、聴罪師によって強制され、すべての図書およそ四千冊と楽器などを処分させられた。ソル・フアナの最初の詩作品は『唯一の女流詩人、十番目のミューズ、ソル・フアナ・イネス・デ・ラ・クルスの詩的霊感の氾濫』（*Inundación castálida de la única poetisa, musa décima, Sor Juana Inéz de la Cruz*, 1689）である。ソル・フアナの最高の研究書はオクタビオ・パス『ソル・フアナ・イネス・デ・ラ・クルスまたは信仰の罠』（Octavio Paz, *Sor Juana Inés de la Cruz o las trampas de la fé*, 1982、『ソル・フアナ・イネス・デ・ラ・クルスの生涯——信仰の罠』林美智代訳、土曜美術社）である。

（16）Gaspar Merchor de Jovellanos (1744-1811). アストゥーリアス生まれのスペインの政治家・作家。十八世紀最大の啓蒙思想家。スペインにルソーの『社会契約論』のスペイン語版を持ち込もうとして逮捕され、マリョルカ島に追放され（一八〇一年）、ベルベル（Bellver）城に六年間もの間、厳しい監視のもとで幽閉された。そこで『教育の理論と実践』や『公教育についての報告書』（*Memoria sobre educación pública*）をはじめとする、重要な著作を残すこととなる。これはスペイン語で書かれた、教育に関する最初の本格的な著作である。カストロはこの近代主義的な啓蒙思想家に自分自身を投影しているかのように思える（一九三三年七月二一日付『ソル（*Sol*）』紙掲載のカストロの「ホベリャーノス」という題の論説を参照。Américo Castro, *De la España que aún no conocía*, II, PPU, Barcelona, 1990, pp.87-94）。

(17) Luis de Góngora y Argote (1561-1627). コルドバ生まれの新キリスト教徒（コンベルソ）の詩人で、黄金世紀スペイン最高の詩人の一人。サラマンカで学んだのち、コルドバ大聖堂の聖職禄つき参事会員となるも、職務怠慢により参事会を離れてスペイン各地を転々とする。その間に数多くのソネット、ロマンセなどを作り、一六〇九年にコルドバに戻ってきてから詩作に本格的に乗り出す。さらにフェリペ三世によって王室付き聖器僧に任命され、二六年まで宮廷で生活し、翌年には記憶喪失によりコルドバに戻り、貧窮生活の中で脳卒中により死去。主著は『ポリフェモとガラテアの寓話』(*Fábula de Polifemo y Galatea*, 1612) と『孤愁』(*Soledades*, 1613)。ともに難解な隠喩や転置法、ラテン語法などを駆使した、いわゆる文飾主義 (culteranismo) と呼ばれる難渋な文体で知られる（ルイス・デ・ゴンゴラ『孤独』吉田彩子訳、筑摩書房）。

(18) 黒の伝説 (*Leyenda negra*) という言葉は、一九一四年にスペインの社会学者・歴史学者・翻訳家・公認通訳官のフリアン・フデリーアス（一八七七―一九一八）が、雑誌 (*La Ilustración Española y Americana*) に発表し、刊行した『黒の伝説と歴史的真実』(Julián Juderías, *La leyenda negra y la verdad histórica*,1914) が最初の出典である。

(19) Pedro Juan Núñez (1525-1602). バレンシア生まれのスペインの人文主義者。アラゴン王国の三つの大学（サラゴーサ、バルセローナ、バレンシア）で修辞学の講座をもった。いくつかラテン語による修辞学の著書があるが、なかでも最も普及したのは、十七世紀初頭のスペインにおける修辞学の研究史にとって興味深い『修辞学原理　五章』(*Institutionum rhetoricarum libri quinque*, 1585) である。フアン・ヌーニェスの弟子であるアラゴン人 (Miguel Sebastián y Nadal) によってスペイン語訳されたが、まだ刊行されてはいない。この翻訳によって、ヌーニェスがラテン語による修辞学の中で導入した、紀元二世紀のギリシアの修辞学者ヘルモゲネス (Hermógenes) の教説が初めてスペイン語で紹介された。

(20) Luis de Santángel (?-1498). カトリック王フェルナンドの宮廷人で、コロンブスの後援者。十四世紀のアラゴンで最も繁栄したユダヤ人社会のひとつ、ダロカ家の血筋につながるユダヤ人改宗者。十五世紀のはじめ、ユダヤ人ノエ・チニーリョ・デ・カラタユー (Noé Chinillo de Calatayud) の五人の息子の一人アサリーアス（Azarías）はビセンテ・フェレールの暴動の煽りをうけてキリスト教に改宗し、ルイス・デ・サンタンヘルと名を変えた。フェルナンド王に財政援助をして重用され、一四九七年にはカトリック両王から〈血の純潔証〉を手に入れたことで、異端審問の追及の手から逃れた。イサベル女王にサンタフェ協約で交わされたコロンブス側の条件を受け入れるよう説得して、コロンブスの航海を可能にした立役者。

（21）Francisco Sánchez de las Brozas (1523-1601). 十六世紀スペイン最大の人文主義者。ブロサス（カセレス）出身なので通称「エル・ブロセンセ」（ブロサス人）と呼ばれる。サラマンカ大学におけるネブリーハの後継者で、フライ・ルイス・デ・レオンの友人。ラテン語文法の教授法を改善し、韻文によるラテン語文法（*Arte para saber latín*, 1595）を著した。またオウィディウスやウェルギリウス、ペルシウスの翻訳、ガルシラーソ・デ・ラ・ベーガの註釈（Salamanca, 1582）などがよく知られている。また哲学的作品としては『エピクテートスの教え』註釈、修辞学的著作として『弁論術』（*De arte dicendi*, 1556）などがある。ブロセンセは聖書の翻訳にある間違いを指摘し、聖像への偶像崇拝を攻撃したため、異端審問によって追及され、息子ロレンソの家に幽閉され、判決が言い渡される前に死去した。

（22）Diego de Zúñiga (1536-1597). スペインの著名な聖書学者。若くしてサラマンカのアウグスティノ会に入り、さらにアルカラで神学を学んで一五五八年に正式に聖職者の叙階を受ける。バリャドリードのアウグスティノ会で研究するに当たって、フライ・ルイス・デ・レオンと時期を同じくした。最もよく知られた作品はアリストテレスの論理学・自然学・形而上学に対する註釈である。ここで挙げられた『ヨブ記』註釈はトレードで一五八四年に初版が出たもの（*In Job Commentaria*, Toleti, Ioannes Rodericus, 1584）。

（23）Gaspar Lucas Hidalgo (1560-1619). 十七世紀の初めに人気のあったマドリード生まれの作家。人生についてはほとんど知られていない。イタリア風のノヴェッラやフアン・ティモネーダの笑い話に似た、対話による逸話集『カスティーリャの謝肉祭を含む、静かな娯楽としての対話集』（*Diálogos de apacible entretenimiento, que contiene unas Carnestolendas de Castilla*, 1855）が有名。これはカーニバルの三日間を語ったもので、人気によって何版も版を重ねた。しかし社会を皮肉る内容であったため、皮肉られた者たちの要請で禁書目録に入れられてしまった。

(24) Stephen Gilman (1917-1986) はアメリカ人イスパニスタでアメリコ・カストロの高弟。プリンストン大学を優等で卒業し、カストロの指導で博士号を取得。プリンストン大学、オハイオ州立大学で教鞭をとったのちハーバード大学に移り、定年まで教授。『シッドの歌』『ラサリーリョ』、ロペの演劇、ガルドス、『セレスティーナ』の研究で名高い。とくに『フェルナンド・デ・ロハスのスペイン』(*The Spain of Fernando de Rojas*, 1972, Princeton) においてロハスのユダヤ的血統を論証した。

(25) Xavier María de Munibe e Idiaquez, Conde de Peñaflorida (1723-1785). バスク人の啓蒙政治家・作家。トゥルーズのイエズス会の学校で学び、バスクに戻ってから何度かギプスコアの下院議員を務め、バスク王立友好協会を創立して終身名誉会長となる。さらに啓蒙思想の実践を行なうセミナリオ (Seminario de Bergara) を創立。そこはムニベの普遍的・ヨーロッパ的な思想によって、著名な外国人たちが集い、研究調査・教育を行なう場所となった。イスラ神父との論争の元となった『批判的農民』(*Los aldeanos críticos*, 1758) を著した他に、『ばかにされた酔っ払い』『有名な喜劇』というオペラを二つ書いている。

第四章　対立によって引き起こされた対応と反応

十五世紀末以来、スペイン人が置かれてきた生の状況はヨーロッパには類をみないものであった。そうした状況によって、思想や学問の分野におけるキリスト教徒たちの劣位が確定することとなった。カトリック両王が一四八〇年に熱心に導入を奨励した外国の書物（「人々を裨益し、われらの王国の誉れとなる」）も、一五〇二年には行く手を阻まれ、ルターや対抗宗教改革が出てくる以前に、教会と裁判所の検閲に付されることとなった。(一) これほど性急で、一見すると説明のつかない制限が課せられた理由としては、間違いなく追放されたユダヤ人の活動に対する恐怖があった。つまり彼らが、一四九二年に一夜にしてキリスト教に改宗した新たなコンベルソ集団の上に、行使するかもしれぬ影響力を恐れたのである。ユダヤ人〈知識人〉あるいはそのように疑われる人物の存在は、そのとき以来、イベリア半島の文化に顕在化し、スペイン人の未来にとって計りしれないほど大きな結果をもたらした。われわれは一五〇二年にカトリック両王によって設けられた、書籍流入を阻止する障壁のもつ意味を見過ごしてきたが、それはまさしく歴史学が思ってもみなかったような危険〔ユダヤ人のスペインに対する誹謗中傷〕から、王国を防衛するためだったのである。またそうした危険を察知することで、前に分析した『堅固そのものの要塞』（*Propugnacula validissima*）の著者である異端審問官ドミンゴ・ガルシーアは、一六〇六年の時点でも、いまだに気をもんでいたのである。

スペインにはドイツやイギリスのような、政治・経済の分野の権力を奪取したり、維持したりするための宗教的対立などなかった。またフィレンツェのように、民主政体の理想と独裁政治との確執なども存在しなかった。またイタリアで見られたごとく、支配欲に駆られた外国人傭兵が、スペインの地で戦うということもなかった。イタリアでは傭兵のせいで、国民の伝統や運命にのしかかった苦悩はますます度を増していった。またスペインでは、イタリアやその教えに従った北欧において起きたように、神や自然、人間に関する伝統的な思想が、危機に瀕するということもなかった。最後に述べたことの結果として、人々の公私にわたる生活を律してきた、信仰や思想、原理原則といったものが問い直されることとなった。スペインではそうしたことは一切生じなかった。したがっていわゆるルネサンスと呼ばれる危機は、スペイン人にとってきわめて特異な様相と意味を帯びたのである。

本当の対立はスペイン人が自らの隣人と共存しつつ、固有の生の意識の中でしっかり自らを定位させるという問題の難しさによって持ち上がったものである。安全で無害な営みを見いだすことの難しさによってもたらされた問題でもある。というのも、技能や頭脳を用いたあらゆる職業は、なんとも恩知らずで危険な障害物と正面きって衝突してしまったからである。キリスト教王国が統一されて王たちが強大となる以前には、〈本質的人間それ自体〉である〈鉄の男〉たるキリスト教徒たちが、ユダヤ人やモーロ人と共存することは容易であった。たしかに彼らは（ロドリーゴ・マンリーケのように）モーロ人や他のキリスト教徒たちと戦ったり、あるいは、（アロ伯爵〔ビスカヤの領主権を振り回した貴族の家系〕や他の者たちのように）キリスト教徒、ユダヤ人、モーロ人に対して、自らの身分にあぐらをかいて権勢を振るうこともあった。しかしある程度までモーロ人やユダヤ人との共存は可能であった。というのも彼らは従来、自分たちの知識や技能を発揮して、キリスト教徒の主君に仕えてきたからである。(二) そうした世界の外にあったのが農民や庶民であり、彼らはやむかたなく大地と触れ合って暮らしていたが、カトリック両王の時代、[とりわけグラナダ戦争の緊迫した一〇年間は] 大いなる希望の芽を育てることとなった。

カトリック両王によるグラナダ戦争の決定的勝利によって、従来からあった三つの血統に属す人々の配置といったものに、収拾のつかない亀裂が入ってしまった。かつて六、七世紀の間維持されてきた相互の依存関係 (status quo) は、二重の原因によって崩壊してしまった。つまりそのひとつとしては、両王が [キリスト教戦士たちや]〈平民 (comunes)〉[ロマンセーロの叙事詩的伝統を体現している者たち(三)] に対して、回を重ねるたびに、より多くの実効的な譲歩を余儀なくされたこと、第二に国内やヨーロッパ、発見された新大陸での成功や勝利が、人々の想像をはるかに超える規模となり、とうてい厳密で冷静な議論を許すものではなかったことが挙げられる。後には雪崩のごとくさまざまな出来事が押し寄せ、十六世紀から帝国の海外領土が消滅する十九世紀初頭まで、つねに人間と資源に事欠いた支配者たちは、なす術がなかったのである。[カスティーリャの王たちには、もはやユダヤ人財政顧問の存在はなかった。] 彼らの子孫たちは十六世紀のトルコ、十七世紀のオランダ、十八世紀のイギリスの経済的・海軍的な隆盛に貢献した。(1) 彼らの活動はかつての祖国に敵対するものであった。十五世紀には最後の壮大な貢献として、グラナダの陥落を可能ならしめ、ポルトガル人の海外遠征や同じ血統に連なるクリストーバル・コロン (コロンブス) の航海もまた同様の貢献によるものであった。

スペイン人とポルトガル人の大いなる征服をめぐる論議というのは、新大陸の占領支配および住人の従属化を、神学によって正当化しうるかどうかといった視点で交わされた。かかる問題はかつて交わされたことはなく、イギリス人にとってもフランス人にとっても理解不能であった。そのこと自体がスペイン人における信仰の役割がいかに大きいものであったかを物語っている。スペイン人は自己のうちに閉じこもり、知識は乏しくとも壮大な気概を有していて、そのときまで未知の土地であった新大陸や、古いヨーロッパの最も開けた土地にまで大挙して押し寄せたのである。

〈本質的人間〉とか〈鉄の人間〉と称された者たちの傍らには、同じスペイン人として、ユダヤの血統に連なる人々が共存していた。彼らは知的活動に従事し、自らの内面性を表現しようとする傾向にあった。彼らの人格と財産を犯そうとする者たちの騒乱や暴力によって、後のスペイン人の生活はかき乱されることとなる。それは今日でもなお、遠い十五世紀末以降に起きた、肯定的かつ否定的な結果(とりわけ権威に対する信頼の欠如とか、社会を無政府的に〈組織〉することができるとする思い込みなど。『スペインの歴史的現実』一九六二、第八章を参照せよ)として、目に見えるかたちで尾を引いている。スペイン系ユダヤ人は社会集団として存在することの自由を狭められていたせいで、自らの孤独感の中に沈潜し、メランコリーや絶望感を新たな文学形式において表現したのである。

[ユダヤの血統につながる人々は、長きにわたってキリスト教徒たちと共存してきたが、それは法の枠外においてであった。というのも実際にはユダヤ人はしばしば領主であったり、きわめて高い上流階級の人物であることもあったが、法律上は王の下僕だったからである。アラゴンではムデハルや後のモリスコたちもまた、法的根拠はなかったものの、実際上の特権を享受していた(メスキータ〔モスク〕をもっていたことなど)。筆者はこうしたことすべてから、法律を死文とみなしてきたかつての習慣を垣間見る思いがする(後の時代のインディアスのための法令の多くも、尊重されこそすれ遵守されはしなかった)。このような法と実行との乖離は後の時代にも慢性的となって、本来、尊重するだけでなく

遵守もすべき国民と、国家との関係に影響を与えていくこととなる。スペイン無政府主義（それは間違って個人主義と呼ばれている）の広がりと特異性も、そうした乖離を生んだ原因のひとつであった。

後にスペイン人と呼ばれることとなる民族を構成した三宗教の信徒たちは、異質な人間集団だったせいで、スペイン人は果てしなく超現世的なものの中で統一されることとなった。つまりじかに手に触れられる直接的なものは等閑視され、キリスト教王国の分立（一種のタイファ）によって、時として分離主義に向かおうとするような、地方主義が惹起されたのである。

今ここでわれわれが関心を向けている時代（十六、十七世紀）において、スペインのユダヤ人たちは敵対する者たちの憎悪と誹謗中傷にさらされていた。しかし彼らはきわめて特殊なケースを例外として、内部分裂をきたして細分化していった。ここで言う例外とはアンヘラ・セルケ・デ・サンチェス・バルブード（Angela Selke de Sánchez Barbudo）によって、素晴らしいかたちで実証された、十七世紀のパルマ・デ・マリョルカにおける改宗ユダヤ人の子孫たちである（『西洋評論』*Revista de Occidente*, 1971.2）。個人と社会の間のそうした対立の中で、不純な血統をもつスペイン人は、世論の攻撃から身を守り、いかがわしい偽りの貴族証明書の力をかりて世論に紛れ込み、先祖たちがかつて従事したこともないような活動に携わることで頭角を現わすべく、さまざまな、思いもかけないような姿勢をとるようになった。そこにこそ十五世紀から十七世紀のかなり後期に至るまで、ある種のコンベルソたちの、スペインとヨーロッパに対する積極的な貢献が見られるのである。血統としてのスペイン系ユダヤ人（彼らはかくあったればこそ、まさしくスペイン人そのものであった。法学者フアン・アルセ・デ・オタロラ（一五五九）のような無思慮な人物(2)にあっては、外国人とみなされたが）は、さまざまなかたちで」自らの孤独を生き抜き、斬新な文体を駆使した文学形式の中で、内なる絶望感や憂愁を表現したのである。十五世紀におけるコンベルソの、スペイン文化への参与には尋常ならざるものがあった。〈上品さ〉を売り物にした抽象議論と因習主義に凝り固まった文学史が、口が裂けても語ろうとしないのは、十五世紀の文学からスペイン系ユダヤ人の作品を抜いたら、まったく何も残らないという事実である。そうした作家たちは以下に挙げるものだけで十分であろう。ドン・パブロ・デ・サンタ・マリーアとその子孫たち（ドン・アロンソからガルシーア・デ・サンタ・マリーアを経てドニャ・テレサ・デ・カルタヘーナに至る者たち。というのも血統意識はスペイン系ユダヤ人の関心や職業に影響を与えたからである）。その後では、フアン・デ・メーナ、フアン・デ・ルセーナ、フアン・アロンソ・デ・バエナ、フェルナンド・デ・ラ・トーレ、フアン・アルバレス・ガート、アントン・デ・モントーロ、モセン・ディエゴ・デ・バレーラ、アロンソ・デ・パレンシア、アルフォンソ・デ・ラ・トーレ、エルナンド・デル・プルガール、ロドリーゴ・コータ、ディエゴ・デ・サン・ペドロ、フェルナンド・デ・ロハス、初期演劇（フアン・デル・エンシーナ、ルカス・フェルナンデス、トーレス・ナアロ、ディエゴ・サンチェス・デ・バダホス）。[四] こうしたコンベルソたちの作品には、彼らの出自の痕跡が、文体のみならずテーマを扱う方法にもよく窺える。たいていの場合あけすけに語られる、彼らの形式において際だって見えるのは、少数派的で異説を主張するような姿勢である。これによって、彼らがスペイン系ユダヤ人の血統に属すことを予告しているような場合がままある。先々そうした事実をたんなる偶然だなどと切り捨てることはできなくなるはずである。そうした態度をとる連中は、彼らの表面をなでまわすだけですませ、そこにこそスペイン文学の独自性を決定づけたモチーフの一つがあったなどとは夢にも思わず、十五世紀であればそれを中世の〈秋〉の光だなどとし、十六世紀であれば、とげとげしい対抗宗教改革の時代などと称して、一向に彼らの血統などを考慮に入れようとはしない。スペイン人はヨーロッパ中世に対して、また後にはルネサンスに対しても斜に構えてきた。［それはカスティーリャが、ヨーロッパのようにラテン文化をもっていなかったという単純な理由によるものである。彼らは自らの知性と力を他の分野に注がねばならなかったからである。］スペイン人は三つの血統をもった人々の共存によって自分たちの生活を築いてきた。われわれが語っている対象を正確に見定めるために依拠すべきは、まさにこれらの三つの血統である。『セレスティーナ』の中で、パルメノの母親は「キリスト教徒、モーロ人、ユダヤ人、相手かまわず墓を回って歩いていたものさ。昼間に目星をつけておいて、夜が来ると掘りかえす……」（第七幕）といった生活をしていた。われわれは彼らが生きていようと、死んでいようと、生命の織りなす布として、彼らの心の叫び声のすべてに、しっかり耳を傾けねばなるまい。

　十六世紀も進むにつれ、状況はカタルーニャを含むあらゆる地方で活発になった、血の純潔に対する抑えがたい欲求によって、さらに複雑さを増し、悪化の一途を辿った。〈不純分子〉は自分たちがそうした存在であることを認識していた。彼らはしばしば誠実な新キリスト教徒であったし、経済的にも豊かで、心底から欲していた貴族証明書を手に入れることもできたが、〈血が汚れている〉とされたことで、疲れ果てていたのである。［筆者が『サンタ・テレサと他のエッセー』（マドリード、アルファグアラ、一九七二）で述べたことだが、オリバーレス伯公爵とその父親は申し分ないほど純血ではないという理由から、スペインの大公とはなりえなかった。］マテオ・アレマンは一五九九年に『グスマン・デ・アルファラーチェ』[五]（第二巻、第三部、第八章）において、次のように述べている。「あるところに、今にもおいしく焼かれそうな新キリスト教徒がいた。彼はよく肥えた金持ちの有力者で、自分の家で満足して、潑溂として楽しい生活を送っていたが、あるとき異端審問官が隣に住むということになった。男は近くに異端審問官がいるというだけで身を削る思いをし、数日間でがりがりの骨同然となってしまった」。マテオ・アレマンの語るところによると、同じようなことが檻に入れられた羊のとなりに、狼が入れられた、別の檻が置かれたときに起きたという。「羊は与えられたものを食べていたが、年がら年中、隣の狼にひどく脅えていたので、肥えるどころか骨と皮だけになってしまった」。

コンベルソは自らが直面している社会で、自らに関する〈世論〉（評判）が、危殆に瀕しているという認識をもっていた。そこで〈世論〉を自らのほうに引きつけたり、逆にそれを遠ざけようとしたが、同時に、もしできることなら個人の力で他に優る存在となるべく努めた。こうした社会に対して悲痛にして皮相的な、また苦渋のやり方で立ち向かおうとした者もあった。［学生を対象にした］従来の文学史では、ヨーロッパでも稀なそうした社会状況と、十六世紀スペインの他に例をみないある種の文学ジャンルや形式との相関性について、無視するか、さもなければ、回避しようとするのがふつうである。筆者はかなり昔、文学というものが観念的で外在的な、いわゆる〈ヘーゲル的〉状況によってのみ決定づけられるかのごとく信じて、ルネサンスとかエラスムス主義、対抗宗教改革、〈世俗からの逃避〉、バロックなどについて論じたことがあった。しかしそのときは、同時に直接的であれ間接的であれ、生きざまのなかで表現された生のありようや状況によって、決定的なかたちで規定されることまでは、思い至ることがなかった。そうした生は、テーマのみならず価値観や生にまつわる伝統とも結びついているし、それに加えて、ある特定の空間や時間の中で、しかもある特定の階層の間で生み出されたものである。

十六世紀のコンベルソは、先祖たちがいかに優れた存在であったか、彼らがいなければキリスト教は存在しえなかったかもしれないほど優秀であったということを、しっかり認識してはいたが、英雄的な武勇の伝統には乏しかった。彼らは［八世紀から十三世紀までの四百年以上の間、どっぷり浸かっていた］スペイン・イスラム的伝統ゆえに、一度として断たれたことのない自らの心情をしっかり見据えて、行動と思考の両面において、その思いを反映させていくことに慣れていた。

コンベルソと目されてはいなかった者たちは、十六世紀のスペイン人の特質ともいうべき、積極的に諸所を渡り歩く性質ゆえに、軍事的な営みにずるずると引き込まれていった。多くの者たちがヨーロッパやインディアス(六)で支配者となった。あるいは所領を管理支配したり、王の職務につくことで、領主的な〈安寧〉を得て面目を施すこともできた。しかし、いかに努力しようと、〈世論〉によって苦しめられてきた、心穏やかならざる人々にとって、自分自身との対話の中でこそ真の姿を垣間見せる〈社会的実像〉に、なんらかの積極的価値を与えるべき手段などどこにもなかった。抑圧的な状況によって、他の誰にもまして追い込まれたのは、論理的な問題を議論することに関心を抱いていた者たちであった。多はたしてどんな手立てがあっただろうか。すでに見たとおりだが、マリアーナ神父が記したように、多くの者が知的・道徳的な面で堕落したり、悪に染まってしまった。しかし、自ら考えたことを客観化するのではなく（これは危険な仕事であった）、存在と思考とを分裂させることなく、対立のど真ん中において〈人格として在る〉ことを選んだのである。（ルイス・ビーベスがエラスムスに記したごとく話しても、口を閉ざしても、ともに大きな危険を冒さずにはできないとなれば、解決法としてありえたのは、人が抑圧され追い込まれてきた状況そのものを、白日の下にさらすことくらいである。こうして閉鎖的な雰囲気それ自体によって、文学表現における突破口や光明が射し込んだのである。『グスマン・デ・アルファラーチェ』の中のよく肥えた裕福なコンベルソは、そうした息苦しさから一挙に痩せてしまったし、同様に、ルイス・デ・レオンやブロセンセ、ソル・フアナが、堂々と意見を述べることを妨げられたのも、そうした雰囲気のせいであった。また同様の圧迫感から、テレサ・デ・ヘスースやセルバンテスの芸術が間接的に生み出されたとも言えよう。（資料をもっていないので）断定はできないが、セルバンテスもまた〈あの連中（ex illis）〉の一人であった（これは最近、サルバドール・マダリアガが書き記したことによる）[七]。しかし日々の生活はとうの昔から日常的に辛く、不確実なものとなっていた。コンベルソのベルナルディム・リベイロ（Bernardim Ribeiro）の創始した牧人的語りの小説は、漠としたメランコリーの漂う観念的世界に逃避して安らぐことを目的としていた[3]。また『ラサリーリョ・デ・トルメス』（作者不詳であれ、セバスティアン・デ・オロスコの作であれ）とともに、人格を肯定する別の文学が始まった（これもコンベルソによって生み出された作品であった）。同じこうした社会にあって、物質的・精神的なものを生み出すことに対し後ろ向きな人々といえども、〈世論〉という名の怪物と向き合うときには、生き生きとした表情を見せたのである。そうした空気の中で喫緊に求められたのは、［ピカレスク小説やロペ・デ・ベーガの演劇の中で見られるような、皮相的、絶望的なニュアンスを伴いつつも］、〈男らしさ〉を見せつけることであった。それは獲物としてどうしても手に入れたいと願う愛する女性を前にして、男らしさを維持するためであった。とはいえ、そうした愛ははかなく雲散霧消するのが常であったが。〈世論〉という不吉な突風にさらされた人間の示すあらゆる姿は、演劇的テーマとなり、桟敷に集まった民衆の心理や想像力を掻き立てたのである。

　こうした事実については別の機会[八]にもっと落ち着いて検討するつもりである。ロペ・デ・ベーガの芸術の演劇形式が、スペインの社会生活の状況といかに結びついていたかが、それによって明らかになるだろう[九]。今ここで問題として扱うのは、たとえいかに遡ろうとも、ユダヤ的血統に連なるとされたキリスト教徒の名誉失墜と、そうした事実とを結びつけることである。何はともあれ、筆者はコンベルソが社会と向かい合う際に圧迫されて息苦しく感じていたとするならば、そうした心理がどのようなかたちで反映しているかが、わかるような事例を提示するつもりである。

私は未来の聖女たるテレサ・サンチェス・デ・セペーダの神秘主義と、コンベルソの家系に属したことへの意識との間に、因果関係があると思っているわけではない。しかし聖女は神を守るべく一身を投じて生涯を捧げた霊的な熱情のおかげで、キリスト教の鑑とも言うべき人々の内に、ユダヤ主義の穢れを見いだそうとする者たちの攻撃から、身を遠ざけ、かつ身を守った。新キリスト教徒の内なるドラマとはそうしたものであった。彼らは時として、旧キリスト教徒よりも誠実で熱情的であった。聖女の中には俗衆の〈世論〉の思い定めるところと対立する傾向がはっきりと窺える。『完徳の道』(*Camino de perfección*) にはこうある。「(悪魔は) 自分がまいた毒麦がひき起こす騒ぎの時に、かれは、熱心の美名のもとにあざむかれて半分めくらになった人を全部、自分のあとに従えてゆくように見えます。そのとき、神はひとりの人をお立たせになり、その人は人々の目を開き……念禱には危険があると言う人があれば、ことばよりもむしろ行ないによって、どれほど念禱がよいものであるかをわからせようと努めます……こうしたことについて世俗の人の意見を気にしてはいけません。今は人を片端から信じてよい時ではありません。キリストのご生涯にならっていられる、と見たかたがただけ信じることです」(第二一章)〔東京女子カルメル会訳、傍点引用者〕。

テレサは神の恩恵によってしっかり守られた、自分自身の分別といったものの中に身を寄せたが、こうした恩恵のおかげで〈世俗の人の意見〉の上に立っているという思いを抱いたのである。彼女の抑圧されていた意識は、最低で最悪の状況から至高の境地へと上っていくように感じた。このケースでは世俗から逃避することで、意気が挫かれるのではなく、逆に高揚させられたのである。しかしなぜ逃避しようとしたのか。テレサは自分の家族的出自や、そこに秘められた汚名について何を知っていたのだろうか。われわれはそうした点について調べてみようと思い煩うこともしなかったが、今や間接的な方法とはいえ、未来の聖女の親友たるヘロニモ・グラシアン神父の口から、それが語られることとなった。彼は当然のことながら、血筋のことについて強い関心を抱いていた。著書『聖女アナ・デ・サン・バルトロメの精神』(*Espíritu de la beata Ana de San Bartolomé*)の中で、彼はアナの家系と生まれについて、次のようにかたちで尋ねている。

(グラシアン)「しかしまずお伺いしましょう、あなたはどこで生まれ、ご両親はどういった方でしたか?」

(アナ)「アビラ近くのナバルモルクエンデという村で生まれました。父はタラベーラ近くのパハレスという別の村の生まれで、エルナン・ガルシーアといいます。ここに母マリーア・マンサーナスと結婚するためにやってきました。三人男兄弟がいて四人は姉妹です。生まれは卑しいですが、父には必要とする家畜や土地がありました。父や兄弟たちは立派で分別ある人間という評判があったものですから、いつでも村の村長とか教会の執事などに任命されました」。〔傍点引用者、以下同〕

(グラシアン)「あなたには福者テレサ・デ・ヘスース修道尼長よりも率直に語っていただきました。私がアビラで彼女の先祖である、あの町で一番高貴なアウマーダ家とセペーダ家の血筋について尋ねたところ、あの女性は私にそんなことを尋ねるなんて何事かと怒り、カトリック教会の娘であるだけで十分ではないかと申されました。またあの方にとっては、世の中で最も卑しい下層の農民や改宗者の血をひいた人間であったことなどよりも、小罪を犯してしまったことのほうがより大きな心の重荷になっていました。これはオセアス・デ・エフラインの言うとおり、真実です。つまり多くの人々が神のみもとから飛び去ってしまい、神の法を遵守するという心の糸を断ち切って、粗野で反逆的な人間となるとしたら、それは己の血筋の高さを重視しているからなのです（一〇）」。

ここでは二人の修道女の違いがよく描かれている。一人は農民の娘で自分の氏素性についてあけすけに語っている。また日常生活や文学の中（ペドロ・クレスポやペリバーニェスなど）では、農民にしか与えられない価値序列の中で、家族の占めていた身分や地位などについても語っている。もう一人は貴族たるアウマーダ家とセペーダ家の血筋のことに触れられると、ひどく腹を立てている。それは彼女が後の系譜学者たちよりも己の血統についてよくわきまえていたからである。金銭や欺瞞的手段で手に入れた郷士身分によって、ユダヤ人の先祖をもつという瑕疵が消え去ることはなかった。一五二〇年のアビラにおける議会が述べるところによると、テレサの祖父ファアン・サンチェス・デ・トレードの祖先は納税義務を負う平民であって、郷士ではなかった。そしてファアン・サンチェス自身は、一四八五年にトレードの異端審問で断罪され、カトリック教会に復帰した人物であった。テレサの義兄ペドロ・デ・セペーダ（ファアン・サンチェスと同様、商人であった）は、一五二〇年に祖父が教会への復帰者であった旨を述べている（一一）。修道尼長テレサはそれのみならず、父や叔父たちが経済力に物言わせて、偽の郷士の証明書を手に入れようと努力していたこともよく知っていた。聖女の父方同様に母方の先祖にもコンベルソの身分が見てとれる。そこには聖職者や富裕な商人の存在があった。おそらく司教の近くにあって司教の職務に携わっていたと思われる。テレサの心を憤慨させたのは「卑しい下層の農民や改宗者」というくだりだった。なぜ農民が卑しく、下層なのであろうか。この世の虚飾に求めるもののない、慈愛にみちた彼女のような女性であってみれば、もっと柔らかな言い方があってもよさそうなものであろう。しかしまさしくコンベルソの身分であったがゆえに、また家族の間で話されたことを耳にして、農民という存在が自らを苦しめている血統上の瑕疵から逃れていたがゆえに、厭わしい対象となっていたのである。また改宗者は、自らの不幸の生きた鏡であったがゆえに厭わしい存在であった。グラシアン神父から語り伝えられた言葉は、サンタ・テレサの心底から怒りを噴出させた。そして彼女が生きていた世界において、自らの置かれていた状況について、どれだけ認識し、感じ取っていたかを明らかにしてくれる。『完徳の道』で「こうしたことについて世俗の人の意見を気にしてはいけません」と記した彼女は、そうした意見をしっかり念頭に入れていたのである（二二）。

　大きな苦しみの代償として、それを補って余りあるものとなったのが、当然のことながら神との親密な交わりであった。そうすることで〈名誉ある〉テレサと自らの素晴らしき魂は、存在に関わる不安から解き放たれた。たしかにこうしたことは、彼女自身、そのことについてほとんど何も感知してなかったユダヤ性と、いかなる関係があったわけでもない。というのも宗教はそうした恐ろしい争いの核心にはなかったからである。争いの中心となったのは〈世論〉という舞台、言い換えると、彼女自身の固有の存在に関わる意識や、〈他者〉によって与えられる体面意識の中核となった場所である。人はこうした体面意識をもたないとき、周囲から孤立し、空しい思いを抱いたのである。テレサはそうした〈他者〉と向かいあったとき、自身に対するつよい確信を抱いて、けっして謙虚になることなく決然と立ち上がった。「私は正しいことを確信していたので、いったん口に出したことを、けっして引っ込めたりはすまいと思いました」（『自叙伝』*Vida*　第三章）。彼女のみならず一族の生活もまた、社会的序列の重圧によって苦痛を強いられてきたが、そうした序列は大衆的〈世論〉と同様、彼女の中では見下すべき対象として回避されてしまった。「私は神とであれば、主ではあっても、友人のように付き合うことができます。なぜならこの世で主君とみなす者たちとは異なっていることがわかっているからです。この世の支配者はしょせん、とってつけたような権威しかありませんから……ああ、栄光の王よ、あなたにとって仲介者などどうして必要でしょう?……あなたが示される偉大さを見れば、王であられることを知らしめるのに、お供をしたり護衛したりする人間など必要ありません……かくて世の支配者がとってつけたような権威しかないのも頷けます」［（二度も同じせりふを繰り返している）。］（『自叙伝』第三七章）。

王の中の王たる神のそば近くにあって享受していた寵愛のおかげで、彼女は骨の髄までキリスト教徒であるという意識と、人の想像も及ばぬほど大きな怒りや恥辱（そのすべてが不公正であった）に外面的にさらされていた、という事実から生み出された葛藤的状況から、自らを救い出すことができたのである。「とってつけたような権威（autoridades postizas）」という［二度にわたる］表現の裏には、苦い思いが込められている。

## 文学的創作における苦悩の克服

体面をめぐる対立が生まれた社会生活をきちんと描き出そうして、人間的欠陥に起因する否定的な側面ばかりを提示していたら、うまく果たせないばかりか、間違ったものを提示してしまうことにもなりかねない。もちろん否定的側面とはいえども、十七世紀のスペイン人が置かれていた真の状況を、その根源や発展の中で示して見せるという、積極的側面もないわけではない。ちなみにその時代には、前世紀には存在したエラスムス主義者や聖書学者、科学者などの〈知識人〉が払底してしまって、追及しようにもそうした対象がなくなってしまった時代であった。[一三] 価値観に対する見方も混乱してしまっていた。それによると、粗野で得体の知れぬ無名の集団が、時空の境界を超えて、波風の立たぬ平穏な大海[4]となりおおせたのである。その中にあれば少なくとも〈取るに足らない人〉とされる恐れは回避された。[一四]〈取るに足らない人々〉の過去を具現した人々に対して、まさにこうしたかたちで〈何者かである〉という逆説が生み出され、それは地球上のはるか彼方の未知の土地まで広がったのである。今や大地にしっかり足を据えて立つために大いに役立ったのは、人の姿も物のありようも思想のすがたもはっきり見えない、遠い太古の昔から地にはいつくばって生きてきたという事実だけであった。つまり「先祖は百姓の出であり、両親はどこから見ても純血」ということで足りたのである。人は無名の血筋であればこそ高貴な血筋を手にすることができた。あらゆる種類の文化的、経済的、技術的な活動は危険なものとみなされたのに対し、たんに農民の身分であれば、[汚れなき血統とされ] 社会的身分が得られた。[そこから『グスマン・デ・アルファラーチェ』の中で主人公は、悲しい怒りを抑えつつ、自らを〈どこかの馬の骨〉(hijo de nadie) と呼ぶこととなる (前篇、第二部、第四章)。]

　とはいうものの、逆にこれほど窮屈な状況があったからこそ、天才的なスペイン人たちは、一見すると何の取柄もないようにみえる人物に、思いもしなかったような新たな、そして永続性のある生命を、付与する方法なり必要性を見いだしたのである。本来であれば社会的身分から見て無価値で、現実の姿はどういうものか[一五]という側面でしか描かれる価値のなかった存在が、いかなるかたちにも造形しうる、小説的・演劇的キャラクターとなりえたのである。本物の文学作品にはよく見られることだが、作品と作品を支えるもの、作品と動機となっているものとの関係というのは、〈ミメーシス〉（現実模写）や模倣のそれではなく、あらゆる基本的経験に裏打ちされた資料を乗り越えるといった意味あいの、超克の関係である。われわれが前に『びいどろ学士』で出会ったような、たんに自分の血筋を鼻にかける農民を描こうとすれば、おろかで傲慢な態度に凝り固まった不毛な人間、新キリスト教徒をユダヤ人呼ばわりするような人間を、登場させるだけでことは足りた。もしセルバンテスが〈風俗描写〉作家であったならそうしたかもしれないが、彼はそうしたところに留まることはなかった。目の前にある素材に対してアイロニーを投げつけ、思い上がった百姓に向かって、そういう自分こそユダヤ人ではないかと言うのである（おそらくセルバンテスは内心、新キリスト教徒の方が旧キリスト教徒よりも、よりキリスト教的であると思っていたに違いない）。つまりセルバンテスは、庶民にとってみれば常日頃当たり前と思われてきたことを、問題として取り上げたのである。『ドン・キホーテ』の構想が生まれたのは、まさに十六世紀のスペイン人の精神に根本的な裂け目があったためだ、という事実をしっかりと踏まえるべき時期に来ているのではないだろうか（二六）。［そうすることによって本書で明らかにしようとしている葛藤的な状況といえども、光り輝く積極的な広がりをもつこととなるはずである。ある種のコンベルソたちの作品はスペイン文明の最も輝かしい成果のひとつである。］

かの文学作品が生まれる出発点は、農民と貴族、あるいはたんなる郷士でもいいが、両者の生活状況の対比的・論争的な視点であった。『ドン・キホーテ』の中でドロテーアという女性の「両親はお百姓で、人聞きのわるい血なんぞちょっともまじらない、ただの平民で、よく世間で言うように、すっぱくなるほど古いキリスト教徒」（前篇、二八章（二七））とされている。さらに後のほう（前篇、三六章）で、ドロテーアと誘惑者ドン・フェルナンドとは、貴い百姓娘と、野卑な貴族というかたちで対比されている。というのもセルバンテスは［（グラシアン言うところの〈群集〉と歩調を合わせたりしなかったからだが）］、貴族と農民というのは道徳的な資質によって真価が決まるのであり、生粋の血筋かどうかではないと考えていたからである。その点は同時代の人々の考え方とは裏腹であった。ドロテーアはこう述べている、「本当の貴さというものは道徳にあるということをお考えなさいまし。もしもあなたに道徳が欠けていて、当然わたくしになさらなければならないことをおこばみになるのなら、わたくしは貴さという点では、あなたよりすぐれることになるはずです……あなたがお望みになろうとなるまいと、わたくしはあなたの妻だということでございます。その証人はあなたのお言葉です。わたくしを卑しんで、ご自分の貴さをお誇りになるおつもりなら、お言葉にいつわりがあってはいけませんし……」。つまりここでいう貴さというのは、フェルナンドが彼女には備わっていないとする、〈血筋上の〉それである。農民とか騎士とか、新キリスト教徒かそうでないとかいう問題の下に横たわっているのは、〈パウロ的〉なキリスト教徒として振る舞うことの重要性である。キリストは人を分け隔てすることなく受け入れているからである。セルバンテスは、こうした見方をエラスムス主義者たち［師たるエラスムス主義者J・ロペス・デ・オーヨス］との付き合いから学んでいる。

ドロテーアは一方で信仰の本を読むなどして、［内面的な］教養を身につけるすべを心得ていた。立派な愛についての議論ができるところから見て、平民の娘であることと貴族性とがはっきりここに結びつけられている。しかたなくドン・フェルナンドは彼女の言葉に屈してしまう。こうした点から、決定的に重要と思った時に限って、自らの存在に対するむき出しの自意識でとっさに身を守ろうとする、サンチョ・パンサのケースがなおいっそう意義深く感じられる。サンチョは「正直者で（といってもこの称号が一般に貧乏な男に与えうるものとしての話であるが）、そのくせひどく脳味噌の足りない」（前篇、七章）ドン・キホーテの隣人たる〈百姓〉であった。主人から約束された地位と利益を得るのに必要な称号とは次のようなものであった。「わしは由緒正しいキリスト信者だから、それだけでも伯爵になるには十分でさ」「それどころかありあまるくらいのものじゃ」とドン・キホーテが言った（前篇、二一章）。［彼にしてみると、旧キリスト教徒であろうが新キリスト教徒であろうが、どうでもいいことだったからである。血筋がどうあれ、人間としてどういう人間であり、いかなる価値があるかだけが重要であった。］サンチョは今日言うところの出版上の〈宣伝効果〉の成功と、自分自身も本の中に登場することを知って大いに悦に入り、「王国を統治したり、島を治めたりするのに十分達者だってことがわかっただ。このことは、これまでいくどかご主人にもお話したことですがね」と、自信のほどを見せつける。するとサンソンがこう言う、「職業は習慣を変えるもんだよ。だから、お前さんも太守になったら、生んでくれたおっかさんにさえ知らん顔をすることだってありそうだぜ」「そいつぁ生まれぞこないのやつらに当てはまるこった」とサンチョは答える。「だけんど、たましいの上に親代々のキリスト教徒のあぶらみを、二、三寸もつけてる者には当てはまらねえでさ」（後篇、四章）。

サンチョと同様の自信満々の態度を見せつけるのが『不思議な見世物』の〔村長の〕ベニート・レポーリョである。[5]「わしとしては平然として正気のままで見物できるとはっきり言えるんだ。というのもわしの父親もれっきとした村長だったし、両親の爺さん婆さんの血筋も、いずれも酸っぱくなるほどの親代々のキリスト教徒のあぶらみを、二、三寸もつけていたんだからな」[一八]。

他の百姓であればたんなる空威張りにすぎなかったものが、サンチョにあっては自らの人間的条件に担保を与える、確固たる根拠となっていた。彼の信奉するキリスト教はそれ自体に絶対的な価値があるのであり、新キリスト教徒のそれと対立しているからというわけではない。「二、三寸のあぶらみ」

（cuatro dedos de enjundia）というのは、「それだけでも伯爵になるには十分でさ」「それどころかありあまるくらいのものじゃ」というドン・キホーテとの応答から感受しうるように、過激に自らを正当化しようとした言い方というよりも、アイロニーを含んだ辛辣な定型表現といったものである。セルバンテスは無知な百姓の身分と、知的で立派な人間的資質とを両立させたのである。すでに指摘したとおり、サンチョが価値ある人間となりえたのは、たんに旧キリスト教徒であったという理由からだけではなかった。実際問題、百姓たるサンチョは（牧人やガレー船徒刑囚やロケ・ギナールなどと同様）社会の周縁的存在であった。周縁的という意味は、血筋が純潔かどうかとは異なる理由で敬遠されてきたということであり、伯爵や知事などといった社会的地位の高い人々と比較してである。サンチョはテレサ・デ・ヘスースが「とってつけたような権威」に対して身を守るべく、禁欲的な隠遁生活に入ったのとは異なり、遠く離れた一人ぼっちの世界に身を寄せて生きてきた。「わしゃサンチョとして生まれたからには、サンチョで死ぬつもりでがす」（後篇、四章）。「お前さん方、道をあけてくだせえ。そして、昔の自由な生活に返らしておくんなせえ……わしゃ裸で生まれたもんだから、裸になりました……わしゃパンサ家の血筋のものでがす。パンサ家の者はどいつもこいつも頑固者だで……」（後篇、五三章）

　表面的にみれば、当時のスペインで農民について起きたことは、現代で北米やヨーロッパで起きている状況と似た部分があるかもしれない。つまり人の価値は血筋［幼年期に百姓や皿洗いをしていたことなど］とは関係なく、これから何をなすかによって決まってくる、という見方である。とはいえスペインで起きたことは、もともと無学であるという理由から、農民が主人と同じように、自分も貴いと信じたことである。後になると農民の社会的出世の可能性はかなり制約されるが、それは経済的富や技術的・個人的な優位性を勝ちうる手段が、元来、不名誉なものであったところから、彼らに閉ざされていたためである。［人は立派なギリシア語学者や数学者として世に出ても、血筋についての疑いを抱かれたのである。］こうした決定的で大きな状況といったものを、社会学者や歴史学者は見ようとはしなかったのである。

　スペイン人としての意識をそなえた最高の天才たちは、スペイン的伝統を自由に駆使しうるような、独自の土俵の上で勝負を行なった。十五世紀に出来したとはいえ、十六世紀には硬直化していった状況のせいで、スペイン的伝統はその規模を大きくしていた。スペインの芸術家は自らの思いを、ラシーヌ流に〈思考〉の上に投影して作り上げたのでもなければ、シェイクスピア流に、人間を宇宙的規模で取り込み、把握させる〈自然〉の機能のうちに据えたのでもない。スペイン人は人間が〈かく在る〉という素材そのものの上に、思いを定めたのである。カルデロンは人間という存在を、自然としてでもなければ[一九]、動物的な自由闊達さも[二〇]、宇宙との結びつきすらもたぬ、突き詰めてみれば、神の手の中にあるのだという思想を文学化した。スペイン人が周知のかかる存在様式に則って、自らを作り上げていったという事実があればこそ、彼らの文学――文学こそ一民族にとっての究極的表現である――はあるがままの姿で、かつてあったように今もこうしてあるのである。人間の居すわる座としての宇宙[6]は、スペイン人にとってのテーマとはなりえなかった。マクベス的、ファウスト的、フェードル的存在はスペインには存在しない。それはスペイン人の〈宇宙〉が、自己の中にあること、言い換えると、自分自身を感じ取ることの中にこそあるからである。そういうところからスペインでは、小説というものが可能となった。というのも、小説というものは、人に対して起こることを表現するのではなく、起こっていることの中で、人がどのように存在しているか、ということを表現するものだからである。『ドン・キホーテ』は人の外で起きている出来事とか、内面的状態がどういったものかを描く、いわゆる心理小説ではない

［（ハムレットが生まれたのは、亡霊によって真実が明かされたことがきっかけであった）］。心理小説では生のプロセスを分析し描き出そうとするあまり、プロセス自体の動きが止まってしまう。「人に知られた旧家の」郷士たるドン・キホーテは己の存在のために自ら選びとった新たなかたちの中で、自らを維持し再創造していく。言い換えれば［毎日安穏として暮らす一郷士が、己の存在にとっての〈住処〉として、新たに選び取った方法にしたがって自らに吹き込んだことの結果］である。サンチョはすでに既成の、旧キリスト教徒型農民としての姿で登場する。また他の者たちは、彼に対して新しい生活様式を提示するが、そうしたものは、伯爵とか太守になりたいというサンチョの野心をくすぐることとなる。読者の関心は、彼が〈太守〉であるかどうかという点に注がれるのではない。最終的に問題となるのは、サンチョが太守になりうるかどうかである。さらに後に重要となるのは、どうすれば太守たることを辞められるかということである。自分自身は騎士とか太守などといった存在になることができる、と自ら信じることこそ、テーマとなるべき本当の問題である。この天才的絵巻に登場するペドロ親方という人物は、スペイン的生の大きな論点である〈郷士〉か〈農民〉か、という問題を、皮相的なかたちで暴露した上で笑い飛ばしている。対立は簡単に解決できるものではない。『ドン・キホーテ』の中のせりふにあるように、しょせん、巨人を殺すのと死者を生きかえらせるのと、どちらが大きな価値があるかというのは、決着のつく問題ではない。唯一はっきりしていて揺るぎないのは、この世で生きていくということは、自らの課題と目標に対して開かれた問いを発することに他ならない、ということである。セルバンテスにとって、新旧のキリスト教徒の間で交わされる毒を含んだ議論は、しょせん、出口のない迷路のようなものであったのだろう。というのも『びいどろ学士』で見たように、〈日曜日氏〉も〈土曜日氏〉もともにユダヤ的血統に属する存在でありえたからである。しかしこうした論争に伴う、さま

ざまな局面や展開を実際に体験するということ、それこそ文学的にみてこの上なく大きな有効性をもった中心的仕事である。騎士道本はたしかに体裁は厳しくみえても滅茶苦茶な内容の書物だが、本を活用せんとする人間にとっては、それによって何とも多くのことが可能となるのである。少し逸れはするものの、それと似たようなやり方で、新旧キリスト教徒の対立もまた辛うじて、こよなく〈歴史記述可能な〉文学作品を生むための、動機となりえたのである。そうした文学作品はただたんに、記述したり［称賛したり非難したり］するためだけのものではなくなる。もし抑圧的な〈世論〉によって締め付けられ、展望をもてなくなった結果、価値の混乱をきたしたことから、価値が生まれるとしたら、それはそうしたものを、混沌とした生の視点から照射したときである（たとえばガスパール・ルーカス・イダルゴが、当時の空虚で傲慢な社会に対して放った、前述の辛辣な批判を思い出していただきたい（二二））。

　ところで多数派に属する劇作や小説などにおいては、純血なキリスト教徒かそうでないかという争点は、明確なかたちで語られることはない。大体のところ、農民は旧キリスト教徒であったということだけで、名誉ある血筋を有しているのは当たり前のこととされていた。そして農民は権力をかさにきた領主たちが、時として馬脚を現わす際に、彼らと対決せんとして自らの血筋を持ち出すのである。領主は領主で、ユダヤの血を引いているかもしれないといった疑いで名折れとなるというのではなく、本来、庇護すべき相手を足蹴にして蹂躙してしまう、ということで汚名を被るとされる［（『ペリバーニェス』の中のオカーニャの騎士団長がそうした例である）］。つまるところ、直接的に暗示されてはいないものの、社会的対立のおかげで、文学上の対立が可能となり、［スペイン文学にとって最も栄光に輝く時代が招来したということである。セルバンテスは自らの文学において対立を問題化して示したのに対し、ロペ・デ・ベーガは正統的なスペイン帝国の一枚岩の上にあぐらをかいて、自らのコメディアを

打ち建てたのである。］
たとえスペイン人が人間と宇宙との関係といったものを、一度として提起したり再考しなかったとしても、己自身との関係における人間的状況といったものを、文学的に操作しうる輝かしい現実として提示すべく、はっきりと見据えていたことだけは確かである。操作しうるというのは、人間集団の中で暮らしている人間の抱く葛藤として提示されたからである。そうした人間は、たとえ数学的法則に従うような星辰などなくとも、一つの宇宙ともいうべき存在である。テレサ・デ・ヘスースは自らの意識を神の方に向けた。神学者たちは彼女が究極の問題について、そういうかたちで突きとめたことを、語ることとなるはずである。有限なるものに関心の向くわれわれにとってもまた否定しえないのは、彼女の底知れぬ探究心、そうした姿勢の中にある自己のありよう、といったものは、当時の社会においてこそ起こりえたということであり、それゆえにテレサは生きる領域を見いだすことができたということである。そうした領域は人間的有限性［美］を探求する人々にとっては、今日でも生きて暮らしていくことができる空間である。セルバンテスは別の方向から、〈この世〉の問題に関心を向け、閉ざされた各々の人生の内に現われうる、多様な誘引物に引きずられ触発された、熱狂的な人物たちを作り出した。追い求めている目標がはたして現実的なものか、それとも虚妄なるものなのか、といった論争は判断を下されることのないままに据え置かれる。しかしセルバンテス以降、生というものは、この世にあって、ある与えられた時空間の中で存在しているということ、また存在せんと望むことなのだ、ということだけははっきりするようになった。セルバンテスがヨーロッパ文学に与えた教訓がどれほどのものだったかは、改めてここで言及するまでもあるまい。スペイン人は信仰という不動の砦の中にじっと身を潜めていたにもかかわらず、まさに葛藤的な困窮の中にあったればこそ、ある種の世俗化されたルネサンス［文化的革新（セルバンテスやベラスケス）」を成し遂げることができたとも言えるのである。おそらくこうした面はなかなか見えてこないし、それを理解することも評価するのも難しい。というのも筆者はスペイン人が自己というものを、問題性をはらんだ〈対象〉にした、と言っているわけではないからである。もしそうしたことが起こったとしたのなら、スペイン人が宇宙を認識するのになんら差し障りをもつはずもなかっただろう(三三)。

ロペ・デ・ベーガが考えた、社会的締め付けから脱出するための〈出口〉は、セルバンテスのそれとは大いに異なっていた。彼の劇作に登場する人物たちは対立・葛藤といったものを、セルバンテスとはずいぶん異なるやり方で表象している。人々の会話の中で農民はユダヤ教とは縁がないとみなされていたせいで、体面をもっているとすれば文句なしに自分たちだとする思い込みには強いものがあった。しかしロペ・デ・ベーガの演劇において、農民の体面意識が明るみに出るのは、堕落した領主と対峙するときである。農民は旧キリスト教徒の貴族証明書を後ろ盾にして舞台に登場する。彼らと権力者たちとの衝突は伝統的な背景、つまりかつて大貴族によって庇護を与えられていたユダヤ人をめぐる、彼らの対立的関係を彷彿させる。貴族階級はかつてユダヤ人と接触があったという事実から、ここでは〈血統的に汚れた〉存在として登場する。作者が血統的な純粋性を維持してきた選良たちの中でも、血統的にみて最も低い存在であった農民に頼らざるをえなかったというのも、そうした所に理由があった。

（騎士団長）　お前たち百姓に体面があるとでもいうのか？
カラトラバ騎士団員様よりも大きな体面が？
（代議員）　〔農民〕騎士十字章をつけて鼻高々のどこかの

お方よりも大きな体面が。血統もさほど純粋
ではございませぬゆえ。

（『フエンテ・オベフーナ』第二幕第四場）

農民のもつ真正なる血の純潔（郷士身分）と、従来、郷士とみなされてきた者たちの疑わしい血統との対比は、同様にロペ・デ・ベーガによって『ペリバーニェス』（第三幕第六場）中で際だったかたちで描かれている。後者の部隊がだらだらと行進している。

（レオナルド）　しっかり行進せよ、兵士ども。
（イネス）　これって何かしら?
（コンスタンサ）　兵隊さんたちよ。
疲れきった郷士さんたちの一行よ。（一三）
（イネス）　私たちの村のたくましい百姓のほうが
ずっと恰好いいわよね。

………

（ベラルド）　こうしたユダヤ人どもがわしらを
出し抜くと考えただけでぞっとする。
（レオナルド）　もうそのくらいでいいよ。
百姓の競争相手は郷士だからな。

郷士連中ほどすばしこいやつらも
いないくらいだ。モーロと見りゃ、いやそう聞いた
だけで脱兎のごとくとんずらするんだからな。（二四）
（ベラルド）

［どれほど奇妙で途方もないことに見えようと、ロペ・デ・ベーガが言わんとしたのは、民衆にとって農民以外の存在はみな、紛うことなくユダヤ人だったということである。この種の逸脱は昔からあったものなので、作品の標語として選んだ《カスティーリャの華はユダヤの血》というのも、当然あってしかるべき言葉だったということがわかる。この標語は領主となることで抜きん出た場合と同様、文化的活動とか、ある種の技術的活動に携わることで、抜きん出たような人々についても当てはまる。もし王侯貴族の遠い先祖にもなんらかのユダヤ人の血が混じっていたとしたら、ユダヤ人で臆病者という二つの汚点を免れた者など存在しえただろうか。したがって今一度ここでしっかり銘記すべきは、大貴族たちは戦場において勇敢に戦うか、闘牛で牛を殺すかなどして、自らの貴族性を明らかにする必要があったということである（実際にそうした場合もあれば、コメディアの想像的な場面においてそうする場合もあった。前者は『ペリバーニェス』の騎士団長、後者は『オルメドの騎士』のドン・アロンソ）。］

見事な作品『ペリバーニェス』のテクストの校訂者、出版者たちによって注目されてきた部分とはいえ、今こうしてはっきりとした意味を獲得しえたのも、それを十六、十七世紀におけるスペイン的生の体系と結びつけたからである。農民という文学的人間像がくっきりと浮かび上がるのは、それを血統の体制にもとづく社会的背景に置いたときである。

それに加えて、平民たる農民の間で体面のもっていた理論的枠組みを探求しようとしたことで、はか

らずも明らかになったのは、社会の上流と下層の人々の間の基本的対立である。言い換えると、十六世紀末における〈本質的人間〉の実際的必要性と、それを満足させえない状況との根源的対立である。〈現在〉は近寄りがたい〈未来〉と争っていた。個人としての偉大さを求めつつもどうしてもそこに近づけない障害があった。カルロス五世時代の並外れたスペイン人といえども、ヨーロッパにおいて、自らの目的や野望をわずかしか実現しえなかった。したとしても認められず、尊重されもしなかったのである。[ユダヤ人とモリスコの追放によっても、フェリペ三世の臣下たちが安定的なかたちでひとつになりえなかったことは、一六四〇年の出来事[7]が如実に物語っている。スペインは内部から見ても、外部から見ても、とうてい調和した統一国家ではなかった。ある征服者は一五六九年にこう訴えている。]「今日日、スペイン人はいったいどこに行ったら、自分の功績を功績として、堂々と語ることができるのか」[二五]。しかしスペイン人は自国においても、異端審問官と抑圧的世論という、二重の攻撃を前に打ちひしがれていた。こうしたことから農民が他を押しのけるようにして、すでに述べたような高い地位に上っていったのである。来世への篤い信仰は他を圧して、類を見ないほど大きな勝利を収めたとはいえ、現世の正しい裁きや有効性に対する信頼感は弱まる一方であった。[二六] 人々はコンベルソや、いわゆるインディアス帰りと呼ばれた人々の貯め込んだ金を見下しはしたものの、一方で、絶えず貧困に喘ぎ苦しんでいたのである。すべては世界を知的活動から遠ざけ、不満不平にこそふさわしい住処にしようと企む、神がかった悪魔的な力によって支配されているように見えた。

こうした社会はとうてい理解しうるものではなかった。なぜなら貴族はこう認識していたからである。

名誉は都市から逃げ出し

農村に行ってしまった

一方、ある百姓娘はこともあろうに婚礼のさなかに、ある〈立派な〉騎士からこのように狼狽させられた理由を、空しく問いただしている。

夫から私を奪い取ろうだなんて、この人は
いったいどういうつもりなのかしら?
スペインでは騎士道も地に堕ちて
破廉恥に取って代わられたようだわ。(二七)

常に見られることながら、ここでもまた、文学というものが集団的生のあり方や、その価値観や生の組織としての固有の存在に関わる生活体験に、深く探りを入れようとする際の最も直接的な手段となっている。したがって筆者がどうしても理解できないのは、論理的思考に不慣れなある種の人々が、筆者が文学を歴史資料として用いていると非難していることである。おそらくそうした非難をするのは、十六、十七世紀のスペイン文学が、他のヨーロッパ文学とは異なる理由について、まったく認識していないからであろう。ケベードは(本書、二三一―二四頁で見たとおり)、郷士の先祖を追い求めることがどれほど危険なことか、近寄りがたいほど洗練された美しい表現でわれわれに語っている。(8) 彼はたんなる〈幻滅〉の詩人でもなければ、たんに生から逃れようとするだけの〈遁世〉の詩人でも、〈現実破壊〉の詩人でもなかった。(強調しておきたいのは、従来、われわれは対抗宗教改革とかバロックなどについては多くを語ってきたが、異端審問化された生とか、敵対する血統からなる社会の内部闘争については棚上げしてきたことである)。ケベードか誰かわからないが、前に引用した《そなたの祖父の由緒ある家屋敷と貴族証》で始まるソネットの前に置いた〈論旨〉にはこうある。「これはかつて立派な貴族の称号をもっていた友人に、まさにやぶへびで、知らなくてもいいことまで暴露されてしまうから、あえて貴族身分を確認するようなことはやめたほうがいい、と忠告するもの」。一番望ましいのは、何もしないか、何も高望みしないことであり、さもなければ、故国の遠く離れた土地で暮らすか、戦うかすることである。自国にあって唯一まともなのは、じっと静かに〈安穏〉として暮らすこと、己がどういう存在であったか誇示し、祈りを捧げ、耐え忍んで生きていくことであった。ケベードは〈安穏〉や沈黙、謹慎を強いられた者たちの苦しみを表現したのである。[「ユダヤ人であろうとモーロ人であろうと、騎士や郷士になろうと思えば、下手な字を書き、ゆっくり大声で話し、馬に乗って、大きな借金をし、誰の目にも触れない場所に行くことだ、そうすればなれること請け合い」(『諸事万般の書』*Libro de todas las cosas*, BAAEE, XXIII, p.481)。これはまさに虚妄と欠如と幻想の人生である。]

「何ごとにおいてもありのままの姿に触れることはすまい」。ところがソル・フアナはメキシコであえてそれに触れようとしてしまった。すると、すべてが「宗教裁判所とやっかいな騒ぎを起こす」(本書、一九八頁を参照)こととなった。フアン・デ・マリアーナ神父もまた似たような謹慎的態度をとることを薦めていた。ところがケベードにおいては、こういった素っ気ない断定的表現は、シンボルのかたちをとった詩的構造や生命的運動になっている。つまり大いなる存在になって上昇したいという熱望が一転、天空で炎に包まれて墜落するという、パエトンの空しい努力として描かれている[(本書、二三一―二四頁参照)]。先祖が貴族であった証拠を探し求めようとしても、しょせん、異端審問の火刑で灰にされた事実に直面するのが落ち、というものであった。過ぎた時に語らせてはならない〔過去を詮索してはならない〕のである。［しかし非現実なるもの、非存在なるものは、逆に詩的な現実となりうる。］詩人ケベードの詩想豊かな発想は、それ以上ないほどの感動を与え、永遠の美しさを湛える、構成的にして感性に裏付けられたイメージの中に姿をあらわす。

道を踏み外して騒動を巻き起こしたりしなさんな。
（直訳「極天の常軌を逸した醜聞」descaminado escándalo del polo）

こうしたものすべてとうまく共鳴するのは、グスマン・デ・アルファラーチェの〈どこかの馬の骨〉(hijo de nadie) という表現である。また数世紀以前であればコンベルソのアウシアス・マルクの次のような精緻で繊細な表現とも合致しただろう。

自然の力によりて、悲しき腹より出きたり（二八）

韻文で書かれようと散文のかたちをとろうと、詩というものによって、スペイン史上最高の時代における、人間のドラマが明らかとなる。天上の彼岸や血統の純潔、その威力についての意識くらいしか真正の精神的遺産をもたぬ人々は、どこにおいても、誰から知られることもなく、空しさだけを抱えて生きてきた。星辰の瞬く宇宙空間の沈黙に慄くのではなく、自らの血の遥か昔の沈黙こそが恐怖であった。一体それは誰のせいだというのか。スペインでは商売をやって儲けた富にはユダヤの汚名が着せられ、他のヨーロッパで後に〈中産階級〉となるべき、そうした存在が生まれることはなかった。この中産階級こそ商業や銀行取引、産業に基盤を据えた者たちであり、困窮した壮大なるスペイン王家に金を貸し付けた、フィレンツェ、ジェノヴァ、ドイツなどの金融業界の一門たちであった。

　自分が何を話しているのかもきちんとわきまえない連中が、筆者のことを歴史において経済的側面を考慮に入れていないと非難しているが、彼らは経済というものが何にもまして、人々が自分自身および周りの世界、その支配下で存在していると信じる神の力といった、さまざまなものとの関係で選択した態度の結果である、ということをまるで理解していないかのように見える。スペイン人はものごと（貿易、銀行、産業、発明など）を系統だって作り上げることができなかった。その理由は、この種のものごとというのは、汚れた憎むべき血統の者たちの遺産だったからである（二九）。こうしたことを見れば、資本主義体制がカルヴァンの宗教的影響下で、ヨーロッパ（まず最初にイタリアで、のちに北欧で）において開花し始めたころ、スペインにはその萌しすらなかった、というのもなんら不思議なことでないと思われる。資質に富んだ多くのスペイン人たちの気をもませたのは、自らの個人としての過去と同様に、自分たちの集団としての過去であった。十六、十七世紀に貴族証明書や虚偽の略年代記（三〇）が氾濫した事実は、いかに人々が血の純潔を渇望していたかを物語って余すところがない。もしそうでなかったとしたら、どこの馬の骨かもわからぬ農民を持ち上げようなどとは思いもよらなかったであろう。神聖にして世俗的な伝説への熱望といったものが存在したのである。最も知的な人々は、多くの華やかな系譜の背後には、毒蛇がとぐろをまいていることをわきまえていた。前に見たとおり、そうした毒蛇たる者たちの中には、テレサ・デ・ヘスースの記憶を悪意に解釈する者もあったし、「オリバーレス伯公爵をはじめ多くの者たちに対しても、同じようなことを行なったのである」。

人々は深く分析することもできなければ、ましてや打ち倒すことなどとうていできないような原則といったものが、社会に与える効果に対して、辛酸をなめつつも抵抗した。人々はスペインの生にとって、本質的かつ不可欠であった、あらゆるもののつけを払わされていたのである（たとえば、王国の世界的拡大、異端審問所の設置、体面意識、金銭、貴族身分、個人的栄光への熱望など）。吹きさらしに置かれたままの人々は、そうした価値をすべてひっくるめて、自らに対して向かってくる投げ槍のように感じた。ロハス・ソリーリャの『セビーリャの星』（*La Estrella de Sevilla*）とか『王より下に誰もなし』（*Del rey abajo ninguno*）といった作品には、ある種の王たちの邪な振る舞いすら描かれている。スペインの支えともいうべき兵士たちが犯す、やりたい放題の無法ぶりをテーマとしたのが『サラメアの村長』というコメディアであった。

文盲であることが都合よく〈誉れある〉人物とみなされる反面、読み書きができない悲しさとぶつかる場合もあった。

（ヒネシーリョ）　ここに書類がございます。
（村長）　たしかに、でも何が書いてあるかわからない
　　仕事となれば、やってもしょせん無駄なこと。
（ヒネシーリョ）　下に捕吏のファン・セラーノがおりまする、
　　奴ならば読めますでしょう。
（村長）　奴は運がよかったことを喜ぶがいい、
　　読み書きができない人間に、どんな分別があろうか？（三一）

当時の社会は従来からの謹慎的、否定的態度や無気力によって、沈滞してはいたものの、こうしたやり方を用いて、習いとなった状態が次第に劇的な変化をみせていくこととなった。かくて人は旧キリスト教徒というだけで、きわめて肯定的な新たな広がりを獲得できるようになったのである。

もろもろの状況から、垢抜けしない農民たちの魂の中に避難所を見つけようという衝動に駆られた者たちが、何にもまして必要と感じたのは、農民の魂を品位ある立派な館とすることであった。草の生い茂る荒れ放題の土地は、心地よい庭園に変えられたが、それこそ人間的に正しいとされる振る舞いであった。サンチョの発する言葉には道理があったが、それに負けず劣らぬ道理があったのが、ペリバーニエスやペドロ・クレスポ、ティルソ・デ・モリーナの描く農民たちの言葉である。彼らは一様に、すでに前もって理念的に形づくられていた定型的な人物であった。そうしたことを如実に示すのが、芯の強さと動揺を併せ持つテレサ・デ・ヘスースの散文である。彼女は「お高くとまらぬ貧しい人々」[(農民的というよりも貧しさゆえに倹しい人々)] を尊敬し、自らの文章に民衆的な言葉や用法を用いようとする傾向がつよくあった。テレサもまた都になどめったに行くことのない人々、王の寵臣などとは縁のない人々の中に心の慰めを見いだしていた。それは「めったに俗世を足下に踏みしだく(傲慢な態度で見下している)人というのは、存在しないからです。こうした人たち(騎士ならざる人々)は真実を口にしますし、恐れるものもなければ、負っているものもありません」(『自叙伝』三八章〔カッコは引用者〕)。

体面を有する農民、体面という名の光彩を放つ農民というイメージは、〈黄金時代〉の定型的主題をはみだしてはいたものの、過去の人文主義の夢想の中では、感じとられることのなかったものである。芝居小屋に足を運ぶ民衆がロペ・デ・ベーガの芝居でその存在を実体験したとしたら、それは〈ルネサンス的現象〉としてではなく、スペイン以外にはない(このことは再確認しておこう)、苦痛に満ちた状況からの命がけの脱出としてであった。こうした状況は、多数派の統一見解を表現するロペ・デ・ベーガの演劇そのものを可能にした、葛藤的状態と不可分に結びついていた。筆者もすでに触れたが今一度強調すべきことは、大いなる文体をもっている文学形式が十六世紀に出現したとしたら、それはたんに、人間的状況から切り離された美しい表現として出てきたわけではない、ということである。そうした文学形式が出現しえたのも、元をただせば、ヨーロッパを驚愕させ、警戒させていた帝国の中心であるスペインにおいて、年代ものの旧キリスト教徒か否かという、不毛で身動きのとれない論争を、価値の多角的視点や、驚くほど深くものごとを見つめる人物たちの中に転換しえた、芸術家たちの才能あったればこそである。

もちろん、体面をテーマとする芝居を見て、心をじかに〈びんびん〉揺さぶられるほうが、セルバンテス作品を読むことよりもずっとたやすいことであった。後者のバーレスク風の語り口からは、持ち味の深みある不思議な斬新さは、すぐにはかすんだままでよく見えてはこない。というのもセルバンテスは自分のことを理解できる人、言い換えると、せめて魂の第二能力たる悟性を、引きあげようと努力する者にしか、そうした斬新さを提供しようとはしなかったからである。[三二] 内面的状況がロペ・デ・ベーガの中で具体化されるとしたら、それは必ずや目に見えるもののかたちをとった。そうしたものは絵画的・彫刻的なやり方で、観客の感受性につよく訴えかけることとなった。ロペはこう感じていた。

　　ペンも絵筆もいっしょである。

ロペのいう共感覚的芸術からみれば、マリーノ[9]は「偉大なる聴覚の画家」となるだろうし、「ルーベンス、偉大なる視覚の詩人」とでもなろう。(三三)スペイン人はロペ以前には、批判的反省が感覚と情熱によって棚上げされ、魂と想像力の緊張がひとつの和声の中でとらえられる、コメディアのような見世物を楽しんだことなどなかった。同時代の優れた資質をもった人物はこう述べている。「多くの人々がこの空しい楽しみを味わいに集まっている。毎日のようにこの快楽に金を浪費している。しばしば熱狂的な激情に駆られるあまり、上演する役者と同じように、身体を揺すり、おどけた表情をつくり、大声を出し、喝采し、涙を流したとしても驚くには値しない」(ファン・デ・マリアーナ『公共の遊戯に対する駁論』Juan de Mariana, *Tratado contre los juegos públicos*)。

ペリバーニェスは絵画的に以下のように描かれている。

葦毛の雌馬にまたがれば
顎鬚は霜のように覆われて
雪のような白いシャツ姿
背には大弓を袈裟懸けし
またがる馬の鞍からは
二羽の鶉や野兎がぶらさがる
引き綱つけた猟犬とともに

恋する夫婦が食事をしている情景は、鮮やかな色彩と美しい楽の音が織り成されている。ぐつぐつ煮える鍋料理からは、〈村人〉という名の舞踊曲が思い出され、ついつい足が動き出すような気分になる。

皿はタラベラ産の陶磁器で「カーネーションが散りばめられている」。食事が終わると

二人とも両手を組んで
恵みをいただいたことに対し
神へ感謝の祈りを捧げる

こうしたかたちで描かれるペリバーニェスとカシルダは、芝居の出だしで農婦のコンスタンサが言うように「ほとんど不滅の」彫刻に化したような姿で現われる。ペリバーニェスという人物は自らの卓越した存在を、独自のやり方で、日常的で卑近な単調さの上でしっかりと際だたせている。その姿がわれわれに迫力をもって見えるのは、生存意志によって支えられ、活性化された人物として登場するときである。言い換えると、旧キリスト教徒という〈素材〉が、価値的次元で実体化するような〈形式〉として登場するときである。

ペリバーニェスはオカーニャの百姓で
裕福な旧キリスト教徒、仲間たちから
大きな尊敬をあつめている人物であります

こうしたかたちで騎士団長に彼のことが伝えられるわけだが、この台詞はたしかに重大な状況を描く場合に求められる長句詩(10)で書かれている。それはコメディアを見物する観客の心を高揚させようとの狙

いからである。コメディアにおいて十一音節の詩形が用いられるときは、〈これに注目!〉といった意味が隠されている。ここではじっくりと恭しく念頭に入れるべきことが、明かされているのだという意味である。ずっと後の芝居の最後のほうになって、ペリバーニェス自身が騎士団長を亡き者にしたということで、王の御前にまかり出るときの表現では、てきぱきとした短句詩となっているが、それは張り詰めた場面をまどろっこしい表現で描くことはできないからである。

(ペリバーニェス) わ、し、め、がペリバーニェスでございます。
(王) 誰とな?
(ペリバーニェス) オカーニャのペリバーニェスで。
(王) 兵士ども、こやつを殺すのじゃ、殺すのじゃ。

王は王妃の願いを容れて、しかたなく罪に問われた男の言い分に耳を貸す。

(ペリバーニェス) わしとて男でございます、
血筋は百姓ではございますが、
純血そのものでいまだかつてユダヤとか
モーロの血で汚されたことはありませぬ。

この〈いまだかつて〉という言葉からは、人物が人間的時間の流れの外に位置しているということが見えてくる。血筋といっても、せめて出身地くらいにしておけばよかったのに（ユダヤ人もモーロ人も、昔からずっと存在したというわけではなかったから）、それが今では絶対的な価値となっていた。つまり家系といっても、社会的な上下関係でもなければ、生物学でもない、ただ神聖なる血筋を引いているといった意味の、精神的な純粋さに基づいた血統であった。こうしたスペイン人の血統概念は、彼らがどれほどユダヤ人の大敵であったとして、まさに神の選民たるユダヤ人に由来するものだったのである。[三四]
こうした農民たちは自身についてはわきまえていたが、その他のことは何一つ知らなかった。ペドロ・クレスポはカルデロンの『サラメアの村長』の中でこう訴えかけている。

わしが純血の血筋ではあっても
平民であることを
知らぬものとて
あるまいに……。

わしの祖父母や両親は
百姓であった。なれば
息子たちもそうであろう……
フアンよ、〔息子に語りかける〕
お前は神の恩寵のおかげで

太陽よりも清浄な純血の血筋に
生まれたのだ、でも平民としてな。

ペドロ・クレスポの息子は神と太陽という二つの気高い存在のもとに置かれているので、

その気になればいくらでも
もっと優れた人物になることも

可能であった。これは量に関係しない「時間も分量も欠いた」形而上学的意味の存在になるというのではない。ここでは、支配能力をともなった価値ある人間になるということである。こうした切なる願いは、何世紀にもわたって、遠隔の地における英雄的な振る舞いに見られたように、多くのケースで現実のものとなった。また当時の活気あふれるスペイン・ポルトガル芸術の偉大なる様式が、そっくりそのままもってこられて開花したような、美しい建造物や芸術のうちにそれを見てとることもできる（こうした様式がゴアから南北アメリカに至るまで、今なお続いていることは、見る目のある人ならすぐわかるはずである）。また（少なくとも大詩人においては）装飾的・文飾的な目的を達成しようとするのではなく、いかなる形式であろうと、芸術表現をもって「体面を維持し」「もっと優れた人間になる」ことを願っていたからこそ、壮大さを追求する芸術表現が生まれたのである。たとえば

荒々しい岩肌をみせる山中に

かくもわびしい苫屋が一軒
あえて太陽すら拝もうとはせぬ
何の手も加えない粗末な出来の
建物があるのは、太陽の光に触れる
多くの岩山、多くの大岩の根元のところ
山頂をぐるりと回ったその岩場　〔岩根圀和訳〕

『人生は夢』の中でロサウラは、囚われの身にあるセヒスムンドが横たわる塔の上に聳える岩山をこのように描写している。その少し前に駆け下りてきたのは

太陽にむかって眉をひそめる
この高く聳える岩山の
ごつごつと入り組んだ山道

であった。セヒスムンドは高見から〈星まで〉（高貴な地位まで）至ることを希いつつ動揺し、苦しんでいる。その高見を感じとるにしても、囚われの身にあっては、いくら考えても何をしたとしても、大いなる頂点を究めることには役立たないのである。ユカタンにある都市がなぜメリダと呼ばれるかといえば、建設者フランシスコ・デ・モンテーホ（サラマンカ出身）が、近くにあるマヤ族のチチェンニッツァの壮大なる記念碑と張り合おうとしたからである。スペインのメリダはローマ帝国の偉大さを想起

させるものであったが、今度はあの取るに足らない広野のど真ん中に、新しいメリダを建設せねばならなかったのである。それというのも、チチェンニッツァの壮麗さがメリダのそれを彷彿させるものだったからである。(三五)統治者は手始めに自らのために宮殿を立てたが、一五四九年にその地に建てられたファサードは、訪れる者を唖然とさせる。この正面玄関の美しさと、隣接する教会の大いなる陣容については誤解されたり、実際よりも低く評価されてはいるが、本来であれば、そうしたものを作り上げた人物の生きざまに照らして見なければならないはずである。これを初めとして数々ある建造物は、的外れな見方をする人々がよく書いているように、(三六)インディオをひきつけたり、大々的な宣伝をするためなどではなく、まさに〈体面を維持〉せんとする目的で建てられたのである。

トレードの王宮から始まって、プエブラの大聖堂、メキシコの国立宮殿、キトの教会、クスコ、および十六、十七世紀にスペインとイスパノ・アメリカに建立された壮大な記念碑的建造物のすべてに至るまで、葛藤の時代のスペインにこうした大掛かりな様式が出現した理由と根拠は、まさにそこにあった。とはいえ筆者が思うに、いわゆるマニエリスムとかバロックと呼ばれる様式を理解するための最も平坦な道というのは、こうした様式に見られる壮大さ、上昇性、歪み、装飾をことさら強調する表現が、それが本物である限りの話として、生とどのように嚙み合っているのかをしっかりと見きわめることである。様式が生の脈絡から外れてばらばらにされるとき、興奮を呼び覚ます美を楽しもうと思って眺めてみたところで、そこにはもはや老いさらばえ、消え入るようなものしか見いださないだろう。

問題は複雑であり、どれだけ多くの副次的問いかけを、ばらばらにしたところで埒はあかない。たとえば十六、十七世紀の芸術・文学様式の特徴が一様なかたちで出現したとしたら、それはいつどこでか？ それが広く波及していったとしたら、状況としてどういった原因によるのか？ 表現上のどういった努力がなされたのか？　他の国との共通点や異なる点は何か？　勢いこうした問いかけをすれば、建築から詩に至る、あらゆる芸術様式の生の領域と、表現的機能を性格づけたり、制約を課すことになるのが関の山であろう。

　こうした問いかけは今のところ棚上げしておいたほうが無難である。ただ一つ指摘しておきたいのは、たとえばロペ・デ・ベーガのコメディアにおける〈バロック的なるもの〉と他のヨーロッパ諸国の文学におけるそれとを、統一的な定義の下で一まとめにすることはできない、ということである。後世においてロンドン、パリ、マドリードの間で、ある程度の共通性をもった、画一的形式の〈新古典主義的なるもの〉が存在しえたが、こと文学作品ということになると、そもそも国際的な性格づけができるかどうかという問題がでてくる。文学上のバロック的なるものというのは、新古典主義と同じような仕方では機能しなかった。というのも、そう呼ばれるものの背後には、それによって今日、抽象的で不正確な代用品として扱われている概念を実感的なものとして捉えうるような、先立つ肯定的な原則など、存在していなかったからである。

　建築においてはローマやトレード、プラハ、あるいはフランスにおいてすら、かなり類似した建物を建てることは可能である。ベルニーニはルイ十四世の胸像を作り、パリで英雄として受け入れられた。建築家や彫刻家は自国以外で作品を作ることが可能であったし、ある期間が経てば、外国人の手になる作品といえども自国のもののように見える。

　スペインの〈影響〉のおかげでフランスの真の演劇が始まったにもかかわらず、筆者が〈葛藤的〉と称する長期の状況を描いた文学というものは、多国の文学と交流することはできなかった。ギリェン・デ・カストロ描くところのロドリーゴ[11]が、母から飲んだ白い乳を敵の赤い血で染めてやろうと述べたのに対して、フランスのロドリーゴ(12)はすべてを数字や運動の問題に還元してしまった。「勇気は年齢数を待たないのだ」(la valeur n'attend pas le nombre des années)。シェイクスピア、ロペ、カルデロン、ラシーヌなどといった劇作家は、各々の時代において、他の国民の文学的雰囲気にうまく適合しうるような、輸出可能な素材などではなかった。今一度力説しておこう、固有の葛藤的な生(すべての国に固有の生がある)の泉から湧き出た文学というものは、建築や彫刻などとは異なるものだということである。[こうした芸術は自らが存在するために、読み聞かせたり、耳を傾けたりするべき相手と、対話を始めることなど求めはしない。]

ヨーロッパのキリスト教世界はほぼ十五世紀まで、ある程度団結していたが、その団結にひびが入ったとき、信仰や思想、感性、現実生活の分野で不安定で困難な状況が出来した。それぞれのめざす方向性がなかなか見えてこなかったし、相違の方が一致に勝る状態が長い間続いた。そして徐々にではあるが、ある種のヨーロッパ人たちの論理能力が、有効性ある模範的なかたちで、示されるまでに至った。

したがって筆者は、十六世紀末から十七世紀中葉にかけて出現した、最も価値ある文学のありようを〈マニエリスム〉とか〈バロック〉といった、曖昧でなんら同質性のない概念でもって把握することはできないものと考える。なぜならば、厳密に言うと〈バロック〉はロマン主義とか〈ゴシック〉〈新古典主義〉などという、そのすべてが周知の信仰や哲学に裏付けられた思潮とは、異なった概念だからである。〈マニエリスム〉や〈バロック〉の背後にはロマン主義運動を呼び覚ましたような、理論的基礎といったものがない。にもかかわらず、多くの学者はバロックを、自らが評価・解明しようとする現象とは別箇に存在したものであるかのごとく、ものを説明しようとするときの根拠として引っ張りだしてくる。混乱に輪をかけるかのように、ドイツの歴史学者はドイツの過去のある時代すべてを、〈バロック〉と呼んでいる始末である。[13] またそれに加えて、よくやるように、バロックと対抗宗教改革とを一体として扱うならば、そのややこしさはもはや手をつけられないものとなる。

私が〈葛藤的〉と呼んでいる時代に出現した文学を理解するために有益なのは、〈各人にその分を与えよ〉(suum cuique)の原則である。ここでいう文学における〈各々のもの〉というときには、思考方法とか随伴的な文化の内容物のみならず、生の特殊性、人間的状況を見失わないことが求められる。これから簡潔に説明するつもりだが、それは将来の著作のための裏付けとなるはずである。

筆者として、文学表現というものが、たとえ時間と空間に規定される文学外の状況によって、表現内容や表現形式が常に影響を受けるとしても、固有の世界に存在するということ、そしてその世界を支配するのが伝統と革新という二つの専制的力であることを認めるにやぶさかではない。しかしそのことと、ある文学外の文化によって規範的に描かれた地平をしっかり見据えてものを書く、ということとは同一ではない(たとえばダンテの周りにあった神学、カスティリオーネのネオプラトン主義、十八世紀以降の合理主義的思想、十八世紀末期の感性的・汎神論的哲学、自然主義に先立つ実証主義などがそれに当たる)。言い換えると、理論的な部分のまったくない実際の状況、人間集団の慣習を激しく混乱させる、政治的・社会的状況に基づいた状況の内部において、またそうした状況を原点として書く、ということとは同一ではない。

何世紀も前からカスティーリャでは習いとなっていた、寛容さに基づく生のシステムが、一三九一年に始まり〈徐々に強まって〉不寛容へと移行していったことは、多くの人々(現実にはすべての人々)にとっては大きなショックであった。それは人間的習慣に従って生きてきた国家に、突如として邪悪な体制が敷かれたときに国民が感じるショックと比較しうるかもしれない。一四九二年にユダヤ人が追放される以前に、夥しい数の人々がアンダルシーアやカタルーニャから移動させられた。その多くは洗礼を受けることで〈新キリスト教徒〉または〈改宗者〉としてスペイン系ユダヤ人の血統に組み込まれた。そうした雰囲気の中で、[十五世紀のカスティーリャでは]国家主義的・帝国主義的な精神を促進するような新しい文学が出現したのである[(フアン・デ・メーナ、アロンソ・デ・カルタヘーナ、フアン・デ・ルセーナなど)]。

コンベルソは自分たちのやり方でもって、自らが感じとっていたスペイン的生のあり方を表現したり、自らの問題と価値に関する意識に、芸術的形式を付与するようになった。その際だった例としては『セレスティーナ』や、初期の演劇であるフアン・デル・エンシーナを初めとする、ユダヤ的血統に連なる者たちの作品がある。これに付け加えるべきものとしては、ピカレスク小説や大きな価値のあるエラスムス主義者たちの著作(たとえばフライ・ルイス・デ・レオンの『キリストの御名について』*Los nombres de Cristo* など)がある。

スペインの外でも同様に対立が生まれたことは、筆者とて知らぬわけではない。とはいえ、そうした対立も結局は、神学とか理論的思考、個別科学、政治的理念といった分野でもち上がったものである。ところがことスペインということになると、最大規模の全般的な対立というのは、人としてしかるべき存在か否か、あるいは体面があるかないかの問題となったが、そこには人よりも抜きん出ようという熱望が背景にあったのである。

(マテオ・アレマンによれば〈どこの馬の骨かわからぬ〉)コンベルソは、可能とあらば、哲学や数学、自然科学、宇宙誌、聖書学、人文学、つまりかつてスペイン系ユダヤ人がやってこなかった学問を開拓することによって、〈噂を立てる〉俗衆とは違った存在であることを強調しようとした。十六世紀末にはあらゆる知的活動が、旧キリスト教徒や（本書、二一二頁でふれたマリアーナ神父の言葉に見られるように）より暖かな陽だまりの方にいようとした〈体制的な〉コンベルソたちの間で、疑念や反感を呼び覚ましたとき、それは麻痺をきたし、社会的・文学的な閉塞状態が生まれたのである。おそらくポルトガルやカスティーリャにおいて、最初の牧人小説が出現した意味もまたそこにあったはずである。当然のことながら、ベニート・アリアス・モンターノがアラセーナに隠遁したり（本書、七三頁のロペ・デ・ベーガのアイロニーを想起せよ）、ルイス・デ・レオンの言う〈安らかな生活（descansada vida）〉というのも同様である。この作家の背後には中世、ルネサンス、バロックの文学的地層からなる採石場があると信じられていたので、〈安らかな生活〉という表現は、単純にホラティウスを模倣してなされた解釈だと言うことができる。ホラティウスの〈幸いなるかな〉によって表現されているのは、辛い仕事から解放されてほっとした気持ちや、貴族的な世俗からの疎遠といったものである。ところがフライ・ルイス師のオードには、メランコリーが染みわたっている。それはいまだに宮殿の内部を美しく描きだそうとする「モーロの賢人」がいてもおかしくないような世界の反映である。ユダヤの血を引く詩人はこのオードの中で、自分を追い立てる者たちの遺恨に満ちた息づかいを感じ取っている。そうした者たちにとって、フライ・ルイスが辛い心を慰めるための避難場所とした『神の国』で説かれる平和の福音など、何の役にも立たなかった。ちなみにフライ・ルイスは、父と仰ぐ聖アウグスティヌスの忠実なる子であった。〈安らかな生活〉へ捧げたオードは、筆者が『スペインの歴史的現実』（一九六二［一九七一］、第八章）で引用した『キリストの御名について』の言葉と符合するはずである。こうしたことはどれも、言語や韻律の分析、詩的主題やあの有名なオードの美しい響きの分析に負けず劣らず、重要なポイントである。ここではホラティウス的なるものは一手段ではあっても、並列関係にある存在ではない。

十六世紀末より文学表現における弦は次第にぴんと張り詰めだしたが、それは孤独な詩作の中で〈愚かな俗衆〉から身を遠ざけるためであった。俗衆は俗衆なりのやり方で（これこそがドラマであった）、ドン・フアン・ルイス・デ・アラルコンの言葉を借りるなら〈獰猛な獣〉のごとく、傲慢なふるまいに及ぶようになった。一六三〇年のテクストを見ると、その一五〇年前に始まった状況が次のように述べられている。

「われわれはいつでも神から愛され、神の教会から選ばれた存在であった。したがって敵に勝利することとなろう。この市〔セビーリャ〕に神の裁判所〔異端審問所〕が建設されてからというもの、スペインの旗が地上のすべての場所ではためいている」[三七]。これはまさに勝利者こそ正しいといわんばかりのマキアヴェリズムである。

スペイン人は自らの歴史をよくわきまえていた。というのも、彼らはまさに自分たちが嫌悪し迫害してきたユダヤ的血統の人々の、本質的信仰を自らのものとすることで、帝国的で神がかった幻想の中で、自分たちの歴史を作っていったからである[三八]。歴史上、これほど大きな思い込みが実行に移された例はない。というのもスペイン人の大いなる事業以前には、地球が球体であることは認識されていなかったからである。その認識に達するには、地球は丸くあらねばならないという信念が前もって存在していなければならなかった（地球が球体である事実は、すでに人間が出現する以前からあった）。物凄い壮大なるアイロニーは、こうした偉業が旧約聖書の神がかった帝国的全体主義の夢想のおかげで成しとげられたことである。しかも〈神の裁判所〉の火刑の薪の中で、自らを灰に化そうする者たちの手によってである[三九]。人間が神の王国に最も近づく近日点（こういう言い方ができるなら）は、インディアスにおいてであった。というのもそこではラス・カサスという名の、新たなイスラエルの無鉄砲きわまる予言者が、神の言葉による王国を打ち立てようと、原住民（「報われることのない神聖なる賜物」）を救済せんとしていたからである。同時に、フライ・フアン・デ・スマラガと司教バスコ・デ・キローガ[14]は、ミチョアカンにおいてトーマス・モアの『ユートピア』を建設しようと試みた。シルビオ・サバーラ[15]の表現を借りれば、まさに「文字通りに」（ad pedem literae）に真似てである（彼らが実際に用い、直筆の注釈を加えた本が一冊残されている）。

これは歴史の符合という以上に驚愕なのだが、どうしてもマルクス主義の帝国的夢想を想起してしまうのは避けられない。マルクスの語る言葉というのは、情け容赦のない反ユダヤ主義者であるユダヤ人の言葉である。かつてスペイン人は火縄銃を手に馬にまたがって世界を制覇する、という夢を思い描いていた。今日、世界を支配せんとする希望の出所はやはり東洋を起源としているが、それはもっと恐るべき武器でもって表現されている。スペインの帝国主義もマルクス主義のそれも、また毛沢東主義のそれも、その根源や展望において、西洋文化の現象としては説明されないものである。しかし、とりあえずは、われわれの問題の立て方や進展を暫定的に描いておくことで足れりとしておこう。

過去に目を向けてみると、葛藤の時代に起きたあらゆることを含め、スペイン人が帝国の偉大さを体験したことは、多くの理由の中でもとりわけ、自己〈否定〉と自己〈肯定〉の両方の原因となった。というのは、〈インディアス帰り〉の者たちの富は、名誉を生むものとはならず、インディアスの金はスペインの困窮を救うものとはならなかったからである。すでに何度か指摘したが、ケベードはインディアスの征服に対して激しい怒りを覚えていた。また前に見たとおり（本書、二一六頁）、ガスパール・ルーカス・デ・イダルゴは旧キリスト教徒の自惚れや傲慢さを目の当たりにして、そこに「誰からも失笑と軽蔑をかうような、精彩のない言葉づかいや、品のない振る舞い」を感じとった。しかし「自惚れのつよい尊大な」スペインの作家といえども、控え目で一歩引いた態度をとることによって、十六世紀イタリアの作家たちに見られたような、たんに修辞的な華々しさを求めた文体とは異なる、独自の文体を生み出すことができた。大衆の上に聳え立つ孤高の作家たちが、独自の文体をもって追い求めようとしたのもまた「体面を維持」することであった。いつまでも尾をひく〈否定〉と〈肯定〉の間の断絶、〈かく見える〉ことと〈かくあらざる〉ことの断絶には、つねに壮大さ、壮麗さへの抑えがたい欲求が伴っていた（この時代、スペイン的な言葉〈壮大な〉grandioso が、それとは対照的な、やはりスペイン的な〈隠遁〉recogimiento という語と合わさって、広く用いられた。言い換えると〈誰にも増して〉sobre todos と〈独り我において〉solo en mí mismo としてもよい）。そうした情け容赦なき戦いの末に勝利したのは美そのものであった。というのも、それ以外のものはすべてグラシアンの言う《虚無の洞窟》〔『クリティコン』第三の書第八章〕と遭遇することとなったからである。〔多くの知性に富んだスペイン人は、自分たちの歴史の本体をしっかり見極めた後に、これら二つの極のあいだにおいて初めて、文化への道を切り拓くことができるだろう。その道は現在においてなお過去の美しいものを捨象することなく、また専制的な教条主義に染まることなく、われわれが共存することを可能にしてくれるものでなければならない。〕

「何が何で」「誰が誰か」わからないような、こうした難破状態にあって、ゴンゴラはわれわれを非現実の罪から贖おうとして、一本の太綱を投げてくれる。そして彼は消え去ったり、無視されてきたものも、昇華された美の表現の中においてなら、救い出すことができるのだと主張している。われわれは鳥類学上〈梟〉がどういう鳥か詳しく知らないとしても、ひとつ確かなことはそれが

羽根を動かさぬ、重々しき球体〔『孤愁』第二部、七九二〕

のようなものだということは知っている。

そうした表象によって〔ベラスケスの〕『ラス・メニーナス』の中の犬のように、あるいはスルバランの描く子犬たちのように、対象が生きた存在となっているような形式が表現されている。それを言い換えると、観る者がそのイメージの意外性や魅力によって魅了されてしまうような、そうした形式である。こうした表象がたんにひとつの外見にすぎなかったとしても、表象された対象は、永遠で全体的な何ものかとしての価値を有していて、共存可能な〈生活体験〉としてずっと存続していく。詩人は梟がどういったものであったか、あるいはそれに関して（多く出てくるかもしれない）もろもろの問題などに関心はなかった。

葛藤の時代における文学上の様式というのは、もちろん文学的なものであったし、作家は作家で、伝統のうちにおいて、また時代の芸術文化の中で、自己の表現目的に合致するものすべてを利用した。しかしそうした文体（それが語るに値する場合だけだ、ということを忘れてはなるまい）でもって表現されたものは、素っ気ない形式でもなければ、たんなる構造でもないし、対称的配置でも非対称的配置でもない。文学というのは、ある人々、ないしは多くの人々に聞かせるための、ある特定の人間の声でもあった。文体中にみられる分裂させられたもの、ごくごく教養的なもの、称揚されたもの、壮麗なもの、そういったものはすべて、同様に分裂した生を生きてきた人々や、名誉の頂点にまで上りつめようと熱望したり、あるいは虚無の深淵、何者でもない存在に落ち込んでしまうことに、戦々恐々として生きてきた人々の、生の視点から見たり感じたりせねばならなかった。〈神の裁き〉の頂点から、〈そなたの祖父の由緒ある家屋敷と貴族証〉（二三頁）という谷底まで、ほんの数歩しかなかった。

芸術が表現するべき人間的現実に留まることなく、文飾主義だバロックだなどと、種別にこだわって語ることにたいした意味はない。外見上の虚偽性と、経験上の確実性の間を交互に行きかうような動きは、必ずしも聖書に見られるような禁欲的表現「空の空、空の空、いっさいは空である」(『伝道の書』第一章)を模範化していたわけではない。

外見と現実の間でそのどちらをとるべきか、双方がいかに異なるのか、といった視点によって表現されたのは、不確定で〈自己否認的〉(desvivida)存在を生きる人間の生きざまそのものであった。『グスマン・デ・アルファラーチェ』で描かれた〈ものごと〉(cosas)というのは、それに反対するか(anti-cosas)か、さもなければ、それを排除するか(ex-cosas)か、どちらかの価値しかなかった。セルバンテスの『偽りの結婚』の中で、ドニャ・エステファニーアはたんなる女詐欺師にすぎなかった。同様のことが『嫉妬深いエストレマドゥーラ男』にも起きている。ティルソ・デ・モリーナによれば、マドリードでは「天使たち」まで「腹ぼて」だったが、それは「処女と都会」が「相容れないもの」だったからである。また『跛の悪魔』(16)では、騎士然とした立派な人物たちの名前といえども、洗礼盤で水を浴びた洗礼者〔改宗者〕として貼りだされる、証書以上の価値をもつものではなかった。セルバンテスによるとドゥルシネーアは

血筋よき家に生いたち
貴人のおもかげありき
キホーテの胸やく焔
村人の誇りなりけり。

セルバンテスの時代「血筋よき家（品種・質・品性）」（castiza ralea）というのは、一種の〈形容矛盾〉に聞こえるが、『ドン・キホーテ』においては、平板な意味のものは何もないから、それとてもおかしくはない。トボーソは多くのモリスコがいた村で、ドン・キホーテをしてドゥルシネーアを「高貴な名門の出で、エル・トボーソにある、数多くの、古い、きわめて立派な郷士の家系から出ている」（後篇、三二章）と言わしめているのは、まさにセルバンテス的な皮肉と思われる。ところで、今日と同様、当時のラ・マンチャの村に旧キリスト教徒は少なかったということは周知のことであった。しかしドゥルシネーアがその卑しい血統の中において、生粋ということはありえなかったのだろうか？　思い出してももらいたい、セルバンテスは『びいどろ学士』の中で旧キリスト教徒であることを鼻にかける百姓のことをからかっている（本書、一九二頁）。作者の価値論的視点は、先例なき芸術を創出するために変容させた人間的状況と向かい合うときに分裂を来たし、〈然り〉と〈否〉とははっきりとしなくなる。ドゥルシネーアはケベード的人間ではなかったし、ドン・キホーテという人物を創出し、その過程を描くのに必要な、なんらかの輝きといったものをもっていた。どこから見ても卑しい人間たちだけであったら、セルバンテスの最高傑作は、それが印刷に付された場所と時代を超えるものとはなっていなかったであろう。セルバンテスの天才的なところは、どこにでいるようなつまらぬ人間を、刺激的な表象へと高く持ち上げたことである。

筆者が『セルバンテスの思想』（二九二頁〔訳書、四六四頁〕）において、モリスコについて扱った際に、〈寛容か、非寛容か〉という問いかけをその章の冒頭に掲げた。そこで私はこう述べた。「筆者にとって矛盾性は次のようなかたちで提示されている。つまり公式的視点に立てば、モリスコたちは泥棒であり、毒麦（不和の種）のような存在である。しかしモリスコたちの視点はどうなのであろうか？」（二九六頁〔訳書、四六八頁〕何はさておき、モリスコのリコーテが次のように言うとき、その動機を説明することはむずかしい。「国王さまがこういうはなばなしい決心を実行に移そうとなすったことを、むしろすばらしい思いつきとさえおれにゃ思われたくらいだった」（後篇、五四章）。今にしてみればその動機の一部なりとも理解しうるが、それは文学（のみならず、あらゆる過去になされたこと）の知的作用には、そこに依拠している生、そこから離れていく生とのつながりが求められる、ということの正しさが確認されるからである。セルバンテスはここでは、他の多くのケースと同様、アイロニー化して描いているのである。モリスコ追放後、ほどなくして、チュニスに避難した者たちの一人がこう述べている。「私はキリスト教徒から遠ざけてもらったことを神に感謝する。そして神が、フェリペ三世およびその顧問であった方々の御心に、従わなければ死を与える条件で、われわれを王国から追放するように命じるような気持ちを、慈悲の心をもって起こさせ給うたことを、心から讃えるものである。神のお力で、海と陸を通って何の支障もなく自由に逃れることができたからである」。神の掟に忠実であったイスラム教徒にとって、彼らの追放は、ユダヤ人が囚われの身にあったエジプトから脱出したのと同様のことに思われた。アンダルシーアのモリスコは次のような詩句でこう詠嘆している。

神はスペインのファラオの胸を和らげ
辛いながらも、彼らを海路へと誘った
しかしそこは瑞々しい緑の牧場となった。

（エドゥアルド・サアベドラ『弁論』*Discursos* より。スペイン王立アカデミア記録文書、一八八九、第六巻、一六二―一六八頁）

ことほどさように、今一度、ここで見て取れるのは、こと信仰に関するスペイン人キリスト教徒の宗教的排他主義と閉鎖性というものが、スペインのユダヤ人やモーロ人の感情といかにうまく合致していたか、ということである。

ここでスペイン内部における対立がどのように体験されていたか、という問題に再び戻ると、ロペ・デ・ベーガは百姓たちの口をかりて、分列行進をする郷士たちのことをユダヤ人と誹謗中傷している。ティルソ・デ・モリーナの『嫉妬の相手は自分自身』（*La celosa de sí misma*）という戯曲では、ある美しい娘が否定的な自己愛に心を奪われ、自分自身に嫉妬するに至る。

嫉妬の匕首が
同じ心臓を二つに裂く

［バルタサール・グラシアンの作品においては、例外的に尊い存在である〈一個人〉el uno ならざるものすべてに対する不満は、最大値に達している。

グラシアンの不満や、後年のフェイホー神父をはじめとする者たちの批判が物語っているのは、起きてはならなかったことが起きたと感じた者たちの幻滅感である（かつてこうしたことは指摘されなかったので、再度繰り返しておきたいが、そこから何世紀もの時代を排除しようという発想が生まれたのである）。コンゴという国で、自分たちは西欧と何世紀にもわたる格差がある、などと書いたりする者は誰もいないだろう。ところがスペインでは多くの人が、最初になされたことはずっと継続してなされてきた、と期待したのである。スペインにはたしかに人文主義も科学も哲学も存在した。ネブリーハ、ブロセンセ、ルイス・ビーベス、ゴメス・ペレイラ、フランシスコ・デ・ビトーリア、フランシスコ・スアーレスといった者たちはヨーロッパと肩を並べていた。むしろヨーロッパ人が彼らから思想を受容したくらいである。したがって問題は、スペイン人が高い叡智を身につける能力があったかなかったか、というものではなく、学問的涵養をどうして止めてしまったのかということである。この質問に対する答えを経済的動機とか数字などに求めることはできない。なぜならば、〈本書および私の他の著書を〈憎悪的思考〉(odiamientos)[17] ぬきに読んでくれる読者ならわかってもらえるだろうが〉その理由は、スペインおよびインディアスの大部分の人々が、それがいかなるものであれ、学問に専念しようとする人々を蔑んだからである。そのことについては、かの称賛すべき女性ソル・フアナ・イネス・デ・ラ・クルスについて、筆者が前に述べたことで十分すぎるほどである。筆者は一五年ほど以前に、そのことがきっかけになって、インディアスの修道院に外国の科学書が多くあるのに(それはスペイン以上に多かったと思う)、スペイン語の科学書がなかったのはどうしてなのか、得心がいった。カラカスにはニュートンの初版本が何冊かあったし、(今日ではベネズエラの一部となっている) メリダでの事情はさらに驚くべきものがあったことを、どこかで書いた覚えがある。驚くのはそうした書物がマグダレーナ川を通ってカラカスに到着し、その後、アンデス山脈の小道をたどってメリダ(スペイン領時代はサンティアゴ・デ・ロス・カバリェーロスという名前であった)に至ったということである。誰がそうした書物をこれほどの遠路をわざわざ運ばせたのだろうか。その地にガリレオの最もいかめしい書物の一つである『黄金計量者』(*Il Saggiatore*, Roma, 1623) を見づけたとしたら、目を剝かない人はあるまい。また十七世紀末にプロテスタントのドイツ・ヴィッテンベルクで印刷された、化学の医学への最初の応用に関する、ラテン語の著作を初めとする多くの書物があった。メキシコでは案の定、その規模はもっと大きかった（かつてバリャドリードと呼ばれたモレーリアのある地方の公共図書館には、十八世紀の物理学、光学、ニュートン、およびその学派の書物が山のように積まれていた）。このことはけっして偶然に起きたことではない。とはいえこうした隠れた英知のありように興味を抱いて、研究してみようという奇特な人間にお目にかかったことはないし、誰がどんな必要から英知を身につけようとしていたのかもわからない。もちろん今日そうしたありようを公にしたところで、何の役にも立たないだろうが。学問的関心は今日のスペイン語圏にもあまり多くあるとは言えないが、スペイン帝国が可能となったあの時代に、学問的関心のありようがどういうものだったかは、改めて扱うべき大きな主題であろう。ドミニコ会士のフランシスコ・デ・ビトーリアやフライ・ベルナルディーノ・デ・サアグン(18)（コルテス以前のメキシコに関する著名な歴史家）の尋常ならざる優れた著作が、生前印刷に付されることがなかったという事実は注目に値する。前に見たように、ソル・フアナ・イネス・デ・ラ・クルスのケースはもっと悪いものであった。というのも自分が考えたことを書き残すことすら、許されなかったからである。

何はともあれ、本書の目的は読んだ人を意気阻喪させるどころか、まったくその逆である。スペイン系の人々の学問的育成における欠如や不足は、けっして知的能力の欠如によるのではなかったということである。その理由は社会的価値観の混乱の中に求めるべきであろう。筆者は一度ならず、何度もその起源と悲惨な結末について明らかにしてきた。もし十六、十七世紀に王侯貴族が（汚れなき血統に付随した資質である）勇敢さを誇示すべく、闘牛の牛を殺さねばならなかったとしたら（十七世紀に王侯貴族が牛を殺すことの意味については、拙著『いまだ知られざるスペイン』*De la España que aún no conocía, Méjico*, Finisterre, 1972 の序文を参照のこと）、一般庶民のほうは消極的な方法で同じ目標に到達したのである。つまりいかなるかたちの学問に関心を抱くこともしなければ、涵養することもしない、というやり方によってである。いつの時代でも痛みを和らげてくれる愛すべき人間〔医者〕が社会的に尊敬されることはあったものの、医学を実践するということで（十八世紀においてもなお）彼らに対して疑惑の目が向けられていたのである。

無知が良い血統のしるしだとか、唯一アリストテレスの「自然学」が、一七五六年になってやっと容認されたのは〈旧キリスト教徒〉の学者だったからだ（筆者はこの点を論ずる際に、一再ならずパウリーノ・ガラゴッリを引き合いに出してきた）というに至っては、愚かさも極まれり、としか言いようがない。一七五八年にイエズス会士フランシスコ・イスラが『フライ・ヘルンディオ・デ・カンパサスまたの名をソーテス』（*Fray Gerundio de Campazas, alias Zotes*）を著すが、小説の主人公は本を投げ捨てて説教師に身を投ずる（管見によると、イスラ神父は聖なる次元で《アスコイティアの騎士》(19)の一人として振る舞った）。

結論として言えるのは、スペイン人の無教養は必然的ではなく、偶発的なものであったということである。もしわれわれがたんに口先だけではなく、本当に骨がらみの悪弊を改善しようと望むなら、まずもってそれに対する説明をきちんとせねばなるまい。教養ある国家がスペイン文明について研究しているのに対し、今もってスペイン人は他の文明についてなんら興味をもって研究しようとはしないことで、文化的植民地に留まっているといった由々しき問題に、しっかりと向き合っていくべきは、豊かな人々、つまり幸せな子をもつ親たちであり、裕福な親をもつ子どもたちである。この地スペインやポルトガルにおいて最良で手ごろな百科事典はラルースである。近代語でも古典語でも良い辞書は決まって外国のものである。周知のごとく、今日隆盛を誇っているのは、生産と消費の社会システムと関連づけられたさまざまなかたちの知識である。確かに人が移住しないですむように、自国できちんと食べていくという目的は、間違いなくきわめて重要ではあるが、だからといって大金を手にして栄養をたっぷり摂っている人々が、時には知的な書物でも手にして、スペイン人がなぜ互いに理解しえないのか（他の西欧諸国と違って国家としてのまとまりがないのか）といった問題を、考えてみてもけっして罰はあたらないのではないか。そして今日、ヨーロッパやアジア、アフリカ、アメリカ、オセアニアで見られる範囲を超えて、大いなる事績の一覧表には、多くのスペイン人の名前を書き込む必要があろう。本書の目的はこうした大きなテーマに関する関心を呼び覚ますことである。そうしたからといって誰を困らすものでもない。それどころか、痛ましい空白を埋めようとする理解ある人々の目を開けさせたいと願っているだけである。筆者が読んでもらいたいと思っている対象は、ピレネー山脈からマゼラン海峡に至る、スペイン語やポルトガル語を話すすべての人々である。」

原　注

（一）「書籍商および出版者はそれがいかなる学問分野のものであれ、外国で印刷された活字本は前述のわが王国内に持ち込んで売買することを禁ず。もし海外からそうした書物が持ち込まれた際でも、売買することは許されない。ただし、裁判所長官および、これより名を挙げる大司教や司教の許可がある場合はその限りではない」（『スペイン大法典』*Novísima Recopilación* 第一五章第一条、および第一六章第一条）。一四八〇年の時点で国内に持ち込むことを許可されていた書物は、いまやきわめて厳しい検閲にさらされることとなった。

（二）モリスコやユダヤ人に関する最近の書物や論文に見られる、新しい統計的データによって、筆者の論点の大筋が変更をよぎなくされることはない。文学的・歴史的テーマというものが、生の脈絡の中に存在したものであったにもかかわらず、そのことを度外視して論じ続けているような学者がまだいる。

（三）「筆者にはグラナダ戦争が起こった場所が、「ロマンセ的な熱情に燃えていた」土地であったことは、たんなる偶然とは思われない（J・B・アバリェ・アルセ「ベルナール・フランセスとそのロマンセ」『中世研究年報』J.B. Avalle-Arce, *Bernal Francés y su romance*, Anuario de Estudios Medievales, Barcelona, 1966, p.387）。このロマンセで、かの著名な司令官はキリスト教徒とモーロ人から憎まれていて、あるとき枕を交わそうとしていた女が自分の妻だと知って殺害する。アバリェ・アルセはそのロマンセがベレス・マラガで作られたと想定しているが、それには十分な説得力がある。ただ筆者にとっての関心は、叙事詩的表現のもつ民衆的で荒削りな形式が、グラナダ戦争によってこよなく大きい広がりをもつに至ったということである。この戦争ではかなりの数のコンベルソが、旧キリスト教徒といっしょに参戦している。著者はさらにコンベルソの中には「勇猛果敢な司令官」もいたのだが、彼らはむしろ官僚や役人というイメージで捉えるほうがいい」（三七八頁）と付言している。。アバリェ・アルセの指摘は確かに正鵠を射ている。すでにセルバンテスは『不思議な見世物』の中で、コンベルソと臆病者とは同じ意味だという民衆的な信念に対抗すべく、怒りをこめて立ち上がった。しかしこのケースで問題となっているのは、ユダヤ人の血を引いた子孫が臆病者かどうかということではなく、民衆が感じたり言ったりしていることの内容である。（内容の良し悪しはどうあれ）信念というものは、信ずる人々の数によって支えられている。信じている者が百万を超えるならば、そうした信念に対してはなす術はない。ギリシア神話のゼウスに対応するローマのユピテルは、雷光を投げつけるとされていたが、多くの人々はその自然現象をユピテルのせいだと信じていた。ことほどさように、アバリェ・アルセの指摘どおり、「軍事的経歴はコンベルソの家系にはめったに見られないものであった」（前述書、三八三頁）。」

（四）　カトリック両王の治世の末期に始まった演劇で、新キリスト教徒たちはキリストの聖誕祭や受難を描いた場面を舞台にかけたが、洗礼によって救われるべきキリスト教徒としての権利を、また改宗以前に蒙っていた精神的・物理的な奴隷的境遇から解放された存在としての権利を要求するための根拠とした。誰か立派な文学史家に、ぜひこうした論点に沿ったかたちで、これらの劇作家についての本を上梓してもらいたい。

（五）　じわじわ焼かれる状態にあるということ、つまり火刑に処せられるべく薪をくくりつけられることを意味する。

（六）ディエゴ・ヌーニェス・アルバという一兵士は、一五四六年と翌年のドイツ戦線に際して、カルロス皇帝麾下の兵士として挙げた手柄について、どうしても語らねばと考えて次のように述べている。「戦場では百人の兵士よりも、彼らに命令を下して従わせる権威をもった司令官一人の方がずっと役立つ」。「自分の土地で年貢を納めずして、貴族として出世するために戦争に加わったのだから、戦場で食っていくための費用はすべて払ってもらわねばこまる」（『兵士の生活についての対話』*Diálogo de la vida del soldado*, Libros de Antaño, XIII, pp.25-26）。

（七）セルバンテスが体面の問題において、社会通念的なやり方（姦通を犯した女に死罪を与えるといったこと）に従わなかったことはきわめて意義深い。彼のスペイン社会における立場は間違いなく周縁的であった。このことはここで深入りをしないが。

（八）［『セルバンテスへ向けて』（*Hacia Cervantes*, Taurus, 1967, pp.10-25〔訳書、一四―三二頁〕）。］

（九）［十七世紀の演劇では、領主や農民の生活、社会階層や歴史や宗教といった、スペインの全体像が見世物として描かれた。マドリードや小さな村々ではコメディアが〈投げ売り〉された。］

（一〇）『ヘロニモ・グラシアン神父の作品集』（シルベリオ・デ・サンタ・テレサ神父編、第三巻、ブルゴス、一九三三、二五九頁）（*Obras del P. Jerónimo Gracián*, ed. por el P. Silverio de Santa Teresa）。

（一一）N・アロンソ・コルテス「セペーダス家の訴訟」（N. Alonso Cortés, “Los pleitos de los Cepedas”, *Boletín de la Academia Española*, 1946, XXV, pp.85-110.）およびH・セリス「サンタ・テレサの新たな系譜」（H. Serís, “Nueva genealogía de Santa Teresa”, *Nueva Rev. de Filología Hispánica*, 1956, X, pp.365-384）を見よ。

（一二）［再び引用するのはフランシスコ・マルケス・ビリャヌエバ『十六世紀における霊性と文学』（アルファグアラ、一九六八）である。一六三頁にはこうある。「サンタ・テレサにとって平民たる農民に対する関心などまったくなかった」。加えてホセ・ゴメス・メノール・フエンテスの『サンタ・テレサとサン・ファン・デ・ラ・クルスの家族の血統』（José Gómez-Menor Fuentes, *El linaje familiar de Santa Teresa y San Juan de la*

*Cruz*, Toledo, 1970）も参照せよ。これは博識で歴史的な良識にあふれた良書である。〕

（一三）著名な植物学者ガルシーア・デ・オルタの遺骨は、異端審問所の手によってゴアの大聖堂から掘り起こされて焼かれた。

（一四）手元にはいくらでも実例がある。たとえば一五七三年に、フライ・アロンソ・グディエルは、聖書のラテン語訳よりもヘブライ語原典の方が正確だとみなしたことで追及を受け、異端審問所の秘密の牢獄でひっそり亡くなった。その後に引き続いて起きたことは、彼の相続人および〈不名誉に関わる〉者と関わったり、「前述のフライ・アロンソ・グディエル師の記録、評判、財産」と関わったりすることを禁じる布告令であった（ピンタ・リョレンテの版になる『聖書学者アロンソ・グディエルに対する犯罪事由』*Causa criminal contra el biblista Alonso Gudiel*, ed. Pinta Llorente, p.206）。

（一五）血統を根掘り葉掘り調べることを専らとする、十七世紀の呼び方だと〈家柄を鼻にかける〉（linajudo）連中の、馬鹿げたやり方が唯一役立ったのは、それを鼻にかける大勢の者たちと、生きるだけで精一杯の少数者との線引きがはっきりしたということである。

（一六）〔拙論「実在性の工房――『ドン・キホーテ』」（'*El Quijote*', taller de existencialidad, *Revista de Occidente*, 1967.7）および、私の『ドン・キホーテ』への序論（マドリード、Magisterio Español, 1971）を見よ。〕

（一七）N・ロペス・マルティネスが『カスティーリャのユダヤ人』（三八五頁）で引用した十五世紀のある辛辣な文書では「麗しき、年代ものの旧キリスト教徒」について語られている。

（一八）新旧キリスト教徒の間の紛争が大した問題ではないとか、新キリスト教徒の数はわずかだったなどと思っている人は、『不思議な見世物』をもう一度ひもといてみるべきである。見世物は「いささかでも改宗者（ユダヤ人のこと。コバルビアスの『カスティーリャ語宝典』を見よ）の血筋をひいていたり、正当な結婚をした両親をもっていないとか、そういう両親から生まれなかったとかいう人間は誰一人として、見ることができません。したがってこうしたきわめてありきたりの二つの病いに感染いたしたような御仁は、わたくしの見世物に現われる、かつて見たことも聞いたこともないくさぐさのものを、見ることはご免こうむるにちがいありません」とある。セルバンテスの皮肉は彼自身の文学的手法の一側面である。それによると、（筆者が他所でも指摘したとおり）真実と冗談とが不可分となっていたり、あるいは体験可能なものの表現と、想像可能なもののそれとが不可分であったりする。見世物の囃し方は「押しも押されもせぬれっきとしたキリスト教徒の信徒だし、おまけに音に聞こえた家柄の貴族出」である。すると知事はそれについてこう述べる。「けだし立派な囃し方としては欠くべからざる条件だな」。見世物にはヘローディアスが登場して踊りを披露する。ベニート・レポーリョは「しかしこれがユダヤ女だとしたら、どうしてこういう不思議な見世物が見えるんだろう？」という疑問を抱く。すると「なに、あらゆる規則には例外があるんですよ、ねえ村長さん」との答えがなされる。幻想は幻想の中に呑み込まれる。直接的な批判である当てこすりはアイロニー、つまりほんの外見だけのユーモアあふれた冗談となる。こうしたことすべてが芸術的〈絶対性〉としての価値をもっている。しかしそれは、セルバンテスの時間・空間的な生との関わりにおいてこそ可能となったのである。彼もまた多くの者と同様、社会の周縁に生きる一人のスペイン人であった。しかしセルバンテスは己が天才によって、スペイン的生を生きる——それを創造したり、創作したりする——ことのできた唯一の人間であった。彼は時代の風に頼らずして生み出した斬新な〈セルバンテス的〉文体の中において、ごくごく近接したり、限りなく隔たったりしながら、生の内外で同時的に存在していたのである。

（一九）　西洋語の中でもことスペイン語においてだけ、natura が猥褻な意味をもっていたせいで、naturaleza にとって代えねばならなかったというのは、ひょっとして語彙学上の偶然か、意味の衝突によるたんなるいたずらだったのだろうか？　ケベードによると「natura はわれわれが勝手に猥褻な部分のこととしてしまったがゆえに、羞恥心なくしてその言葉を使うことができなくなり、代わりに抽象的な naturaleza を使わざるをえなくなった」という（『スペイン防衛』*España defendida*, cap. IV）。

（二〇）　自然と自由に関するこうした幼稚なカルデロン的発想は忘れてしまう方がよい。

（二一）　［筆者は前述の『ドン・キホーテ』への序論（マドリード、Magisterio Español, 1971）において、現時点における『ドン・キホーテ』に対する見方を明らかにしている。］

（二二）　そうする代わりに、スペイン人は生の経験自体を表現することと、考えることとを混同してしまった。そうしたところから同じ内省的な方法によって、ルイス・ビーベスによる生の研究が可能となっただけでなく、テレサ・デ・ヘスースに見られるような、作家自身や登場人物たちの生活経験の表現が可能となり、さらに牧人小説や最終的には『ドン・キホーテ』へとつながっていった。結局、哲学的な道は閉じられてしまったのに対して、文芸学の方は展望を大きく広げ、われわれは今でもそうした展望を今日的であると同時に、芸術的に有効なものとして視野に入れている。

（二三）　casados（結婚した）の代わりに cansados（疲れきった）と直したのは、アンリ・メリメの正鵠を射た指摘による（Henri Mérimée, "Casados" ou "cansados", *Rev. de Filología Española*, 1919, p.61）。フランシスコ・マルケスが筆者に教えてくれたのだが、ここで使われた〈疲れきった〉（cansado）という言葉は旧約聖書の律法のことを指している。となれば農民たちの非難はより辛辣なものとなる。実際にフライ・フアン・デ・ロス・アンヘレス（Fray Juan de los Angeles, *Obras místicas*, Nueva Bibl. Aut. Esp., t.20, p.428）によると、キリスト教徒の新たな律法には「かくも疲れきった（tan cansadas）儀式ともども古いものを一掃した、新たな戒律と新たな信仰が含まれている」。言い換えると、〈疲れきった〉という言葉には、本書の他の箇所でも指摘するつもりだが、〈期待する〉（esperar）という言葉と同様、反ユダヤ的な意味あいが濃厚に含まれている。［ジョセフ・H・シルヴァーマンの『ロペ・デ・ベーガの疲れきった郷士たち』（Joseph H. Silverman, *Los hidalgos cansados de Lope de Vega*, Homenaje a William L. Fichter, Madrid, Editorial Castalia, 1971）を参照せよ。〈疲れきった〉（cansado）と〈卑怯な〉（cobarde）という言葉がまったく同じものとして使われていることを見つけたのは、ペドロ・デ・エスピノーサの『占星術的予言』（Pedro de Espinosa, *Pronóstico Judiciario*, Obras, edic. de F. Rodríguez Marín, Madrid, 1909, p.338）においてである。「疲れきった者たちよ、せいぜい楽をしているがいい。お主たちに報復に出向けなどと命じたら、とんでもないことになろうからな。夜中に武器をかつぎ兵をつれて、人を殺傷しに出かけるとなれば。だとしたら家にいてゆったり寝転びながら、夕食でもとって楽にしているに、越したことはあるまいに？」］

（二四）［A・サモーラ・ビセンテ（A. Zamora Vicente）の版（Clásicos Castellanos, 153, 1963, p.110）を見よ。］

（二五）ゴンサーロ・ヒメーネス・デ・ケサーダ『反ヨヴィオ論』（Gonzalo Jiménez de Quesada, *El Antijovio*, 1569）の冒頭の言葉。これはスペイン人に対してひどい中傷誹謗を行なったパウロ・ヨヴィオ（Paulo Jovio）に対して向けられたもの。これはボゴタで一九五二年に出版された（二一頁）。

（二六）グスマン・デ・アルファラーチェの父親は金をやりとりする職についていた。「彼の地（ジェノヴァ）では世の中至るところで両替や戻り手形の商売はありふれたことでした。この地ではそういうことに携わるのは罪業なのですが」（前篇、第一部、第一章）。クリストーバル・スアーレス・デ・フィゲロアはインディアスとそこで一旗挙げてきた者たちに対して、憎々しげにこう述べている。「利息だの貯蓄だのに血道を上げている連中よ……ここでまともなやり方で手に入れた土地を、彼の地で同じように手に入れられるはずなどない」。インディアス帰りの人間は「この国の住人とどれほどそりが合わないか見てみるがいい、いつでも胡散臭そうな態度で、奥に引っ込み、人付き合いも悪いのだ」（『通りすがりの人』（*El Pasajero*, edic. Renacimiento, p.147）。文学上では亭主や恋人たちが揶揄の対象となっている。セルバンテスの『嫉妬深いエストレマドゥーラ男』、ロペ・デ・ベーガの『ドロテーア』、ロハス・ソリーリャの『別荘のドン・ルーカス』（*Don Lucas del Cigarral*）などがそうしたものである。〈インディアス帰り〉の問題については、拙著『セルバンテスとスペイン生粋主義』（マドリード、アルファグアラ、一九六六）で論じている〔訳書三五〇－三五七頁〕。

（二七）ティルソ・デ・モリーナ『セビーリャの色事師』第三幕、一〇六－一〇七行、一二九－一三二行。

（二八）J・パラウ・ファブレ（J. Palau Fabre）による引用。ペドロ・ボイガス（Pedro Bohigas）は筆者にパラウは、この偉大なバレンシア詩人はユダヤの血統ではないかという疑いを持っていると伝えてくれたが、そうした意見は筆者のそれと符合する。ドン・アブドン・サラサール（don Abdón Salazar）がいつか出版する予定の資料によると、十五世紀のユダヤ人一家であったビーベス一族と、マルク一族や他の者たちとの関係が明らかになるはずである。

（二九）「カスティーリャの実業家の中で最も裕福な人物」たるロドリーゴ・デ・ドゥエーニャスは、一五五五年に国庫諮問委員会（Consejo de Hacienda）の一員となった。委員会の税務官ブスタマンテ博士は、皇帝に宛ててこう記している。「ドゥエーニャスは染物商の息子で、改宗ユダヤ人の孫であります」。しかしフェリペ皇太子は「国庫諮問委員会にはぜひとも為替業務に通じた人物が必要だ」ということを見てとった。ドゥエーニャスはわずかな期間だけその職にあった後、定かならぬ理由から「自宅に戻るように」言い渡された（ラモン・カランデ『カルロス五世と銀行家』Ramón Carande, *Carlos V y sus banqueros*, II, pp.128-129）。ロドリーゴ・デ・ドゥエーニャスは行政と財務において有能な、金満家の新キリスト教徒を代表した人物であった。彼はメディナ・デル・カンポの代議員を務め、その資産の大きさは「今でも残る白亜の別荘」が物語っている。皇帝が一五五六年にユステに赴く途中、メディナに立ち寄られたときは宿舎を提供した（カランデ、前掲書、I, p.222）。銀行家の多くはコンベルソであったはずである。彼らが退いた後、銀行業務はスペイン人の手によっては行なわれなくなった。スペイン系ユダヤ人の財政的・技術的手腕は、オランダ、トルコ、イギリスの手によって利用されることとなる。その力をもってすればスペインが敵対するライバル国家と肩を並べえたかもしれなかったが、ユダヤ人の血統に連なる人々は、別の優勢な血統の人々と悲劇的な衝突をすることとなる。証券取引に関する最初の本はホセ・デ・ラ・ベーガの『混迷の中の混迷』（José de la Vega, *Confusión de confusiones*, Amsterdam, 1688）である（最近、マドリードの Sociedad de Estudios y Publicaciones 社から復刻された）。ホセ・デ・ラ・ベーガは十七世紀後半にオランダに移住した、コルドバはエスペーホ（Espejo）出身の、新キリスト教徒の家系に連なる人物である。彼の著書『混迷の中の混迷』はバロック文学と株式技術の混在した作品で、十七世紀後半の〈混迷〉して引き裂かれた社会に向けて、興味深い新たな展望を切り拓いた（そうした人物としては、他にグラシアン、バルデス・レアル、チュリゲーラ、ミゲル・デ・モリーノス、棹尾を飾るカルデロン、ソル・フアナ・イネス・デ・ラ・クルスなどがいる）。そうした背景に照らしてみると、〈混迷〉してはいても、強烈な意味を担ったホセ・デ・ラ・ベーガの作品は、自らの手足をもいだ当時のスペイン人が、自分たちをどのように感じていたか、を描くものとして際だった存在である。このドラマは少なくとも今まで、一時的でつかの間の状況が克服されるようなかたちで、直接的に表現されたことなど一度としてなかったのである。そうした状況が描かれえたのはおそらく、錯乱的な文体なればこそであった。そうした文体のとりとめのなさ、密度の濃さによって、誰も小説化したり劇化したりする天分を持ち合わせていなかったスペインの、ある意味で英雄的な挫折をしたスペインの、抒情的で激烈な性格をもった、名もなき表現が可能となったのである。セルバンテスはいまだに拠って立つべき人間観をもっていた。しかし今や十七世紀末期において、理性主義的ならざるどんな基盤に立って、生の建設的で問題性を孕んだ見方を打ち立てることができただろうか。そうした生は擾乱と混迷として見られただけである。「星辰はわが計画に対し頑として強く反対していたので、そなたの優しい言葉を聞いてほっとする代わりに、苦痛しか感じられなかった。そなたは私の苦悶を愛情でもって和らげる代わりに、逆にもっと苦しめようとして、蜂蜜から苦いアロエを作り出し、私を滅ぼそうとして丸薬から銃弾を作っている。しかしもしエウセビオが、心臓を頭にもっているとかいう、分別の象徴たる蛇のことに触れているとしたら、私も心臓を頭に移すようにしよう。そして物事の判断において気骨のあるところを見せつけてやろう。私にまずもって欠けているのは気骨だからである」(『混迷の中の混迷』、二八五頁)。ここからはどうしてもパスカルが彷彿とされる。「ホセ・デ・ラ・ベーガはアジアのインディアスにおいて、込み入った商売を行なったせいで財産を失ってしまった。とはいえ、そのおかげで初めて株式会社に関する理論を生み出すことができた。それは後にヨーロッパの商法に活用されることとなる。知性はここでもまた、否定的で逆境的な状況を越えることができたのである。」

(三〇)　[筆者はカスタリア社からゴドイ・アルカンタラ (J. Godoy Alcántara) の重要な作品を再版しようと考えている。それは〈虚偽の略年代記〉に関する著作で、ある種のテーマに触れることを恐れてか不注意によるものなのか、一世紀以上もの間、再版されないままになっていた。]

(三一)　ロペ・デ・ベーガ (?)『サラメアの村長』(edic. Krenkel, I, v.391-398)。

(三二)　[ロペ・デ・ベーガやバルタサール・グラシアンがなぜ『ドン・キホーテ』に罵詈雑言を投げつけたのか、

ここにその原因がある。筆者の『ドン・キホーテ』への序論（マドリード、Magisterio Español, 1971）を踏まえれば、その理由は理解しうるだろう。］

（三三）　拙著『ロペ・デ・ベーガの人生』（*Vida de Lope de Vega*　一九一九、四二九頁）を見よ。［A・カストロとユゴー・A・ルネールとF・ラサロ・カレテール『ロペ・デ・ベーガの人生』（A. Castro, Hugo A. Rennert, F. Lázaro Carreter, *Vida de Lope de Vega*, Anaya, 1968, p.368）を見よ。］ロペはたしかに「詩は絵のごとくに」（ut pictura poesis）〔ホラティウスの詩論の言葉〕を知っていたが、彼に関心のあったのは、暗にそうした判断に含まれる教育的側面ではなく、感覚的・創造的な側面の方であった。

（三四）［「あらゆる時代を通じて見られる、ほとんど類似した出来事とか、神がことさらスペイン人を選んで支配をしている特異なやり方を見てみれば、神の摂理の時代において選ばれし民であったのと同様に、恩寵の法においても選ばれし民であったことが明らかとなる」（フライ・ファン・デ・サラサール『スペインの政治』Fray Juan de Salazar, *Política española*, Madrid, 1619, edic. M. Herrero, Madrid, 1945, p.73）。］

（三五）　バスケス・デ・エスピノーサ『西インディアス事情概説』（Vázquez de Espinosa, *Compendio y descripción de las Indias Occidentales*）。これはディエゴ・デ・ランダ『ユカタン報告記』（Diego de Landa, *Relación de las cosas de Yucatán*, edic. de H. Pérez Martínez, 1938, p.357）の補遺として世に出たもの。

（三六）　あらゆる種類の沈黙や欺瞞的説明に頼ってきたせいで、スペイン的生のありようを示すものは、欺かれたり矮小化されたりしてしまった。〈生のありよう〉とはもちろん肯定的で、原義どおりの意味の〈魅力〉をそなえているものである限りにおいてである。過去を解剖するのが好きな人々がどのように考えようとも、そうした魅力こそ人間生活の大きな意味のうちの一つである。ところがイギリス人ドミニコ会士トーマス・ゲイジは十七世紀にインディアスをかきまわって、自らの信仰と彼を育ててくれたスペイン人を裏切るようなことを『西インディアスの新たな探索』（Thomas Gage, *A New Survey of the West-Indies*, Londres, 1648）で記している。

この市〔メキシコ市〕の宗教寺院に納められる莫大な額のお布施や喜捨は、物議をかもすような大きな悪事を伴っているのがふつうである。つまり豪華絢爛たる寝床で転げ回ったあげく、放蕩淫乱な生活に対する罪滅ぼしとして、喜捨を行なうのである。したがって建てられる教会にはかくも美しい装飾が施されている。この市にある教会、礼拝堂、修道院、教区はあわせても五〇を超えることはないだろう。しかしあるものだけをみても、私がかつて見たことがないほど美しいものばかりである」(E・デニソン・ロス卿とアイリーン・パワーによる版、Edic. de Sir E. Denison Ross y Eileen Power, Guatemala, 1946, p.89)。

(三七) パブロ・エスピノーサ・デ・ロス・モンテーロス学士『大セビーリャ市の歴史と偉大さ——後篇』(Ldo. Pablo Espinosa de los Monteros, *Segunda Parte de la Historia y grandeza de la gran ciudad de Sevilla*, 1630, p.90)。

(三八) 本書の最後においた補遺を見よ。

(三九) 「異端審問官に何か良い点があったとしたら、それは神の選民の血を引いていたことである」。異端審問所の牢獄からこう述べたのは、コンベルソの一得業士であった(J・カロ・バローハ『ユダヤ人』J. Caro Baroja, *Los judíos*, 1963, II, p.203)を見よ。

訳　注

(1) ヴェルナー・ゾンバルト『ユダヤ人と経済生活』(安藤勉訳、荒地出版社)第二章「十六世紀以来の経済中心地の移動」(三九—五四頁)。

(2) Juan Arce de Otálora はスペインの法学者で、ラテン語で『スペイン人貴族大鑑』を著した。この人物の思想についてはロルカ・マルティン・デ・ビリョドレスの近著『近代国家の黎明期における貴族階級——中世と近代に跨る法学者ファン・アルセ・デ・オタロラの思想』(Lorca Martín de Villodres, *La nobleza en los comienzos del estado moderno, el pensamiento del jurista Juan Arce de Otálora, situado en la encrucijada del medievo y la moder-*

*nidad*, CEPC, 2004）がある。

（3） Bernardim Ribeiro (1482?-1552?). ポルトガル生まれのユダヤ人改宗者の小説家・詩人で、法律家として王の宮廷を生活の場とした。詩人サ・デ・ミランダの友人として知られ、自らもイタリア詩型で『牧歌』五編、『セスティーナ』一篇、『カンティガ』二編を残している。また牧人小説的な背景をもった感傷主義的でメランコリーに満ちた騎士道物語『官女と乙女』（*Historia de Menina e Moça*, 1554, Ferrara　別名『孤独』*Saudades*）の作者としても、ポルトガル文学史上に不朽の名を残している。物語は乙女の過去の思い出として独白として語られる。遍歴の騎士ビンマルデール（著者の分身）は馬を失ったことで騎士から牧人となるが、真の騎士道精神を失うことはない。また第二の人物アバロールは、王の宮廷に仕える遍歴の騎士だが、宮廷を捨てて恋人アリマの後を追いかける。これは騎士道物語から牧人小説への橋渡しとなる作品で、のちに同じポルトガル出身の詩人ホルヘ・デ・モンテマヨールが『ディアナ』（一五五九）でもって、スペイン語で最初の牧人小説をつくるきっかけを与えた。なおベリーサと呼ばれる女性が登場するが、これはガルシラーソ・デ・ラ・ベーガの恋人として知られるイサベル・フレイレのこととされる。ちなみに前年にはサムエル・ウスケの『イスラエル民族への慰め』が同じフェラーラ（当時スペインから追放されたユダヤ人が多く暮らしていた）から出版されており、本書もまた追放されたユダヤ人の悲しみをたたえたコンベルソの作品とみなされている。

（4） 著者が第一章で述べたように、こうした人格上の安定を象徴する言葉が〈落ち着き〉（sosiego）であり、旧キリスト教徒の精神状況を表徴していた。一方、コンベルソはそうした心の落ち着きを奪われ、つねに異端審問の追及の手を恐れて、戦々恐々として過ごさねばならなかった。

（5） モリョーによるとベニート・レポーリョという姓名のベニートという名は bendito（「愚かな、お人よし」）と音が似ていて愚か者（necio）と同義であり、姓のレポーリョ（キャベツ）はサンチョ・パンサのパンサと同様に〈愚かな百姓〉の伝統に則ってつけられた名前である（Maurice Molho, *Cervantes: raíces folklóricas*, Madrid, 1976, p.180）。したがって、この幕間劇の中でもっとも熱中して架空の劇に見入る、愚かしい人物として描かれている。またセルバンテスがベニート派の修道士たちを巨人とみなして、ドン・キホーテに突っかからせた（前篇、八章）のも、サンベニート（Sambenito 悔罪服）との連想で、異端審問的スペインに対する挑戦であったとするならば、ここでもそうした体制側のイデオロギーを揶揄するために、愚かしい人間の代表としてベニートという名前をつけたのも頷ける。カストロはかつて、サンベニート（悔罪服）と、本来の語源である「聖ベネディクトゥス」（San Benito）との乖離について指摘したことがあった（*Revista de Filología Española*, XV, 1928, "Sambenito"）。

（6）マクベスはいうまでもなくシェイクスピアの『マクベス』の主人公で、妻の唆しによって次々に殺人を犯していく、野心的で権力志向の武将。作品は彼の罪と良心を問題にした悲劇。ファウストはゲーテの『ファウスト』の主人公で、あらゆる知的探求が心の欲求を満たさぬことに絶望し、人生を味わい尽くすことを条件に、悪魔に魂を売り渡すファウスト博士の物語で、彼に象徴される近代的自我のありようを描いた画期的な作品。『フェードル』はラシーヌによって書かれた韻文による悲劇で、アテナイ王の妻フェードルが義理の息子に対して、悪として自覚しつつも、運命的な近親相姦的な恋に身を投ずる悲劇。こうした悲劇の主人公は、一様に、運命や自然、宇宙といった超越的な力の前に、確固たる自己をもって悲劇的に立ち向かう人間の英雄性を表徴している。

（7）カタルーニャの叛乱とポルトガルの蜂起によるスペインからの離反・独立の動きを指す。

（8）ケベードはモンターニャ出身の正真正銘の貴族であり、郷士とは名ばかりで血統的に疑わしい郷士に対する辛辣な批判を『ブスコン』や『夢』の中で展開している。ケベードにとって真実の精神的な貴族性とは、セネカの追求したような徳性の中にこそあった。

（9）Giambattista Marini (o Marino) は十七世紀のイタリア詩人で、その詩には隠喩と対照表現があふれていた。

（10）ロペ・デ・ベーガは韻文で書いた『当世劇作新技法』（一六〇九）において、「三行詩（terceto）は真面目なことがらを述べるときにふさわしい」と述べている。三行詩は aba-bcb-cdc というふうに完全脚韻が連鎖していく、十一音節のイタリア詩型。

(11) ギジェン・デ・カストロの戯曲『シッドの青春賦』(Guillén de Castro, *Las mocedades del Cid*, 1618) は、実在の英雄ロドリーゴ・ディアス・デ・ビバールの若かりし時の勇壮かつ寛大な姿を、理想化して描いた三幕ものの作品。父親ディエゴ・ライーネスの不名誉を雪いで復讐をとげ、神の恩寵を受けてモーロ人を破り、王フェルナンドによって復讐の相手ゴメス伯の娘たるヒメーナと結ばれるまでを描いている。愛と憎しみの葛藤にゆれる英雄像は、シッドのロマンセのテーマとなったもので、この劇は大衆化したシッドのロマンセ、ないしは十四世紀の年代記(一三四四)の記述に拠っている。

(12) コルネイユ(一六〇六―八四)が『ル・シッド』(一六三七)で描くところの主人公ロドリーグ(ロドリーゴ)は、ギジェン・デ・カストロの『シッドの青春賦』から詩想を得たもので、父を恋人シメーヌ(ヒメーナ)の父親に侮辱されたため、復讐するべく恋人の父を殺さなくてはならぬ立場におかれる。英雄の名誉と恋の板ばさみを、韻文によって五幕で描いた作品で、コルネイユの代表作。

(13) これが誰を指しているのかは詳らかではないが、時代精神とか精神史(Geistsgeschichte)というものを開拓することを重視したドイツの文学史家のことと解釈すれば、たとえばハインリヒ・ウェルフリンの規定した芸術史上のバロックという概念を、文体的な様式に応用したオスカル・ワルゼル(Oskar Walzel)、ドイツ古典主義とロマン主義に関して論じたフリッツ・シュトリヒ(Fritz Strich)などが思い浮かぶ。彼らを通して〈バロック〉という言葉が文学史上、十七世紀の思潮を表わす用語として用いられるようになったからである。

(14) Vasco de Quiroga (1470?-1565). 十六世紀スペインの行政官・聖職者。ヌエバ・エスパーニャ(メキシコ)の聴訴官で、ミチョアカンの巡察史・司教(一五三四年)。原住民救済の計画集落(オスピタル)サンタ・フェ村を創設し、ミチョアカンの産業育成に尽力した。彼は古典作家のみならずゲバラなどの人文主義作家たちの作品もよく読んだ教養人で、彼の新しい村の構想は、トーマス・モアの理想社会のすがたを、インディアスにおいて実現しようとするものであった(増田義郎『新世界のユートピア』研究社、一九七一、一七三―一八四頁)。スマラガ神父(Fray Juan de Zumárraga, 1476-1548)はフランシスコ派の聖職者で、キローガやラス・カサスと同様、インディオ保護のために尽力し、異端審問官、大司教となり、福音化を進めるためにメキシコに印刷所を導入し、その地で没した。

(15) Silvio Zavala Vallado (1909- ). 現代メキシコの歴史家で外交官。パリにおけるユネスコのメキシコ代表を務めたのち、コレヒオ・デ・メヒコの学長となった。バスコ・デ・キローガ研究の第一人者して、一九九三年には長年の功績を認められ、社会科学部門でアストゥーリアス皇太子賞を受賞。現在コレヒオ・デ・メヒコ名誉教授。

(16) ルイス・ベレス・デ・ゲバラ (Luis Vélez de Guevara, 1579-1644)。ピカレスク小説『跛の悪魔』(*El Diablo cojuelo*, 1641) の作者。主人公の学生ドン・クレオファスは司直から追われ、屋根伝いに逃げ込んだ占星術師の実験室で、たまたま跛の悪魔を助けたことから、その褒美として十の〈跳躍〉(trances) を与えられ(それが十の章立てとなっている)、その跳躍によってマドリードをはじめとするさまざまな都市を飛び回り、悪魔から十七世紀のスペイン社会の悪や偽善のありさまを見せてもらうという趣向の作品。ケベードの『夢』五部作と共通したモチーフで、社会批判的小説としての面白さ、滑稽さの中に、作者の奇想主義的な文体や気取りが窺える。

(17) odiamiento という言葉はカストロの造語で、たんなる一時的な感情としての憎悪 (odio) とは異なり、razonamiento (論理性) との連想で、論理的思考を最初から受けつけない、頑なで持続的な思想的・イデオロギー的な反感を表象していると思われる (A. Castro, *Santa Teresa y otros ensayos*, Alfaguara,1972, p.265)。

(18) Fray Bernardino de Sahagún (1500-1590). スペインの聖職者・歴史家。サラマンカで学んだのちインディアスに渡り、トラテロルコで学校を建設し、そこでインディオにスペイン語とラテン語を教える。インディオから直接、彼らの生活習慣・伝統・文化・原住民語 (アステカ語) の知識を得て、記念碑的な著作『ヌエバ・エスパーニャ事物総史』(*Historia general de las cosas de la Nueva España*) を完成させた。民俗学的な知識の宝庫としての価値は、今でもきわめて高いものがある (サアグン『神々とのたたかい』I、アンソロジー新世界の挑戦、第九巻、岩波書店、篠原愛人・染田秀藤訳)。

(19) Azcoitia はバスク・ギプスコア地方の市町村。《アスコイティアの騎士》とは啓蒙主義思想によって、バスクをはじめスペインの近代化に取り組もうとした人々のことを指す。その一人がハビエル・ムニーベ〈ペニャフロリダ伯〉であった。ララニャガ(Larrañaga)もまた、修道士であったにもかかわらず、近代化のための組織「王立バスク愛国協会」(Real Sociedad Bascongada de Amigos del País)の設立に深く関与し、ハビエル・ムニーベのまわりに集まったグループ(caballerito de Azcoitia)の一員であった。ムニーベは一七七六年にスペイン社会の科学技術の進歩を促進すべくベルガラにおいて、バスク愛国者学校(Seminario Patriótico Bascongado)を発足させた。

# 補　遺（一九六三年の第二版の補注）

筆者は本書の第二版を準備する際に、これまで縷々述べてきた問題点は、いわゆるスペイン的生と言われるものの全体に影響を及ぼしているのだ、ということをぜひ強調しておきたいと思った。問題はけっして偶発的だから避けて通ればいいなどといった体のものではなく、なんとしても適切で洞察力に富んだやり方でもって扱わねばならない、生の根本的状況に関わるものである。というのも何世紀もの間、そうした状況はありのまま捉えられるどころか、逆に歪曲されたり回避されたりしてきたからである。［筆者の近著『外来語としての〈エスパニョール〉――根拠と理由』（マドリード、タウルス、一九七〇、第二版印刷中）を読んでもらえば、その点をあえてここで強調する必要はなくなる。その内容に誰も異を唱えることはできないはずである。ただし真実にあつかましくも悖ることはないとしての話だが。］

私が〈根源的状況〉と呼んでいるのは、スペイン人が共存というかたちで自分たちの社会を作り上げてきた明白な事実を条件とする、人間的活動のあり方のことである。そうした状況の中でキリスト教徒、ユダヤ人、モーロ人はすべてスペイン人としての自覚をもつに至った。一五〇〇年の時点において、スペイン人、ユダヤ人、モリスコというくくり方はできなかった。実際にありえたのは、スペイン人のキリスト教徒、ユダヤ人、モリスコという存在だけである。筆者はそうしたからといって、何もスペイン人を実体化しようとするわけでもなければ、「石のごとき不動不変の何ものか」に変えようとするものでもない。というのも、学校でスペイン人は太古の昔から存在していると教わり、スペイン人という存在を一つの容れ物とみなし、「シリア人、エジプト人、北アフリカ人、前イスラム教徒〔イスラムの影響を受ける以前の人々〕、ローマ人、ビザンティン人、西ゴート人といった、あらゆる先立つ人々が、われわれの未来という名の川床に流れ込んできた」と習ってきた人々の集団的意識を、別方向に向けることがどれほど困難なことかは、筆者とて重々承知しているからである。

ところで筆者が語っているのは、川のように流れ込む神秘的な生などではなく、七一一年に分裂し、一五一二年になるまで政治的に統合（ナバーラの併合）されることのなかった人々の生である。筆者が『スペインの歴史的現実』（一九六二［一九七一］）で明らかにしたように、人々は九世紀の時点で、すでに永続的なものとなるようにみえた状況の中において、またそうした状況を前にして、自分たちの計画を練り上げ、決定を下すことを余儀なくされていた。

民族そのものを、その集団的意識が拠って立つべきもろもろの活動や、集団的なあり方に対する意識から切り離すことなどできない。集団的意識が確固たるものとなっていくプロセスは、意識的であれ無意識的であれ、社会活動の中心から導かれていく。旧来の慣習が踏襲され、新しいかたちの活動がなされるとしたら、それは社会集団として、自己との一体性や同一性のうちに存続し続けようとして適宜、取捨選択するものと合致し、また意識的にせよ無意識的にせよ、こうあり続けたいと願うものと合致していなければならない。そうしたことは、私流の呼び方をさせてもらえば、〈生の住処〉の中に生起するのである。これはスペイン人を永遠の存在だとみなしたい人々や、集団的生の存続を〈石〉とか〈川床〉などといった発想と同一視しようとする人々の心の中では、撥ね返されてしまう概念である。

イベリア半島を征服したキリスト教徒と、彼らと共存してきたユダヤ人は、ともにスペイン人と呼ばれるに至った（〈セファルディ〉という言葉は、「スペインの」という意味である）。十六世紀のモリスコもまた自分たちをスペイン人とみなしていて、ドン・ディエゴ・ウルタード・デ・メンドーサは実際に彼らをそのように呼んでいた。同一の集団としての一体感によって、三つの宗教、三つの血統に属するスペイン人は一つにまとまっていたのである。八〇〇年以前の半島の住民は、〈ローマ人〉とか〈西ゴート人〉と呼ばれていた。その後は〈キリスト教徒〉と呼ばれたのである。[一] 彼らの目的はイスラム教徒から自分たちを区別することであった。とはいえ宗教的信念に支えられた、自分たちが集団として一体であるという意識は、長年の仇敵たるイスラム教徒から見習ったものである。このようにして、自分たちがいかなる存在であるかという意識の、新たなかたちや表現が生まれた。しかしそうした意識といえども、いったん獲得されたところで維持され、その後には失われていく。モンドニェード司教であったアントニオ・デ・ゲバラ[1]はこう述べている。「もし知的好奇心に富んだロデリーコ（ヒメーネス・デ・ラーダのこと）がわれわれに教示してくれなかったら[2]、スペインにおける西ゴート人の侵入、発展、末路について何を知ることができたであろうか」（『マルクス・アウレリウス』*Marco Aurelio*　セビーリャ、一五四三、概要 *Argumento*）。

筆者が今や多くの人々にとって明らかとなった事実、つまりスペイン人が西洋と東洋にまたがった不確定で問題性を孕んだ、壮大にして悲劇的な、魅惑的で模範的な独特のケースであるという結論に達したのは、初めと終わり、複数性と単一性、好ましい行動と好ましからざる見下された活動、さまざまな出来事と連動しつつも一貫してある永続的なるもの、といった概念を駆使したおかげである。［前スペイン人[3]がイスラム教徒によって強い影響を受けたことを最もよく裏付けているのは、ある著名なアラビア学者〔エミリオ・ガルシーア・ゴメス教授〕が、アラビア人はスペインを「侵略し、強奪した」後に逃げ出した、と述べているところにもよく現われている。パリの出版社（フラマリオン）からとんでもない本を出した者[4]がいるが、それは『アラブ人はスペインを一度として侵略したことはない』（*Les Arabes n'ont jamais envahi l'Espagne*）という題名であった。」スペイン人の現実に対する筆者の見方は、いくら東洋嫌いの人間が、現実ならざる幻だと思いなそうとしても、実際にあった現実なのである。もし筆者の史観が、どこかの読者が主張するように、石のように不動の実体的概念から出発したものだとしたら、スペイン文明のもつ人間性の横溢した、葛藤的で苦悩に満ちたさまざまな現実を、白日のもとに晒すことなどできはしなかっただろう。筆者の歴史に対するアプローチの方法を、実体的で固定的だとして退けようとする者たちは、スペイン人はイベリア族であり、またあの土地に暮らしてきたすべての住民であった、とする慢性的な見方、幻想にいまだにとらわれているのである。あそこもまた土地として見ればたんなる地理的空間にすぎなかった。スペイン的なるものは（フランス的な、イタリア的なそれと同様）集団的意識の一側面であり、土地の構造とか植生、経済的生産性などではない[二]。スペインの若者たちはフアン・デ・マリアーナ神父やドン・ロドリーゴ・ヒメーネス・デ・ラーダなどの見方からはとうてい生まれようのなかった、祖国の真実の歴史を教えてくれと求めるべきであろう。イタリアであればいかなる学校でも、ジュリアス・シーザーがイタリア人であったなどとはされないし、フランスでもシャルルマーニュやガリア人が、フランス人だなどとも教わらない。ビリアートやトラヤヌス、ドン・ロドリーゴ王をスペイン人と呼ぶことが、どれほど馬鹿げているかを示すために不可欠なのは、別の発想から出発することであり、今はやりの歴史学の硬直化した規範に対し、毅然として立ち向かうことである。そうした規範のせいで〈スペイン性〉は一枚岩に化してしまった。無知がますます高じる一方で、理解しようという意志と誠意が、ますます欠けていることが如実に伺えるのは、そうした批評家、作家、新聞記者らは誰一人、フランス史やイタリア史をひもといてみようともしないことである。そこではシャルルマーニュをフランス人と称したり、皇帝アウグストゥスをイタリア人だと呼ぶような愚かな振舞いなど、誰もしていない。わが批評家先生にとっては、イベリア半島にユダヤ人やイスラム教徒が存在したこと自体が許せないのである。それがすべてである。

十三世紀に〈スペイン人〉と呼ばれるようになった人々は、モーロ人との抗争や連合、また後にはユダヤ人とのそうした関係の過程で、次第に固有の人格を形成していくこととなった。ユダヤ人は十五世紀の段階では、キリスト教徒と同様にスペイン人としての意識を有していた。したがってモーロ人やユダヤ人を、偶発的な要素として、意図的にその重要性を誇大化したり、逆に矮小化したりするのは間違ったやり方である。三つの血統からなるスペイン的体制の内部においては、明らかに三者間の関係における変化や入れ替わりといったものが存在したが、そうしたものは、九世紀から十七世紀にかけて、三つの血統が常に存在し、止む方なく互いに結ばれていたという状況によって、常に条件づけられていた。スペイン人の生は、三つの血統が共存することが不可欠だという意識に沿って形成されてきた（中世ヨーロッパの王制がどういうものだったか比較してみるといい、そこでは王と貴族、農民との関係はさまざまな浮き沈みを経験したものの、だからといってそれら三者のうちどれかが、他の二者を抹殺するなどということはなかった）(三)。スペイン人は大きな存在となりはしたが、互いに対する寛容さを維持する努力において、そして互いに相手を押しつぶそうとするつまらぬ執拗さにおいては、きわめて狭量な存在となってしまった。十六世紀、十七世紀において、セファルディ（スペイン系ユダヤ人）はトルコやオランダと組んでスペインに対して最大限の悪事を働いたし、一方のモリスコはトルコとフランスと組んで、スペイン国王に対する陰謀を逞しゅうした。十五世紀末以降、キリスト教徒は憎むべき隣人たるモーロ人やユダヤ人に揺さぶりをかけるべく、全力を傾注した。フェルナンド三世（聖王）とカトリック両王の墓碑銘を見てみれば、こうした歴史的過程が最も盛り上がった時期のありようが如実に窺える（『スペインの歴史的現実』一九六二［一九七一］、三八頁、一六九頁）。

われわれはこうしたことをしっかり踏まえておかねばならないが、それは誠意ある読者が今目にしている本書の意味を、誤解しないでもらいたいからである。スペイン的なるものは川でもなければ川底でもないし、またかつてそうあったためしもない。また盲目的な時間の流れに引きずられてきたものでもない。それは三つの不可避的な血統の内部的な状況によって生み出された、もろもろの集団的意志を有したグループ（ガリシア、レオン、カスティーリャ、ナバーラ、アラゴン、カタルーニャ）によって導かれたプロセスである。それは容赦ない分裂を招来したとはいえ、同時に調和・和合を志向するプロセスでもあった。したがって各々の地方集団は、自らの内部において、〈生粋主義〉同士の抗争を生き抜いてきたのである。キリスト教徒はすでに政治的に結束していた別のキリスト教徒と抗争していた（「カスティーリャ人とレオン人の間には大きな溝がある／王国の分割と、境界紛争において」）。いたるところで、間断なく紛争があったと言っても過言ではない。しかしその紛争のかたちや結果はけっして一様ではなかった。もしユーゴー・シューハルト（Hugo Schuchardt）(5)が言ったように「各々の言葉には固有の歴史がある」とするならば、あらゆる人間的対立に関しても同様のことが言えるだろう。スペイン人同士の抗争は宗教的な生粋主義同士の争いであって、世俗的性格のものではない。統合しようという意志と、追い出してやろうという憤怒の思いの間の緊張感は、結局、常軌を逸した追放劇と迫害によって解決されたのである。

今をときめく歴史学は、スペインにおいて生起したことをある程度わきまえている人々にとって明白この上ないことを、今さらのように拒絶しようと躍起になっている。筆者は寡聞にして、名高き民族の過去についての真実が、かくも愚かな者たちの攻撃にさらされてきた例をスペイン以外には知らない。R・コネツケ（R. Konetzke）というドイツの賢人によると「カストロがスペイン中世史におけるイスラム（これをアラブ人と同等に扱ってはならない）の果たした役割に、過剰なまでの重要性を認めていることははっきりしている。また同時にスペインのユダヤ的要素に対しても、途方もない意義を与えている」（四）と宣っている。しかしスペイン人の生に通じている者にしてみると、そうした判断はあたかも中世における教皇と皇帝の闘争を研究している者たちに向かって、あなたはそのどちらかに過剰な肩入れをしている、と評されるのと同じように奇妙な感じを受ける。ならば、そうした批判をする人間は、教皇党か皇帝党のどちらかの人間、われわれのケースでいえば、反ユダヤ主義者ということになるだろう。コネツケ氏は本書で明らかにされた問題などは、まったく考えたことすらなかったのである。スペインに関する細々とした挿話的な事柄は知っていても、スペイン人が何者であるかはまったくご存じないとみえる。

スペイン人の中で今時の歴史学に肩入れする者たち、また海外のイスパニスタの多くは、レコンキスタ初期から十一世紀までの時代、イスラム勢力の圧迫には相当なものがあったと主張している。とはいえ、後になって〈スペイン〉がキリスト教ヨーロッパと接触をもつようになると、東洋的な汚れから解放されたと言うのである。何はどうあれ本当のところは、キリスト教徒がクリュニー派とシトー派の修道士によって、教会的に乗っ取られたというのが正しい。それは彼らに、反マホメットの使徒たる聖ヤコブの聖地コンポステーラへの巡礼を目当てに、名声と経済的利益を得ようという目論見があったからである。巡礼はナバーラ、カスティーリャ、レオンの各王国において、〈宗教翻案された〉経済の輝かしい事例であった。

他の視点からすると、ヨーロッパの知的文化はキリスト教王国のそれにほとんど影響を及ぼさなかった。キリスト教徒もまたイスラム教徒が培った学問（数学、哲学、医学など）に席捲されることをよしとはしなかった。こうした学問は十二、三世紀にスペインのユダヤ人を仲介者としてヨーロッパ人に伝播された。ところがカスティーリャのキリスト教徒（帝国的・軍事的勢力の最大の拠点）とフランス叙事詩との接触は緊密で、きわめて実効性をもつものであった。（メネンデス・ピダルによって明らかにされた）西ゴート人の叙事詩的伝統はフランス叙事詩を通して活性化された。カスティーリャ人はそうした伝統を、もはや西ゴート人でもなければフランス人でもなく、カスティーリャ人として、政治的・生粋主義的な目的に利用したのである。武勲詩と後のロマンセーロとは、レコンキスタの詩的な武器となったが、それはサンティアゴがレコンキスタの宗教的刺激となったことと軌を一にしている。

つまるところ、文明のもつさまざまな現象を、血統の働き、血統間の和合や相反と結びつけない限り、歴史はばらばらで、まとまりのないままに終わってしまう。したがって、スペイン帝国を生み出した衝動と能力が、後のスペイン的生（『シッドの歌』にはいまだスペイン人は存在していなかった）の構造的プロセスの内部において、斬新な何ものかであったことは確かだとしても、それと引けをとらないくらい大きな真実は、新大陸の〈さらに彼方へ〉向かう征服欲のうちに、ユダヤ的血統のもつ普遍化志向の熱望があった、ということである。そうした熱望は、十五世紀のコンベルソたちの行動や教説の中にもはっきり感じ取ることができる。ドン・アロンソ・デ・カルタヘーナはイギリス人の戦争が「カトリック信仰を称揚し、キリスト教世界をさらに押し広げるため」の〈聖戦的〉性質を帯びていないことを非難している。別のコンベルソたるフライ・ディエゴ・デ・バレンシア(6)は、すでにこう述べていた。も

しカスティーリャ人が合意したならば
グラナダすべてを含めて、津々浦々、世界で
征服されない場所などどこにもないだろう。

こうしたことはすべて筆者がかなり以前から、著作の中で述べてきたことである。しかしある種の読者の心には、井戸の底に石が落ちるかのように、記憶から抜け落ちてしまった。つまり〈生の実体のない〉と呼ぶべき事実、言い換えると〈生の住処〉から外れた意味のない事実として、である。(五)

しかし無分別にも、インディアスにおける〈カスティーリャ人〉の事績をめぐる議論でもしようものなら、憎悪や劣等コンプレックスの混じった混乱に巻き込まれるのが落ちである。そしてつまるところ、インディアスで起きたことは何一つ理解できぬままに終わるのである。アステカやインカの文明を破壊したからといってスペイン人を野蛮人扱いする者もあれば、一方ではスペイン人の罪と罪過を赦免し、中傷者ラス・カサスを激しく攻撃する者もある。(7) ところで歴史の意味にとって重要なのは、将来のアメリカたるべき土地の支配と植民化が、カトリック教徒やキリスト教徒を抱えたヨーロッパでも、類をみないユニークで感嘆すべき現象であった、という点である。他のヨーロッパ諸国民（フランス人、イギリス人、オランダ人）の宗教と、彼らがその内部で立ち働くこととなる〈生の住処〉というものは、スペイン人とは異なりユダヤ化されることはなかった。イスラムとユダヤの精神は、帝国と布教が不可分のものというスペイン的発想に深く浸透していた。一五四六年にメキシコで召集された聖職者会議においてはっきり指摘されたのは、原住民に対しより実効的なキリスト教布教を行なうために、〈スペイン

の」教会がたゆまざる大いなる関心を有すること、そして彼らは〈理性的存在〉であり「キリスト教世界と人間的礼節の双方において、大いなる結実をもたらす可能性がある」とみなされたことである。[六]

モーロ人やユダヤ人との深い交わりや紛争の歴史の中から出現した、キリスト教徒カスティーリャ人であったればこそ、そうしたかたちの帝国的拡大を企図しようなどと思いついたと言うことができる。筆者が前に部分的に触れたテクストの中には、そうしたかたちが暗に示されていた。スペインによる植民地支配において奇妙と思われる点に関しては、アメリカの歴史家R・R・パーマー（R.R. Palmer）が、いみじくも次のような指摘を行なっている。

> 結局、しっかり見極めておくべきことは、スペイン帝国がインディオを後々まで生きながらえさせただけでなく、スペイン人がブラジルにおけるポルトガル人と同様に、ヨーロッパ人による領土拡張という大きな枠組みの中で、固有の土地に暮らす大量の非ヨーロッパ人を、実際にヨーロッパ化しえた唯一の民族であった、という点である。[七]

ここにはスペイン嫌いの犠牲者たるアメリカやイスパノアメリカの歴史家たちなら、たいてい否定したり、口を閉ざしたりするような事実が、歴史的な威厳をもって提示されている。しかしそうした特異な事実が物語っているのは、スペイン人がある種の生の形式、ヨーロッパ人とは異なる〈生の住処〉に生きているということである。ヨーロッパ人は自分たちが支配下においた住民に、自分たちの宗教が伝播しうるかどうかなどということを気にもかけなかったからである。スペイン人の内面形成がヨーロッパ人とは異なるものであったがゆえに、新世界の福音化に当たって、イスラム教徒がアフリカ、アジア、フィリピンの奥地に至るまで、イスラムの理念を伝えた方法をそのまま踏襲したのである。スペイン人にとって肉体と精神は不可分の実体であった。したがって、いったん同一の信仰でもって一体となり、差がなくなったとあれば、たとえ皮膚の色が異なっていようと、他の人種と混血することを厭うことはなかった。すでに見てきたとおり、メキシコのスペイン人聖職者たちは、インディオには「キリスト教世界において大いなる結実をもたらす」可能性があった旨を述べている。その一人、ファーレス(8)はメキシコの大統領にまでなっている。

スペイン人の己の肉体に対する関係は、イギリス人やオランダ人のそれとは異なっていた。というのも後者は、東洋的要素によって変容されることのなかった、西洋的伝統の後継者だったからである。彼らはいまだに、自然と神々の間の中間点、合流点として捉えられた肉体的人格への崇敬といったものを存続させていた。(八)こうした論点は、アングロサクソンとスペイン・ポルトガル人では、相反するかたちで有色人種との関係を取り結んでいたことを理解する助けとはなろうが、今はこうした複雑な問題に立ち入ることはやめておく。

同様に、ここでは三つの血統システムがスペイン帝国の拡大とその完成の仕方にどのように影響したか、という点を素描することだけに止めておくべきかもしれない。

「スペインは帝国を築いた」というだけでは何を言ったことにもならない。『スペインの歴史的現実』(一九五四年版、三五三-四頁、[一九七一年版、八一-九一頁])で説明したとおり、帝国的征服への熱情はアルフォンソ賢王の時代からすでに表面化していた。王の宮廷におけるユダヤ人の存在は積極的なかたちで顕在化していて、彼らはアルフォンソ時代を作り上げようとするほどの力をもっていた。コンベルソが後にユダヤ的血統を引き継いで、ユダヤ人と同様、宮廷という場で積極的な影響力を行使していくにつれ、はっきりと見えてきたのは、彼らが自らの勢力を保持するために、軍事に秀で、指導的な立場にある血統の政治・経済的な大事業と結びついていた、という事実である。まさしくそれと同じ動機によって、多くのコンベルソが異端審問所に身を投じたり、〈ユダヤ的慣習に従った〉キリスト教帝国主義たる、帝国理念を促進することに関心をもったり、それに協力したのである。ユダヤ的血統に連なる人々は、帝国と征服に関するカスティーリャ的様式（人格至上主義とでもいうべき側面）に強く影響を受けた。しかし同時に、旧キリスト教徒は新キリスト教徒と同様に、イスラム教徒とユダヤ人の抱く神政一致的な見方に与していたのである。スペイン人が有していたのは、化学物質のように分離可能な実体などではなく、長年かかって自らをたたき上げ、培ってきたきわめて複雑な現実といったものである。シナゴーグで育ったドン・アロンソ・デ・カルタヘーナが「キリスト教世界をさらに押し広げること」（本書、三三〇頁）を切望したのと軌を一にして、他のコンベルソもまたカスティーリャの版図を広げる必要を感じていたのである。フェルナンド・デ・ラ・トーレ[9]によれば「近隣の地のみならず遠隔の地までも」カスティーリャの武力によって征服支配することもできただろう。また同様にユダヤ系であったファン・デ・ルセーナは「財宝を貯め込むよりも、王国を伸張させる方が大きな富であろう」と述べている（『歴史的現実』、一九六二［一九七一］、九〇頁）。一言で言えば、いま再確認したテクストや本書（九〇－九一頁）で引用したロマンセ――カルロス五世とフェリペ二世が、宗教的かつ帝国主義的に地上を席捲するという内容をもった――に述べられた、世界制覇の野望や夢想といったものは、ユダヤ的な発想から生まれている。筆者はすでにそのことを以前著した本の中で暗示しておいた。しかしいまその判断の正しさが明らかになったと思うのは、ハインリッヒ・グロス（Heinrich Gross）が『旧約聖書における宗教理念としての世界支配』（*Weltherrschaft als religiöse Idee im Alten Testament*, Bonn,

1953）の中で蒐集した、聖書に由来する証拠や、グロスが引用した他の著者の考察を、しっかりと見定めているからである。『詩篇』七二章には世界支配についてこういう記述がある。「全地はその栄光をもって満たされるように」。いまここでスペイン人の間で、神の精神的王国の理念が、どのようにして政治的支配と結びついたか分析することはできないにせよ、とりあえず言えることは、カスティーリャ人の海外活動における特異な性格は、スペイン的生のユダヤ的側面［あるいは十五世紀のカスティーリャの住民がどのようなかたちで一つにまとまっていたか］を念頭に入れたとき初めて、十全な説明をすることができる、ということである。もしバルトロメ・デ・ラス・カサスがユダヤ的血統に属することが確かだということになれば（クラウディオ・ギリェンの論文「セビーリャ・コンベルソの典型（一五一〇年）」"Un padrón de conversos sevillanos", *Bulletin Hispanique*, 1963を参照せよ）、彼のほめそやされた無軌道ぶりや、政治的征服を宗教的支配に従属させようとした彼の意図もまた、より厳しいかたちで捉えられることだろう。［近年の歴史学者たちは数字にばかり信頼をおいていて、住民の置かれていた状況には見向きもしない。F・ブローデル教授はそうした愚かしいやり方をして、ユダヤ人がスペインから追放されたのは人口過剰のせいだという結論に達したが、(九) 洗礼を受けた者たちはスペインに居留まった事実を無視している。］

　歴史というものは、生起したことと生きて経験したことを表現しつつ、そのかけがえのない構造や広がりを明らかにすることで初めて理解しうるものである。そうしたところから「スペインの」〈エスパニョール〉という言葉のもつ重要性が、クローズアップされてくる。つまりその起源と年代、広がりを明らかにすることの意味である。もしその語が遠く遡ってイベリア半島に起源を有するものであったとしたら、そもそも分離主義なるものなど生まれもしなかったし、かかる分離主義がかくも激烈なものともならなかったはずである。また今日われわれの言葉を〈スペイン語〉と呼ぶべきか〈カスティーリャ語〉と呼ぶべきか、迷うこともなかっただろう。[一〇] ファン・コロミーナスの素晴らしい『カスティーリャ語語源辞典』(Juan Corominas, *Diccionario etimológico de la lengua castellana*, 1961) でも、スペイン語 (español) と、カタルーニャ語 (catalán) という言葉が出ていないのは注目すべきことである。私がそのことを著者に尋ねたら、曰く、español という語は hispaniolum に由来するのではなく、hospanionem あるいは españón に由来するとのことであった (R・メネンデス・ピダルの『歴史文法』*Gramática histórica* でも同様の記述がある)。このことは筆者にはありえないことのように思われる。というのも、ローマ帝国領 (Romania) には、すでに hispaniolus という語があったことははっきりしているからである。[一一] 古フランス語には espagneul (今日の éspagneul) という語があったし、ガリシア語にも espanóo という語があった。またエビシェール (Aebischer) 教授が示したところによると、プロヴァンス語には espanhol という語があった。したがって、そこから言えることだが、カスティーリャ人、レオン人、アラゴン人が españuelo*〔ラテン語の hispaniolum から派生すべき本来の形〕という言葉を使用しなかったとしたら、それはこの言葉がまったく不要だったからである。そして後に十三世紀になって、プロヴァンスとカタルーニャの形態を採用することとなったのである。何もスペイン人は、外来語を民族名として用いた唯一の民族というわけではなかった。[一二][10]

今まで述べてきたことから結論できるのは、一見すると取るに足らない事実も、重大な意味をもっている事実も、各々の現実に対応する脈絡の中に据えてみる必要があるということである。われわれはそうした現実を封じ込めたり、回避したりしてはなるまい。筆者はユダヤ人問題に過剰に重きをおいているわけでもなければ、過小評価しているわけでもない。スペイン人の生の中における彼らの存在は、キリスト教徒のそれと同様、現実的で実効性があった、と言いたいだけである。もしわれわれがコンベルソであった人々に対して、〈郷士的〉血統をでっち上げ続けるならば、十六世紀、あるいは十七世紀ですら、その時代のスペイン文明はまがい物とされるだけである。彼らはまさにコンベルソであったがゆえに、生粋のスペイン系ユダヤ人であったがゆえに、またそうした意識をもち、自分たちの社会的身分が広く知られていたがゆえに、当然なすべきことをなしたまでである。『ヨーロッパに関する演説』（*Discurso sobre Europa*）の著者アンドレス・ラグーナ博士のケースには意義深いものがある。この書は一九六二年に四つの予備的研究のついた、スペイン語とラテン語（原語）の二カ国語版でもって、セゴビア県議会の手によって刊行された。しかしアンドレス・ラグーナがユダヤ系であった事実を示唆したのは、唯一、テオフィロ・エルナンド博士だけであった（三一頁）。以前マルセル・バタイヨンがその点を明らかにしていたし、（一三）彼の集めた資料からも、ラグーナ一族が先祖伝来の家に住み続けていて、家もかつてのユダヤ人街（アルハマ）にあったことははっきりしていた。ひょっとしてアンドレス・ラグーナが積極的に学問的な活動を行なったことと、彼が新キリスト教徒であった事実とに関連性がないとでもいうのだろうか？　十六世紀の多くの学者たちのユダヤ的側面をあいまいにすることは、今日二十世紀の時点でもなお血統をめぐる戦争を継続しようということを意味している。そうなれば偏見と情念と熱狂のなすがままに踊らされて、手に負えなくなってしまったわれわれの歴史の流れを正すことなど、とうてい不可能となるだろう。

　最近（一九五九年）ドミニコ会士フライ・アグスティン・サルーシオの『聖なる福音書の説教師たちに対する忠告』（fray Agustín Salucio, *Avisos para los predicadores del Santo Evangelio*）が、学問的例証を施されたかたちで上梓された（筆者も以前、サルーシオの著作の一つを利用したことがある）。出版者のドミニコ会士アルバロ・ウエルガ神父は、十七世紀初頭における新旧キリスト教徒間の、容赦なき戦いの実態を、重要な資料を駆使して明らかにしてくれた。サルーシオ神父は血の純潔令に対し強く反対していたし、筆致から判断してコンベルソの血統に属していたと見られる。彼はドミニコ修道会の管区長に宛てた手紙で、騎士修道会における修道服の授与について触れている。そこには『フエンテ・オベフーナ』の中で、農民が騎士団長に向かって吐いた台詞と符合するものがある（本書、二七三頁を参照）。

　スペイン人の先祖の血筋についてよく通じている人といえども、本来、血の純潔令が厳しく適用されるべき所である騎士修道会、教会、大学で、いったん修道服を着用したり、聖職禄や教授職を得たりすれば、血筋における瑕疵を免れるようになる、ということを知る人など一人とてありません。……しかし自分たちの願いがかなったとされるや否や、あらゆる汚れを脱して面目を施されるのは、いままで抱えていた困難が克服されたからであります。

　サルーシオがアンダルシーアの管区長に対して書いたようなことは、すでに「きわめて物わかりのいいある騎士」から管区長には伝えられていた。この騎士は「スペイン人よりもイタリア人の方が旧キリスト教徒的だなどと考える」のは間違いだということを彼に気づかせた。というのも騎士に言わせれば「シチリアの歴史をひもとけば、ドン・フェルナンド王がユダヤ人をスペインから追放した同じ年に、シチリアからもユダヤ人を追放していることがわかるからである。その地で改宗して居留まった人間たちは夥しい数にのぼった。シチリアの改宗者たちは何年間か、緑の十字架[11]を携えていた」。

　要するに、サルーシオは上流階級に属す多くのスペイン人のユダヤ的出自について、あけすけに語っているのに対し、ウエルガ神父はこの話題を避けるか、さもなければ「血に関する論争」とか「スペインには多くの家系があって、それで国が成り立っている」（二三頁）などと言った、やんわりとした表現をしているのである。まさしく教会や貴族層、学問分野にユダヤ的出自をもつスペイン人が多く存在したがゆえに、フライ・アグスティン・サルーシオの『血の純潔令におけるスペインの司直と行政に関する論述』（*Discurso acerca de la justicia y buen gobierno de España en los Estatutos de limpieza de sangre*）という著作は、大きなショックを与えた。そう考えるとウエルガ神父は、誰にもまして正しい出版するのにふさわしい人物であったと言うことができる。この『論述』は趣旨に賛同する多くの手紙を呼び寄せた。たとえばバレンシア大司教フアン・デ・リベーラ、トレードの枢機卿、パンプローナの司教、ドミニコ会士の教師フライ・トマス・クエーリョとフライ・ペドロ・デ・エレーラ、メディナ・シドニア公爵、デニア侯爵、学士モスケラ・デ・フィゲロアなどである。「しかし彼に書き送った者たちを別にすると、ドミニコ会士が憎むべき純潔令に歯止めをかけるべきだとする考え方に、あけすけに反対する者や、それを快く思わない者が数多くいたこともまた確かである」（ウエルガ神父、前掲書、二一二頁）[一四]。

アントニオ・ドミンゲス・オルティスによると『論述』は「多くの箇所に、自分自身が裁かれている際の当事者ならではの口調が見られる」がゆえに、真正のものではない、という（A. Dominguez Ortiz, *La clase social de los conversos*, p. 93）。

しかしサルーシオが〔ドミンゲス・オルティスが言うように〕「貴族の純潔な血筋」（九二頁）であったと主張することはできない。そしてウエルガが『論述』を本物だとみなしていることは、それなりに道理がある。とはいえウエルガはユダヤ人問題を、「血に関する論争」とか、スペインにある「多くの家系」の問題に還元してしまって、具体的に触れることを避けている。たとえサルーシオの『論述』の信憑性についての議論があるとしても、コンベルソをスペイン文明史から排除することなどできないにもかかわらず、ユダヤ的血統であるということだけで、忌まわしいと判断する点では一致しているのである。

そうした心理状態のせいで、スペイン史が蒙ってきたとてつもない歪曲を正すことが困難になったし、今後も困難であることには変わりはない。強調しておきたいのは、スペイン史そのものが、偽りの血統をでっちあげようと躍起になっている者たちの犠牲にされた、ということである。現実と歴史学との間に入ってくるのは、たんに啓蒙的な思想やデータを駆使して、もっともらしい現実を打ち建てることの難しさだけでなく、歴史家の心理状態、つまり国家主義的情熱とか嫌悪感などである。歴史解釈の専門家であったならば、そうしたものは本来、［偽りの］歴史家の補助的〈手法〉の中に封印しておくべきであろう。［こうした理由から、筆者は別の著作の中だが、〈論理的思考〉（razonamiento）の代わりに、それを欠いている際の用語として〈憎悪的思考〉（odiamiento）[12]という新語を用い始め[一五]たのである。］

著名なイスパニスタJ・A・ファン・プラーク（J.A. van Praag）は、本書の初版をきわめて寛大に扱ってくれただけでなく、卓越した思考をスペイン語で記していることもあって、論考はしっかり考察するに値するものである。にもかかわらず、ここで付言しておきたいのは、ファン・プラークが「スペイン系ユダヤ人が、先祖の目には偽りで偶像崇拝的とすら映っていた宗教〔キリスト教〕に、むりやり改宗させられたことの大きな苦しみを想像してみようともしない」筆者には驚く、と述べていることである。さらに「しょせんスペイン人には自分たちの先祖がとった政策の犠牲者の立場に立つことはできない。コンベルソであることでどれだけ人の心がひねくれ、歪んでしまったかは計りしれない……『バエナ詩歌集』（*Cancionero de Baena*）に見られる反ユダヤ的な詩作品には、本当に私はむかつきを覚える。サンタ・マリーア家の一族やヘロニモ・デ・サンタ・フェをはじめとする、多くの者たちの反ユダヤ的な著作も同様である」とも述べている。

往々にして、人間的事柄について考えようとする人間は、必ずしもいつでも不動のバランスを維持できるというものではない。筆者のスペイン史に対する捉え方と評価の仕方を見て、筆者のことをご丁寧にもユダヤ人であって、いろいろな印からしてセファルディだったという珍説をでっちあげた者もいた。ファン・プラークは、筆者がスペイン人の血統間闘争の新たな側面に光を当てて、その〈生粋の〉性格を初めて明らかにした際に、あまり同情心を抱かなかったといって、やんわりと非難している。それはともかくとして、過去というものを構造化せんとしてしっかり見据えようとすれば、前もって考察の対象を据えるべき規模と距たりを決定せねばならない。私のケースでいうと、動機を遠方にしっかり見据えながら、価値を身近なものの中に捉えることが不可欠のように思えた。われわれは自分たちを取り巻く人間的現実を（ここでは一五〇〇年、一六〇〇年の時点で）ごくごく近くから見ると、それがよく理解できないので、戸惑いを感じてしまう。そこでそれをじっくり調べようなどとはせず、目をそむけてしまうのである。そうした隔たりの中で、雲行きはますます悪くなり、呪いの言葉や、人間と神々の怒りがそこから噴出するのである。ただたんに叫び声を聞いたとか、戦争の恐怖を見たというだけの人間は、何一つ戦争そのものを知ることはないだろう。もし司令官が懐疑主義とか厭世主義に陥ってしまったら、戦争に勝利することなどとうてい望めないだろう。

歴史に関する筆者の見方は、いくつか出ている拙著の中に部分的に散見されるはずである。おそらく私にはそうした部分的論考を、中核となっている思想と結びつけるための便宜を、読者に提供する余裕はないかもしれない。筆者は『スペインの歴史的現実』（一九五四、五二二頁）において、「血統上の兄弟たる者たちの上に、忍び寄って襲いかかるハイエナのごとき、多くのコンベルソたちの狂気じみた倒錯」について語った。しかし同時に次のようにも述べた。「最悪の異端審問官のごとく野蛮で情け容赦のない人物はルイ十四世紀であった……〈太陽王〉の政府はカトリックを強制すべく、フランスで最も野蛮な兵士たち（〈竜騎兵〉と呼ばれた）をプロテスタントの家庭に宿泊させ、強姦、強奪、暴力とやりたい放題の狼藉を働らかせ、痛めつけられた家族は挙句の果てに、名前の〈太陽〉のごとく怪物的な王の宗教に改宗することを余儀なくされた」。もし王の栄光が残っているとすれば、「その根拠としては、これほどの恐怖政治が行なわれた同じ国において、いかなるものであれ、国民が恣意的な暴力にさらされて生きること、そして宗教的専制主義というものが、怪物的な野蛮さであると気づかせてくれるような思想が現われ、そうした感性が養われた、という事実によってである」。つまり「歴史の現実というのは現存と不在、価値と反価値の生の弁証法の中で一体的なものとなる」のである。

筆者にとって〈葛藤の時代〉と呼ぶものは、いままで無関係で意味のつながりのない現象として捉えられてきた、広範囲の文化現象の正当性を与えてくれる突破口としての意味や価値をもっていたし、これからももつはずである。〈対抗宗教改革〉という概念は〈没落〉といった概念と同様、ここでは何の役にも立たない。筆者にとってより関心があるのは、呼吸している空気そのものよりも、呼吸する主体の人間たちの方である。没落の原因の方が、抽象的で空虚な概念などよりも重要である。通常はスペインにおける文学と、光輝に満ちた歴史的事績とは、中世的なるもの、人文主義、前ルネサンス、バロックなどといった旗印のもとに身を寄せてきた。そうした評価や概念化の中にも時として副次的にあるであろう有効部分まで捨て去るつもりもないが、筆者の目的は十五世紀末から十七世紀初頭にかけての文学的創造の道筋を転回させた、広範囲におよぶ〈痛恨の〉駆け引きといったものに、再び人間の息を吹き込み、活性化させることである。新旧のキリスト教徒間にあった緊張関係、葛藤と向き合ったときの態度、口にしえないような、計りしれないほど多くの苦悩からの脱出、あるいは脱出の試みといったものこそ、『セレスティーナ』をはじめとする新たな芸術的表現形態をもった作品を生む原動力となったのである。スペイン演劇は、ユダヤ的血統に連なるコンベルソたち、つまりファン・デル・エンシーナ、ルカス・フェルナンデス、トーレス・ナアロ、ディエゴ・サンチェス・デ・バダホスなどがいなければ、生まれることはなかったであろう。これに関連したテーマについては近々に上梓する本〔『文学闘争としての《セレスティーナ》』一九六五〕の中で扱うつもりである。

原注

（一）『スペインの歴史的現実』（一九六二、〔一九七一〕、二九頁）。

（二）ジェラルド・ブレナン（Gerald Brenan）は次のように指摘している。「カストロ博士がけっして触れようとしないのは、スペインは不毛な土壌や雨の少なさによって呪われているということである。石炭や石油についていえばほとんど何も産しない。恐ろしい旱魃はひっきりなしに起きる。しかし合衆国であれば不毛の土地のままだったと思われるような、広い地域が耕されて栽培が行なわれている。スペイン的性格の特殊性があまりにも強調されすぎて、気候と地理における不利な条件が軽視されすぎているのではなかろうか」（『出会い』*Encounter* 所収「スペインの苦境」"The Spanish Predicament," Londres, 1955.enero, p.63）。ブレナン氏はイギリス人とかスペイン人といった存在がいったい何を根拠とするのか、一度でも問いかけたことがあるのだろうか。彼がしっかりと見据えていないのは、もしイギリスが土地と気候しか頼るべきものがなかったとしたら、その繁栄はささいなものとなったであろうし、アイルランドとイギリスとの根本的な差異もそれだけでは説明がつかなかった（それは両国を分け隔てる海だとでもいうのだろうか）という点である。十五世紀スペインのコンベルソは、染料こそカスティーリャから渡っては行くものの「スペインには、ロンドンの緋色の布のような、繊細な織物を作れる職人はいない」ことをよく知っていた。スペイン人は三百年間というもの、現在の合衆国の南部からアルゼンチンまでの（大英帝国以上の広さをもっていた）、地球上で最も豊穣な地域を自由にすることができたが、そこからは金と銀を採掘するくらいのことしかしなかった。つまり土地をほとんど活用しなかったのである。私の発想では、（もちろんある種の限界の中で）経済を生み出す主体は人間であって、その逆ではない。それはそれとして、筆者にはイギリス流のプラグマティズムや、シェイクスピアの演劇、その他イギリス文明を象徴するものが生まれた原因が、気候とか農業であったとする根拠が理解できない。しかし拙著をうわべだけ読めば、筆者の考え方を〈ロマンティック〉だと評する向きも、出てくるかもしれない。スペイン人の〈宗教翻案された〉（〈血筋に基づく〉）経済に関しては、『スペインの歴史的現実』（一九六二［一九七一］、第八章）を参照せよ。

（三）［イギリス、ベルギー、オランダおよびスカンジナビア諸国では王制が守られている。ロシアやその圧制下にある国々はヨーロッパよりも東洋的な国々である。ヨーロッパであれば民衆が自由に為政者を選び、批判することができるし、国家と宗教（あるいは代替物たる鉄のイデオロギー）が融合するということはない。］

（四）『歴史政治学論集』（*Das Historisch-Politische Buch*, Gotinga, VI/6, 1958, p.186）。

（五）［ファン・バウティスタ・アバリエ・アルセ（Juan Bautista Avalle-Arce）教授には、筆者の見解の正しさをより多くの事実でもって裏づけてもらったことに感謝したい。］

（六）イエズス会士ホセ・A・リャグーノ『インディオの法的人格と第三回メキシコ管区長公会議』（José A. Llaguno, S.J., *La personalidad juridical del indio y el III Concilio provincial mexicano*, Méjico, Editorial Porrúa, 1962, p.29）。

（七）『現代世界の歴史』（*A History of the Modern World*, 2nd edition, New York, 1961, p.94）。

（八）ギリシア植民地（たとえばアンプリアスやペストゥム）では、肉体的健康の守り神であるアスクレピオス（Asclepios〔ギリシア神話の医神〕）やハイゲア（Hygea〔ギリシア神話の健康の女神〕）への熱烈な崇敬が捧げられた。

（九）［『外来語としての〈エスパニョール〉』（"*Español*", *palabra extranjera...*, p.65）を見よ。］

（一〇）『出典辞典』（*Diccionario de Autoridades*, 1736）の序にはこうある。「カスティーリャ語はスペインのほとんどの地域で使用されていることから、外国人はスペイン語と呼ぶのがふつうである」（ガルシーア・サベル D. García-Sabell 博士の注）。

（一一）ラモン・マルティーネス・ロペス（Ramón Martínez López）によって刊行されたアルフォンソ賢王の『大歴史総論』（*General Estoria*）の一部のガリシア語訳を見よ。カスティーリャの外部からは、イベリア半島のすべての民族がスペイン人（españoles）として捉えられていた。〔前に引用した『外来語としての〈エスパニョール〉――理由と根拠』（マドリード、タウルス、一九七〇）で筆者は、espannóo という語を引用するのを忘れてしまった。この語は半島に hispaniolus という語があったことの明白な証拠であり、ガリシア以外でそれを使用する機会がなかったことを裏書している。〕

（一二）コロミーナス氏はまた、自らが編纂した辞書の中に、〈カタルーニャ語〉（catalán）という言葉を含めることもしなかった。F・ウディーナ・マルトレル（F. Udina Martorell）はその語の語源に関するいかなる説も受け入れず（『カタルーニャという名称』*El nom de Catalunya*, 1961『カタルーニャとその類語』*Cataluña y su corónimo*, 1962）、コロミーナスが与えた lacetanos〔ラケタニア人は紀元前八世紀から紀元前一世紀まで中央カタルーニャに住んでいたイベリア民族〕という語源も撥ねつけた。

（一三）「一五一〇年のセゴビアにおける新キリスト教徒」（"Les nouveaux chrétiens de Ségovie en 1510", *Bulletin Hispanique*, 1956, LVIII, pp.206-231）。

（一四）『論述』に関しては、前に挙げたシクロフの重要な著作『血の純潔令に関する論争』（パリ、一九六〇、pp.186-220）もまた参考にすべきだろう。

（一五）『イベロアメリカ論集』（*Quaderni Ibero-Americani*, Turín, 1962, No.28, pp.234-236）。

## 訳　注

（1）Antonio de Guevara (1480?-1545). スペインの著名な啓蒙散文家。フェルナンドとイサベルの宮廷で育ち、後にフランシスコ会に入り修道士となる。カルロス五世の公認説教師で年代記作家。晩年はモンドニェード（ルーゴ）の司教として没する。皇帝の演説の原稿を書いたといわれるほどの雄弁家で、その独特な文体（反復、対照などの多用による強調話法）は代表作『マルクス・アウレリウスまたは王子の時計』および『都をけなし鄙をたたえる』などによく現われている。前者は当時のヨーロッパでベストセラーとなった。

（2）トレード大司教ロドリーゴ・ヒメーネス・デ・ラーダの『西ゴート史』（*Historia gótica*）のことを指している。

（3）カストロによればスペイン人としてのアイデンティティを獲得したのは十三世紀になってからである。それ以前は各々の王国のキリスト教徒としての意識しかなかった。

（4）イグナシオ・オラグのこと。Ignacio Olague, *Les Arabes n'ont jamais envahi l'Espagne*, Flammarion, Paris, 1969. やや挑発的な題名だが、このスペイン人著者はスペイン史の主たる断面ともいうべき事柄を完全に書き換えることで、イスラムによるスペイン征服の複雑さを示すことを目的としたらしい。

（5）Hugo Ernst Mario Schuchardt (1842-1927). ドイツの著名な言語学者。ロマンス語、バスク語の研究、ピジン語やクレオール語などの混合語や地中海諸国の共通語の研究でも知られる。

（6）Fray Diego de Valencia (1350?-1412?). コンベルソのフランシスコ会修道士で、『バエナ詩歌集』の詩人。豊富な知識と技法を駆使して伝統的なカスティーリャの詩を書いた。「心地よい果樹園にて」は『バエナ詩歌集』の恋愛詩の中の白眉とされる。

（7）カストロがいわゆる〈黒の伝説〉について、どういう立場に立っているかはつまびらかではないが、『セルバンテスとスペイン生粋主義』の中で扱ったラス・カサス論を読む限り、ラス・カサスに対して無条件に人道主義者として称賛したりなどせず、むしろ彼の旧キリスト教的な熱望に対して批判的である。

（8）Benito Juárez (1806-1872). メキシコ・オアハカ出身の政治家で、一八五八年にインディオで最初のメキシコ大統領となり、〈レフォルマ〉法を発布して国の近代化に貢献した。

（9）Fernando de la Torre はアルフォンソ・デ・ラ・トーレの親戚で、エンリーケ四世の顧問。アルフォンソと同様、コンベルソの家系に属す。一四五五年に王に宛てた親書の中で他のヨーロッパの国々との比較において、スペイン人の生活と性格についての最初の批判的分析を行なった。彼によるとスペイン人は他にはない二つの究極的価値を有している。一つは恵み深い豊穣な自然であり、もう一つは軍事にふさわしい優れた気骨である、という (Américo Castro, *España en su historia*, 1948, pp.29-30)。

(10) カストロによれば、カタルーニャ語もまた外来語から来ているということである。〈カタルーニャ〉という語が最初に記録として登場したのは、ラングドックのカルカソンヌの人々が、バルセローナのラモン・ベレンゲール三世に対して行なった宣誓書（一一〇七年または一一一二年）の中である（これは『大封土の書』*Liber feudorum maior* の中に転写されている）。それによると Geral de Cataluign とか Raimundi Catalan, Arnal Catalan といった表現が出てくる（http://www.questionem.com/node/view/291. 二〇〇七年一一月二五日参照）。

(11) 緑色の十字は慈愛（misericordia）と希望（esperanza）を象徴する。異端審問の火刑が行なわれる前日には、木製の大きな緑色の十字架の周りを取り囲むようにして行列が行なわれた。またコロンブスが新大陸発見の航海に船出した際に、三隻の船には提督の旗がはためいていたが、そこには白地にくすんだ緑色の十字架がついていて、旗の端にはフェルナンドのFとイサベルのYが描かれていたという。

(12) Jonas Andries van Praag (1895-1967). オランダのユダヤ系イスパニスタ。アムステルダム大学のスペイン文学教授。著書に『十七、十八世紀のオランダのスペイン演劇』（一九二二）、『グスマン・デ・アルファラーチェの意味について』（一九五四）、『アムステルダムのセファルディとその活動』（一九六七）などがある。

# 実在性の工房——『ドン・キホーテ』

"*El Quijote*, taller de existencialidad", *Revista de Occidente*, 1967, 1-33

# 一　形式よりもむしろ配置

〈形式〉という言葉は文学研究においてよく用いられるが、形象のもつ真のイメージというのは、そこに具わった姿かたちを通して〈形式化された〉ものの実像が十分に表現されて初めて、心に呼び覚まされるものである(一)。しかし〈形式〉が、ある一まとまりの文学表現のことを指す場合は、表現された対象の芸術的広がりの全体像が捉えきれるわけではない。言語化されたもののもつ意図的・価値論的意味というのは、それが固定的で画一的な実体のことを指し示すとするならば、形式の概念に還元されてしまうことはない。意味的にみて〈文学的〉なものと〈画一的〉なものというのは両立しえない。文学において〈波風の立たない〉完結した概念を通して捉えられるものなどひとつとしてない。芸術表現とはその中に、表現しているように見えるもの以上の何ものかが潜んでいるがゆえに、芸術表現たりうるからである。芸術表現においてもたしかに論理的判断に還元しうるものというものはあるが、それは思考し、想像する人間が感じたり、想像したものと密接に結びついている。文学的様式には、読者や聞き手と対話を始めようとする作者の〈姿勢〉といったものが含まれている。結局、文学的な言葉遣いにおいて、表現され、伝達されるものというのは、ひとつ以上の意味が内包されているのである。そこで述べられたことは、読者によって把握されたときに初めて〈再活性化〉のプロセスにおいて実現していく。このプロセスには思考と感性（固着、反感、熱狂など）が結びついている。ある人間がある言葉を語ったとすると、その言葉はその人間が関わっている人間的状況と切り離すことはできない。読者はそのプロセスの中で少しずつ行動し、発せられた言葉の動機づけと目的といったものを現実と捉えて、それを良きにつけ悪しきにつけ評価する。意識的にしろ無意識的にしろ、われわれが経験する対象というものは常になんらかのかたちで評価される。ある科学者が書き記したものを読む別の科学者は、それを真実であるとか疑わしいとか、あるいは有益であるとか偽りだといったかたちで評価する。彼はまず一義的に科学者としてその営みに言及するのである（それを興味深いとか、素晴らしいと判断するのは、前者から導かれる当然の帰結としてである）。ところが人間的生を生きる一人物に生起し、そこに関わる何ものかを主題とする文学的テクストを読む者というのは、論理的言説によってのみならず、自らの生に対する意識の全体でもって反応する。人間的主題を扱う文学の読者は、科学者がある対象の実体を把握せんとしてよくそうするように、自らの感性、自らの好みを棚上げしてしまうことなどしない。科学者にとっての対象というのは、枠組みとか、形式に還元しうる画一的な何ものかではあるとしても、それは〈誰のものでもない土地〉（no man's land）に存在する、いわゆる〈無主物〉（res nullius）なのである。

以上の考察に基づいて鑑みるに、文学表現について語る際には、〈形式〉よりも〈配置〉という概念のほうがよりふさわしいと思われる。たとえば『ドン・キホーテ』の出だしの部分「名前は思い出したくはないが、ラ・マンチャのとある場所に……」という文言を観察してみよう。ここで作者は、実際に存在している〈何ものか〉については言及しようとしていないように見える。その〈何ものか〉は、仄めかされると同時に回避された対象として今ここに存在している。しかし読者はその言葉を、ひとつの暗示的・回避的判断といった〈形式〉に還元して済ますわけにはいかない。読者の中で端緒を与えられた生命的経験ないしは生のプロセスは、そこで止まってしまうわけではない。そのとき湧き上がるのは、いったいその場所とはどこのことだろうといった一連の疑問である（『ドン・キホーテ』の注釈者はそれに関してさまざまな見解を提示してきた）。また、人々は、作者はなぜそれを明示しようとしなかったのか、といった理由に説明を加えようとしてきた。その文言のもつ文学的広がりというのは、厳密な〈形式〉に収まるようなものではない。ところがひとつはっきりしているのは、そこには作者が名称を明らかにすることを避け、読者の好奇心を呼び覚まそうという動機が覗いて見えるような、そうした〈配置〉がなされているということである。したがって場所のもつ現実味は、それを明示しないということに秘められた意味によって複雑化するのである。そうした意味はプラス面とマイナス面の二つの側面をもっている。つまり愛してはいるが、自分の所有にはないものの名はどうしても伏せておきたいとする正の側面と、不快なものはどうしても思い出したくないとする負の側面である。その文言のもつ負の意志を表わす〈形式〉は、それを超える何ものかの下に従属している。つまりこのケースで言うと、作品の〈配置〉、ないしはある方向に秩序づける意図、不動の枠組みではなく、ある種の目的を見据えて、作品を創造的に動かしていこうとする意図の下にあるのである。形式的枠組みとしてあるものは、それを超える生の動きを見据えた上で〈配置されて〉いる。同様のことが言えるのは、構想的にみて作品の流れから切り離された、あらゆる要素や成分に関してである。つまり騎士道物語、ロマンセ、牧人的要素といったもの、あるいは宗教とかモラル、狂気、アイロニーなどといった別種の概念に関してである。『ドン・キホーテ』において構成上の要素として現われるものはそのすべてが、ある種の〈配置〉という視点から見られ、解釈し、受けとられねばならない。言い換えると、前代未聞の文学的空間に作品を導いていく、ダイナミックな試みとしてである。

セルバンテスはフェリペ三世の治世が始まった年（一五九八年）に、生の苦しみをもたらすさまざまな困難から脱出するための出口や文学的表現といったものを、大胆なかたちで見つけだそうと試みた。彼はスペイン人の大多数の感覚や信念を満足させ、かつ代表するような、そうした支配的文学に心を満たされることはなかった。またマテオ・アレマン流の、苦渋に満ちた否定的な態度に満足することもなかった。アレマンは『グスマン・デ・アルファラーチェ』の中で、人間存在というものを、いかにも理解不能かつ操作不能の宇宙の無秩序の、受身的な傍観者として提示しただけである。セルバンテスは当時の物質的・精神的な状況によって追い詰められていたため、『ドン・キホーテ』前篇の最後で述べられているような〈新しい文体〉を構想し〔ソネット「新たな武勲、さわれ新たな勇士には、技は新たな流儀をつくる」〕、配置せんとして、あえて社会の周縁に身をおくことを選んだのである。後に見ることにするが、セルバンテスはまさにそのとき、一六〇〇年の時点における聖職者が幅をきかすスペインと、世俗的な対決を果たしていたのである。『ドン・キホーテ』の少数派的で他所《よそ》者的な性質は、ロペ・デ・ベーガによって指摘されていたが、まさにロペこそ、領主や修道士、旧キリスト教徒の支配するスペイン帝国の、一枚岩的なイデオロギーの最大の文学的代弁者であった。『人知れず愛す』(*Amar sin saber a quién*)という戯曲(一六二〇年初演)において、ロペは自らの容赦なき敵手であると同時に称賛者でもあった人物〔セルバンテス〕の立場について、いみじくも次のようなかたちで述べている。レオナルダと侍女イネスとの会話——。

レオナルダ——イネス、ロマンセーロの中で読んでごらんよ、
ほら例の惨めな従士のドン・キホーテの話をさ
きっとお前も主人公のように気が変になっちまうよ。

イネス―― ドン・キホーテ・デ・ラ・マンチャのことですよね
神様、セルバンテスがこんなものを書いたことをお許しください。
年代記はもてはやしてはいるけれど、しょせん、作者は
奇人変人の類でしたよね。

〈奇人変人〉(extravagante)というのは、通常の道を外れた者という意味である。セルバンテスはロマンセーロをまじめに受け取りはしなかった。それはかつてスペインにおいて存在したものの中で、伝統的にみて最も国民的な民衆詩であり、ドン・キホーテが精神に異常をきたすこととなった原因のひとつもまさにロマンセを読むことであった。ロマンセは同時に作者の中にきわめて多様なアイロニーを生み出す原因ともなった。ロペの見方だと、民衆の声(「年代記」)は『ドン・キホーテ』の価値を大いに「もてはやし」、分不相応の名声を与えている。ロペが暗示しているのはまさにこういった内容である。当時のスペイン文学を代表する最も優れた二人の人物の間にあった対立と敵愾心というものは、セルバンテス作品に正当な評価を下す上で、きわめて有益なポイントとなるはずである。

民衆の声によって〈もてはやされる〉(ensanchado)ということは、〈血の純潔〉という規範が幅をきかす社会にあって、まさにセルバンテス自身が手に入れようとしていた目的でもあった。しかし社会はセルバンテスを低層で周縁的なところに追いやってしまった。『ドン・キホーテ』の作者は自らが作り上げた文学上の〈新たな流儀〉にヨーロッパ的な広がりを付与すると同時に、自分自身に対しても、〈奇人変人〉ならざる者たちに世論が与えたものとは異なる〈体面〉を付与するという、二重の武勲(proeza)を成し遂げたのである。同時代の生と文学に対する文学的可能性は、そうした意味でセルバンテスの手

によって操作され、〈配置され〉たのである。その結果、想像上の人物たちは自らの存在を固有のもののごとくに築き上げていくことができた。彼らはもはや昔からある超越的状況によって規定されるのではなく、自分たちに内在する刺激によって駆り立てられるのである。こうした点にじっくり注目する必要があるのは、〈文学的配置〉という言葉をどういう意味あいで使おうとするのか明らかにするためである。『ドン・キホーテ』の周辺にあったかつての文学において、詩的存在を獲得するばかりになっていた文学上の人物が直面していた状況というのは、すでに不動の空気として以前から存在していたものである。ピカロたち（『ラサリーリョ・デ・トルメス』や『グスマン・デ・アルファラーチェ』）は、非人間的で荒くれた社会と戦うことで自らの生を形成していった。ラサロに言わせれば〈慈愛〉はこの世から逃げ出してしまった。グスマンの状況はさらにもっと悪いが、それは遍く存在する抑圧的な悪は神の創造における当初の失敗に由来するからである（『セルバンテスとスペイン生粋主義』を見よ）。ロペ・デ・ベーガの演劇においては、あらゆるものが、聖職者が幅をきかす、王党的で領主的な旧キリスト教的社会体制の、以前からあって不動のものとなっている世界の下で生起する。その体制は異なる高さにある序列集団から成り立っている。もしある劇中人物が集団の他の人物と衝突したりすれば、王権という最高権威に訴えるか、誰もが受け入れる体面という確固たる不動の原則に訴えるかする。ロペ・デ・ベーガの演劇においては、内面的宗教性と、万人が認め実践する宗教性との対立など存在しようがない。時に対立といったものがあるとすれば、それは領民と領主の間の対立とか（『フエンテ・オベフーナ』『王こそ最良の判官』『ペリバーニェス』など）、愛と社会的規範の対立（『復讐なき罰』）とか、劇中人物が嫉妬に駆られたライバルの犠牲になる（『オルメドの騎士』）といったケースくらいである。ほぼ二世紀にわたって通用してきた演劇ジャンルにおいて、劇中人物の行動を導いたり、破滅させたりしたのは、超越的な善とか悪といった要素である。

同時代の文学とはまったく異なるものとして出現したのがセルバンテスである。『ドン・キホーテ』の中の人物たちが、あえてその中で自らの姿を描いていくような対立というものは、人物たちの見解や好み、関心などが、もともと相異なり対立するという前提から措定されたものである。そうした人物たちの生は、視点の相違や一致を生み出す筋立てによって支えられつつ、進んでいくこともあれば動揺する場合もある。こうしたところから彼らが生み出す人間的空間は、完結した形式や図式には収まりきれず、必然的に多元的なものとならざるをえない。『ドン・キホーテ』における秩序と無秩序というのは、常にある人物の言動如何にかかっている。人が物理的・心理的・論理的に行なっていくものとの関わりにおいて、前もって超越的なかたちであったものではない。現にある社会秩序は〈憂い顔の騎士〉の狂気によってのみ問題化されるわけではない。きわめて聡明な行動をとっていたドロテーアは、誘惑者のドン・フェルナンドに対して「自分もキリスト教徒だということと、さらに世間態よりもたましいを大切にしなければならないということを悟る」ようにと言っている（前篇、二八章）。人物の周りにある世界は、各自の感じ方や思いを種として、想像的かつ理念的に構成され、己の姿を呈するようになるのである。ドン・キホーテは騎士道本の有効性を頑固に主張する点において自らの存在を肯定し、生み出しているのに対し、役僧のほうはそれらの本を〈でたらめ〉と切り捨てている（前篇、四九章）。とはいえ、ここで注目しなければならないことは、もしドン・キホーテがあえてラ・マンチャの郷士という平和な生活領域を捨て去ることで、生を語り、生をやりくりしているとしたら、役僧もまた「ビリャルパンドの『スムラス』よりも騎士道物語を多く読んで」（前篇、四七章）知っている、と述べていることである。役僧もまた聖職者という種別的な横顔を捨て去ってしまった人物である。彼は聖職者にありがちな行動とは裏腹な、自由なものの見方により大きな関心をもった人物として造形され、表象されているのである。

文学的形式というのは〈配置〉ないしは内的ダイナミズムから構造化されていくものである。けっして図式的な形式主義によって支配されているわけではない。騎士道本というのは安易な驚きを求める多数派の好みに合致していた。大立者から取るに足らない者たちまで、あるいは博識な住職やマリトルネス（前篇、三二章）にいたるまで、誰もがそれによって純真な想像力を掻き立てられた。住職にあっては『アマディス』や『パルメリン・デ・オリーバ』を火刑から救っている（前篇、六章）。ドン・キホーテは騎士道本の〈信憑性〉を弁護するのだが、そうするときでも、本を利用することはあっても、本の中に没入したり、本に引き摺られたりすることはない。ドン・キホーテはいわば〈ケンタウルス的〉人物といってもよい。ある方向から見ると常軌を逸した遍歴の騎士だが、いったん自分の持ち場になると、きわめて内省的で建設的な理論家となる。

騎士道本に関して、それを社会学的・心理学的・芸術的視点から分析するといったことはかつてなされることはなかった。騎士道物語とは何かしら固定的で、画一的な、現にそこにある何ものかとしてあるにすぎなかった。『ドン・キホーテ』が騎士道本を揶揄する目的で構想され書かれたというのは、文学的に見て意味のない命題である。ここでドン・キホーテが騎士道本の読者たちに及ぼす効果や作用を説明し、それを読むことがどれほど楽しいことかを語っている箇所を見てみることにしよう。

国王陛下のご裁可と、審査にあたる方々の認可を得て印刷され、大人も子供も、貧しき者も富める者も、学識ある者もなき者も、平民も騎士も、要するにいかなる境遇いかなる身分であろうと、あらゆる種類の人々が、同じ喜びを抱いて読み、ひとしく称賛いたす書物がじゃ、嘘であってよろしかろうか？　まして、あれほどの真実の姿をそなえておるものを。と申すのも、何某という騎士なり、あるいは数人の騎士について、その父、その母、生国、親類、年齢、そのなし遂げた功名手柄とその場所にいたるまで、詳細にわたり、日を追って物語るにおいておやではござらぬか？」（前篇、五〇章）〔会田由訳〕

もしドン・キホーテが『アマディス』やその類の書を読んだせいで精神に変調をきたし、その結果、遍歴の騎士に変身したとするのなら、騎士道本に関する彼の論議の仕方は、あまりにも明晰で鋭いものでありすぎる。その二章前の部分（前篇、四八章）で、役僧はそのジャンルの本をすでに書き始めている、と述べている。それを〈学識もあれば見識も高い人々〉と〈無学な連中〉に見せたところ「みんなから好評を得た」とある。ところが役僧は作品を書き続けることをやめてしまった。そのわけは見識のある人々と無学な連中の評価が一致するようなものは受け入れがたかったからであり、また「世の中にはもののわかった人の数よりも、馬鹿のほうが多いし……思い上がった大部分の俗衆のいい加減な批判に身をさらすのがいやになったから」であった。ドン・キホーテは直接的には役僧と見解を同じうしているわけではない。しかし役僧の見方は、自らが行なった、全体としての社会集団の広がりや深さに対する分析の中に示唆されている。つまり王から子供、貧しき者、無学な者、平民にいたるまでのあらゆる人々のことである。信憑性の拠り所として、緻密な細部が「真実の姿をそなえている」点であるとすることで、アイロニーはさらに大きくなっていく。あまつさえ、ドン・キホーテが騎士道本の言っているのは真実だと、教条的に断定するだけではないことで、二重の意味が明らかとなるのである。そういう言い方をするのでなく、彼は一種、反俗的な経験を提案しているのである。つまりそれは、あの種の驚くべき物語を自らのやり方で読み、解釈することで、独自の楽しみを味わうことのできる読者にとってのみ可能な経験である。ドン・キホーテはここで例外的な読者の見方、つまり住職の見方と対立すると同時に一体化するような見方をとっている。住職はかつて（前篇、四七章）そうした書物の中にも良い点があると述べていた。それは「よい頭脳をはたらかすのに材料を提供しているということだ。というのも、騎士道物語では、何のはばかるところもなく筆を走らせることができる」という面である。役僧もまた住職と似たような考え方をしていたはずである。それは前に述べた理由で百ページを超えぬ量に止まったとはいえ、騎士道物語を一編書き始めていたからである。したがって、問題全体はいかにしてフィクションをひねり出し、書きあげるべきかという問題、ないしはフィクションがいかに例外的な読者に楽しみを与えるべきか、といった問題に収斂している。両方のケースはともに、既存の固定化された行動などではなく、きわめて個人的な行動を問題としている。『ドン・キホーテ』において現実的なるものとは、まさに自らの存在をかたち作り〈配置〉させる能力を活用していこうとする主体が、支えながら操作していくものである。

ドン・キホーテは騎士道本というものは、まさにそれが固有の芸術作品となるためには、当時の言い方だと〈故意に〉(de industria)、つまり、ある意図をもって読まれるべきだとしている（前篇、六章を参照）。そうすることで超越性を描いた世界が、今一度、個人に内在した活動に転換されるのである。ドン・キホーテは、騎士道本から新しい見栄えのする見世物を作り出す可能性を引き出したペドロ親方よろしく（後篇、二六章）、騎士道本の扱う題材を描き出している（前篇、五〇章）。本の内容というのは、巧みな〈演出〉のかもし出す幻想を通じて屈折していく。そうした巧みな演出によってこそ、バランスに欠ける部分や、後に出てくる意味に欠ける部分が、再建され整えられるのである。騎士道物語の幻想性は、平板なものから多元的なものに変容し、あたかも襲いかかってくるような印象を与える。ドン・キホーテは役僧に向かって言う、「騎士道物語をお読みなさることじゃ、そうすればその読書より受ける喜びがいかなるものかおわかりでござろう」。たとえば「食事も終わり、食卓も片付けられ、騎士は椅子にゆったりと身をもたせて、おそらく、型のごとく（como es costumbre）楊枝をつかっているところへ云々」といった箇所である。つまり非時間的で想像的なるものが、われわれの今という時間の中に据えられているのである。想像力はこうした下降の後、モンテシーノスの洞穴のエピソード（後篇、二三章）を彷彿させるような場面の中で、再び飛翔していく。「ふいに広間の扉が開いて、さきの娘たちの誰よりもはるかにまさって美しい一人の乙女が入って来て、騎士のかたわらに腰をおろし、これはいかなる城であるか、いかなる仕儀で乙女がこの城に魔法によって閉じ込められておるか、そのほか騎士も驚きの眼をみひらき、この騎士の物語を読んでおる読者もまた驚くようなことを、騎士に向かって語り始める」のである。騎士道本と目される書はその範囲を広げていき、あたかも玉虫色に変化する織物のごとく、その内側と外側に向かって機能していく。セルバンテスはそうすることによって「証明せられるべきこと」に到達するのである。「いかなる騎士道物語のいかなる部分を読もうと、それを読む者がいかなる人であろうと、かならず喜びをいだき、感嘆いたすと申すことは、この一例をもっておしはかることができるからでござる」。ここに出てくる三カ所の「いかなる」という表現は、きわめてアイロニー的な〈語意反用〉（語句を通常とは反対の意味に使うこと）である。というのも、〈いかなる人〉と言いながら、実は騎士道本において突出した潜在的な意図を抜きにして、重厚な材料を芸術的なかたちで活性化しえたのは、ひとり私セルバンテスのみだったからである。読者はその関心を読むべき対象から次第に切り離していき、自らがどういうかたちでそれを読むかということに移行させていく。そのことからはっきり見えてくるのは、ドン・キホーテが語り、セルバンテスが批判している騎士道本には、画一的な意味などないということである。つまり「国王陛下のご裁可を得て……あらゆる種類の人々が同じ喜びを抱いて読み、ひとしく称賛いたす」書物というのも、ひとつの意味である。またドン・キホーテをはじめとするセルバンテスのいう〈あらゆる〉読者が、騎士道本に対してどういう態度をとるかということは、「あらゆる種類の人々」によって読まれたものとは、ほとんど何の関係ももたない。セルバンテスの傲慢さと『ドン・キホーテ』の機能的構造とは同一のものである。この作品は、一人の人物とあらゆる人間との、そしてまた自己に確固たる自信をもった孤立的人間と、「思い上がった大部分の俗衆のいい加減な批判」（前篇、四八章）に基盤をおいた社会との、内的論争そのものである。この期に及べば、セルバンテスが、ドン・キホーテの〈物語〉が「ありとあらゆる人々の間でもてはやされ、読まれ、なじまれているものですから、痩せた駄馬でも見ようもんなら《あそこをロシナンテが行くぜ》とみんなが言うくらいなんです」（後篇、三章）と言って、自慢していることを思い出す読者があってもおかしくないだろう。しかし得業士カラスコは何はともあれ、まず最初に、その物語が老若男女あらゆる人々のために〈存在〉していると述べている。よく注意してほしいのだが、彼らは同一の目的のために作品を〈使用〉しているのではない。「子供もいじくりまわす、若者連も読めば、おとなは会心の笑みをもらす、老人はほめちぎる」のである。『ドン・キホーテ』をつぶさに見てみれば、大衆向けに書かれた騎士道本のような画一性とは無縁で、さまざまな側面と意味において多様性が見られる。他方では、〈ありとあらゆる人々〉が一致するのは、〈痩せた駄馬〉からロシナンテをすぐに連想することである。人々はおおむね『ドン・キホーテ』を痩せ馬のイメージで捉えていて、動物たる存在の次元を超えようとはしない。

ドン・キホーテは役僧に対して〈不思議な見世物〉（セルバンテス自身の幕間劇の題名）のような、いかにも物議をかもすような書物を活用するように忠告している（前篇、五〇章）。この幕間劇では摩訶不思議な出来事は、旧キリスト教徒しか見ることができない仕掛けになっている。ところが魔法にかけられた湖についての、ユーモアに満ちたこの想像の産物では「この黒く、燃え立つ水（licor）のまん中に身をおどらせよ。もし、おん身にしてそれをなし給わずば、この黒き水の下に埋もるる、七人の仙女が棲む七つの城が蔵する摩訶不思議を見ることは、しょせんおん身にはおよばざると知り給え」とされている。(二) その直前にドン・キホーテは役僧にこう述べていた。「おたずねいたそうが、たとえば今ここでわれわれの眼のまえに、ふつふつと煮えたぎる瀝青の一大湖が現われて、その中をへび、くちなわ、とかげ、そのほかさまざまな恐ろしき、ものすごき生き物がうようよと泳ぎまわるおりから……と申すあたりを読むより面白いことがござろうか？」読者はそれを物語る人物〔ドン・キホーテ〕と、それを眼に見るように聴いている者たち〔役僧、サンチョ〕が一部となっているものの光景を前にしている。幻想的な湖に関して、唯一の次元で叙述され語られたことがきっかけで、ここに新たな次元が生み出されることとなった。観客が目に見るように描く手法は、まさにペドロ親方の芝居（後篇、二六章）を図式的に先取りしたものである。かなり以前の一八三三年にドン・ディエゴ・クレメンシンは『ドン・キホーテ』の版につけた注釈において、前篇五〇章の「活き活きとした強烈な表現」について指摘していた。クレメンシンによると「聞き手に場所や冒険（当初は驚かされるが、後に心楽しいものとなる）を、あたかもその場で経験しているかのように描く」才覚は、ドン・キホーテの〈狂気への接近〉からくるもの、ということになる。そうしたところには、若干の騎士道本や牧人小説の文体を彷彿させる部分がある。とはいえ今ここで重要なのは、ごてごてしい文飾が、二重の方向に〈配置〉されているという点を強調することである。というのも、そうした派手な見世物は、潜在的な芸術家によって作られたものの結果であると同時に、それを眺める人間を幻惑させるために、そこにおかれているからである。すべては〈たたまれ〉(compuesto)、〈おかれ〉(puesto)、〈飾られ〉(adornado)、〈作られ〉(hecho)、〈模造され〉(contrahecho) ているのである。あるいはすべてがその存在を〈結構〉(compostura) や〈つくり〉(hechura) に負っている。「目には緑したたるばかりの樹々しげる〔たたまれた〕静かな森 (una apacible floresta *compuesta* de tan verdes y frondosos árboles)」とか「色とりどりの縞目石となめらかな大理石でたたんだ人工の泉水 (una artificiosa fuente de jaspe variado y de liso mármol *compuesta*)」とある一方で、「こなたにはなんの飾りもない自然のままの泉水が見え (a lo brutesco *adornada*)」とか「白や黄のいびつな殻の巻貝と小さい貽貝が、わざと乱雑におかれ (las menudas conchas de las almejas con las torcidas casas blancas y amarillas del caracol, puestas con orden *desordenada*)」といった表現がなされている。

おそらくセルバンテスはこの最後のケースで、ホルヘ・デ・モンテマヨールの『ディアナ』の一節を想起したに違いない。「髪は太陽すらしのぐほどの金髪で、乱れたままなだれかかっていた。乱れ髪ゆえにかえってその美しさは引き立っていた (Mas nunca *orden tanto adornó* hermosura como la *desorden* que ellos tenían...)」。モンテマヨールの一節には、自己完結的な意味がそなわっている。というのもそこに見られる〈乱れ〉(desorden) は、美しい髪の〈整った装い〉(orden) の原因となっているからである。ところがセルバンテスにおいては自己完結的ではない。なぜならば、〈おかれ〉(puesto) という語によって、貽貝と巻貝がある意図を秘めた血の通った人間の手によって、取り合わせされたのだということが、示されているからである。つまりことばの外から、しかもわれわれがそこに見るものの背後に何かが潜んでいる、ということが指示されているのである。さらに五〇章のその件を読み続けていくと、次のような表現がでてくる。「その間にきらびやかな水晶や模造の（contrahechas）緑玉のかけらをまじり合わせて、色どりの巧みを誇り（hacen una variada）、人工が自然を模して、自然にまさった趣がある」。『ドン・キホーテ』の全体像を念頭においてみるならば、この場合の〈人工〉(arte) というのは、かくあるがごとく、もともと創造されて〈作られた〉自然との対比でいう〈人知の技〉(obra humana) よりも、さらに具体的な何ものかを表象していることがわかる。

われわれの出発点とすべきは、セルバンテスが自然を〈模した〉のではなく、自分の目的のために、それ以前の文学を創造的に利用したという事実である。彼は〈斬新さ〉を意識した技法でもってそうした文学を扱ったのである。たしかに騎士道本にも牧人小説にも、〈ふつふつと煮えたぎる湖〉なるものや、清冽な小川、視覚にじかに訴えるような〈秩序〉と〈乱れ〉の間の対照や調和といったものは存在した。セルバンテスにおける斬新さがどこにあったかというと、彼自らがここで〈自然〉と呼ぶものを、人間的意図の表現として〈配置〉したことである。見栄えのするああした物象といえども、それ自体では確たる存在理由を有してはいない。そして観察者の目に超越的な地平を描くこともないのだが、ひとつありうるのは、自己流のやり方でああした取り合わせをした誰かが、内在的な意図を込めてそうしたのだ、といった点が表現されていることである。目を惹く華々しいものというのは、誰かある人から他の人へと渡っていく行程の中心に位置している。城の乙女が「騎士も驚きの眼を見開き、この騎士の物語を読んでおる読者もまた驚く」ようなことを騎士に語り始める。この見せ場は「さきを続けるつもりはない」とされたとおり、延々と続くシリーズものとはならない。いわゆる見せかけばかり綺麗な人工物などではなく、どうしても自らの意志を解き放とうとする人間の、自由を求める熱き思いを表現したものである。再度繰り返しておきたいが、住職は騎士道本の良い点は、「よい頭脳をはたらかすのに材料を提供しているということだ。というのも、騎士道物語では、何のはばかるところもなく筆を走らせることのできる……広大な場面を提供してくれるからである」（前篇、四七章）と述べている。つまり、内面的な閉塞性や静謐性から身を解き放つ方法が限りなくあるということである。人は「あるいは占星術師、あるいはすぐれた宇宙学者」になることもできる。さもなければ、奇妙なやり方で「巻貝と小さい貽貝を、わざと乱雑におく」こともできるのである。

人間が現実ないしは想像力の中で生み出す数多の驚異の世界は、まさしく自己のために実現するにふさわしい、そうした種類の人間的生の世界の反映である。かかる人間的生は、すでに前もって配置された鋳型ともいうべきものに、流し込まれることをけっして潔しとはしない。セルバンテスにとって、そうした鋳型はきわめて不快な存在であった。

作者の文学外的な生というものが、その芸術的創造によって覆されることがあってはならないとはいえ、後者の可能性が前者の生のなかに横たわっている事実は否定しようがない。自己の存在についての緊張と抑圧というものが創作上の原点の一つであった『ドン・キホーテ』は、まさに〈実在性の工房〉とでもいうべきものである。その工房において生産されたり解体されたりするのは、存在そのものである（読者の中には早合点して、これを〈実存主義〉と捉える危険性もあろうが、あえてそうした表現をせねばならない）。われわれは自らの視角を広げつつ、先行する既存の文学形式との関わりのなかで、いかにして、今にも新たな方向性が開かれようとしている文学の配置といったものが出現するのか、見てみることにしよう。「かなたを見ると、そこには堅固な城か、見る眼もあやな王宮が現われ、その城壁は黄金の厚板……まことに城の結構（compostura）は見事なものであったから、たとえそれが金剛石……などでできていたと申しても、全体のつくり（hechura）の妙がきわだっていたのじゃ」（前篇、五〇章）。

こうしたかたちで問題を取り上げてみれば、ドン・キホーテの行なった緊迫感のある長い演説に対して、役僧が次のような反応をしたこともよく理解できる。「役僧はドン・キホーテが口にした筋道のとおったでたらめにあきれた」。読者は〈筋道のとおった〉（concertados）という言い方がされるのは、ドン・キホーテが騎士道本の扱う素材について、彼なりのやり方で配置したからだ、そして、でたらめが〈彼ならではのもの〉だったからだと考える。結果として、素材は作り物でありながら、それなりに創造的資質を具えたものとして表現されている。このことが裏付けられるのは、役僧が自分の論述を次のような言葉で締めくくっているからである。「（役僧は）それまでに読んだ書物の、趣向をこらしたでたらめ（pensadas mentiras）が、彼（ドン・キホーテ）に与えた効果（impresión）などにあきれた」。

騎士道本はドン・キホーテの中で、その典型的部分が作者から作者へと引き継がれていったのと同様の方法で、存在しているわけではない。つまり『アマディス』や『パルメリン・デ・オリーバ』の続編の作者たちは、かかる可能性の鉱脈を前にしても、なすすべを知らなかった。そこで続編はすべて（『ティランテ・エル・ブランコ』を除いて）断罪されて火にくべられることとなる。「その他のものは残らずこのうえ調べたりしないでなきものにしたらどうだと、こうわしは申したいね」（前篇、六章）。『ドン・キホーテ』はこの意味で、筆者が『歴史のなかのスペイン』（一九四八、六三九頁）で力説したように、ベラスケスの『ラス・メニーナス』や『糸を紡ぐ人たち』と比較しうるような作品である。というのは、こうした『ドン・キホーテ』以後の絵画には、描かれる対象と描く行為そのもの、およびそれを眺める者たちが、生命的にうまく調和したかたちで描かれているからである。

『ドン・キホーテ』の中の言葉がそのありきたりな意味を失うのは、《憂い顔の騎士》が精神的に異常をきたしていて、皆が金盥と呼んでいるものを〈兜〉とみなすようなことがあるからではない。言語は（シニフィアン〈能記〉的記号であることに加えて）経験化した言葉に転化しており、従来から範疇化したものの限界を跳び超えてしまうからである。かなり以前（一九四七年）に筆者は「書かれた言葉のもつ作用と効果」について論じたことがある。（三）『ドン・キホーテ』は生き生きとした素材として、他の書物から、抽出され練り上げられたもの、ということができるかもしれない。そもそも前篇の物語はドン・キホーテが読んだ書物をきっかけとして生まれている。後篇は後篇で、前篇をきっかけとしている。というのも作者は主人公の意識の中に、すでに別の本の中には、かつての自分の姿が描かれている、という意識を注ぎ込んでいるからである」〔『セルバンテスへ向けて』訳書、四〇一—二頁〕。ミシェル・フーコーもまた他の目的のためとはいえ、これと同一の見方をとっているが、それこそ重要な点である。彼は『言葉と物』（一九六六、六二頁）においてこう述べている。「言語《ランガージュ》（私なら言《パロール》とするところだが）がまったく無力になったわけではない。以後、それはあらたな固有の力を帯びるのである。（……）セルバンテスのテクストは……みずからの物語の対象となるわけだ。ドン・キホーテの冒険の第一部は、第二部において、最初騎士物語が引きうけていた役割を演じるのである」〔渡辺一民・佐々木明訳、訳書七三頁〕。筆者の見方によると、文学表現とそれに適用される（四）形式的図式（騎士道本）とが切り離されたのは、セルバンテスがそれ以前の作品で述べられたことを、ただたんにすでに知られた意味（所記＝シニフィエ、ここでは「城」や「湖」）のシニフィアン（能記）、としてのみ用いたわけではなかったことによるのである。というのも、セルバンテスは表現上の広がりといった要素を付け加えているからである、つまり文章は文字通り何かを語る（decir）ことに加えて、他の誰かに向かうもうひとりの誰かについての、何ものかをも語っているからである。城の〈つくり〉(hechura) というのは、誰かの〈称賛〉を呼び覚ますことを目的として、誰かによって生み出されたものである。〈城〉について語るのは、〈美しいひとりの乙女〉だが、それによって「騎士は驚きの眼を見開く」こととなる。『ドン・キホーテ』の中に出てきて、なんらかの行動をとる者たちは、読者たちに対して〈自らを価値あらしめる〉目的によって、いかにも活気づく作者と、ほぼ同様の振る舞いに及ぶのである。文章というのは伝達内容そのものであることの他に、伝達者によって相手に伝えられるメッセージという側面ももっている。その相手というのは本の中にいる場合もあれば、その外にいる場合もある。美しい乙女が語ったことは、「騎士も驚きの眼をみひらき、その物語を読む者たちもまた驚くような」ことである。セルバンテスは以前からあった〈虚構〉という様式の中に、かつてありもしなかったいくつかの眼に見えない形象を持ち込んだのである。

文体上の大革命ともいうべきものは、叙述としての語りが、筆者が〈自伝性〉と呼ぶものに移行した点にある。自伝性とはそのことによって、登場人物や動物たち、時には作者すら、明示的かつ暗黙的に、己がそこに在るという意識を顕在化させる、という意味である。ミシェル・フーコーが同所（前掲書、六二頁）でいみじくも述べているように、「『ドン・キホーテ』は近代の最初の作品である。なぜならそこでは同一性と相違性との残酷な理性が、記号《シーニュ》と相似とをはてしなく弄ぶのが見られるからであり、言語《ランガージュ》が物との古い近縁関係を断絶して、あの孤独な王者の地位にひきこもるからである。これ以後、言語《ランガージュ》は文学となるしかなく、その峻険な存在《エートル》においてしか姿を現さなくなる」。これに付言するとすれば、こうした文学言語の、いわゆる〈解放〉によって示されているのは、「現にかくあること」「かくありたいと願うこと」「かくあってはならないと思うこと」「かくあるべきこと」といった、さまざまな人間的な状況や行動を、縦横無尽に表現しようという意図である。お決まりの痩せ馬は個性化したロシナンテに変容する。『犬の対話』（これについてはじきに検討する）において、ある商人は不適切にも騎士と呼ばれているのである。

## 二　自伝性

こうして、あらゆる部分から題材をとりあげることが可能となった。というのも多元的な表現〈価値論的表現、時間的表現、状況依存的表現〉をすることで、あらゆる再創造がなされたからである（クレメンシンやロドリーゲス・マリンによって注記された騎士道本の文章や、モンテシーノスの洞穴の冒険で触れられた、セビーリャの刀剣師ラモン・デ・オーセスといった同時代人への言及）。あまつさえ〈暗黙の想像力〉の見えざる広がりや、セルバンテスの評価しなかったものの脈動といったものも存在している。それらは今まで理解されてこなかったセルバンテス作品の重大事に対し、自伝的な意味あいを付与するのである。『ドン・キホーテ』や他の作品には、二重の意味が秘められている。それらは対象や言葉に振り当てられた意味の範囲の広がりと密接に関連している（truchuela は「タラ」ないしは「小さいマス」を意味する）。『ドン・キホーテ』以後の作品には用心深さ、気がかり、不信感といった人間的気象、右顧左眄しつつ「何ごとにも石橋をたたいて渡る」（ケベード）人間的性質といったものが感じとられるようになった。そうした状況は数限りない方法で表現されえたが、そのうちの一つが、文学にとって幸いなことにセルバンテス的方法であった。セルバンテスは作品を書いたもののそれを出版しなかった。一つには気がかりというものがあったからであり、もう一つには、それが彼自身にとって親しみに欠けるものとなったからである。前者のケースでは、メディナ・シドニア公（後年の一五九六年にカディスの救い手となるべき人物）に対して当てつけた、いかにも辛辣な詩がそれに当たる。あるいは墓に入り、あの世の人となったフェリペ二世に対する当てこすりの詩である。第二のケースとしては、『ヌアンシアの包囲』の悲劇がそれである。このことはすでに指摘されているかどうか不明だが、それはこの際どうでもいい。かの国王に対する大げさな賛辞をしたことがその原因である。

まともな企てに根ざした思いが
偉大なことを目に見せる王となるべし
世界がその手中にあるからは
比類なきフェリペ二世と呼ばれるべし（第一幕）

その少し前にはアルバ公爵への賛辞がなされている。

大いなるアルバ公はわずか一人にてスペイン軍を
退却させせよう、そは勇気においてわずかならずして
わずかな手勢をもってしてという意味なり

セルバンテスはかつて出版した自作品において、スペインの王や貴族に阿《おもね》るようなことを書いたためしは一度としてない。〈フェリペ二世〉が統治する世の中で、セルバンテスにとってふさわしい居場所

などどこにもなかった。レパントやアルジェールでの英雄的行動にもかかわらず、彼が一五八二年、一五九〇年の二回にわたってインディアスでの〈役職〉を申請した際には、すげなく拒絶されてしまった。セルバンテスはおそらく一人苦い思いを噛み締めていたに違いない。それはマテオ・アレマンや他の多くの者たちも同様だったが、その反応はマテオ・アレマンのそれとも、コンベルソたる（コンベルソの血統に属す）フライ・ルイス・デ・レオンのそれとも異なっていた。後者の発したものすごい言葉は、『キリストの御名について』にはっきり記述されているにもかかわらず、いまだにある種の読者たちはそれをしっかり受け止めようとはしない。かなり奇妙な反応と言わざるをえまい。ルイス・デ・レオンが次のように述べたとき、彼はフェリペ二世や〈悪い〉血統に連なる人々を前にとった王の態度のことを暗示していたのである。

「たしかに臣民に侮辱を与えるだけに止まらず、けっして尽きることがないほど何世代にもわたって侮辱が広がっていくのが良い社会だと考えるような王たちがいることも確かなんだ、フリアン、どう思うかね？」。この文章は一五八三年に印刷に付されている（さらにこの件に関して知りたければ『スペインの歴史的現実』一九六二、二八三頁を見よ）。セルバンテスのフェリペ二世に対する直接的・間接的反撥というのは、コンベルソのインディアス渡航などを禁じた〈血の純潔令〉に反対した、フライ・ルイス・デ・レオンの雄弁で激烈な言葉の中に含まれている。

いったん十六世紀末のスペインの内部状況――それを隠蔽しておくほうが都合よく、かつ好ましいといった人々も多くいるが――を知れば、本書および他の著作で『ドン・キホーテ』の作者の自伝的存在をあからさまにすることも困難ではない。『犬の対話』（一六〇六～〇九年の間に書かれた）において、執拗なかたちで触れられているのが血筋の問題である。別のところでもっと詳しく論じてはいるが、十六世紀後半のイエズス会はこの問題に関して反対の立場をとったことで大いに際だっている。聖イグナチオに言わせると、たとえユダヤ人であったとしても、むしろそのことでイエス・キリストと聖母マリアと縁戚関係になることから、大いなる恵みになりうるのである。イエズス会の初期の三人の総長はみな血の純潔令に注意をはらうことはなかった。(五) ビリャヌエバ神父はこう記している。「こうした哀れな者たち(新キリスト教徒のこと)はこの世に生きる場所を得られないと思っている」。こうした大問題に対するイエズス会の立場は、今の時代では見失われてしまったし、セルバンテスとて、その程度がどれほどにせよ、スペイン系ユダヤ人の血筋をひく先祖をもつか、その血統に連なる子孫であったという事実が、今日でも物議をかもし、ばかげた騒ぎを引き起こすほどなのである。『犬の対話』では「この地上のご主人と天上にいますご主人じゃえらい違いだ。奴さんたちが召使いを一人雇おうとでもしようもんなら、まず最初に血統を仔細に吟味する……そこへいくと神さまにお仕えするには貧乏なやつほど金持ってわけだ。卑しいやつほど血統が正しいってわけだ。おまけにお仕えしようというのには、ただ心持(血統ではない!)さえ清浄にしていれば、さっそくお給金の台帳に記載させてくださる」。今一度強調せねばならないのは、犬のシピオンは明らかに、血の純潔のもつ恣意的で反キリスト教的な側面のことに触れているということである。少し後のほうでベルガンサは再び血筋のことを話題にするが、彼は自らの語りを伏線として、そのテーマをイエズス会とそのキリスト教的な教育理念への熱烈な賛美の間にうまくはめ込んでいる。「この商人(少し前には〈紳士〉と呼んでいる)には二人の息子があって、一人は十二歳、もう一人は十四歳になっていたが、二人とも耶蘇会の学校で文法を勉強していた……」。セルバンテスは商人が子弟を学校にやる際に、豊かさを誇示する姿勢をとっていることを、皮肉をこめてちくりと刺すことをけっして忘れない。「商人連なんてものは、彼ら自身よりも彼らの影のほうが大きいんだからな」。十六世紀の人々の生き方に通じている者にしてみれば、ここでセルバンテスが素描している人物は、まさに金持ちのコンベルソである。彼は身分上のハンディを息子たちに託して取り戻そうとしているのである。「それだからまるでどこの王子さまかというふうに子供たちを飾り立てて勿体をつけさせるんだね。なかには子供たちのために肩書きを得ようと手を廻したり、ただの平民とお歴々とを確然と区別するような目印を胸につけさせようとしたりする連中もいるのさ」。時として裕福なコンベルソは金の力にまかせて、貴族の称号を手に入れ、どこかの騎士団の騎士となりあがって、堂々と胸に十字をつけたりするのである。血の純潔が疑わしい人物たちの、偽貴族たる身分についての数多くの言及に付け加えるべきは、射るべき的をしっかり見据えたこうした矢である。

セルバンテス的文体の配置には価値論的にみて、反対方向の意図が組み合わさっている。貴族でない者が貴族のふりをすることはどう見てもおかしい。しかし血筋をあれこれ詮索することは、当時の恐ろしい習慣となっていたのである。ベルガンサはシピオンのことを陰口をたたく人間だととがめ立てている。それは心の中の真実を表現しなくてはならないからである。「人の陰口をたたく人間というのは十もの血筋を損ない、二十もの善い血筋を中傷することになるんだ。もし誰かにあれこれ言ったことを非難されるなら、何も言っていないと答えるだけさ」。血筋を詮索するという悪習と好対照となるのが、〈イエズス会の学校〉である。ベルガンサは「わがはいは何事にもあれイエスさまにおまかせしているんだ」と答えている。いま語りの中で組み合わされているのは、陰口を戒めるべきというテーマと、犬ならではの資質の話である。そしてセルバンテスは突然、余談として、ある修道会のことを褒めちぎりだすのである。これは例外的なことであった。というのも彼の作品で修道士や修道院は、常に辛辣な皮肉の対象とされていたからである。ベルガンサが用いるありきたりな概念（「徳性、愛、思いやり、狡知」、穏やかな咎め立て、「憐憫の思いで」罰すること）の後には、修道会の社会的使命を称揚することを目的とした、シピオンの筋の通った言説がなされる。「ぼくもその祝別された人々のことを聞いたことがある。世の中にあれほど分別に富んだ人々など、おいそれといるもんじゃない。天国への道へ導いてもらおうと思ったら、彼らの右に出るものなどほとんどあるまいよ」。

今日、見る人々にとっては目を剝くようなことでも、血筋を詮索することで苦しめられてきた人々にとっては、よく知られたことであったに違いない。イエズス会への賛美は文体的視点からすると、しかるべき場所でなされている。またそれは多数派の旧キリスト教徒が感じていた部分と、縁のないところにいたセルバンテスの価値論的視点に、こよなく合致していた。イエズス会の初期の三人の総長が、血の純潔令を受け入れることに難色を示していたことは、よく知られている。(六) しかし前注で挙げた証言を見る限り、セルバンテスが『犬の対話』において、今一度、アイロニーと二重の意味を結びつけたことだけははっきりしている。コンベルソたる商人の息子たち（人々は彼らを不正確かつ反キリスト教的に、ユダヤ人として扱うこととなる）は、その血統に連なる人々に対し開かれていた、イエズス会学校に通ったのである。ドミニコ会士たちであれば、コンベルソの子弟を受け入れることなどしなかったであろう。またセルバンテスは一再ならず、新旧のキリスト教徒の違いが如実となっているところに身を置いてきたこともあり、イエズス会士たちの自由なキリスト教をこよなく高く称揚するが、それは自らの立場と完全に一致していたからである。筆者が『セルバンテスとスペイン生粋主義』において示したように、セルバンテスは血筋において汚れている主人ドン・キホーテと、血筋の清浄な従者サンチョの「心を一つにした」のである。サンチョは言う。「パンサ家はキホーテ家といったいどんな関係があるって言うんですかい？」（後篇、六八章）

ここでいったん、セルバンテスに個人的に影響を与えた新キリスト教徒の問題を離れて、『ドン・キホーテ』前篇最後の部分を、いかに理解したらいいか検討してみよう。筆者の知る限り、いまだかつてそうした試みはなされたことはない。たとえそうした試みがあったとしても、われわれがこれからやろうとする方法が、かつてとられたことはないはずである。もしそうした試みがきちんとなされていれば、当時通用していた信仰との関わりで捉えたセルバンテスに対する見方は、当然異なったものとなっていたはずである。また作者は当時優勢であった〈世論〉――それこそ人に名誉を付与し、人から体面を奪うものであった――と折り合いのよい、どこにでもいるスペイン人であった、などとずっと言われ続けることもなかったはずである。こうした問題のすべてを把握するためには、イスラム教とキリスト教の間に横たわる深い溝を埋めようとした、グラナダのモリスコたちの絶望的な企てをしっかり見据えなくてはならない。筆者はモリスコのアロンソ・デル・カスティーリョとミゲル・デ・ルーナの二人が、ミゲル・セルベットの主張する反三位一体的な異端説（『三位一体論の誤謬について』*De Trinitatis erroribus libri septem*, Hagenau, 1531）について知っていたかどうかはまったくわからない。たしかに三位一体の教義をキリスト教とイスラム教、ユダヤ教の間の本質的障害物だとみなす点で、前の三人に類似性があることはたしかだが、知っていたということはほとんどありえない。(七) セルベットは『コーラン』を引用する。「なぜならば、敵が述べた真理は、われわれが述べた嘘よりも信憑性があるからである」。グラナダのモリスコは偽福音書をでっちあげて鉛板にそれを書き記した。そして後にサクロ・モンテ（「聖なる山」の意）と呼ばれることとなる丘にそれを埋めた。ドン・ホセ・ゴドイ・アルカンタラ（don José Godoy Alcántara）が当時、尋常ならざる書であった自らの『偽年代記の批判的歴史』（*Historia crítica de los falsos cronicones*, Granada, 1868）において語るところによると、鉛板は一五九五年から九七年にかけて掘り出されたらしい。この問題に関しては、『スペインの歴史的現実』（一九六二、あるいは一九六六、二〇〇頁以降）で扱ったことがある。したがってここでは、モリスコがでっちあげた文章の中に、反三位一体的なひな形を提示していた点だけを指摘するだけに留めておこう。そこにはこうある。「神とイエスと神の聖霊より他に神はいない」。大胆な彼らの発想では、そうしたコーラン的なキリスト教教義の上に立ってはじめて、キリスト教徒とイスラム教徒を、またそこにユダヤ教徒も含めるかどうかはわからないが、一つの同じ信仰のもとで再統合させることができる、ということである。驚くべきことに、グラナダ大司教ドン・ペドロ・デ・カストロ・イ・キニョーネスが、信じがたいこうした作り話を、本当のことだと信じたことである。そのことがきっかけで、モリスコたちのペテンが歴史上特筆すべきこととなったのである。言い換えると、これがきっかけではっきり見えてきたのは、実際的に中世から十六世紀末まで、血統間の共存関係を破壊せんとするプロセスが、たとえ実効性はなくとも、互いの憎悪を消し去り、分け隔ての原因となっている信仰を調和させようという、孤立した企てによって押しとどめられていたということである。一六〇三年に、悪霊に取り憑かれたある女がサクロ・モンテに連れてこられた。「悪魔たちは言うことを聞かなくなっていたせいで、福音書をさんざん聞かせたにもかかわらず、体の外に出てくる様子はなかった。大司教がそこにやってきて、『サンティアゴの名簿録』（*Libro de la Nómina de Santiago*）（モリスコによって捏造された本の一つ）を掲げ、額から胸にかけて十字を切って、アラビア語で《神とイエスと神の聖霊以外に神はなし》と言うと、敵の悪魔たちは恐ろしい声をあげて彼女の体から退散していった（八）」。ことほど左様にモリスコたちのでっちあげをまともに受け取るような、偉大なる聖職にあった信者がいたのである。もしこのことを知ったなら、火あぶりの刑に遭ったセルベットは、草葉の陰で随喜の涙を流したに違いない。

重要なのは挿話とかたんなる事実などではなく、そうした事実がいかにして〈生きて在ったか〉ということである。したがってここではセルバンテスがグラナダにおいて（彼は十六世紀末にその地にいたことがある）、一五八八年以降なされてきた驚異の発見について知ったとき、どのような反応を示したか考えてみる必要があろう。スペイン人の歴史というのはいつでも、今日の力あるエスタブリッシュメントたちの取り巻きとして生きている者たちにとって、びっくり箱のようなものとしてあるはずである。一五八八年三月に、かつてグラナダの大メスキータ〔モスク〕のミナレットとしてあった建物の土台部分が取り壊された際に、瓦礫の中から見つかったのが「鉛の箱で、開けてみると遺物と大きな羊皮紙が出てきた」（ゴドイ・アルカンタラ、前掲書、四頁）。羊皮紙には一五三一年もさかのぼる昔に、アラビア語とラテン語、カスティーリャ語で書かれた（？）予言の言葉があった。医者で通訳であったモリスコのアロンソ・デル・カスティーリョは、その羊皮紙を翻訳し、それを大司教ドン・ペドロ・デ・カストロに献呈した(九)。

今日、グラナダのミナレット（当時、例の捏造者たちによって、トゥルピアーナ塔と呼ばれていた）の瓦礫を取り除くこととか、使徒時代のグラナダに遺物があったのかどうか、などといったことは、もしセルバンテスが『ドン・キホーテ』後篇五二章の最後の箇所で、例の見当外れな出来事に攻撃を加えることでもしなかったら、何の興味も引くことはなかっただろう。〈この物語の作者〉はけっしてドン・キホーテの〈死と最後〉について調べることなどしなかったであろう。「もしも彼が運よく老医師（アロンソ・デル・カスティーリョのこと――筆者注）に出会うことがなかったら(一〇)、調べもつかずわからずじまいに終わっただろう。この人の言うところでは、改築された古い教会（メスキータのミナレットのこと――筆者注）の崩れた墓の中で見つけた、鉛の箱をもっているが、その箱の中には、ゴシック文字ながら、カスティーリャ語の韻文で書かれた羊皮紙が何枚かはいっていて、これらはドン・キホーテの功名手柄を数多く含み、またドゥルシネーア・デル・トボーソの美しさ、ロシナンテの風貌……について教えるところがあった」。また羊皮紙には「彼の一生と行ないに関するさまざまな墓碑銘と賛辞などといっしょに、ドン・キホーテその人の墓について」の文章がみつかっている。「判読して明らかにできたものが、この前代未聞の物語の忠実な作者が採録した数篇である。この作者は物語を読んでくださるかもしれぬ方々に、それを世に出すための……莫大な労力の報いとして、世間にひどくもてはやされている、騎士道物語に対して分別ある人々が与えるのと同じ信用を、それにも与えていただきたいとお願いするものである」。

　セルバンテスはトゥルピアーナ塔と呼ばれる場所から見つかった、名高いとはいえ、彼にとってはお笑い種ともいうべき羊皮紙のみならず、数年後に見つかったいんちきな発見物についてもよくわきまえていた。筆者がべつの本〔『セルバンテスへ向けて』「ドン・キホーテの構造」訳書、三九六頁〕で述べたように、サンチョはクラビレーニョから地球をあたかも〈芥子粒〉のごとく眺めたが、それはグラナダで（あるいは他の場所かもしれない）で発見された鉛板に刻まれた〈福音書〉の文言の一つに「天使ガブリエルは神の命により、雌馬にのせてマリアを奪い去った。第一天から地上を眺めてみると、地球は天使の右手にのった芥子粒のように見えた」（ゴドイ・アルカンタラ、前掲書、六八頁）という件があったからである。この著者（ゴドイ）はここで言う〈雌馬〉が、Borak (al-Burāq) つまりマホメットの乗っていた馬の〈先祖〉であったことをよくわきまえていた。『マホメットの階梯の書』（*Libro de la escala de Mahoma*）には、「地球と全世界は掌中の芥子粒のごとし」とアラビア語で述べられている。[一一] カスティーリョとルーナの二人のモリスコは、サクロ・モンテの偽福音書をでっち上げた際に、この書のことを念頭に置いていた。セルバンテスは偽福音書の一部を利用し、クラビレーニョの不思議な空中飛行を創作する際のヒントにしたのである。この空中飛行の話はサンチョによってキリスト教的文脈に沿って解釈されて、こう述べられている。「たとえ半レグアもねえぐらいの天のほんのちょっとした部分だろうと、わしゃ世界でいちばんでかい島をくださるよりも、ずっとありがたがってお受けするでがしょうね」。不正がはびこり、人々が〈鉛の箱〉の中に収まっていた愚かしいものをまともに受け取るような、そうした世界のいかなる島よりもということである。(一三)

セルバンテスは二人のモリスコによって捏造された、羊皮紙と鉛板の書付の両方を利用したわけだが、それはまさしく以前、ドン・キホーテに存在的意識を与えるべく、騎士道物語を自由に解釈し、扱うべき建築材料として利用したのと符合している。かかる〈武勲〉の芸術性こそが、彼の言う〈新たな流儀〉つまり、その中で〈趣向と興味〉の具わった部分であったわけである。『アマディス』は活劇的な冒険譚であって、ドン・キホーテはアマディスを模範として、自らの新たな生の凛々しい矢をぴんと張り、冒険という名の的に向かって堂々と放っていく。サクロ・モンテの鉛板はそれとは逆で、生きたまま焼かれて死んだ殉教者たちの遺灰が、そこに眠っているという内容の墓碑銘が記されていた(そうしたところから、アルガマシーリャの学匠たちはラテン語を用いたのである。ドン・キホーテの墓には「かくぞ誌せり」Hoc Scripserunt　ドゥルシネーアの墓には「ドゥルシネーア・デル・トボーソを讃えて」In Laudem Dulcineæ del Toboso　ラテン語の文言はこうした事柄すべてに、学術的・教会的なニュアンスを与えている)。あるイエズス会士が解読したのだが、鉛板の最初の断片には次のように読める文があった。「殉教者聖メシトンの焼かれた身体なり、これはネロ帝治下において起きた」(Corpus ustum divi Mesitonis, martiris: passus est sub Neronis imperatoris potestate. Godoy Alcántara, p. 46)。

他の鉛板に記されていたのは、そこにサンティアゴの弟子〔仲間〕であった聖ヒスキウスの遺骸が、弟子のトゥリルス、パヌンキウス、マロニウス、ケントゥリなどの遺骸とともにあったということである。こうしたものは、うまくできたラテン語表記の大ぶろしきといった印象を与える。トゥルピアーナ塔の予言を裏付ける目的で、第四の鉛板が日の目を見たが、それによるとサンティアゴの弟子たる聖セシリウスは、彼の弟子セテントゥリウスやパトリシウスなどが伝えるところによると、二月一日その地で殉教したという。ところでもし騎士道本がドン・キホーテ、彼の痩せ馬や従士、そして「貴人《あてびと》のおもかげありき」ドゥルシネーアなどに霊感を吹き込んだとするならば、〔セルバンテスが〕どうして彼らすべてに立派な墓を与えるべく、来世への伝言を含んだ、こうした宗教的装いのでたらめな〈書き物〉を利用しないわけがあろうか。師と弟子の遺骸が同一場所に集められていたことが判明したとする、このまことしやかな作り話は、まるで彼らの共同作品のように見える。そういうことであれば、ドン・キホーテについて記憶されたものと、ドン・キホーテに自己の在り方を負っている者たち〔サンチョ、ドゥルシネーア、ロシナンテ〕とを、永遠に讃えようとする者たち〔アルガマシーリャの学匠〕に、それと同様の共同形式を与えても悪くはなかろう。セルバンテスは文学的広がりを欠いたものの中にそれを吹き込むという斬新な技法をもって、モリスコたちの幻想（一三）によって喚起された狂気の爆発に対抗したのである。ちなみに、セルバンテスは判断力のない大衆の用に充てるべく用意された、精神を欠いた偽の聖性の逸脱に対し、また虚偽の聖性をかたった墓所に対し、俗衆の信じ込みやすさなどを必要としない、それだけで自己完結するような詩作品、栄光に彩られた世俗そのものの真実の霊廟といったものを対置したのである。セルバンテスは伝統的な流れとか、同一の型を繰り返すやり方に対し、芸術家の自由で創意的な力のありようを見せつけたのである。

新たな武勲！　さわれ新たな勇士には
技は新たな流儀をつくる。

私はすでに出来上がったもの、〈作られた〉ものに対し、〈私〉が自分の〈創意〉でもって作り出すものを対置させるのだ、なぜならば私は〈稀な創意の才人〉だからである。韻文であれ散文であれ、詩的創作は個人の立場と個人の配置に基づくのだ、セルバンテスはきっとこう言いたかったはずである。もしグラナダのグロテスクで無邪気な捏造者たちが、柔らかな鉛の上で仕事をしたとしたら、今度は、「ラ・アルガマシーリャの学匠〈モニコンゴ〉（コンゴの黒人につけられた名）」は

青銅板に詩句をきざみて、
すさまじけれども、ゆかしき詩才

から着想を得ている。これは「青銅よりも永遠なる」(aere perennius) ドン・キホーテの墓のための墓碑銘の一節である。この墓はドゥルシネーア、サンチョ、ロシナンテの墓と同様、今でこそアルガマシーリャの詩になっているが、かつてある〈老医師〉によって作者に伝えられた、〈鉛の箱〉の中で見つかった〈カスティーリャ語の韻文で〉書かれた、かの羊皮紙のおかげで発見されるに至ったものである。ドン・キホーテの墓に捧げられた詩は、青銅ないしは大理石の上に刻まれたものである。「大理石の上に記されてはいても、恋、怒り、迷いをついに免れえざりき」。すべてこうしたもののおかげで、われわれはドン・キホーテの人生の未知なる部分を語ろうとする前に、『ドン・キホーテ』の主要人物たち

の死と輝かしい名声について知るという、稀なる特権を与えられたのである。「この物語の作者は、ドン・キホーテが三度目の出撃で演じたことを、物好きと熱心さからさぐったのであるが、すくなくともあやまりのない文章として、その消息を見いだすことはできなかった……」。

『ドン・キホーテ』（後篇、四〇章）の中で原作者シーデ・ハメーテが「思想を描く、空想をあらわに見せてくれる、暗黙の質問に答えてくれる……」というのもこれで納得がいく。前篇の最後の部分で表現された内容は、あまりにも〈暗黙の〉絵空事であったので、アルガマシーリャの詩人たちが示した、ぱちぱちはじけるような威勢のいい技巧の火花が、実際には何を表象しているのか、われわれには思いもよらなかったのである。これら最後の詩句に窺われる見事さというのは、まさにその非現実性であることだけははっきりしている。しかしセルバンテスは同時に、そこに一六〇五年の時点の読者たちには明白で、そのものずばりの当てつけや言及をしていたのである。『ドン・キホーテ』は文学的にみて、当時の小説技法とは対極的な作品である。それは独創性への強い欲求ゆえではなく、自らが生きていた社会や、当時大手を振っていた文学に対してすら、己の反対の立場を表明することが、作者にとってどうしても必要だったからである。そのことを最大限の警戒心と用心深さでもってなし遂げたという事実そのものによって、セルバンテスが自らの作品が不要な躓きをきたすことなく世に出回るということに、どれほど腐心していたかが明らかとなる。彼は自然を模倣することもなく、芸術（技）を模倣することもなかった。彼は自分よりも以前からあった文学を〈操作〉し、自らの周辺でスペインに前からあったものに対しても、同様のことを行なった。セルバンテスの新たな表現上の配置――『ドン・キホーテ』の様式と比較できるようなものは、どんな遠くを探しても存在しなかった――というものは、大多数のスペイン人とそりが合わなかった彼の立場と密接な関連性がある。芸術と人生とはここにおいて不可分なものとなる。もしそうでなければ、小説技法の新たな芸術がどうして生まれえたであろうか。セルバンテスがスペイン人たちを超越しつつ、またヨーロッパの〈虚構〉のさまざまな様式を、新たな方法、新たな目的のために配置しながら用いたのと同じやり方で、彼は客観的な経験のさまざまな資料を、〈自らの〉主観的経験のそれ、自己の人生の生活体験と、調和的に融合し、連合させることによって革新を成し遂げたのである。ひとつの内なる原則、現実を選択したり拒絶したり、評価したりするひとつのセルバンテス的方法は、外部の現実と調和をみている。かつて『犬の対話』で正当に賛美されたイエズス会のケースで見たことだが、セルバンテスにとっては、彼らがコンベルソたちに対し学校の門戸を閉ざしたりしなかった(コルドバのドミニコ会士たちは閉ざした)ことは好ましく、同時に、裕福なコンベルソたち(イエズス会士たちに歓迎された生徒たちの父親であった商人のケース)が、自分たちの豊かさをこれ見よがしに誇ることはよくないことであった。サクロ・モンテの鉛板のケースでセルバンテスの気に入らなかったのは、付和雷同的で魂のない、外面的信仰だけの虚偽性をそこに見て取ったからである。キリスト教騎士たるものは「世間態よりもたましいを大切にしなければならない」(前篇、二八章)からである。セルバンテスは自らの意図を露骨に表現したりせず、芸術的広がりを際だたせることによって、個人的反感によって引きずられることのない芸術を生み出すことができた。「モニコンゴ」《コンゴ猿》、「パニアグアド」《居候》、「カプリチョーソ」《気まぐれ君》、「カチディアブロ」《鬼の面》、「チクタック」といった面々の詩句は、それだけで笑いを誘われる。「チクタック」がドゥルシネーアにささげた詩文は、バーリエ・インクランの《エスペルペント》〔一九頁訳注2参照〕の先駆けと言ってもよかろう。

肉おきも豊かなりしを
おどろしき醜き死の手
塵あくた灰とはなしぬ
血筋よき家に生いたち
貴人のおもかげありき　……

セルバンテスが創始した新たな芸術的方法そのものが、時間的・空間的状況ゆえにそれが可能であったことを、しっかり踏まえる必要のあることを教えている。なぜならば新たな方法とは、現実（当時の文学上の現実と文学外の現実）を拒絶すると同時に超克するべく、そうした現実に接近することにあったからである。前に見たように、セルバンテスはすでに文学化されたものの中に、新たな表現上の配置といったものを吹き込むと同時に、自らの経験の基本的資料に対しても同様のことを行なった。たしかに痩せ馬はたくさんいただろうが、ロシナンテは唯一の存在である。グスマン・デ・アルファラーチェによると、小悪魔たちが地中に埋めた宝物など、しょせん「粉炭と黒炭」と化すのが落ちであった。しかしグラナダの二人のモリスコが埋めたお笑い種の碑文と遺物は、読者の心を捉える摩訶不思議と化したのである。セルバンテスと彼を取り巻く敵対的環境との関係は、十六世紀におけるイエズス会士たちが、他の修道会の閉鎖的な不寛容さとは対照的に、いかにキリスト教的愛を実践していたか強調することによって、暗示されているのである。われわれはイエスの名前を強調するイエズス会への賛美といったものが、投影されている社会的背景を〈文書に沿ったかたちで〉明示してきた。「わがはいは何事にもあれイエスさまにおまかせしているんだ」とベルガンサは言っている。つまりセルバンテスが記したことは、それをよく読んでみれば、必ずや文書的な裏づけがあるのである。

本論の結論としてどうしても強調しておきたいのは、もしロペ・デ・ベーガが多数者の信条や価値観の代弁者であったとするならば、セルバンテスは唯一、自己の創造力にのみ恃んで、最高傑作をやすやすと自分のものにした、ということである。多数派と意見を異にするマテオ・アレマンは、あらゆるものの中に侵入する悪意に満ちた波に凌われてしまった。セルバンテスはドン・キホーテの槍を利用して、悪意に満ちた巨人どもに襲いかかる。とはいえセルバンテス流の微笑ましい芸術のおかげで、絶望的なうめき声を上げる眉根を寄せた悲観主義者たちといえども救われている。ドン・キホーテは騎士道本的な話の一頁について説明した模範的な読み〔魔法にかかった湖の話〕の中で、自らが描いた物差しに従って世界を読み解いた。自己に具わった能力と長所は、俗衆の判断や血筋の詮索屋に左右されることはない。ただ唯一、自らの行動に具わった力と技だけに依拠するのである。生それ自体は〈湖の騎士〉の不思議な冒険に伏在している、明白な規範に合致するかたちで構成され、作られねばならない。つまりすでに与件としてあり、上から降りてくるものに対抗して、唯一セルバンテス的な方法に則って書物の中において創造的に反応することによってである。また「天上にいますご主人とではえらい違い」の「この地上の主人連」に対しては、なおざりに振る舞うような、そうした態度の中においてである。最終的にドン・キホーテ（『ドン・キホーテ』と本質的な関わりをもつ）は、腹黒い連中たちの密告的行動に対し勝利する。そして一六〇五年以降のセルバンテスは――ロペ・デ・ベーガに言わせると、どれほど〈変人奇人〉に類した存在であったとしても――その時点までそうであったように、隅に追いやられた不幸者セルバンテスではなくなっていた。セルバンテス作品には彼以前に存在していたり、現に彼の周囲に存在しているもの（文学的に見たらそれ自体、死んでいて不毛なもの）と、かの障害物のおかげで生まれ、その障害物の上に築かれたものとが、共存しているのである。われわれはそうした点をしっかり押さえておく必要があろう。それは多くの者たちにとって救いようがないと思われたものを救うために、なさねばならなかった大きく見事な跳躍の素晴らしさを、心底感じ取るためである。そうしたところから『ドン・キホーテ』を理解するためには、それと同様に、歴史的な時間・空間の、芸術に先立つと同時に芸術の外にある状況を、しっかりわきまえておく必要がでてくるのである。そうした状況を抜きにしたら、『ドン・キホーテ』前篇の最終箇所の意味のみならず、作品がどういう理由で書かれたか、芸術的にどういう配置になっているのかも、把握できなかったであろう。

アメリコ・カストロ
ラ・ホーヤ（USA）

＊本論文は近著『セルバンテスとスペイン生粋主義』（アルファグアラ社、マドリード、一九六七）の追記として書かれたものである。この最近テクストに対する追記であると同時に、友人の指摘によるものだが、同じく本誌『西洋評論』に掲載された、昔の別のテクストの続篇でもある。そこで自分はこんなことを書いていた。「彼ら（セルバンテスの描く人物たち）の冒険を通じて明らかとなるのは、理性的・道徳的範疇の深い問題である。たとえ純然たる芸術的領域の外にあろうとも、深い精神性をもち、その時代の生と意味を担ったテーマを提起していたこうした創作物の価値が、芸術的なものによって蕩尽させられることはない。秘教主義に対する恐怖心によって、セルバンテスの領域はよほど減少させられたようで、かなり単純な考察すらいまだになされないままである。というのも、こうした点のすべてにおいて、いかなる種類の神秘も存在しないからである。あるのは純然たる歴史的つながりだけである。セルバンテスの言語と当時の他の文書

との関係を確定することこそ正しいやり方だとか、その一方で、セルバンテスの理念的基盤と当時の人々の理念の間にありうる等価性を調べてみることは無分別だなどといった見方など、ありえない嘘のように思える」（「思想家セルバンテス Cervantes, pensador」より、『西洋評論』第一七号、一九二四年一一月、一二八頁）。

## 原注

（一）〈形式〉という言葉のもつ哲学的意味についてはJ・フェラテール・モーラ『哲学辞典』（J. Ferrater Mora, *Diccionario de Filosofía*, 1965）を見よ。

（二）『ドン・キホーテ』のいかなる版を見ても、「今ここで」から「恐ろしき、ものすごき」までの文章が、ドン・キホーテの言葉ではなく、魔法にかけられた湖の摩訶不思議を叙述している、誰か他の人物の言葉だとはっきり判断を下した者などなかった。

（三）『セルバンテスへ向けて』（タウルス、一九五七、一九六〇、一九六七）所収の論文「〈書かれた言葉〉と『ドン・キホーテ』」（訳書、四〇一－四五五頁）のこと。

（四）『ディアナ』から採られた言葉について、前に述べたことを想起せよ。

（五）A・シクロフ『〈血の純潔令〉に関する論争』（A. Sicroff, *Les controverses des statuts de "pureté de sang"*, Paris, 1960, p.270 y sigs）およびエウセビオ・レイ神父の論文「聖イグナチオ・デ・ロヨラと新キリスト教徒の問題」（Eusebio Rey, "San Ignacio de Loyola y el problema de los cristianos nuevos," *Razón y Fe* 153 (1956): 117-204）も参照のこと。

（六）アルバート・A・シクロフはエウセビオ・レイ神父の論文を参照することがかなわなかった。したがって前に引用した卓越した著書（一九五七年に脱稿）の中でそれに触れることはなかった。しかしラミーレス神父がボルハ神父へ宛てた手紙（一五七二年）については触れている。それを読むと『犬の対話』で述べられたことが手に取るようにわかる。「われわれの（コルドバにある）学校は騎士たちの間でとても悪名高い。私流の言い方をすれば、そこにはユダヤ人しか入学しないからである。（ドミニコ会士たちの）聖パウロ学院は騎士たちが通う修道院である。ここではものごとがしっかり管理されているので、不幸にもここにどこかのユダヤ人が入ってこようものなら、とてつもなく大きな騒ぎが巻き起こり、あたかも自分の血筋について〈サンベニート〉でも着せられたかのように扱われる。どうか貴殿におかれても、コルドバにとって、こうした評判が恐ろしいものであることをご承知おきください」（二七九頁）シクロフ（二七〇－二九〇頁）もまた、血の純潔令との関わりで、イエズス会において起きたことを詳細に知るためには重要である。

（七）セルベットのこよなく稀少な著書は、アール・モース・ウィルバー（Earl Morse Wilbur）によって一九三二年に英語に翻訳された（『三位一体に関するセルベットの二論文』*The Two Treatises of Servetus on the Trinity*, Combridge, Harvard Univerisity Press）。コーランの引用文は第一の書の末尾（第五九節、英訳本の六七頁）に出てくる。

（八）このことについて裏づけを与えたのは、グラナダのサクロ・モンテ修道院の司教座聖堂参事会員バラオーナ・ミランダ博士（doctor Barahona Miranda）である。それはドン・フランシスコ・ロドリーゲス・マリンが見つけた資料の中で触れられている（『ペドロ・エスピノーサ』マドリード、一九〇七、八一頁）。

（九）アロンソ・デル・カスティーリョに関しては、ダリーオ・カバネーラス（Darío Cabanelas）の著書『グラナダのモリスコ、アロンソ・デル・カスティーリョ』（*El morisco granadino Alonso del Castillo* グラナダ、一九六五、一八一頁）を見よ。〈鉛の箱〉に入っていたものと、数年後にグラナダの丘で見つかったものの〈まやかし〉的性格については、ゴドイ・アルカンタラによって証明されたことの他に、M・ゴメス・モレーノ・ゴンサーレス（『グラナダ案内』M. Gómez-Moreno González, *Guía de Granada*, 1892, p. 268）によっても明らかにされている。紀元一世紀にカスティーリャ語で書かれた、などということがどうしてありえただろうか？　こうしたことがあるにもかかわらず、グラナダのサクロ・モンテ修道院は、後にサクロ・モンテと呼ばれることになるかつてのメスキータのミナレット跡で見つかった遺物が、本物であるという主張をした本（『サクロ・モンテの殉教者の遺物と盾形紋章』（*Reliquias martiriales y escudo del Sacro Monte*）を一九六〇年に出版している。スペイン人の〈歴史的神話〉に対するこうした執拗で平然とした態度や、多くの空想的な作り話の周りに蓄積した、本末転倒した巨大な関心によって、多くの雑草を掻き分けて真実へ至る道を切り拓く仕事は、困難をきわめることとなる。

（一〇） セルバンテスがこの事柄について詳しく知っていたことは、サクロ・モンテに保存された資料によって確認することができる。かの修道院で出版された本には、その資料について触れた次のような部分がある。「（塔の）上部は容易に崩落したものの、下部のほうは手こずった末にやっとのことで地上に落ちた」（一六頁）。ミナレットの下部はセルバンテスが「くずれた墓」と呼んでいる場所である。ダリーオ・カバネーラスの前掲書（一八三頁）によると、次のものがサクロ・モンテ修道院の古文書館に保存されている。『一五八八年三月一九日に、大グラナダ市の旧塔において、本市の住人で医師であり、王室および異端審問所付の通訳官アロンソ・デル・カスティーリョ学士によって、他の遺物とともに発見された羊皮紙から解釈されたものの概要』。それに加えて他の資料もある。『本市の住人で医師であり、王室付の通訳官ミゲル・デ・ルーナによって、前述の羊皮紙の翻訳からの写し』がそれである。

（一一） J・ムニョース・センディーノ『マホメットの階梯の書』（J. Muñoz Sendino, *La escala de Mahoma*, Madrid, 1949, p.212）。ラテン語およびフランス語による翻訳ではこうなっている。「今やどこか大きな人間の掌におかれた芥子粒のように見える」（sicut iam granum sinapis in palma alicuius magni hominis videtur. Com parroit ia un grain de senape en la paume dun grant hom, *op. cit.*, p.320）

（一二） かかる記念碑的ともいうべき捏造からくる副次的結果としては、諸々の書物の中で、カスティーリャ語がラテン語に先立つ言葉だとする記述がなされていることである。たとえばグレゴリオ・ロペス・マデーラ博士は『一五八八年から九八年までの期間にグラナダで発見された遺物についての論述』（Dr. Gregorio López Madera, *Discursos de las reliquias descubiertas en Granada desde el año de 1588 hasta el de 1598*, Granada, 1601）において、そうした主張をしている。この血迷った人物に着想を与えたのはルイス・デ・ラ・クエバの『グラナダで際だったものについての対話』（Luis de la Cueva, *Diálogos de las cosas notables de Granada*, Sevilla, 1603）である。彼はこう述べている。「あの街（グラナダ）には千五百年も昔にカスティーリャ語で書かれた書き物がある。そこからもこの言語がいかに古い言葉かがわかる」。知識人であれば周知のごとく、かくも馬鹿げた言説に対しては、コルドバの司教座聖堂参事会員ベルナルド・アルドゥレーテが『カスティーリャ語の起源と始原』の中で論駁した（Bernardo Aldrete, *Del origen y principio de la lengua castellana*, Roma, 1606）。またコンデ・デ・ラ・ビニャサ『カスティーリャ文献学の歴史図書館』（Conde de la Viñaza, *Biblioteca histórica de la filología castellana*, Madrid, 1893, columnas, 28, 30, 31, 56）も参照のこと。

（一三）「あなた、ただいま拙者が俗物と呼んだのが、たんに下層の卑しい人々のみをさしたと思わずにいただきたい。ものを知らぬやからなら、よしんば領主であろうが、王侯であろうが、すべて俗物の数に入れてよいし、また入れなければならんのです」（後篇、一六章）。

# 訳者あとがき

本書は現代スペインの歴史家アメリコ・カストロ（Américo Castro 1885-1972）の主要な著書のひとつである『葛藤の時代について』（*De la Edad conflictiva*,1961, 1963, 1972, 1976）の第二版（一九六三）の翻訳である。初版（一九六一）と第二版との異同に関して言うと、分量的な大きな違い（初版＝二二一頁、第二版＝二七二頁）があることの他に、内容的にも幅広い訂正が施されている（増補改訂版）。わずか二年間のあいだに版を大きく改めるということは、何か特別な事情があったのだろうか、それとも何か大きな出来事でもあったのだろうか、といった素朴な疑問がわく。その答えを見つけるためのヒントがある。それは前年の一九六二年にカストロの主著『スペインの歴史的現実』（初版は一九五四年）の増補大幅改訂版（第二版）が出ていることである。そうなると『葛藤の時代』の大幅改訂も、そのことと何か連動しているのではないかと推察される。事実、そのことは著者自身も序文で触れていることである（「ここで読者に提供しようと思う内容は、『スペインの歴史的現実』（一九六二）と密接な関係がある。その最初の二章で改めて強調したのは……」）。ちなみに『歴史的現実』の初版と第二版では全く違う本ではないかと思わせるくらい大きな改訂がなされている。その改訂部分で最も際立っているのは、文学的叙述が大幅に削除され、歴史的にスペイン的なるものが強調されていることである。具体的な点としては、〈エスパニョール〉という語がプロヴァンス語を語源とした外来語であり、永遠のスペイン人などという存在はないという指摘である（第二版、「新版第一部へのスペイン人のための序文」pp. xi-xvi「第一章」二一頁。これは初版にはない記述である）。こうした歴史記述を重視する傾向は本書『葛藤の時代』第二版でも顕著に反映しているが、それは本書の最後におかれた補遺（一九六三年の第二版の補注）をみればおのずと了解しうることであろう。

結局、主著たる『歴史的現実』の第二版（一九六二）に新たに付け加えられた「序文」と最初の二章（第一章「問題提起――空想的ならざる現実を求めて」第二章「三つの宗教的血統の混交の結果としてのスペイン人」）で説かれている内容こそ、『葛藤の時代』の第二版（一九六三）を準備させたものだと結論付けることができる。つまり反ユダヤ主義や愛国主義によって目を曇らされた従来の歴史家たちは、キリスト教徒、モーロ人、ユダヤ人といった異なる血統に属するとはいえ、同一のスペイン人であったというカストロの見方に耳を貸さず、自分たちを太古の昔からイベリア半島に暮らしてきた、同質で一枚岩的な永遠のスペイン人である信じ込んできたが、それは間違った空想的な現実であって、それを乗り越えねばならないというのがカストロの主張である。この見解をつよく押し出したのが『歴史的現実』（第二版）と『葛藤の時代』（第二版）なのであった。カストロ自身の言う「密接な関係」とはこのことである。カストロの全著作の中で『葛藤の時代』のもつ重要性がどのくらいのものかが、ここからもおのずと想像されよう。

これら二つの著書（『歴史的現実』第二版と『葛藤の時代』第二版）が出版されたとき、カストロはまさに七八歳を迎えようとしていた。こうした高齢にもかかわらず、大幅な増補改訂版を出したということを知るにつけ、われわれはカストロの衰えることのない精力的な知的活動のありように驚かされるとともに、そこに強烈な情念の存在を感じ取ることができる。無理解に対する底知れぬ怒りと同時に、ふつふつと燃え立つような闘争心や情熱の存在である。本書〈第二版についての注記〉を見てみると、初版が反感を呼び寄せると同時に大きな評判を得て、再版するにいたった経緯が述べられている。「論理的思考よりも気まぐれな情動に動かされて判断する傾向の人々」からの非難を浴びたと述べられているが、それはカストロいうところの〈憎悪的思考〉に従って行動する人々のことである。こうした似非愛国主義やマルクス主義的唯物論、ないしはブローデル流の統計学を重視した歴史観を振り回す者たちに対する反撥は、カストロをますます論争の渦中に追い込んでいったと思われる。誠実で一途な性格もあったのかもしれないが、感情を抑えつつも理路整然と、しかも何度も同じテーマの周りを回りながら、さまざまな視角から持論を展開して飽くことのない粘り強い姿勢を見るにつけ、グラナダ人ならではの粘り強さ、尋常ならざる不屈の歴史家、満身創痍の知的巨人として、ドン・キホーテのごとく屹立する悲愴なイメージを抱くのは訳者だけではあるまい。

この時期（一九六〇〜七〇）はすでに老齢の域に入っていたにもかかわらず、カストロは生涯でもっとも精力的に活動し、自説をさまざまなかたちで発表し、それと同時に反対者への反駁を熱心に行なっている。思いつくだけでも以下のように多彩である。

『歴史的現実』の第二版（一九六二）から四年後に第三版（一九六六）が出版され、そこにおいて、以降の新版（一九七一年の第四版、七三年の第五版、七五年の第六版）において必ず前置される《一九六五年における序文》が書かれた。これはこの時期のカストロの問題意識のありようや視座、その立場を把握するのにきわめて重要な内容をもった論文である（オルテガやピエール・ヴィラール、フェルナン・ブローデルなどへの批判）。

かつて一九五八年に『スペイン人の起源・実体・存在』（*Origen, ser y existir de los españoles*）という題名で出版していた本は、その第二版として一九六五年に『スペイン人はいかにスペイン人となったか』(*Los españoles: cómo llegaron a serlo*)と名称を変えて、新たなかたちで出版され、さらに一九六八年には、日の目を見ることのなかった第三版のための序文を書いている。この序文は『スペイン人はいかにスペイン人となったか』と『外来語としての〈エスパニョール〉』(一九七〇)を合本にし、さらに改題して一九七二年に『スペイン人の名前と実体について』(*Sobre el nombre y el quién de los españoles*)として出された本の中に取り込まれている。

また一九五七年に初版の出た『セルバンテスへ向けて』(*Hacia Cervantes*)は、その第二版が一九六〇年、第三版が一九六七年に出ている(邦訳、水声社、二〇〇八)。一方、一九六六年には『セルバンテスとスペイン生粋主義』の初版が出ている(邦訳、法政大学出版局、二〇〇六)。著者によるとこの本の追記として書かれたものが、本書の付録として掲載した論文「実在性の工房——『ドン・キホーテ』(一九六七年)である。また『外来語としての〈エスパニョール〉——理由と根拠』(*"Español" palabra extranajera: razones y motivos*)が、一九七〇年にコンパクトだが、きわめて刺激的なタイトルをつけて出版されている。ことほどさように、晩年の十年間のカストロの出版活動には目覚しいものがあった。ちなみに死ぬ年となった七二年には『セルバンテスの思想』(初版、一九二五)の新装第二版、『サンタ・テレサと他のエッセー』(初版、一九二九)の新装第二版、および『葛藤の時代』の第三版を出版している。また死の当日の七月二五日まで書き綴った論説が残されている(『スペイン人の名前と実体について』所収、「第三部一九七二年の最終論考」)。ペンを擱いてしばらくたって、不慮の死(心臓発作)に襲われて亡くなったのだが、まさに戦いの中で壮絶な戦死をとげたかのような生きざまであった。

ところで本翻訳では『葛藤の時代』第三版で付加された部分は翻訳ではカギカッコ［ ］で示してい

るが、それとは別に、前文にきわめて長い論考（「過去は過去であり、操作できないものである」）が置かれている。今回の翻訳は第二版に準拠したため、この論説（主としてピエール・ショニュやピエール・ヴィラール、フェルナン・ブローデルなどフランスの歴史学者への批判）は割愛せざるをえなかった。訳者が翻訳の底本をこの第三版ではなく第二版にした理由は、六〇年代前半に出版したものの中にカストロの精髄のすべてが網羅されていると判断したからである。ちなみに『葛藤の時代』（第二版）における著者による『歴史的現実』の引用は、ほとんどがその第二版（一九六二）に限定されている（しばしば［　］で示した一九七一年版は、生前のカストロが依拠した最新の版であり、前に述べたように、内容的には、《一九六五年における序文》が付加されている以外に異同はないので、一九六二年版と同一のものと考えてよい）。『葛藤の時代』の初版（一九六一）と第二版（一九六三）の間に『歴史的現実』第二版（一九六二）が出たわけだから、前者の第二版において後者の第二版が引用されるのは、当然といえば当然である。訳者の判断では、カストロの主著『歴史的現実』の決定版は一九六二年の増補改訂版である。そうなれば『葛藤の時代』においても『歴史的現実』と同様に、翌年の第二版（一九六三）を決定版とする判断に至ったとしても、あながち、無理なこじつけということにはなるまい。

ところで冒頭に掲げた疑問（本書第二版で大幅な増補を行なった理由）に対する答えだが、前に触れたように、『歴史的現実』（第二版、一九六二）の「序文」と「第一章」においてスイスのロマンス語学者ポール・エビシェール（Paul Aebisher）の学説に対する示唆と具体的な名前への言及がある。しかし『葛藤の時代』の初版（一九六一）にはそうしたものはないが、決定版たる第二版（一九六三）には補遺（訳書、三三六頁）においてさりげなく名前が触れられている。ということは、カストロがエビシェールの論文に触れたのが、六一年から六二年にかけてであったであろうことを示唆している。おそらくこれがすべてではないにせよ、カストロの心をつよく捉えて、論文を強化するための大幅改訂の必要を感じさせる要因のひとつとなったのではないかと推測できる。この論文は一九四八年にエビシェール教授が『ロマンス語の地名と語彙に関する研究』(*Estudios de toponimia y lexicografía románicas*, CSIC, 1948)に発表したもので、〈エスパニョール〉というかたちが、ラテン語(Hispaniolus)から発展してスペイン語となった本来の変化形ではなく(そうであれば、españuelo となるはずだとしている)プロヴァンス語(espanhol)から取り込まれた語形であると論じたものである。カストロはそれを根拠に、十三世紀に至るまでイベリア半島の各地に暮らす人々(カスティーリャ人、レオン人、カタルーニャ人、アラゴン人、ガリシア人など)には、《キリスト教徒》以外にスペイン人全体をひとつにまとめる名称がなく、〈エスパニョール〉という言葉は「スペイン人のパトロン(守護聖人)"padrón de los españoles"」(ベルセオ)たるサンティアゴへの巡礼で訪れたフランス人たちによって、外部から与えられたもので、十三世紀(一二三〇年ごろ)に生まれた言葉だとしている(*Español, palabra extranjera*, p.79)。これによって太古の昔からイベリア半島に永遠のスペイン人(エスパニョール)が存在した、という多くの人々が盲目的に信じていた、同一民族神話がもろくも崩れ去ることとなる、というのがカストロの主張である。したがってこのスペインとは何の利害もない一スイス人学者の言語学的論拠は、カストロの血統的歴史観を側面から(あるいは正面きって)支える大きな傍証となったのである。

「第二版についての注記」の冒頭でカストロが述べたことは、彼の学問的態度を集約していると思われる。つまりそこでは自らのすがたを、旧約聖書(雅歌)をヘブライ語原典に従って独自に解釈しようとしたため、異端審問によってバリャドリードの牢に五年間もつながれた神学者で詩人のフライ・ルイス・デ・レオンに重ね、〈改竄された古文書〉を削り取ろうとした自らの〈神話破壊者〉的営みによって非難中傷を浴びて、あたかも現代の異端審問にかけられているかのように感じているものの、心ある読者の支持があったことで鼓舞されて、第二版を準備するというのである。そしてそれは決して空しい努力でもなければ狂気の沙汰でもない、と。本書の副題を客観的で抽象的な「スペインおよびスペイン文学における体面のドラマ」とせず、「帝国絶頂期における偉大なる一民族の苦悩と情感についての考察」としえた可能性を示唆したのも、スペイン人の琴線に触れるデリケートで情緒的な問題を「バランスのとれた論理的思考」でもって取り上げようというカストロの学問的姿勢をよく物語っている。「気まぐれな情動に動かされて判断する傾向の人々」とはまさに現代の異端審問官たちのことである。型にはまった考え方しかできない人々はカストロの柔軟かつ論理的なものの見方に与することはできないだろう。安易にスペイン黄金世紀とかスペイン黄金時代と称される帝国絶頂期に、スペイン人が魂の奥底で懊悩し、そのやむにやまれぬ思いを文学に託して表現せざるをえない隠れたドラマがあったということを発見するには、歴史学上の深い知見と文学に対する鋭いセンスが必要であった。カストロはその両方をもちあわせていた。カストロは十六、十七世紀のスペイン文学、とりわけ大衆的なロペ演劇と少数派的なセルバンテスとを比較対照することで、その苦悩のありかを体面（honra）の扱い方の根本的な違いのなかに探るという方法をとったのである。セルバンテスが血統的なハンディから反感をもって見ていた多数派的な社会に対し、単にアイロニーやユーモアでもってちくりと風刺するだけではなく、自らが置かれた人間的状況をしっかりと踏まえた上で、自己流のやり方で内在的な意図をこめて物事を〈配置〉したという点に彼の本当の斬新さがあったということを解き明かしたのが「実在性の工房――『ドン・キホーテ』」という論文である。本書にこれを付録として訳出したのは、カストロにおいて文学と歴史とが車の両輪のごとく一体化していることを示そうという意図があったからである。血の純潔という眼に見えない規範が、隠然たる力を発揮して人々の心を締め上げていた対立と葛藤の時代に、ルイス・デ・レオンやセルバンテスのような卓越した人々を輩出したということこそ、歴史のパラドックスと言えるだろう。遠いアメリカの地でスペイン人の真正なる姿を凝視し続けたアメリコ・カストロの目には、個々の歴史的事実という眼に見えない無数の水滴の集合が、美しい虹をかたちづくってイベリア半島の上にかかって見えていたはずである。

今回も法政大学出版局から、スペイン政府のグラシアン基金の資金的援助を仰いで出版することができたことに対し、深い感謝の意を表するものである。とくに編集代表の秋田公士氏には一方ならぬご配慮を賜わった。しかし何にもまして訳者の背中をつよく押しているのはアメリコ・カストロ自身である。その不屈の精神と底知れぬ知的探究心こそ、訳者の怠け心に鞭撻を与えるものである。本訳書がスペイン人のあり方を根本的に問い直すものとなり、さらに翻って、われわれ日本人にとって日本とは、日本人とは何かという問題を、今一度考え直すきっかけとなれば幸いである。

平成二十一年二月十一日　建国記念の日に

本田誠二

法政大学出版局刊
（表示価格は税別です）

セルバンテスとスペイン生粋主義
A. カストロ／本田誠二訳 ……………………………………………4800円

セルバンテスの思想
A. カストロ／本田誠二訳 ……………………………………………7300円

セルバンテス
J. カナヴァジオ／円子千代訳 ………………………………………5200円

エル・シッド　中世スペインの英雄
R. フレッチャー／林邦夫訳 …………………………………………3800円

スペインの本質〈小論集〉
ウナムーノ著作集　第1巻……………………………………………3800円

ドン・キホーテとサンチョの生涯
ウナムーノ著作集　第2巻……………………………オンデマンド版／4500円

生の悲劇的感情
ウナムーノ著作集　第3巻……………………………………………3500円

虚構と現実〈小説〉
ウナムーノ著作集　第4巻……………………………オンデマンド版／4300円

人格の不滅性〈小説・詩・戯曲〉
ウナムーノ著作集　第5巻……………………………………………3000円

ガリレオをめぐって
オルテガ・イ・ガセット／A. マタイス，佐々木孝訳 ………………2700円

ライプニッツ哲学序説　その原理観と演繹論の発展
オルテガ・イ・ガセット／杉山武訳…………………………………5000円

スペイン精神史序説
R. M. ピダル／佐々木孝訳……………………………………………2200円

イダルゴとサムライ　16・17世紀のスペインと日本
J. ヒル／平山篤子訳 …………………………………………………7500円

宮廷風恋愛の技術
A. カペルラヌス／野島秀勝訳 ………………………………………3500円

恋愛礼讃　中世・ルネサンスにおける愛の形
M. ヴァレンシー／沓掛良彦・川端康雄訳 …………………………4800円

## 著　者

アメリコ・カストロ（Américo Castro, 1885-1972）

ブラジル，リオ・デ・ジャネイロにてグラナダ出身の両親の間に生まれる．グラナダに戻った後，グラナダ大学哲文科に入学し，そこを卒業してからフランス，ソルボンヌ大学に留学（1905-1908）．帰国後，メネンデス・ピダルの指導の下，「歴史学研究所」の語彙部門の統括者となる．マドリード中央大学で言語史の授業を担当．さらにアルゼンチン，ブエノス・アイレスにおいて「スペイン言語研究所」を設立し，そのかたわらラテンアメリカ諸国の多くの大学で積極的に講演活動を行う．ベルリン大学で客員教授として教鞭をとった後，共和国政府から，ベルリン大使に任命される（1931）．スペインに戻ってから，マドリード大学でフランス文学を講じ，かたわらで教育行政にも携わる．「歴史学研究所」の機関誌『ティエラ・フィルメ』を創刊．ポワチエ大学から名誉教授，ソルボンヌ大学から博士号を授与される．内戦勃発を機に，アルゼンチンに亡命（1936）．翌年からほぼ30年間をアメリカ合衆国に移って，諸大学で教鞭をとる．ウィスコンシン大学（1937-1939），テキサス大学（1939-1940），プリンストン大学（1940-1953）を経て退職．1953年にプリンストン大学名誉教授．ヨーロッパ諸国を講演した後，カリフォルニア大学に迎えられる（1964）．晩年（1968年以降）はスペインに居を定め，1972年7月25日，ヘローナにて心臓麻痺にて死去．主要業績：『セルバンテスの思想』（1925, 1972），『歴史の中のスペイン』（1948），『セルバンテスへ向けて』（1957），『葛藤の時代について』（1961＝本書），『スペインの歴史的現実』（1962），『セルバンテスとスペイン生粋主義』（1966, 1974）等，論文・著書多数．

## 訳　者

本田誠二（ほんだ せいじ）

1951年東京生まれ．東京外国語大学スペイン語学科卒業．同大学院修士課程修了．現在，神田外語大学スペイン語学科教授．スペイン文学専攻．著書に，『セルバンテスの芸術』（水声社）が，訳書に，アメリコ・カストロ『セルバンテスの思想』『セルバンテスとスペイン生粋主義』（以上，法政大学出版局），レオーネ・エブレオ『愛の対話』，ガルシラソ・デ・ラ・ベーガ『スペイン宮廷恋愛詩集』，モンテマヨール／ヒル・ポーロ『ディアナ物語』，セルバンテス『ラ・ガラテア／パルナソ山への旅』，イアン・ギブソン『ロルカ』（共訳）等がある．

《叢書・ウニベルシタス　909》
葛藤の時代について
スペイン及びスペイン文学における体面のドラマ
2009年 6 月22日　初版第 1 刷発行
アメリコ・カストロ
本田誠二訳
発行所　財団法人　法政大学出版局
〒102-0073 東京都千代田区九段北3-2-7
電話03(5214)5540 振替00160-6-95814
組版：緑営舎，印刷：平文社，製本：誠製本

Printed in Japan

ISBN 978-4-588-00909-9

# 人名索引


ア
アヴィセンナ
Avicenna 168
アヴェロエス
Averroes 147, 152, 153, 154, 160, 167
アウグストゥス
Augustus 161, 327
アギーレ，リセンシアード（学士）
Aguirre, Licenciado 220
アクーニャ，ディエゴ・サルミエント・デ
Acuña, Diego Sarmiento de 13, 19
アコスタ，クリストーバル
Acosta, Cristóbal 35
アサッド
Asad 126
アストゥディーリョ
Astudillo 208
アセンシオ，エウヘニオ
Asencio, Eugenio 94, 230
アソリン
Azorín 19, 145, 171
アタウルフォ
Ataúlfo 145
アバリェ・アルセ，フアン・バウティスタ
Avalle-Arce, Juan Bautista 308, 344
アバロス，ガスパール・デ
Avalos, Gaspar de 112, 113
アビラ，エルビーラ・デ
Avila, Elvira de 112
アビラ，フアン・デ
Avila, Juan de 106, 112, 196, 235
アブド・アル・ラフマン 3 世
Abd al-Rahmān III 239
アブドゥーン，イブン
Abdún, Ibn 137, 170
アベラール，ピエール
Abélard, Pierre 163
アベリャネーダ，アロンソ・フェルナンデス・デ
Avellaneda, Alonso Fernández de 6, 10
アベリャン，ホセ・ルイス
Abellán, José Luis 173
アマリ，ミケーレ
Amari, Michele 124
アラヘル・デ・グアダルファハーラ
Arragel de Guadalfajara 180, 209, 240, 241
アラーヤ，ギジェルモ
Araya, Guillermo 104
アラルコン，フライ・ルイス・デ
Alarcón, Fray Luis de 107, 117, 206
アリ・アベン・ラヘル
Alí Abén Ragel 178
アリアス・モンターノ，ベニート
Arias Montano, Benito 71, 72, 73, 118, 241, 295
アリストテレス

Aristóteles　57, 168, 184, 206, 225, 242, 306
アリストファネス
Aristófanes　60
アルガセル
Algacel　177
アルガバ侯爵
Algava　237
アルキメデス
Arquímedes　16
アルコ，リカルド・デル
Arco, Ricardo del　115
アル・シャクンディ
al-Shaqundi　176, 228, 240
アルセ・デ・オタロラ，フアン
Arce de Otálora, Juan　88, 253, 317
アルダーナ，フランシスコ・デ
Aldana, Francisco de　81, 82, 108, 118
アルタミラ，ラファエル
Altamira, Rafael　166
アルティーガス，ミゲル
Artigas, Miguel　234
アルドゥレーテ，ベルナルド
Aldrete, Bernardo　391
アルバ公爵
Alba, Duque de　241, 371
アルバール，マヌエル
Alvar, Manuel　107
アルバレス・ガート，フアン
Alvarez Gato, Juan　111, 236, 254
アルバレス・デ・トレード，エルナンド
Alvarez de Toledo, Hernando　94, 112, 118
アルバレス・デ・トレード，ガルシーア
Alvarez de Toledo, García　119
アル・ファラーヴィー
al-Fārābī　168, 177
アルファンデリー（神父）
Alphandéry, P.　164
アルブエース，ペドロ
Arbués, Pedro　233
アルフォンソ王
Alfonso de Castilla y Aragón　242
アルフォンソ，ムニオ
Alfonso, Munio　111
アルフォンソ 6 世
Alfonso VI　110, 111, 226
アルフォンソ 7 世
Alfonso VII　110, 226
アルフォンソ 8 世
Alfonso VIII　110, 226
アルフォンソ 10 世
Alfonso X　84, 111, 154, 156, 168, 171, 172, 178, 209, 225, 333, 345
アルフォンソ 11 世
Alfonso XI　155
アルベルト王
Alberto de Bohemia　241
アルメーラ・イ・ビーベス，フランシスコ
Almela y Vives, Francisco　105
アレクサンダー大王
Alejandro Magno　90
アレマン，マテオ
Alemán, Mateo　6, 22, 83, 94, 105, 106, 255, 256, 294, 354, 372, 386
アロ伯爵
Haro, Conde de　250
アロンソ，B. F.
Alonso, B. F.　109
アロンソ・コルテス，ナルシーソ
Alonso Cortés, Narciso　309

アンチアス，フアン・デ
Anchias, Juan de　52
アンチエータ，ホセ・デ
Anchieta, José de　94
アンドレス，グレゴリオ・デ
Andrés, Gregorio de　236
アンヘレス，フライ・フアン・デ・ロス
Angeles, Fray Juan de los　312
アンリ4世
Henri IV　53

イ
イサアク
Izaac　166
イサアク・イブン・シッド
Isaac ibn Sid　172
イサベル1世
Isabel I　30, 32, 51, 85, 117, 118, 172, 231, 242, 246, 345, 347
イスラ，フランシスコ
Isla, Francisco　247, 306
イダルゴ，ガスパール・ルーカス
Hidalgo, Gaspar Lucas　216, 217, 218, 219, 232, 246, 271, 297
イノケンティウス10世
Inocencio X　8
イブン・ハズム
Ibn Hazm　⇒ハザム，アベン
イーヘス・クエバス，V.
Hijes Cuevas, V.　233
イリェスカス，フアン・ロペス・デ
Illescas, Juan López de　221, 238
インディビル
Indíbil　145, 160
インファンタード公爵
duque del Infantado　⇒ロペス・デ・メンドーサ

ウ
ウアルテ・デ・サン・フアン，フアン
Huarte de San Juan, Juan　190, 208, 242
ヴァレンツァ
Valenza　110
ヴィエー，M.
Villey, M.　164
ヴィラール，ピエール
Vilar, Pierre　395, 397
ウエルガ・アルバロ神父
Huerga Alvaro, P.　119, 228, 338, 339
ウェルギリウス
Virgilio　246
ヴェルサングトリクス
Vercingetorix　161
ウェルフリン，ハインリヒ
Wölfflin, Heinrich　320
ウスケ，サムエル
Usque, Samuel　318
ウスタロース，J. F. A.
Ustarroz, J. F. A.　229, 235
ウソース・デル・リーオ，ルイス
Usoz del Río, Luis　102
ウディーナ・マルトレル，フェデリコ
Udina, Federico　345
ウナムーノ，ミゲル
Unamuno, Miguel　9, 124, 134, 149
ウルタード・デ・メンドーサ，ディエゴ
Hurtado de Mendoza, Diego　229, 325
ウルタード・デ・トレード，ルイス
Hurtado de Toledo, Luis　235

エ

エウリピデス
Eurípides 175
エシーナス，ハイメ・デ
Ecinas, Jaime de 10
エスピノーサ，バスケス・デ
Espinosa, Vázquez de 316
エスピノーサ，ペドロ・デ
Espinosa, Pedro de 312, 389
エスピノーサ・デ・ロス・モンテーロス，パブロ
Espinosa de los Monteros, Pablo 317
エピクテートス
Epiktetos 246
エビシェール，ポール
Aebischer, Paul 336, 397
エフライン，オセアス・デ
Efraín, Oseas de 261
エラスムス
Erasmo 112, 115, 205, 209, 257, 264
エルカーノ，フアン・セバスティアン
Elcano, Juan Sebastián 67
エルドマン，C.
Erdmannm, C. 164
エルナンデス，フランシスコ
Hernández, Francisco 221
エルナンド，テオフィロ
Hernando, Teófilo 337
エレーラ，フライ・ペドロ・デ
Herrera, Fray Pedro de 339
エレーロ，ミゲル
Herrero, Miguel 109, 230
エンシーナ，アリアス・デ
Encina, Arias de 241
エンシーナ，フアン・デル
Encina, Juan del 48, 50, 52, 104, 105, 254, 294, 343
エンシーナス，ハイメ・デ
Enzinas, Jaime de 10
エンリーケ2世
Enrique II 155
エンリーケ4世
Enrique IV 189, 242, 346
エンリーケス，フアナ
Enríquez, Juana 34
エンリーケス・ゴメス，アントニオ
Enríquez Gómez, Antonio 74

オ

オウィディウス
Ovidio 206, 246
オカンポ，フロリアン・デ
Ocampo, Frorián de 121, 122, 160, 168
オーセス，ラモン・デ
Hoces, Ramón de 370
オノフレ・コルテス，ペドロ
Onofre Cortés, Pedro 107
オラグ，イグナシオ
Olague, Ignacio 346
オリバーレス伯公爵
Olivares, Conde Duque de ⇒グスマン，ガスパール・デ
オルタ，ガルシーア・デ
Orta, García de 35, 235
オルテガ・イ・ガセー，ホセ
Ortega y Gasset, José 36, 140, 141, 144, 159, 237, 395
オルテガ・ガート，エステーバン
Ortega Gato, Esteban 18
オロスコ，セバスティアン・デ
Orozco, Sebastián de 258
オロペーサ伯爵
Oropesa, Conde de 94, 220

カ


カサス，バルトロメ・デ・ラス
Casas, Bartolomé de las　118, 320, 330, 335, 346
カスティリオーネ，バルダッサーレ
Castiglione, Baldassarre　293
カスティーリャ，ドン・アロンソ・デ
Castilla, Don Alonso de　220
カスティーリョ，アロンソ・デル
Castillo, Alonso del　376, 378, 389, 390
カストロ，ギジェン・デ
Castro, Guillén de　25, 45, 54, 291, 320
カストロ・イ・キニョーネス，ドン・ペドロ・デ
Castro y Quiñones, don Pedro de　377, 378
カトリック両王
Reyes Católicos　26, 41, 99, 113, 128, 169, 183, 187, 228, 231, 241, 246, 249, 308, 328
カバネーラス，ダリーオ
Cabanelas, Darío　389, 390
カブレーラ，アロンソ・デ
Cabrera, Alonso de　87, 102, 177, 201, 202, 204
カブレーラ・デ・コルドバ，ルイス
Cabrera de Córdoba, Luis　171
カブレーロ博士
Cabrero, Doctor　220
カミュ，アルベール
Camus, Albert　46, 54
ガラゴッリ，パウリーノ
Garagorri, Paulino　225, 306
カランサ，バルトロメ・デ
Caranza, Bartolomé de　237
カランデ，ラモン
Carande, Ramón　314
ガリャルド，バルトロメ・ホセ
Gallardo, Bartolomé José　235
ガリレオ
Galileo　35, 38, 195, 225, 304
ガリンデス・デ・カルバハル
Galíndez de Carvajal　3, 219
カルヴァン
Calvino　120, 144, 280
ガルシーア，エルナン
García, Hernán　260
ガルシーア，サンチョ
García, Sancho　228
ガルシーア，ドミンゴ
García, Domingo　249
ガルシーア，フアン
García, Juan　222
ガルシーア・グディエル，ゴンサーロ
García Gudiel, Gonzalo　18
ガルシーア・ゴメス，エミリオ
García Gómez, Emilio　137, 228, 240
ガルシーア・サベル，ドミンゴ
García-Sabell, Domingo　202, 345
ガルシーア・デ・オルタ
García de Orta　208, 310
ガルシーア・デ・サンタマリーア
García de Santamaría　254
ガルシーア・デ・マドリード
García de Madrid　190
ガルシーア・ペラーヨ，マヌエル
García-Pelayo, Manuel)　/ 164
ガルシラーソ・デ・ラ・ベーガ
Garcilaso de la Vega　246, 318
カルタヘーナ，テレサ・デ
Cartagena, Teresa de　197, 254
カルタヘーナ，ドン・アロンソ・デ
Cartagena, don Alonso de　54, 97,

119, 181, 188, 209, 294, 330, 334
カルデロン・デ・ラ・バルカ，ペドロ
Calderón de la Barca, Pedro　9, 25, 61, 64, 88, 116, 192, 269, 287, 292, 311, 314
カルバハール，ガリンデス・デ
Carvajal, Galíndez de　3, 238
カルバハール，ミカエル・デ
Carvajal, Micael de　235
ガルベス，ロレンソ・デ
Gálvez, Lorenzo de　222
カルロス 3 世
Carlos III　53
カルロス 5 世
Carlos V　3, 42, 53, 77, 90, 168, 219, 221, 223, 224, 229, 238, 308, 313, 314, 334, 346
ガレース，ペドロ
Galés, Pedro　116, 215
ガレノス
Galeno　168, 242
カンテーラ，フランシスコ
Cantera, Francisco　229, 239
カンパサス（ソーテス），フライ・ヘルンディオ・デ
Campazas o Zotes, fray Gerundio de　306

キ

キケロ
Cicerón　119, 206, 224
ギジェン，クラウディオ
Guillén, Claudio　105, 109, 335
ギルマン，ステファン
Gilman, Stephen　222, 247
キローガ，バスコ・デ
Quiroga, Vasco de　296, 320, 321
キング，ウィラード・F.
King, Willard F.　107
キング，エドモンド・L.
King, Edmond L.　232
キンタニーリャ，アロンソ・デ
Quintanilla, Alonso de　188, 242
キンテーロ兄弟，アルバレス
Alvarez Quintero, Serafín, Joaquín　134

ク

クィンティリアヌス
Quintilianus　166
クエバ，ルイス・デ・ラ
Cueva, Luis de la　390
クエーリョ，トマス
Cuello, Tomás　339
グスマン，ガスパール・デ
Guzmán, Gaspar de　255, 280
グスマン，フライ・トマス・デ
Guzmán, Fray Tomás de　95
グスマン，ルイス・デ
Guzmán, Luis de　180, 240
グディエル，アロンソ
Gudiel, Alonso　204, 205, 210, 235, 236, 237, 310
グラシアン，バルタサール
Gracián, Baltasar　6, 27, 34, 47, 105, 212, 266, 298, 303, 314, 316
グラシアン神父，ヘロニモ
Gracián, P. Jerónimo　260, 309
グラハル，ガスパール・デ
Grajal, Gaspar de　204, 205, 210, 235, 242
クリスト，カタリーナ・デ
Cristo, Catalina de　235
クルス，ソル・フアナ・イネス・デ・ラ
Cruz, Sor Juana Inés de la　196,

197, 198, 199, 201, 234, 242, 243, 257, 304, 305, 314
グレーザー，エドワード
Glaser, Edward　73, 192, 193, 203, 233
クレメンシン
Clemencín　363, 370
グロス，ハインリヒ
Gross, Heinrich　334
グンディサルボ，ドミニコ
Gundisalvo, Dominico　50

ケ
ゲイジ，トーマス
Gage, Thomas　316
ゲーテ
Goethe　319
ゲバラ，アントニオ・デ
Guevara, Antonio de　26, 325, 345
ゲバラ博士
Guevara, Doctor　220
ケベード，フランシスコ・デ
Quevedo, Francisco de　23, 47, 49, 73, 78, 79, 80, 81, 108, 136, 144, 190, 277, 278, 297, 311, 319, 320
ゲーラ・ベハラーノ，ラファエル
Guerra Bejarano, Rafael　170
ゲリータ
Guerrita　⇒ゲーラ・ベハラーノ，ラファエル
ケントゥリ
Centuli　381

コ
コータ，ロドリーゴ
Cota, Rodrigo　254
ゴドイ，マヌエル
Godoy, Manuel　199
ゴドイ・アルカンタラ，J.
Godoy Alcántara, J.　315, 376, 379, 389
コネツケ，R.
Konetzke, R.　164, 329
コバルビアス，アロンソ・デ
Covarrubias, Alonso de　310
コペルニクス
Copérnico　35, 215
ゴメス・アルボレーヤ，E.
Gómez Arboleya, E.　111
ゴメス・デ・カストロ，アルバール
Gómez de Castro, Alvar　194, 233, 243
ゴメス・ペレイラ
Gómez Pereira　35, 127, 169, 235
ゴメス・メノール，ホセ
Gómez-Menor, José　50, 310
ゴメス・モレーノ・ゴンサーレス，M.
Gómez-Moreno González, M. 389
ゴメス伯
Conde Gómez　320
コラード，A.
Collard, A.　234
コルテス，エルナン
Cortés, Hernán　48, 67, 133, 305
コルネイユ，ピエール
Corneille, Pierre　46, 54, 117, 320
ゴルマス伯
Gormaz, Conde de　45
コレーアス，ゴンサーロ
Correas, Gonzalo　193
コロネル
Coronel　208
コロミーナス，フアン
Corominas, Juan　336, 345
コロン（コロンブス），クリストーバル

Colón, Cristóbal　19, 245, 246, 250, 347
ゴンゴラ，ルイス・デ
Góngora, Luis de　34, 201, 203, 234, 245
ゴンサーレス，ディエゴ
González, Diego　204
ゴンサーレス，フェルナン
González, Fernán　124
ゴンサーレス・デ・ラ・カーリェ神父
Gonzáleza de la Calle, P.　236
ゴンサーレス・リュベーラ
González Llubera　229
コンタリーニ，シモン
Contarini, Simon　171
コント，オーギュスト
Comte, Augusto　163, 233
ゴンドマール伯爵
Gondomar, Conde de　⇒アクーニャ，ディエゴ・サルミエント
コントレーラス，エンリケ
Contreras, Enríque　171

サ

サアグン，フライ・ベルナルディーノ
Sahagún, Fray Bernardino　305, 321
サアベドラ・イ・モラーガス，エドゥアルド
Saavedra y Moragas, Eduardo　171, 302
サ・デ・ミランダ，フランシスコ・デ
Sá de Miranda, Francisco de　318
サバーラ，シルビオ
Zavala, Silvio　296
サモーラ，F.
Zamora, F.　233
サモーラ・ビセンテ，アロンソ
Zamora Vicente, Alonso　312
サーヤス，ガブリエル・デ
Zayas, Gabriel de　71
サラ・バルスト，L.
Sala Balust, L.　106, 112, 113
サラサール，アブドン
Salazar, Abdón　313
サラサール，フライ・フアン・デ
Salazar, Fray Juan de　109, 230, 316
サラス・バルバディーリョ，ヘロニモ・デ
Salas Barbadillo, Jerónimo de　232
サルーシオ，アグスティン
Salucio, Agustín　22, 177, 191, 194, 222, 228, 240, 337, 338, 339
サン・フアン・デ・ラ・クルス
San Juan de la Cruz　310
サン・ペドロ，ディエゴ・デ
San Pedro, Diego de　254
サンタ・クルス，アロンソ・デ
Santa Cruz, Alonso de　114
サンタ・テレサ・デ・ヘスース
Santa Teresa de Jesús　9, 10, 34, 47, 94, 107, 117, 118, 123, 156, 169, 197, 210, 219, 235, 257, 262, 268, 272, 280, 282, 309, 312, 396
サンタ・フェ，ヘロニモ・デ
Santa Fe, Jerónimo de　340
サンタ・マリーア，ロス
Santa María, Los　254, 340
サンタ・マリーア，パブロ・デ
Santa María, Pablo de　18, 95, 119, 254
サンタエーリャ，マエストレ・ロドリーゴ・デ
Sanctaella, Maestre Rodrigo de　96

サンタンヘル，ルイス・デ
Santángel, Luis de　207, 246
サンチェス・アロンソ，ベニート
Sánchez Alonso, Benito　122, 164
サンチェス・エスクリバーノ，F.
F. Sánchez Escribano　115
サンチェス・デ・セペーダ，テレサ
Sánchez de Cepeda, Teresa　⇒サンタ・テレサ
サンチェス・デ・トレード，フアン
Sánchez de Toledo, Juan　261
サンチェス・デ・バダホス，ディエゴ
Sánchez de Badajoz, Diego　30, 52, 254, 343
サンチェス・デ・ラス・ブロサス，フランシスコ
Sánchez de las Brozas, Francisco　169, 208, 236, 246, 257, 304
サンティアゴ（使徒）
Santiago Apóstol　330, 377, 381, 398
サンティアゴ学士
Santiago, Licenciado　220
サンティリャーナ侯爵
Santillana, Márqués de　30, 46, 54, 226
サンドバール・イ・ロハス，フランシスコ
Sandoval y Rojas, Francisco　234
サンペール，マリーア
Samper, María　29

シ

シェイクスピア
Shakespeare　269, 292, 319, 344
ジェームス1世（英国の）
Jacobo I de Inglaterra　13
ジェラルド
Geraldo de Cremona　168
シグエンサ，フライ・ホセ・デ
Sigüenza, Fray José de　93, 123, 177, 183, 184, 190, 230, 241
シクロフ，アルバート・A.
Sicroff, Albert A.　33, 71, 225, 228, 345, 388
シーザー，ジュリアス
César, Julio　326
シスネーロス
Cisneros　⇒ヒメーネス・デ・シスネーロス，フランシスコ
シッド
Cid　⇒ディアス・デ・ビバール，ロドリーゴ
シマンカス，ディエゴ・デ
Simancas, Diego de　237
シャルル8世
Charles VIII　241
シャルルマーニュ
Charlemagne　11, 161, 169, 326
シュヴィル，ロドルフォ
Schevill, Rodolfo　204
シュトリヒ，フリッツ
Strich, Fritz　320
シューハルト，ユーゴー
Schuchardt, Hugo　328, 346
ジュリアス・シーザー
Julio César　242
ショット，アンドレス
Shott, Andrés　116
ショニュ，ピエール
Chaunu, Pierre　397
シリセオ枢機卿
Silíceo, Cardenal　53, 129, 170, 172
シルヴァーマン，ジョセフ
Silverman, Joseph　312

シルヴィオ・ピッコロミーニ，エネア
Silvio Piccolomini, Enea 54

ス
スアーレス，フランシスコ
Suárez, Francisco 50, 94, 111, 208, 209, 235, 236, 304
スアーレス・デ・フィゲロア，クリストーバル
Suárez de Figueroa, Cristóbal 313
スキピオ
Escipión 145
スコライエ神父
Scorraille, P. 111
スタニスロースキ，ドン
Stanislawski, Don 167
ストラボン
Estrabón 148
スニガ，ディエゴ・デ
Zúñiga, Diego de 210, 215, 246
スピノザ
Spinoza 35, 124
スマラガ，フライ・フアン・デ
Zumárraga, Fray Juan de 296, 320
スリータ，ヘロニモ・デ
Zurita, Jerónimo de 205, 229, 235
スルバラン
Zurbarán 77, 298

セ
聖アウグスティヌス
San Agustín 207, 295
聖アントニウス（パドヴァの）
San Antonio de Padua 105
聖イグナチオ
San Ignacio 84, 373, 388
聖イシドルス
San Isidoro 39, 53, 243
聖シクストゥス枢機卿
cardinal de San Sixto ⇒トルケマーダ，フアン・デ
聖セシリウス
San Cecilio 381
聖パウロ
San Pablo 96, 389
聖ヒエロニムス
San Jerónimo 1, 9, 92
聖ヒスキウス
San Hiscio 381
聖ベニート
San Benito 232, 319
セスペデス，バルタサール・デ
Céspedes, Baltasar de 236
セッサ公爵
Sessa, Duque de 237
セテントゥリウス
Setentrio 381
セニオール，アブラハム
Senior, Abraham 95
セネカ
Séneca 12, 119, 138, 146, 152, 153, 154, 160, 166
セバスティアン王（ポルトガル）
don Sebastián de Portugal 118
セプルベダ，フアン・ヒネス・デ
Sepúlveda, Juan Ginés de 101, 216
セペーダ，ペドロ・デ
Cepeda, Pedro de 261, 309
セム・トブ
Sem Tob 124, 178, 180, 181, 209, 230, 240
セラーノ・イ・サンス，M.
Serrano y Sanz, M. 52, 233, 238
セリス，オメロ

Serís, Homero　309
セルケ，アンヘラ
Selke, Angela　107, 238, 253
セルバンテス
Cervantes　5, 8, 9, 10, 20, 23, 34, 47, 49, 50, 88, 107, 118, 157, 159, 169, 192, 199, 203, 204, 209, 219, 234, 243, 257, 265, 266, 268, 271, 272, 273, 283, 300, 302, 309, 310, 311, 313, 318, 346, 353, 354, 355, 356, 357, 361, 362, 364, 365, 366, 368, 370, 371, 374, 375, 376, 378, 380, 382, 383, 384, 385, 386, 387, 388, 390, 396, 399, 400
セルベット，ミゲル
Servet, Miguel　100, 101, 115, 119, 376, 378, 389

ソ
ソロモン
Salomón　109
ゾンバルト，ヴェルナー
Sombart, Werner　317

タ
ダ・コスタ，ウリエル
Da Costa, Uriel　74
ダビデ
David　106
タラベーラ，フライ・エルナンド・デ
Talavera, Fray Hernando de　92, 93, 96, 119, 123, 183, 184, 190, 230
ダリーオ，ルベン
Darío, Ruben　19
ダンテ
Dante　167, 242

チ
チニーリョ・デ・カラタユー，ノエ
Chinillo de Calatayud, Noé　245
チュリゲーラ，ホセ・デ
Churriguera, José de　314
チンティ，ブルーナ
Cinti, Bruna　110

テ
ディアス，アロンソ
Díaz, Alonso　10, 101
ディアス，フアン
Díaz, Juan　5, 101, 102
ディエス・デ・カブレーラ，フランシスコ・アントニオ
Díez de Cabrera, Francisco Antonio　7, 8
ディアス・デ・ビバール，ロドリーゴ
Díaz de Vivar, Rodrigo　45, 291, 320
ティモネーダ，フアン
Timoneda, Juan　246
テオドシウス
Teodosio　12, 19, 138, 146
デカルト，ルネ
Descartes, René　35, 38, 163, 195, 225
デーサ，ディエゴ・デ
Deza, Diego de　92, 96, 209, 231
デニア侯爵
Marqués de Denia　339
デニソン・ロス卿，E.
Denison Ross, Sir E.　317
デモクリトス
Demócrito　207
テーリェス，フライ・ガブリエル
Téllez, Fray Gabriel　46, 194, 282, 300, 303

テレンティウス
Terencio 206
デ・ロス・リーオス，ヒネール
De los Ríos, Giner 36, 159

ト
ドゥエーニャス，ロドリーゴ・デ
Dueñas, Rodrigo de 314
トゥッサン，M.
Toussaint, M. 234
トゥリルス
Turilo 381
ドズィ，R.
Dozy, R 228
ドーマー，D. J.
Domer, D. J. 229, 235
ドミンゲス・オルティス，アントニオ
Domínguez Ortiz, Antonio 224, 225, 239, 240, 339
トラヤヌス
Trojano 12, 13, 17, 128, 137, 138, 140, 146, 160, 326
トルケマーダ，トマース・デ
Torquemada, Tomás de 92, 96, 123
トルケマーダ，ドン・フアン・デ
Torquemada, Don Juan de 96, 168, 242
トレード，レオノール・デ
Toledo, Leonor de 81
トーレ，アルフォンソ・デ・ラ
Torre, Alfonso de la 254, 346
トーレ，フェルナンド・デ・ラ
Torre, Fernando de la 254, 334
トーレス・ナアロ，バルトロメ・デ
Torres Naharro, Bartolomé de 30, 52, 254, 343
トーレス・ビリャロエル，ディエゴ
Torres Villarroel, Diego 215

ナ
ナタニヤフ，B.
Natanyahu, B. 228
ナッリーノ，C. A.
Nallino, C.A. 125, 126
ナポレオン
Napoleón 162

ニ
ニュートン，イサアク Newton, Isaac 225, 304

ヌ
ヌーニェス，ペドロ
Núñez, Pedro 35, 208
ヌーニェス，ペドロ・フアン
Núñez, Pedro Juan 205, 206, 215, 245
ヌーニェス・アルバ，ディエゴ
Núñez Alba, Diego 308
ヌーニェス・コロネル，アントニオ
Núñez Coronel, Antonio 95
ヌーニェス・コロネル，ルイス
Núñez Coronel, Luis 95
ヌーニェス・デ・ミランダ，アントニオ
Núñez de Miranda, Antonio 244
ヌーニェス・デ・レイノーソ，アロンソ
Núñez de Reinoso, Alonso 235

ネ
ネブリーハ，アントニオ・デ
Nebrija, Antonio de 50, 94, 111, 156, 168, 169, 172, 205, 209, 210, 236, 246, 304

ネロ
Nero　380

ノ
ノイデンス，ベニート・レミヒオ
Noydens, Benito Remigio　194, 243

ハ
パウルス４世
Paulo IV　53, 114
バエナ，フアン・アルフォンソ・デ
Baena, Juan Alfonso de　254
パエース・デ・カストロ，フアン
Paéz de Castro, Juan　229
バエール，イェツアク
Baer, Yitzhak　110
ハザム，アベン
Hazam, Abén　142, 176
パス，オクタビオ
Paz, Octavio　244
パス，フライ・マティアス・デ
Paz, Fray Mathías de　96
パスカル，ブレーズ
Pascal, Blaise　239
バスケス・デ・エスピノーサ
Vázquez de Espinosa　316
バスケス博士
Vázquez, Doctor　220
パストゥール，ルイ
Pasteur, Louis　162
バタイヨン，マルセル
Bataillon, Marcel　48, 96, 115, 337
パチェーコ，フランシスコ
Pacheco, Francisco　201
パテルノイ，サンチョ・デ
Paternoy, Sancho de　233
パトリシウス
Patricio　381
バヌ・マルワーン
Banú-Marwán　176, 239
パヌンキウス
Panuncio　381
ハバード・ローズ，コンスタンス
Hubbard Rose, Constance　235
パーマー，R. R.
Palmer, R. R.　332
パラウ・ファブレ，J.
Palau Fabre, J.　313
バラオーナ・ミランダ博士
Barahona Miranda, Doctor　389
パラシオ，ホセ・マリーア・デ
Palacio, José María de　236
パラシオス・ルビオス博士
Palacios Rubios, Doctor　220
バーリェ・インクラン，ラモン・デル
Valle-Inclán, Ramón del　13, 19, 385
バリオヌエボ，ドン・ガスパール・デ
Barrionuevo, Don Gaspar de　72
バリャダーレス・イ・ソトマヨール
Valladares y Sotomayor　228, 239
バルデス，アルフォンソ
Valdés, Alfonso　9, 35, 205, 208
バルデス，フアン・デ
Valdés, Juan de　9, 35, 205, 208
バルデス，フェルナンド・デ
Valdés, Fernando de　114
バルデス・レアル，フアン・デ
Valdés Leal, Juan de　314
バルタナース，ドミンゴ・デ
Valtanás, Domingo de　94, 95, 96, 97, 112, 119
パルド
Pardo　208
バルドン，ラサロ

Bardón, Lázaro　36
バルブエナ・プラット，アンヘル
Valbuena Prat, Angel　231
バレーラ，ディエゴ・デ
Valera, Diego de　182, 209, 241, 254
パレンシア，アロンソ・デ
Palencia, Alonso de　209, 254
バレンシア，フライ・ディエゴ・デ
Valencia, Fray Diego de　330, 346
バローハ，ピオ
Baroja, Pío　19, 145, 171
バローハ，J.
カロ Baroja, Julio Caro　317
パワー，アイリーン
Power, Eileen　317
ハンチントン，エルスワース
Huntington, Ellsworth　167
ハンニバル
Aníbal　144, 145

ヒ

ビエイラ，アントニオ
Vieira, Antonio　244
ピオ2世
Pío II　⇒シルヴィオ・ピッコロミーニ
ピコ・デッラ・ミランドラ
Pico della Mirándola　142
ヒトラー，アドルフ
Hitler, Adolf　82
ビトーリア，フランシスコ・デ
Vitoria, Francisco de　35, 43, 96, 124, 208, 235, 304, 305
ビニャサ，コンデ・デ・ラ
Viñaza, Conde de la　391
ビーベス，ミゲル
Vives, Miguel　236
ビーベス，ルイス
Vives, Luis　34, 35, 43, 94, 124, 143, 147, 156, 169, 207, 208, 209, 236, 257, 304, 312, 313
ヒメーナ
Jimena　320
ヒメーネス・デ・ケサーダ，ゴンサーロ
Jiménez de Qusada, Gonzalo　312
ヒメーネス・デ・シスネーロス，フランシスコ
Jiménez de Cisneros, Francisco　119
ヒメーネス・デ・ラーダ，ロドリーゴ
Jiménez de Rada, Rodrigo　326, 346
ヒポクラテス
Hipócrates　242
ビリアート
Viriato　13, 151, 326
ビリャヌエバ神父
el jesuita padre Francisco Villanueva　373
ヒルティ，ジェロルド
Hilty, Gerold　229
ピンタ・リョレンテ神父，ミゲル・デ・ラ
Pinta Llorente, P. Miguel de la　8, 236, 310
ピント・デルガード，ジョアン
Pinto Delgado, Joān　74

フ

フアナ・ラ・ロカ
Juana la Loca　243
ファビエ，A. M.
Fabié, A. M.　109
フアーレス，ベニート

Juárez, Benito　333, 346
フアン２世
Juan II de Castilla　169, 241, 242
フアン・マヌエル，ドン
Juan Manuel, don　26, 110
ファンドル，ルドビッヒ
Pfandl, Ludwig　191, 242
フェイホー神父
Feijoo, P.　43, 53, 140, 193, 226, 303
フェラテール・モーラ，J.
Ferrater Mora, J.　233, 388
フェリペ２世
Felipe II　15, 19, 37, 53, 71, 91, 109, 117, 118, 128, 168, 170, 191, 201, 232, 240, 241, 243, 314, 334, 371, 372
フェリペ３世
Felipe III　42, 223, 245, 276, 302
フェリペ４世
Felipe IV　7, 42
フェルナンデス・アルバレス，マヌエル
Fernández Alvarez, Manuel　221
フェルナンデス・デ・オビエード，ゴンサーロ
Fernández de Oviedo, Gonzalo　82, 94, 118, 208
フェルナンデス・デ・ゲーホ，マルティン
Fernández de Guejo, Martín　222
フェルナンデス・デ・コルドバ，ゴンサーロ
Fernández de Córdoba, Gonzalo　118
フェルナンデス・デ・サンタ・クルス，マヌエル
Fernández de Santa Cruz, Manuel　244
フェルナンデス・ドゥーロ，セサレオ
Fernández Duro, Cesáreo　171
フェルナンデス・フェルナンデス，ラウラ
Fernández Fernández, Laura　172
フェルナンデス，ルカス
Fernández, Lucas　30, 50, 52, 104, 254, 343
フェルナンド１世（大王）
Fernando I, el Grande　111, 320
フェルナンド３世
Fernando III　86, 152, 328
フェルナンド４世
Fernando IV　18
フェルナンド５世（アラゴンの）
Fernando V de Aragón　26, 34, 41, 85, 92, 98, 99, 117, 231, 245, 246, 338, 345, 347
フェルナンド７世
Fernando VII　36, 53
フォクス・モルシーリョ
Fox Morcillo　208
フォスラー，カール
Vossler, Karl　77, 242
フーコー，ミシェル
Foucault, Michel　368, 369
ブスタマンテ博士
Bustamante, Doctor　314
ブセータ，エラスモ
Buceta, Erasmo　18
フデリーアス，フリアン
Juderías, Julián　245
プトレマイオス
Tolomeo　215
プラーク，J. A. ファン
Praag, J.A. van　340, 341, 347
プラド・デ・タベーラ，フアン

Prado de Tavera, Juan　113
プラトン
Platón　184, 242
フランセス，ベルナール
Francés, Bernal　308
フランソワ１世
Francisco I　77
フリアン伯
conde Julián　151
プリエゴ侯爵夫人
Priego, Marquesa de　112
フリートレンダー
Friedländer　111
プルガール，エルナンド・デル
Pulgar, Hernando del　209, 231, 254
ブルゴス，フライ・アロンソ・デ
Burgos, Fray Alonso de　16, 96
フレイレ，イサベル
Freire, Isabel　318
ブレクア，ホセ・マリーア
Blecua, José María　48
ブレナン，ジェラルド
Blenan, Gerald　343
ブロセンセ
Brocense　⇒サンチェス・デ・ラス・ブロサス
ブローデル，F.
Braudel, F.　217, 335, 395, 397
フローレス，アレーホ
Flores, Alejo　222

へ

ベイル，コンスタンティーノ
Bayle, Constantino　49
ベーガ，ホセ・デ・ラ
Vega, José de la　314, 315
ベーガ，ロペ・デ
Vega, Lope de　10, 22, 25, 27, 28, 29, 30, 31, 43, 45, 54, 55, 56, 57, 61, 63, 64, 66, 72, 83, 87, 88, 89, 102, 104, 107, 115, 116, 117, 159, 235, 247, 258, 271, 273, 274, 275, 282, 283, 284, 292, 295, 303, 312, 313, 315, 316, 319, 356, 386
ベーカー，ハーシェル
Baker, Herschel　108
ヘーゲル，ゲオルク・ヴィルヘルム・フリードリヒ
Hegel, Georg Wilhelm Friedrich　29, 256
ペトラルカ，フランチェスコ
Petrarca, Francesco　10
ペドロ１世（カスティーリャの）
Pedro I de Castilla　179, 240
ベナビーデス，エルナンド・デ
Benabides, Hernando de　222
ベナベンテ，ハシント
Benavente, Jacinto　19
ペニャフィエル，フライ・アロンソ・デ
Peñafiel, Fray Alonso de　96
ペニャフィエル，フライ・ヒエロニモ
Peñafiel, Fray Hierónymo　96
ペニャフロリーダ伯爵
Peñafrorida, Conde de　⇒ムニーベ
ヘラクリトス
Heráclito　207
ベラスケス，ディエゴ・デ
Velázquez, Diego de　51, 77, 273, 298, 367
ベーラ，フアン・アントニオ・デ
Vera, Juan Antonio de　110
ペラーヨ
Pelayo　151

ベル，オーブリー・F. G.
Bell, Aubrey F. G.　235
ベルガーラ，フアン・デ
Vergara, Juan de　233
ペルシウス・フラックス
Persius Flaccus　246
ベルトラン博士
Beltrán, Doctor　220
ベルナルデス，アンドレス
Bernáldez, Andrés　41, 128, 169, 178, 185, 186, 187, 231, 237
ベルニーニ
Bernini　291
ヘルモゲネス
Hermógenes　245
ペレイラ，ゴメス
Pereira, Gómez　35, 50, 156, 172, 208, 304
ベレス
Vélez　210
ベレス，ペドロ・M.
Vélez, Pedro M.　235, 236, 238
ペレス・ガルドス，ベニート
Pérez Galdós, Benito　247
ペレス・デ・アルマサン，ミゲル
Pérez de Almazán, Miguel　210
ペレス・デ・グスマン，フェルナン
Pérez de Guzmán, Fernán　12, 150, 151, 152, 154, 155, 156, 167, 168
ベレス・デ・ゲバラ，ルイス
Vélez de Guevara, Luis　209, 321
ペレス・マルティーネス，H.
Pérez Martínez, H.　316
ペロ・ルイス税務官
Pero Ruiz　220

ホ

ボイガス，ペドロ
Bohigas, Pedro　313
ボッカッチョ，ジョバンニ
Boccaccio, Giovanni　176
ボッシュ・ジンペラ，ペーレ
Bosch-Gimperá, Pere　160, 173
ボニーリャ，アドルフォ
Bonilla, Adolfo　204
ホベリャーノス
Jovellanos　199, 244
ポマール，カルロス・デ
Pomar, Carlos de　29
ホメロス
Homero　151
ホラティウス
Horacio　175, 295, 316
ボルハ神父
Padre Borja　388

マ

マイモニデス
Maimónides　111, 152, 154
マガリャーネスマゼラン)，エルナンド・デ
Magallanes, Hernando de　67
マタ・カリアーソ，フアン・デ
Mata Carriazo, Juan de　231
マテルヌス，フィルミクス
Materno, Fírmico　141
マホメット
Mahoma　20, 137, 152, 329, 379, 380, 390
マリーア・マヌエラ・デ・ポルトガル，ドーニャ
doña María Manuela de Portugal　195
マリーア・ルイサ・デ・パルマ

María Luisa de Parma 199
マリアーナ神父，フアン・デ
Mariana, P. Juan de 1, 2, 9, 41, 94, 110, 165, 211, 212, 215, 257, 278, 284, 294, 326
マリネーオ・シクロ，ルシオ
Marineo Sículo, Lucio 233
マリーノ
Marino 283
マルエンダ，ペドロ・デ
Maluenda, Pedro de 101, 102, 208
マルエンダ，L.
Maluenda, L. 208
マルク，アウシアス
March, Ausias 279
マルク，ブランキーナ
March, Blanquina 236
マルクス・アウレリウス
Aurelio, Marco 325, 346, 346
マルクス，カール
Marx, Karl 234, 297, 395
マルケス・ビリャヌエバ，F.
Márquez Villanueva, F. 16, 110, 111, 231, 235, 236, 309, 312
マルティアーリス
Marcial 13, 134, 160, 166
マルティーネス，セバスティアン
Martínez, Sebastián 190
マルティーネス，マルティン
Martínez, Martín 205, 210
マルティーネス・アルビアク，アルフレード
Martínez Albiach, Alfredo 109, 230
マルティネース・デ・カンタラピエドラ，マルティン
Martínez de Cantalapiedra, Martín 190, 204, 210, 242
マルティーネス・ロペス，ラモン
Martínez López, Ramón 345
マルティル・デ・アングレリーア，ペドロ
Mártir de Anglería, Pedro 93, 111
マルティン・デ・ビリョドレス，ロルカ
Martín de Villodres, Lorca 317
マル・ラーラ，フアン・デ
Mal Lara, Juan de 10, 115, 200, 201
マルワーン・アル・ジッリーキー
Marwan al-Yilliqi 239
マロニウス
Maronio 381
マヤンス
Mayans 124, 169
マンサーナス，マリーア
Manzanas, María 260
マンドニオ
Mandonio 160
マンリーケ，ドン・アロンソ
Manrique, don Alonso 91
マンリーケ，ホルヘ
Manrique, Jorge 128, 169
マンリーケ，ロドリーゴ
Manrique, Rodrigo 128, 169, 250

ミ

ミーニュ，J. P.
Migne, J.-P. 213
ミランダ
Miranda 208

ム

ムニーベ，ハビエル・デ
Munibe, Xabier de 225, 247, 322

ムニョース，アルフォンソ
Muñoz, Alfonso　111
ムニョース・センディーノ，J.
Muñoz Sendino, J.　390

メ

メシーア，ペロ
Mejía, Pero　114
メシトン
Mesiton　380
メディチ，コジモ・デ
Medici, Cosimo de　81
メディナ学士
Medina, Licenciado　220
メディナ・シドニア公爵
Duque de Medina Sidonia　339, 371
メーナ，フアン・デ
Mena, Juan de　54, 188, 242, 254, 294
メネンデス・イ・ペラーヨ，M.
Menéndez y Pelayo, M.　9, 115, 242
メネンデス・ピダル，ラモン
Menéndez Pidal, Ramón　9, 26, 48, 126, 135, 140, 141, 144, 145, 164, 166, 171, 221, 330, 336
メランヒトン
Melanchthon　10, 144
メリメ，アンリ
Merimée, Henri　312

モ

モア，トーマス
Moro, Tomás　296, 320
モイセン（ラビ）
Moysén, Raby　⇒マイモニデス
モクテスーマ
Moctezuma　45
モース・ウィルバー，アール
Morse Wilbur, Earl　115, 389
モスケラ・デ・フィゲロア
Mosquera de Figueroa　339
モーベー，エドゥイン・S.
Morby, Edwin S.　104
モラーレス，アンブロシオ・デ
Morales, Ambrosio de　122, 168, 243
モリエール
Molière　54, 56
モリーナ，ティルソ・デ
Molina, Tirso de　⇒テーリェス，フライ・ガブリエル
モリーノス，ミゲル・デ
Molinos, Miguel de　314
モレル・ファティオ，A.
Morel Fatio, A.　116
モンテシーノス，ホセ・F.
Montesinos, José, F.　77
モンテーニュ，ミシェル・ド
Montaigne, Michel de　14, 19, 20, 38, 124, 143, 147
モンテーホ，フランシスコ・デ
Montejo, Francisco de　289
モンテマヨール，ホルヘ・デ・
Montemayor, Jorge de　318, 364
モンテルデ，フランシスコ
Monterde, Francisco　234
モントーロ，アントン・デ
Montoro, Antón de　254
モンロー，ジェイムス・T.
Monroe, James T.　129

ユ

ユークリッド
Euclides　184

ユダ・フィ・デ・モッセ・アル・コーエン
Yhudá fi de Mosse al-Cohén 172, 178

ヨ
ヨヴィオ，パウロ
Jovio, Paulo 313

ラ
ライーネス，ディエゴ
Laínez, Diego 235, 320
ラグーナ，アンドレス
Laguna, Andrés 35, 208, 337
ラグーナ，マルケサ・デ・ラ
Laguna, marquesa de la 244
ラサロ・カレテール，F.
Lázaro Carreter, F. 316
ラシーヌ，ジャン
Racine, Jean 269, 292, 319
ラミーレス神父
Padre Ramírez 388
ラモン・ベレンゲール3世
Ramón Berenguer III 347
ランダ，ディエゴ・デ
Landa, Diego de 316

リ
リーア，H. Ch.
Lea, H. Ch. 110, 111, 114
リウトプランド
Liutprando 161
リーダ，マリーア・ロサ
Lida, María Rosa 227
リバース，エリアス・L.
Rivers, Elías, L. 108
リバデネイラ神父
Ribadeneira 84, 225
リベイロ，ベルナルディム
Ribeiro, Bernardim 258
リベーラ，フアン・デ
Ribera, Juan de 339
リャグーノ，ホセ・A.
LLaguno, José A. 344

ル
ルーア，ペドロ・デ
Rua, Pedro de 233
ルイ14世
Louis XIV 47, 291, 342
ルイス，アベン
Ruiz, Abén ⇒アヴェロエス
ルイス・デ・アラルコン，フアン
Ruiz de Alarcón, Juan 68, 296
ルイス・デル・ペーソ，アナ
Ruiz del Peso, Ana 236
ルカーヌス
Lucano 152, 153, 154, 160, 166
ルセーナ，フアン・デ
Lucena, Juan de 46, 54, 181, 188, 294, 334
ルセーロ（異端審問官）
inquisidor Lucero 119
ルソー，J. J.
Rousseau, Jean-Jacques 244
ルター，マルティン
Lutero, Martín 39, 241, 249
ルーナ，アルバロ・デ
Luna, Alvaro de 169, 241
ルーナ，ミゲル・デ
Luna. Miguel de 376
ルネール，ユゴー・A.
Rennert, Hugo A. 316
ルビオ・イ・モレーノ，ルイス
Rubio y Moreno, Luis 238
ルーベンス

Rubens　284
ルルス，ライムンドゥス
Lulio, Raimundo　49, 156, 172

レ
レイ，エウセビオ
Rey, Eusebio　109, 388
レヴァ，I. S.
Révah, I. S.　74, 235
レヴィ，サムエル
Leví, Samuel　179
レヴィ・プロヴァンツァル
Leví-Provençal　137
レオ4世
Leo IV　126, 127
レオ10世
Leo X　8
レオン，フライ・ルイス・デ
León, Fray Luis de　1, 9, 22, 23, 34, 169, 204, 205, 210, 211, 219, 235, 242, 246, 257, 294, 295, 372, 400
レーニン
Lenin　234
レビーリャ神父
Revilla, P.　213
レムス，ペドロ
Lemus, Pedro　111

ロ
ロイグ，ジャウメ
Roig, Jaume　104
ロスミタール男爵
Rosmithal, Barón de　86
ロッカ伯爵
Rocca, Conde della　109
ロドリーゲス・デ・アルメーリャ，ディエゴ
Rodríguez de Almella, Diego　26
ロドリーゲス・マリン，F.
Rodríguez Marín, F.　107, 370, 389
ロドリーゲス・ルセーロ，ディエゴ
Rodríguez Lucero, Diego　92
ロドリーゴ王，ドン
Rodrigo, Rey don　326
ロハス，フェルナンド・デ
Rojas, Fernando de　165, 222, 247, 254
ロハス・イ・マンリーケ
Rojas y Manrique　220
ロハス・ソリーリャ，フランシスコ・デ
Rojas Zorilla, Francisco de　281, 313
ロペス・デ・オーヨス，J.
López de Hoyos, J.　266
ロペス・デ・トーロ，ホセ
López de Toro, José　111
ロペス・デ・メンドーサ，イニゴ
López de Mendoza, Iñigo　233
ロペス・ピンシアーノ，アロンソ
López Pinciano, Alonso　10
ロペス・マデーラ，グレゴリオ
López Madera, Gregorio　390
ロペス・マルティーネス，N.
López Martínez, N.　237, 310
ローレンス，T. E.
Lawrence, T. E.　108

ワ
ワグナー，C. P.
Wagner, C. P.　229
ワルゼル，オスカル
Walzel, Oskar　320